Bloed, zaad en tranen

FSC
Mixed Sources
Productgroep uit goed beheerde bossen
en andere gecontroleerde bronnen
www.fsc.org Cert no. SGS-COC-001940

Uitgeverij Prometheus stelt alles in het werk om op milieuvriendelijke en duurzame wijze met natuurlijke bronnen om te gaan. Bij de productie van dit boek is gebruikgemaakt van papier dat het keurmerk van de Forest Stewardship Council (FSC) mag dragen. Bij dit papier is het zeker dat de productie niet tot bosvernietiging heeft geleid.

[redacted]

Van Sambeek

Bloed, zaad en tranen

2010 Prometheus Amsterdam

Voor Peter

Omslagontwerp Femke Tomberg
Foto auteur Maartje Heintz
Zetwerk Mat-Zet bv, Soest
www.uitgeverijprometheus.nl
ISBN 978 90 446 1581 4

1

Evelien

Ik moet ze in de lucht houden. Al die ballen. Maar het zijn er te veel en ze zijn te zwaar. Loden kogels zijn het geworden. Als een kogelstoter draai ik rondjes om ze één voor één van me af te slingeren. Eenmaal geland stuiteren ze terug, als een boemerang, om me alsnog te vermorzelen.

Asociaal ben ik geworden. Op de reünie van mijn jaarclub schitterde ik door afwezigheid. Zelfs mijn moeder wordt ernstig door mij verwaarloosd. Winkelen! Ik weet niet eens meer wat dat ís! De kleertjes van Gijs koop ik alleen nog via internet omdat ik geen tijd heb om bij H&M leuke setjes te scoren. Tijd voor de krant neem ik niet, laat staan voor een feelgood-dvd waarmee Thijs regelmatig thuiskomt. Meestal sneak ik dan de studiehoek in. Het eten dat ik kook stijgt niet uit boven het niveau stamppot en macaroni, terwijl ik au fond toch echt wel een keukenprinses ben. De planten die we onlangs in de tuin van onze nieuwe woning hebben gepoot, hangen nu al op halfzeven. Wat me het meeste stoort aan mijn leven is het gebrek aan qualitytime voor Gijsje. Als ik hem tegen zessen met traanoogjes en een groene snotneus in de bakfiets hijs, knagen bergen schuldgevoel aan mijn geweten. Er moet iets veranderen, maar hoe? Ik draaf te veel door. Hoe zat het ook alweer met prioriteiten stellen? De balans is eruit.

Met Mathijs heb ik de afspraak dat we ieder tweemaal in de week koken en inkopen doen. Hij heeft de donderdag en de vrijdag omdat mijn multidisciplinaire oncologiebespreking op donderdag meestal uitloopt en ik op vrijdag – voordat de afdelingsborrel begint – alle brieven naar de huisartsen de deur uit wil hebben. Ik hou niet van stapels werk en 'to-do-lijsten' op mijn bureau.

De enige reden waarom ik present ben op de afdelingsborrel is mijn plichtsbesef. Bovendien wil ik de praatjes vermijden dat de moeders binnen de specialistengroep standaard om vijf uur de benen nemen en zich onttrekken aan sociale bijeenkomsten, die nu juist zijn ingesteld om de teamgeest te bevorderen. Ik erger me vaak aan het gezuip van de kerels en aan het gehijg van dames die in hun transparante uniformen elkaar al flirtend de loef afsteken. Een saillant detail daarbij is dat de verpleegkundigen de laatste jaren geduchte concurrentie hebben gekregen van de vrouwelijke assistenten in opleiding. Enkelen van hen hebben zich ook aan het strijdtoneel gemeld. Meer jagers dan prooi dus. Wat wil je, wie houdt er nu van downdaten?

Na een halfuur ben ik meestal vertrokken.

Met moeite heb ik mijn collega's zover gekregen om de twee dagen verhuisverlof die mij wettelijk toekomen, te verzilveren. Vooral de twee kroonprinsen van onze afdeling maakten zoals gebruikelijk bezwaar. De haantjes zien het als hun hobby om mij op het gebied van gunstverlening dwars te zitten. 'Wie moet dan jouw tietenpoli overnemen?' Zij zijn niet zo gespecialiseerd in borsten en hun eigen poli's waren ook volgeboekt. Zo gaat het meestal. Als ik een dienst wil ruilen, zijn zij standaard niet thuis. Altijd castrerende opmerkingen over moederschema's en andere damesproblemen. De kroonprinsen hebben gemakkelijk praten. Kroonprins 1 is vrijgezel en kroonprins 2 heeft een vrouw die alles 'Oxy Action' geregeld heeft als hij thuiskomt. Eten in de oven, de was gedaan, huiswerk van de kids overhoord, de hockeyspullen gewassen, de financiën op orde en als klap op de vuurpijl: een blije frisse kop wanneer hij afgepeigerd na uren opereren, overleggen en schrijnend patiëntenleed op zijn tandvlees thuiskomt.

Hun verzoek was om mijn verhuizing wegens personeelstekort een week uit te stellen. Twee collega's zijn naar een congres en collega Loes had zich ingeschreven voor de bijscholingscursus laparoscopische chirurgie. Maar er viel niks uit te stellen omdat de verhuizer voet bij stuk hield bij de afgesproken datum. Gelukkig nam Loes het voor me op door aan te bieden om haar cursus een maand uit te stellen en collega Ellen bood aan om mijn poli over te nemen.

Ellen is kortgeleden toegetreden tot onze maatschap, samen met collega Simone, haar beste vriendin. Momenteel zijn vier van de negen maatschapsleden vrouw. Een kentering die in de toekomst alleen maar zal doorzetten. Girlpower, goed zo.

De verhuisdozen staan hoog opgestapeld in de ruime huiskamer van onze begeerde nieuwbouwwoning. Een van de zestien twee aan twee geschakelde vierkante huizenblokken met veel openschuivend glas naar een ommuurde tuin, die uitkomt op een gezamenlijke binnenplaats. Een aangename speelweide voor de kinderen en ontmoetingsplaats voor afgepeigerde jonge ouders die 's avonds hun schuldgevoel afkopen bij de wipkip. In deze nieuwe wijk gelegen aan de zuidkant van Vleuten wonen voornamelijk goedopgeleide tweeverdieners met jonge kinderen. Mathijs en ik zijn er helemaal aan toe.

Met veel rekenwerk en een overtuigend verhaal bij de bank over met name mijn financiële vooruitzichten in de toekomst is het ons gelukt een overbruggingskrediet van 850.000 euro los te krijgen. Uitgangspunt daarbij is wel dat Thijs dit jaar een bonus van 30.000 euro binnenhaalt en ons bovenhuis aan de Poortstraat in Utrecht voor ten minste 275.000 euro verkocht wordt. Ik ben daar niet onzeker over want de Poortstraat is geliefd bij afgestudeerde stellen die een beginnerswoning zoeken. Bovendien scoort Mathijs dit jaar als nieuwkomer bij D&T Consultancy de ene opdracht na de andere. Na een halfjaar zit hij al bijna aan zijn target, wat wel ten koste gaat van zijn en onze vrije tijd. Zelfs zijn thuisdag 'verkoopt' hij regelmatig aan zijn moeder.

Zo ook vandaag. Afspraak was dat we sámen zouden verhuizen. Man en vrouw bouwen hun nieuwe nestje. Ze kunnen hun geluk niet op. Maar de realiteit is anders. Ik sta in mijn eentje tussen meubels en opgestapelde verhuisdozen en weet niet waar te beginnen.

Man heeft een presentatie bij Albert Heijn over een nieuw te implementeren logistiek project ten behoeve van 'just in time'-bevoorrading van versproducten in de winkels. Deze optie op zo'n megadeal kon mijn veelbelovende man niet laten lopen. Dat ik hemel en aarde heb moeten bewegen om vrij te krijgen doet even niet ter zake.

Niet zeuren, maar beuren, spreek ik mezelf toe en ik schuif de zware IKEA-dozen met het tweepersoonsbed van de Malm-serie eigenhandig over de traploper naar boven. Halverwege de trap schiet het me in de rug. Moeizaam kom ik overeind en met de grootste krachtsinspanning lukt het me de dozen naar de slaapkamer te duwen. Daar zet ik het gevaarte met een inbussleutel in elkaar. We moeten toch slapen vannacht? Nadat ik de matrassen naar boven heb gezeuld wordt het zwart voor mijn ogen. Ik word duizelig en val trillend neer op het bed. Het is zover... ik moet janken.

Stop! Autotherapie!

Ik staar naar het plafond en keer mij tot mijn therapeut, tot mijn personal coach. Die zit in mijn hoofd. Ze adviseert me alsof het een ander betreft.

Een vijfendertigjarige vrouw verkeert in crisis.

Luister... ze is oververmoeid en boos. Ze heeft het gevoel dat iedereen haar in de steek laat en alles alleen moet opknappen. Zonder haar loopt het in de soep. Ze is de enige die overzicht heeft op wat gedaan moet worden. En haar meest dierbaren komen hun beloften niet na. Als klap op de vuurpijl menstrueert ze als een rund en kan ze de tampons niet vinden. Ze propt toiletpapier in haar Sloggy-slip. In de spiegel op de badkamer ziet ze rode ogen, vet haar en puistjes naast de plooien van haar neus. Doorgaan, doorgaan. O jee, bijna vergeten, de meedogenloze deadline! Waar is haar computer? En de man van de ADSL komt ook al niet opdagen. Ze heeft geen dongle en ze heeft met haar promotor afgesproken dat hij uiterlijk vandaag het vijfde en gereviseerde hoofdstuk van haar proefschrift ontvangt. Vandaar die afspraak met de KPN. Omdat ze geen rijbewijs heeft en haar fiets nog in de Poortstraat staat, heeft ze geen tijd om het stickje met het bestand persoonlijk bij de prof van het UMC Utrecht af te leveren. Met het openbaar vervoer kost te veel tijd. Ze is ten einde raad. Ten slotte, als ze eindelijk het espressoapparaat gevonden heeft voor het begeerde cafeïneshot, kan ze na het openen van twaalf dozen nergens bonen vinden. Op de vloer liggen glazen, bestek, pannen, servies en de hele voedselvoorraad uit de voormalige gangkast. Ze bekijkt de veldslag.

Haar interne coach geeft advies, die heeft ook de Stephen Covey-cursus in gedachte.

First things first. Stel prioriteiten. Je doet maar wat, dit is niet effectief. Punt één: haal tampons bij de supermarkt en schaf tegelijkertijd champagne, haring, sushi's of andere leuke happen aan voor een welkome ontvangst van je man. Punt twee: neem een douche en tut je een beetje op. Punt drie: vraag buren of je gebruik mag maken van hun internet. Neem dan de bus naar Haarzuilens en geniet van een lunch op een terras. Daar bepaal je wat je vanmiddag nog gedaan wilt hebben. En bovendien, wordt het niet eens tijd voor een Mirena-spiraal? Die menstruaties van jou zijn veel te heftig.

Kort en krachtig. Zo werkt dat dus, die autotherapie. Mijn geheim, mijn toeverlaat, mijn interne rots in de branding. Braaf volg ik de suggesties op.

Ik bel aan bij de buren. Aardige vrouw, slank, uitnodigend, uitbundig. Iets ouder dan ik, schat ik in. Ziet er goed uit. Inplants, dat wel. Leer mij borsten kennen. Te bol zijn ze en iets te jong. Joggingtenue, lange benen, blote voeten met – hoe heet dat ook weer? – French? en nog wat onder haar nagels. Een slons voel ik me. Nat haar, geen make-up, godzijdank mijn zonnebril. Niet verontschuldigen, denk ik, nergens voor nodig, snapt zij natuurlijk ook wel. Twee kinderen heeft ze, een peuter en een schoolgaand kind. Gescheiden, weet ik nu al. Ze heet Hester.

Nee, helpen hoeft niet, gaat prima in mijn eentje, heerlijk zelfs, weer ik af. Geen pottenkijkers vandaag. Voor haar zou het geen moeite zijn, ze heeft tijd zat, de kinderen zijn momenteel bij haar ex, daarnaast geen baan en bovendien is haar hobby inrichten. Haar Mac verstuurt mijn bestand moeiteloos. Wegstrepen dus, een probleem minder. Dank je, aardig... van je. Ja, zeker weten, laat mij maar lekker buffelen.

Façade, het werkt!

Ter ontspanning. Plein Haarzuilens, de zon schijnt en er is veel te zien. Er wordt getrouwd. Beiden zijn de zestig gepasseerd. Kleinkinderen in roze en donkerblauw gooien witte veertjes op. Opa laat duiven ontsnappen uit een pitrieten mand. Aandoenlijk. Wat zit er achter dit schouwspel van pril geluk? Ik kijk nog eens goed. Ze komt me bekend voor. Twee jaar geleden, mammacarcinoom. Haar rechterborst heb ik moeten amputeren, met okselkliertoilet. De lymfeklieren zaten vol met uitzaaiingen. Toen was ze nog weduwe. De voile over haar arm maskeert de elastieken steunmouw. Ze zit in mijn onderzoeksgroep.

Hoop! Dat is wat ik zie, terwijl ik me verberg achter de krant.

Hoop... denk ik, is dat niet waar dokters ook in grossieren?

‘Zo, dat heb je allemaal snel voor elkaar.’

Mathijs, loopt als een trotse pauw door het huis. De dozen staan netjes gestapeld in de hal, de keuken is grotendeels ingericht en de meubels zijn naar mijn goeddunken gerangschikt.

‘Toch vind ik dat de zithoek naar de voorkant moet, lijkt je dat niet beter?’ oppert hij, nog steeds met een behoorlijke bos bloemen in de hand.

‘Ik dacht: lekker licht, dicht op de tuin, alsof buiten ook binnen is, de leistenen vloer loopt zo mooi door in het terras. Maar als je het anders wilt...’

‘De eethoek is nu zo ver van het kookgebeuren, vind je dat handig?’

‘Ach, die paar meter,’ roep ik vanuit de type-Faktum-keuken (minderprijs van 5000 euro op het geplande Siemens-systeem).

‘Bovendien, eerlijk gezegd vind ik het allemaal iets te IKEA voor deze buurt. En al die kussens hier op de grond, hebben we die tijd zo langzamerhand niet gehad?’ Mathijs schopt de kussens in de hoek en dumpt daarna de bloemen op het aanrecht. Waar zijn de vazen?

'Ja jongen, afdeling: de tering naar de nering zetten. Heb je nog meer commentaar of gaan we gezellig doen?' Ik moet me inhouden, voel ik. Mijn slapen kloppen in mijn hoofd.

'Kort lontje?' vraagt Thijs.

Om mijn ongenoegen te maskeren maak ik met mijn rug naar hem toe een blad met hapjes klaar. Een diepe zucht ontglipt me. Opnieuw beginnen, Evelien, laat je niet uit het veld slaan. Het moet gedenkwaardig zijn, deze avond. De tuintafel leuk ik op met het tafelkleed van Kitsch Kitchen waarmee mijn collega Ellen me verraste. 'In plaats van meebeunen,' zei ze. Logisch, al mijn vriendinnen werken, niemand had tijd om me vandaag te helpen.

'Nou, kom eerst even lekker zitten en geniet van onze nieuwe property. Verrassing!' roep ik zo opgewekt mogelijk met het feestblad in mijn handen.

Mathijs ploft zonder stropdas en overhemd neer in de Fatboy, Gijsjes favoriete knuffelzak. De avondzon staat laag, maar voor het vroege voorjaar brandt hij al behoorlijk.

Mathijs ontkurkt de champagnefles. We knallen ons nieuwe leven tegemoet en zien elkaars ogen. We toosten en nippen van ons glas. Ik weet dat het goed is. Het nieuwe, het meer serieuze leven begint. Even later liggen we languit op onze XL-ligzakken; het glas, de fles, de haring en de ranzige kip-kerriesalade tussen ons in.

'Een paradijsje,' zegt Thijs, 'gewéldig, die borrelzon.'

'Een tuin! Fijn hè?' beaam ik. De hectiek van de dag verlaat mijn lichaam.

'Hoorde je niet wat ik zei?' fluistert Thijs in mijn oor. Hij streelt de achterkant van mijn oorschelp.

Enigszins aangeschoten door de bubbels – ik heb weinig nodig – probeer ik overeind te komen. Zijn hand op mijn heup.

'Heb ik wat gemist, lieverd?' mompel ik.

'Twee dingen, goed en slecht nieuws.'

'Doe maar eerst wat goed is.'

'AH Vers heb ik in mijn zak. Dat zit gebeiteld, inclusief de implementatie van het project en de training van het totale personeelsbestand van het distributiecentrum. Een megadeal. Met die bonus van dertig mille zit het wel snor, ik ben vet over mijn target gegaan vandaag. De doorslag gaf mijn overtuigende verhaal dat met onze aanpak een besparing van tien miljoen euro kan worden gerealiseerd door de overschrijding van de houdbaarheidsdatum met vijftig procent terug te brengen. Afgezet tegen een investering van drie miljoen voor de software en de training een voordeel van zeven miljoen voor de klant. Tel uit je winst.'

'Zeker weten? Inclusief contract en zo?'

'Mind my words, dat komt eraan, gegarandeerd.'

'Ik heb geen zin in dat andere, dat slechte nieuws. Laat dat maar zitten,' snurk ik.

'Nou ja, ik ben er niet gerust op.'

'Hoezo?' Plotseling zit ik rechtop.

'Vanmiddag zijn de kwartaalcijfers binnengekomen. Daar werd het bestuur niet vrolijk van.'

'Erg?'

'Dat het zo slecht ging hadden ze niet verwacht. Dit is nu het derde kwartaal op rij dat we verlies draaien. Ik ben bang dat het consequenties heeft.'

'Consequenties voor wie?'

'Nou ja, laat ik het zo zeggen, voor de werkgelegenheid in onze sector.'

Het ecologisch verantwoorde ziekenhuis, dat de principes van het 'cradle to cradle'-concept – namelijk dat afval zoveel mogelijk wordt verwerkt als grondstof – in al zijn functies heeft ingevoerd, draagt de naam Belle van Zuylen. Het Belle van Zuylen Medisch Centrum Leidsche Rijn. Dit futuristisch en energiebesparend gebouw is een lust voor het oog. In veel architectuurbladen wordt erover geroemd.

Het ziekenhuis is werkelijk imponerend. De spraakmakende Spaanse architect Santiago Calatrava zet hiermee voet op Hollandse bodem. Het gebouw is van staal, glas en wit beton, met centraal een monumentale ontvangstkoepel die in verbinding staat met de A-, B-, en C-vleugel. Alle snijdende disciplines zitten in de C-vleugel. De afdeling chirurgie is gevestigd op de vijfde etage, vlak onder de operatieafdeling. De spoedeisende hulp bevindt zich op de begane grond. De A-vleugel herbergt de facilitaire diensten: de huishoudelijke dienst, het personeelsrestaurant, afdeling inkoop, laboratoria, personeelszaken, beveiliging, enzovoort. De directie en het management zitten in de B-vleugel op de vijfde etage, met vrij uitzicht over Leidsche Rijn. In de verte zie je de glazen geluidswal langs de A2.

Het pikethotel, bestaande uit comfortabele studio's met tv, internet, magnetron, ijskast en ligbad, is gehuisvest op de vierde verdieping van de B-vleugel. Hier verblijft het medisch personeel dat in huis moet zijn tijdens de avond- en nachtdiensten en tijdens de weekenden. Er is een huiskamer met een gezellige loungehoek en een megaplasma-tv. Er staat een automaat met diepvriesmaaltijden, frisdrank, melk, yoghurtdrankjes, borrelnootjes, repen chocola, en andere versnaperingen zoals vers fruit. Tijdens voetbalwedstrijden, maar ook tijdens *Gooische vrouwen* is het hier een heksenketel van jewelste. Het gaat er te vaak luidruchtig aan toe. Sommige collega's spreken over het piketbordeel. Drank en roken is verboden. Gelukkig is er voor de verstokte roker een buitenveranda. Weer of geen weer, het is daar vaak dringen geblazen. Onbegrijpelijk hoeveel medisch personeel nog rookt. Vooral verpleegkundigen hebben er een handje van. Vaak staan ze tijdens de pauze samen met patiënten op de stoep voor de ingang van het ziekenhuis te roken. Sinds kort is ook dit gebied door de directie aangemerkt als rookvrije ruimte. Momenteel verzamelen de verslaafden zich onder het dak van de fietsenstalling. Het ziet er niet uit, tientallen zieke mensen met infuusstangen en verbanden, al dan niet in een rolstoel, paffend tussen personeel in witte uniformen. Volgens Eugenie, onze rookverslaafde officemanager, is het daar altijd reuzegezellig.

De begane grond van het ziekenhuis, het Belle van Zuylen Plaza, biedt service aan patiënten en bezoekers. Er is een kapsalon, een bibliotheek, een bloemenwinkel en een supermarkt. Grote vierkante zwarte bloembakken met flinke olijfbomen, afgewisseld met strakke houten zitbanken tegen de glaswand naar de binnentuin, geven de gang de allure van een boulevard. Aan de binnenwand olieverfdoeken en driedimensionale kunstwerken, die elk kwartaal worden vervangen door een nieuwe expositie.

Het stiltecentrum ligt aan het eind van deze gang en bestaat uit een centrale hal met stoelen, geschikt voor mensen die zich in alle rust, of juist met een groep, willen terugtrekken of willen mediteren. Daaromheen een aantal kleinere ruimten voor verschillende religies. Zo is er een joodse, een Grieks-orthodoxe, een hindoeïstische, en een op het oosten gerichte islamitische gebedsruimte met Perzische tapijten op de grond. Buiten deze ruimte is er een roestvrijstalen wasgelegenheid waar voeten en handen gereinigd kunnen worden.

Het is een feest om in zo'n mooi ziekenhuis te mogen werken, en dat op slechts zes kilometer afstand van mijn nieuwe paleisje. Heerlijk, denk ik, slechts zes kilometertjes. Eindelijk niet meer inslapen tijdens mijn diensten. Dit gemak was destijds ook het doorslaggevende argument om ons in te tekenen voor het nieuwbouwproject.

We wonen er nu een maand en kunnen ons geluk niet op. Vanwege mijn presentatie over hoofdstuk vier van mijn proefschrift op het mammacongres over tumormerkstoffen dat vorige week in Los Angeles plaatsvond, moet ik deze week naar de tweedaagse inhaalsessie van het kwaliteitsproject Klant Eerst, dat door Van Weteren, de voorzitter van de Raad van Bestuur, voor alle medewerkers afdelingsgewijs verplicht is gesteld. Van Weteren heeft maar één ambitie, en dat is door de beroepsgroep zélf als beste ziekenhuis van Nederland te worden aangemerkt in de jaarlijkse *Elsevier*-enquête. Alle medewerkers, van de hoogste piet tot de portier van het ziekenhuis, worden getraind om dit hoogste doel te bereiken. Zelfs het beoordelingssysteem is zo ingericht dat de hierop afgestemde indicatoren via een concreet meetsysteem kunnen worden getoetst. Collega's gaan elkaar beoordelen. De hele organisatie moet hiervoor 'op cursus'.

Voorafgaand aan het massale trainingsprogramma heeft onze ziekenhuisvoorzitter, die zijn sporen heeft verdiend binnen het bedrijfsleven, via een goed doordachte roadshow langs alle afdelingen zijn visie op de toekomst klippen-klaar in een missionstatement geformuleerd. De boodschap is: Wij zijn een modern bedrijf, én: Klant Eerst. De missie – of liever gezegd de eis – om dat op alle fronten waar te maken is: total commitment van iedereen op alle niveaus, inclusief de medische staf.

Mensen die met hun kont naar de klant staan, kunnen meteen vertrekken.

Er wordt korte metten gemaakt met eilandjespolitiek, heilige huisjes, ivoren torens, verworven rechten en hiërarchisch denken. Kortom: het komt erop neer dat de muren tussen afdelingen zoveel mogelijk worden afgebroken en dat elke medewerker zijn activiteiten zo inricht dat het product van de zorg tegen de laagste prijs en met de kortste doorlooptijd wordt afgeleverd aan een tevreden klant. Aan de hand van de DBC's (Diagnose Behandel Combinaties) worden multifunctionele werkgroepen samengesteld die het traject van een zieke patiënt vanaf binnenkomst tot en met ontslag vastleggen in concrete stappen waarin precies is omschreven wie, wat, en op welk moment iets toevoegt aan het proces. Collega's worden elkaars interne klanten en leveranciers. Degene die zijn expertise heeft toegevoegd aan de productketen is automatisch leverancier van de collega aan wie hij de patiënt aflevert. De patiënt is cliënt en de zorg is product geworden.

Een ware cultuuromslag met klantgericht handelen als het hoogste goed. Niet: ik doe het op mijn manier want dat gaat al jaren goed, maar: wat heeft mijn klant/collega nodig om het werk optimaal te kunnen doen.

De helft van dit omvangrijke effectiviteitstraject wordt gefinancierd door een zorgverzekeraar, die hiermee de kostprijs van de zorg aan banden wil leggen. Alle medewerkers met direct klantencontact, inclusief artsen, die op dit gebied onvoldoende presteren, krijgen additioneel een cursus omgaan met klanten. Feedbackformulieren van patiënten worden hierbij als indicator gebruikt. Ik heb er geen moeite mee. Maar veel senioren, en natuurlijk haantjes als de kroonprinsen 1 en 2, verzetten zich met hand en tand tegen deze omwenteling. Hun commentaar 'het ging toch goed zoals het ging' en 'ik ben geen dokter geworden om in een kleuterklas te zitten met medewerkers onder mijn niveau', onderstreept nog eens hoe weinig inzicht ze hebben in de eisen van deze tijd.

Zelf ben ik een hartgrondig voorstander van dit klantgerichte veranderingsproject. Dat viel ook de consultant op die de werkprocessessie begeleidt. Voordat ik er erg in had werd ik gebombardeerd tot projecteigenaar. Samen met enkele collega's van andere disciplines ga ik de patiëntenstroom op de mammapoli in kaart brengen. Alsof nu uitgerekend ik behoefte zou hebben aan extra taken. Maar ja, wél mee ingestemd. Toch iets te enthousiast geweest.

Ik woon nu zes weken in Vleuten en heb achterdienst. Kort na middennacht word ik gebeld door een assistent die moeite heeft een nabloeding te stoppen. De patiënt, een 62-jarige vrouw, was die morgen geopereerd aan een darmtumor. De operatie verliep moeizaam vanwege veel vergroeiingen. Volgens mijn collega was de buik bij het sluiten 'droog'. Later in de avond werd haar hartslag geleidelijk sneller. Het Hb-gehalte daalde van 6.5 naar 4, en ook de bloeddruk begon te dalen. Tegen middernacht werd de toestand, ondanks bijvullen, kritiek. Een nabloeding was de meest waarschijnlijke diagnose en de buik moest open. 'Lijkt me duidelijk, licht de OK maar in. Dit kun je zelf wel,' zeg ik aan de telefoon. Een uur later word ik weer gebeld, de patiënt blijft lekken. De assistent is niet opgewassen tegen de situatie, hij krijgt de bloeding niet onder controle. Een spoedgeval dus.

Ik kleed me aan en spring om halftwee op de fiets. Het is donker en stil op straat. Ik heb de vaart er goed in. Buiten het dorp word ik gevolgd door een aftandse Opel Astra die parallel aan het fietspad naast mij komt rijden. Uit de opengedraaide ramen klinkt keiharde housemuziek. Ik ben op mijn hoede.

'Zo stoephoer, wordt het niet eens tijd dat jij je eens lekker laat vingeren?' roept de bijrijder hangend uit het raam. Om zijn woorden kracht bij te zetten steekt hij zijn middelvinger in de lucht. De adrenaline giert door mijn lijf. In één ogenblik scan ik de omgeving. Overal weilanden, niemand te bekennen. De Vleutenseweg is nauwelijks verlicht, elke derde lantaarnpaal geeft slechts spaarzame verlichting. Als ik achteromkijk begin ik te slingeren en met moeite voorkom ik dat ik in de zachte berm onderuitga. Dat moet ik zien te voorkomen. Wat moet ik doen? Eef, zeg ik tegen mezelf, laat je niet verlammen door de angst. Niet vallen of afstappen, ze zijn met zijn tweeën, dan heb je geen schijn van kans. Geen oogcontact, maar gewoon rustig en gestaag doorfietsen. Waarschijnlijk proberen ze je voor de lol de stuipen op het lijf te jagen. Vooral geen grove taal gebruiken. Eén verkeerd woord is voor dit tuig al genoeg om tot daden over te gaan. Ze zullen je overmeesteren, tegen de grond drukken, bedwelmen en vervolgens één voor één verkrachten. Ik moet een strategie bedenken. Goed waarnemen wat ik zie, letten op het signalement. Keihard schreeuwen en veel lawaai maken, heb ik wel eens gelezen, maar wie hoort me? In elk geval moet ik me niet klem laten rijden. En als ze uit de auto springen, moet ik harder fietsen dan zij kunnen lopen. Met één hand aan het stuur tast ik in mijn zak op zoek naar mijn telefoon. Mijn vingers voelen het apparaat maar ik krijg er moeilijk vat op. Hierdoor minder ik vaart en mijn banden verliezen bijna hun greep op het asfalt. Eindelijk heb ik beet. Ik open het klepje, wetend dat 112 geactiveerd staat onder de knop 1. Intussen probeer ik het kenteken te onderscheiden van de auto die achtereenvolgens keihard optrekt en dan weer gierend naast me tot stilstand komt.

'We gaan toch geen domme dingen doen hè?' De jongen, met een zwarte ijsmuts tot over de wenkbrauwen, wappert in de tussentijd met een rode sjaal. Dan draait hij de sjaal aan beide uiteinden om zijn polsen en maakt daarmee een straktrekkend gebaar. Ik zie een tatoeage op zijn onderarm. De bestuurder begint te slalommen over beide weghelften. De bassen van de gettoblaster resoneren en bonken agressieve rapmuziek.

'Ondankbare tyfuskut, we krijgen je wel. We willen je alleen maar verwennen,' roept de bestuurder, terwijl hij zich langs zijn maat vooroverbuigt.

Gelukkig heb ik snel verbinding. 'Vleutenseweg,' hijg ik met trillende stem, 'vijfhonderd meter van het spoor. Snel, ze bedreigen me. Een rode Opel Astra. Kenteken begint met NH-34-I... kan het niet goed zien... eh XP en nog iets.

Twee jonge mannen met een accent. Ik zit op de fiets, vrouw, blauwe regenjas. Ik ben arts, op weg naar het BvZ-ziekenhuis. Help!' Dat laatste woord schraap ik werkelijk uit mijn afgeknepen keel.

Ze rijden me honderd meter voor de spoorwegovergang klem en komen lachend op me af. 'Zo, trut, we werken toch wel een beetje mee hè? Volgens mij heb jij wel zin in een stevig triootje. Je denkt toch niet dat oom politie in deze wildernis komt opdagen, hè moppie? Natuurlijk niet. Zij vinden ook dat jij een goede beurt verdient.'

De spoorwegbomen sluiten, ik zit in de val. Een goederentrein raast voorbij. Mijn hart pulseert als een gek en bonkt in mijn keel. Ik voel alleen nog mijn hart én Gijsje natuurlijk én Thijs én spijt én schuldgevoel én heel veel angst. Ik zet me schrap. Er gaat iets vreselijks gebeuren.

De man met de ijsmuts trekt me van de fiets en smijt me in de berm. Zijn vriend springt naar mijn hoofdeind en voorovergebogen knijpt hij keihard in mijn borsten. Intussen zet hij beide knieën op mijn schouders, drukt met zijn benen mijn armen in het gras en hangt met zijn kruis boven mijn gezicht. Hij heeft smalle bakkebaarden en een gemene grijns om zijn mond. Zijn ogen zijn verborgen achter een bril met spiegelglas.

'Begin maar vast... dan ben jij blij,' moedigt hij zijn maat heupwiegend aan, 'dan druk ik dat mokkeltje... wel even voor je... in de klei.' Hij spreekt de woorden uit als een rap.

De andere klootzak perst zijn knie tussen mijn benen en met zijn handen probeert hij ze uit elkaar te trekken. Ik gil, probeer op mijn zij te rollen en trap als een wilde om me heen. Ik raak hem min of meer toevallig met mijn schoen vol op z'n smoel. Hij vloekt en draait mijn oor een slag om. Ik verrek werkelijk van de pijn. De hufter aan mijn hoofdeind propt een pol gras in mijn mond. Om te voorkomen dat ik stik draai ik mijn hoofd opzij. Knarsend zand tussen mijn tanden, alles is zwart, de aders in mijn hals stuwen vanwege mijn verzet, mijn ogen knallen uit mijn hoofd. Van angst.

Plotseling laten ze me los. Is het al gebeurd? Zijn ze klaar met me? Heb ik 'het licht even uitgedaan' toen de werkelijkheid zich aan mij voltrok?

Kreunend kom ik overeind en spuug het zand uit mijn mond. Ik tril over mijn hele lichaam. Nu pas zie ik de zwaailichten van de politiewagen. Mijn overvallers rennen naar hun auto. Vanwege de gesloten spoorbomen kunnen zij geen kant op. Een mannelijke agent roept: 'Blijf staan, handen omhoog!' Zijn vrouwelijke collega komt aangerend en gaat op haar hurken naast me zitten. Ik kan geen woord uitbrengen.

De spoorbomen gaan weer open. In tegenovergestelde richting arriveert met loeiende sirene een tweede politiewagen. Er springen twee agenten uit. Mijn bedreigers liggen intussen geboeid op de grond.

'Er bloedt iemand dood,' is het eerste wat ik zeg.

'Er gaat niemand dood,' kalmeert de agente. 'Blijft u hier maar even zitten. Het ergste is voorbij, we hebben ze ingerekend, ze zijn gearresteerd. U hebt geluk gehad, het had veel erger kunnen aflopen.' Ze veegt gras en zand van mijn jas en biedt water aan uit een plastic flesje.

'Als ik vragen mag, wat doet u midden in de nacht alleen op straat? Dat is toch vragen om moeilijkheden?'

Ik leg haar uit dat ik arts ben en op weg was naar het ziekenhuis omdat daar iemand ligt dood te bloeden.

'Een spoedgeval...! Brengt u me alstublieft naar het ziekenhuis,' smeek ik. 'Morgen kom ik naar het bureau om aangifte te doen.'

Ze noteert mijn gegevens, wijst me op de mogelijkheid van slachtofferhulp en kijkt me verdwaasd aan.

'Ja maar dokter, is dit wel verstandig? U kunt toch na

zoiets verschrikkelijks niet meteen aan de slag? Zoiets kunnen we echt niet toestaan.'

'Sinds wanneer besluit ú dat? Als het nu uw moeder was die daar ligt te bloeden? Die zou u toch ook niet aan haar lot overlaten?'

De agenten leggen mijn fiets in de achterbak en zetten me even later schouderophalend af bij de ingang van de fietsenstalling.

'Gekkenwerk, die krijgt dit heus nog wel voor de kiezen, zeker weten,' hoor ik haar zeggen wanneer ze weer in de auto stapt.

Werk aan de winkel.

Ik ren naar de operatieafdeling, kleed me om en berg mijn kleding op in mijn locker.

Een robot ben ik, alsof er niets gebeurd is, ik handel op de automatische piloot en voel niets.

De OK-assistente komt verslag doen van de operatie terwijl ik me in de wasruimte voor de schuifdeuren van de OK aan het wassen ben. Ze vertelt dat ze de bloeding hebben afgeklemd, dat bloedende vaten zijn gecoaguleerd, maar dat het weer diffuus begint te sijpelen zodra ze de klem losmaken. Ze krijgen het niet droog genoeg.

'Wat is er met jóu aan de hand? Al die vuile strepen in je gezicht! Ben je gevallen of zo? Je trilt helemaal en je kíjkt zo raar. Zo ken ik je helemaal niet. Ben je er wel helemaal bij?' Ze schudt aan me.

Ik word duizelig, alles wordt zwart om me heen, ik zak door mijn knieën.

Mathijs hangt boven mijn hoofd. Waar ben ik?

'Ik wil naar huis,' fluister ik zodra ik in de gaten heb dat de kamer waarin ik vertoef verdomd veel weg heeft van een ziekenhuis. Met de benen omhoog lig ik op een brancard in een van de voorbereidingsruimten van de OK. De wijzers van de klok wijzen 03.00 uur aan. Aan de ogen van mijn omstanders maak ik op dat er iets is gebeurd.

De anesthesist vertelt me dat hij mijn bloeddruk heeft gemeten, een ecg heeft gemaakt – naar mijn idee een overreactie – en dat er medisch gezien niets aan de hand is.

Langzaam komen de herinneringen terug. Ik zie de overval weer voor me en barst in huilen uit.

'Kom meisje, ik neem je mee,' zegt mijn man, 'we gaan naar huis.'

'Blijf jij voorlopig maar eens een weekje thuis,' zei de huisarts. Nadat ik 's nachts een aantal malen gillend wakker werd, stond Mathijs erop dat ik met haar zou bespreken hoe ik moet omgaan met de beelden die almaar terugkomen. Ze heeft me voor de nacht zevenenhalf milligram Dormicum voorgeschreven. Volgens haar een inslaapmiddel dat werkt doordat het de angst wegneemt. Ik moet zeggen, het helpt wel. Vannacht heb ik voor het eerst weer goed geslapen.

Slachtofferhulp heb ik afgewezen. Een prima instituut met goedbedoelende vrijwilligers die op cursus zijn geweest om als uitlaatklep te dienen voor mensen die het incident niet of moeilijk kunnen verwerken. Daar voel ik mezelf eerlijk gezegd toch te professioneel voor.

De afhandeling van het voorval heeft veel voeten in de aarde gehad. De aangifte heeft dagen in beslag genomen. De betrokken agent kwam mijn verhaal persoonlijk bij mij thuis opnemen. Ook bij de politie zijn de principes van klantgerichtheid kennelijk in het werkproces doorgedrongen.

Hij had zijn laptop bij zich. Tot in de kleinste details moest ik keer op keer vertellen wat er chronologisch precies was gebeurd. Inconsequenties in mijn verhaal moest ik de revue laten passeren en de gebeurtenissen die hadden plaatsgevonden opnieuw formuleren, zodat ik de uiteindelijke tekst in de aangifte kon fiatteren.

'Gaat u eens terug naar exact dát moment,' vroeg hij steeds.

'Was het "de muts" of "de bril" die het eerst bij u was?' Zo noemden we de daders.

Dat herbeleven maakt het er niet gemakkelijker op. Gisteren vond de daderconfrontatie plaats. Samen met de rechercheur en een psychologe van de politie werd ik geplaatst voor een eenzijdig doorzichtig raam. Dit was echt schokkend. Eén voor één werden mijn belagers, zowel en face als en profil, aan mij getoond. Precies zoals je in films ziet gebeuren. De 'muts' herkende ik meteen aan de tatoeage op zijn rechteronderarm. Daarna keek ik voor het eerst in het gezicht van 'de bril', die ik herkende aan zijn bakkebaarden. Die grijns op zijn smoel had hem nog steeds niet verlaten. Een angstaanjagend gevoel maakte zich van mij meester. Een heftige fysieke reactie overviel me. Ik stond te trillen op mijn benen en hapte naar adem.

De psychologe sloeg een arm om me heen en nam me mee naar haar spreekkamer.

'Dat kereltje zal de komende jaren weinig reden hebben om te lachen,' zei ze.

'Geluk bij een ongeluk,' zegt Mathijs als ik hem later die week trots vertel dat er de afgelopen dagen flink schot is gekomen in hoofdstuk zes van mijn proefschrift. 'Is die week vrij nog ergens goed voor geweest. Weet je wat jíj morgen eens moet doen, je zinnen verzetten! Gijs is toch bij oma. Koop eens wat leuke jurkjes of ga lekker lunchen in de stad. Misschien wil Hester wel met je mee.'

'Recreëren is ook een vak,' reageer ik.

'Dan moet je dat maar eens he-le-maal opnieuw aanleren,' adviseert mijn man. Hij heeft gelijk.

Het is wennen om na een week thuisfront weer volcontinu aan de bak te zijn. Iedereen van de afdeling leeft met me mee. Er staat een prachtige bos bloemen op mijn bureau.

Frits heeft me uitgenodigd op zijn kamer.

Hij ziet er aangeslagen uit. Ik wil hem geruststellen, maar het gaat niet over mij. Er blijkt iets anders aan de hand. Opgewonden doet hij zijn verhaal over de achterbakse praktijken van beide kroonprinsen.

'Achter mijn rug om nog wel.' Hij slaat met zijn vuist op tafel.

'Wat een rotstreek,' reageer ik.

Frits is opleider en voorzitter van de maatschap. Binnen chirurgisch Nederland een gerenommeerde persoonlijkheid. Hij is voorzitter geweest van de Nederlandse Vereniging voor Heelkunde en staat bekend als een aimabel en doortastend bestuurder. Boze tongen beweren over hem: een wolf in schaapskleren. Dat van die wolf heb ik nooit in hem gezien. 'Dan ken je hem niet, je komt er nog wel achter,' heeft Ewoud, kroonprins I, me onlangs toevertrouwd.

Sinds de fusie met het Kromme Rijn-stadsziekenhuis is Frits een fervent voorstander van het kwaliteitsproject Klant Eerst. Als stafvoorzitter heeft hij in de ontwerpfase, samen met het adviesbureau en de directie, in de stuurgroep van dit ambitieuze project gezeten. Het adagium Kiezen of Delen in de informatiebrochure voor het personeel vond Frits destijds te kras geformuleerd, maar volgens Van Weteren was dit nu juist de sleutel tot succes. Volgens de baas verander je met vrijblijvendheid niets, zeker niet de vastgeroeste gedragspatronen. Het roer moest rigoureus om. Frits probeerde nog om via de weg van positieve motivatie en argumenten als draagvlak creëren, de formulering aan te passen, maar kreeg geen gehoor. Van Weteren hield voet bij stuk, het was slikken of stikken voor iedereen, ongeacht welke positie men bekleedde. Waarschijnlijk voorzag Frits toen al dat Ewoud, een van de maten van het kleinere stadsziekenhuis, de hakken in het zand zou zetten. De gevolgen van de fusie slepen zich nog steeds voort en kroonprins 1 schept er genoegen in de cultuurverschillen te pas en te onpas op een corporale manier te ventileren. Een cynische zuiger is het, een gefrustreerde azijnpisser. Regelmatig verlaat hij onder het motto 'het werk is af' om vier uur 's middags de afdeling om in zijn Burberry-outfit een balletje te slaan op de golfbaan in Bosch en Duin. Dat was vóór de fusie in zijn ziekenhuis kennelijk gebruikelijk.

'Dat nu uitgerekend híj, die regelmatig om vier uur zijn snor drukt, achter mijn rug om naar de RvB gaat om mij van de troon te stoten.'

'Weet Loes hiervan?' informeer ik. Collega Loes komt namelijk ook van het Kromme Rijn-ziekenhuis, maar heeft zich altijd voor de volle honderd procent loyaal opgesteld.

'Nee, Loes natuurlijk niet, die is zo solidair, maar Joop wél. Die heeft ook zijn beklag over mij gedaan. Van hem had ik zoiets helemaal niet verwacht.'

Joop is een ambitieuze eind veertiger, getrouwd, vader van drie pubers van 11, 13 en 16 jaar.

'Van mijn eigen staf nog wel! Ik heb die jongen opgeleid en vlak na zijn opleiding meteen de leiding over de afdeling gegeven. Zijn tamelijk matige proefschrift over chirurgisch knopen begeleid, en nu probeert híj nota bene, samen met die minkukel Ewoud, de poten onder mijn stoel vandaan te zagen. Kijk, Ewoud is gewoon een opportunistische, over het paard getilde oudgeldmegalomaan met een verontrustend tekort aan zelfinzicht. In de rug schieten, dáár zijn ze goed in. Twee handen op één buik, die twee!'

'Ik dacht dat ze elkaars concurrenten waren? Hoe zit dat dan?' informeer ik.

'Ze proberen éérst de weg vrij te maken om vervolgens elkaar de loef af te steken. Ze weten verdomd goed dat de

RvB wil verjongen. Ze hebben gewacht tot de tijd rijp is en die tijd is kennelijk nu aangebroken. Mind my words, zo zit dat!'

Frits ziet er moe uit, ondanks zijn geverfde haar. Zijn jongste dochter, eigenaresse van twee goedlopende kapperszaken, heeft onlangs de verfpot ter hand genomen om haar vader te transformeren naar een decennium jonger. Niets voor Frits eigenlijk.

'En dan durft die Van Weteren aan míj te vragen wie van de twee het meest in aanmerking komt voor nota bene míjn positie!' foetert Frits verder.

'Lieve Frits...' probeer ik.

'Laat dat lieve maar achterwege, want dat ben ik helemaal niet. Lief! Ik wil het niet eens zijn, hou op zeg!'

'Dat je gespannen bent, begrijp ik, maar vertel eens, welke argumenten voerde Van Weteren aan?'

'Hij zei dat de RvB voorstelt dat ik na de volgende visitatie van de opleiding chirurgie het stokje overgeef aan een van mijn jongere stafleden. Toen ik even stevig doorvroeg bleken de heren al enkele gesprekken gehad te hebben, waarin aan de orde kwam dat ik mijn beste tijd gehad heb. Bovendien beweerden ze dat ik de laatste tijd bij operaties minder zeker ben van mezelf en dat ik een tremor heb. Dat van die tremor is onzin natuurlijk, ik tril helemaal niet. Kijk maar.' Frits steekt beide armen uit en strekt zijn vingers. Geen spoor van een tremor.

'Weet je wat het is, ik heb de laatste tijd wat artrose in mijn vingers. Daardoor knoop ik soms wat onhandiger in de diepte. Dat ik recent bij twee operaties een beroep deed op collega Joop, heeft hij bij de RvB uitgelegd als een zwaktebod. Maar dat ik tot tweemaal toe bij een gecompliceerde ingreep met de jongste assistent aan tafel stond, die niet wist wat hij moest doen en daardoor wat onzeker tussen de klemmen stond te turen, heeft hij er niet bij vermeld. Ik wilde juist voorkomen dat er bij die patiënt problemen zouden ontstaan. En weet je wat ze óók nog te berde brachten... dat ik slordig ben met het invullen van de DBC's en dat zij en het ziekenhuis daardoor veel inkomsten mislopen.'

'Geldwolven! Frits, neem van mij aan, conflicten tussen maatschapsleden gaan bijna altijd over poen. Zo simpel is het.'

Als ik eerlijk ben, zou ik op dit moment wel wat meer geld kunnen gebruiken. Maar nooit over de rug van Frits.

Ruzie met Mathijs. Het gebeurt daags voordat ik sinds het voorval weer voor het eerst nachtdienst heb.

'Je moet je rijbewijs halen!' Mathijs zegt dit niet gewoon, hij schrééuwt. 'Onverantwoord vind ik het. Ik sta niet toe dat je 's nachts met de fiets over straat gaat.'

'Het is maar een klein stukje. De statistische kans dat zoiets weer gebeurt is uitermate klein,' breng ik in.

'Hou toch op jij, met je academische gelul over statistische kans, het is je proefschrift niet. Eén kilometer is al te link. Ik wil het níet meer hebben en Gijsje ook niet. Stel je voor wat er allemaal had kunnen gebeuren. Weet je wat jíj hebt? Een gáátje in je hoofd!' Hij tikt met zijn wijsvinger tegen zijn voorhoofd, smijt vervolgens de deur achter zich dicht en stormt de trap op.

'Dan slaap ik toch gewoon weer in het ziekenhuis! Als dát is wat je leuk vindt,' krijs ik hem na, 'hadden we net zo goed in de Poortstraat kunnen blijven wonen!' Ik lijk wel een viswijf. Stom van me om zo uit mijn slof te schieten. Nu hebben we de poppen aan het dansen.

Woedend vul ik de afwasmachine en ruim daarna met veel kabaal de speelhoek op. Maar al snel voel ik wroeging. Natuurlijk heeft Mathijs gelijk, het had ook anders kunnen aflopen en statistische kansen doen er niet toe.

Even later start ik de computer op om via telebankieren de rekeningen te betalen. Oef, we staan behoorlijk rood.

De dubbele maandlasten hakken erin. Het wordt tijd dat er wat beweging komt in de verkoop van de Poortstraat. Kijken, kijken, niet kopen. Wat is er aan de hand?

In bed doet Thijs de ik-slaap-al-act. Het zit me niet lekker allemaal. Dit is allesbehalve leuk. Ik kan niet tegen ruzies. Hij wéét toch dat ik met geen stok te bewegen ben om achter het stuur van een auto plaats te nemen? Mag ik alsjeblieft ook recht hebben op één fobietje? Nou ja, fobietje, het is meer dan een emmer vol doodsangst. Hij weet als geen ander waar dat vandaan komt. Het graf van mijn broertje weet er meer van. Die lieve schat kan het in elk geval niet meer navertellen.

Ik leg mijn arm over zijn borst en kruip tegen Mathijs aan. Hij draait zich om, 'Sorry,' mompelt hij, 'ik wil je niet kwijt. Dan rij ik je nog liever zelf als je dienst hebt.'

'Hoeft niet, het pikethotel is van alle gemakken voorzien. Kan ik tijdens de diensten ongestoord aan mijn proefschrift werken. Zand erover?'

'Dat bedoel ik. Niet over jou dus.'

De volgende avond zet Mathijs me om halftien af bij het ziekenhuis. Voor het eten ben ik heerlijk met Gijsje in bad gegaan. Een gespetter van jewelste. Glijbaantje spelen. Zijn stevige babylijfje glibberde over mijn buik. Na de wasbeurt heb ik zijn babyhuidje met Zwitsal-babyolie ingesmeerd en mijn tevreden zoon met het gebruikelijke knuffelritueel naar bed gebracht. Daarna hebben Thijs en ik met het bord op schoot pasta carbonara gegeten en naar het *Journaal* en *Netwerk* gekeken. Van de beurs- en crisisberichten worden we niet vrolijk. We mijden het onderwerp.

Met tegenzin kom ik overeind en pak mijn tas in. Vanavond moet ik nog even werken, dus mijn heilige stickje met hoofdstuk zes gaat mee.

Hoofdstuk zes is nu bijna klaar. Volgens Jacques, mijn promotor, moet ik oppassen om niet in tijdnood te komen. Het laboratoriumonderzoek naar micro-uitzaaiingen in lymfeklieren die met behulp van tumormerkstoffen heel minutieus moeten worden nagekeken, zou meer tijd vergen dan ik volgens hem gepland heb.

'Red je dat wel op tijd, haal je die deadline?' vroeg hij vanmiddag aan de telefoon.

Ik stelde hem gerust door te zeggen dat me dat door het hoofd van het laboratorium persoonlijk is verzekerd, zo nodig krijg ik hulp van een van de pathologen.

Na het herschrijven van enkele conclusies van hoofdstuk zes kijk ik nog even naar een actualiteitenprogramma. Het gaat over problemen met jongeren in het Amsterdamse stadsdeel Slotervaart. Het onderwerp emotioneert me omdat het me herinnert aan de overval, de beelden komen terug. Paniek overvalt me, ik zet de tv uit en besluit dat het beter is te gaan slapen.

'Alles rustig hier, welterusten lieverd,' sms ik voordat ik het licht uitdoe.

Even later hoor ik vanuit de gang een indringend gesnik. Ik besluit polshoogte te nemen, trek mijn badjas aan en loop naar de huiskamer waar het geluid vandaan komt.

Daar zit iemand in een doktersjas met de handen voor het gezicht hevig te snikken. Het is een man, maar wie het is kan ik zo niet zien. Ik loop op hem af, ga naast hem zitten en leg een arm om zijn schouder.

'Hé,' zeg ik, 'wat is er met je aan de hand?' Hij verstijft.

'Joh, vertel op, wat is er gebeurd?' dring ik aan.

Als hij naar me opkijkt, zie ik dat het de assistent is van de afdeling kindergeneeskunde. Ik heb wel vaker met hem te maken gehad bij de reconstructie van beenbreuken en bij acute appendicitis van zijn patiëntjes. Wat me opviel was zijn betrokkenheid en de manier waarop hij bij die kleintjes vertrouwen wist te scheppen.

De arts haalt diep adem en barst in huilen uit.

'Huuh, huuh.' Het komt uit zijn tenen. Hij beweegt vanuit zijn heupen van voor naar achteren, heen en weer. Ik hoor een brul die ergens uit zijn kern lijkt te komen. Het ontglippen van intens verdriet.

'De klootzak... die godvergeten kindermoordenaar.' Witheet van woede slaat hij met zijn vlakke hand op de bank. Hij kan er niet mee stoppen, steeds die herhaling van dat beuken met zijn hand op de bank. Alsof hij het verdriet ervan af slaat.

Er komen assistenten op het rumoer aflopen. Ze staan er verbijsterd bij. Ik ga dichter tegen hem aan zitten, grijp zijn onrustige hand vast en omarm hem stevig.

'Toe maar,' zeg ik, 'jank het er maar uit', alsof ik een kind troost. Aan de assistenten vraag ik om water en om Seresta. Zo zitten we een tijdje.

'Rustig... rustig, vertel het zo maar, we hebben alle tijd,' sus ik. De assistenten komen even later met water en een pilletje, dat hij godzijdank inneemt.

Hij komt los van zijn voorovergebogen houding, slaakt een zucht en kijkt ons ontredderd aan.

'Wat ik zojuist heb meegemaakt... zó erg...' komt er haperend uit. Wat we zien is zijn wanhoop. Langzaam komt zijn verhaal, zijn getuigenis op gang. Nog onsamenhangend en doorspekt van walging, onbegrip en woede.

Waar het op neerkomt is het volgende.

Ouders komen met hun zes maanden oude dochtertje bij een manueel therapeut. De baby huilde veel, was onrustig en nam steeds vaker een voorkeurshouding aan in haar bedje, waardoor haar hoofdje vanwege het nog zachte kraakbeen een asymmetrische vorm begon aan te nemen. Om verergering te voorkomen consulteerden ze de manueel therapeut die hun door enkele familieleden was aangeraden.

De therapeut legt het kindje op een kussen en beklopt het hoofdje en de rug. Vervolgens legt hij het meisje op de zij, neemt haar schedeltje en haar billen in zijn handen en buigt deze naar elkaar toe met de bedoeling haar wervelkolom te overstrekken. De ouders zitten daar in goed vertrouwen bij. Deze manipulatie van hals en wervelkolom zou alles weer op z'n plaats zetten en de klachten van de baby doen afnemen.

Op een gegeven moment horen de ouders dat hun kindje een vreemde en soms stokkende ademhaling heeft, bovendien verliest het ontlasting.

De vader vraagt de therapeut of dit normaal is. Die bezweert dat het erbij hoort en dat het kind zelfs in diepe slaap is. De ouders, weliswaar op hun qui-vive, zien het nog even aan. Na een minuut of tien legt de man het kind op de rug. De ouders zien blauwe lipjes, hun kind ademt nauwelijks, is slap en reageert niet meer op aanraking. De vader raakt in paniek, belt 112 om een ambulance, grijpt zijn kind en begint met hartmassage en mond-op-mondbeademing.

Bij aankomst in het ziekenhuis treffen de dienstdoende artsen een min of meer levenloze baby aan. Alles wordt uit de kast gehaald om dit baby'tje te redden. MRI-MRA toont afwijkingen aan in het ruggenmerg. De vitale hersenfuncties zijn ernstig gestoord. Ze intuberen het kind en doen vervolgens gedurende een uur pogingen om haar te reanimeren.

Er komt geen spontane adem- hart- of hersenactiviteit op gang. Na multidisciplinair overleg is de behandeling gestaakt.

'Die lul heeft dit mooie gave meisje gewoon aan flarden gedrukt, kapotgerekt, een dwarslaesie bezorgd!' snikt de assistent. 'Ik ben godverdomme net vader geworden, ik zou hem eigenhandig vermoorden als het mij zou overkomen. En dan die ouders! Hoe moet je zoiets verschrikkelijks in godsnaam vertellen?'

Ik ril ervan als ik aan mijn Gijsje denk. Een groter verdriet kan ik me niet voorstellen.

We zitten als groep verslagen om de assistent heen. Ieder met zijn of haar eigen gedachten. Denkend aan ervaringen die je naar de strot grijpen. Ervaringen die je van je af moet schudden, anders kun je dit vak niet volhouden.

We hebben het allemaal meegemaakt. Zoals die tiener die we vorige maand hebben verloren na dat ongeval met de bus. De knul nam, mag je hopen, 's ochtends vrolijk afscheid van zijn ouders om vol zelfvertrouwen aan de schooldag te beginnen. Hij was overmoedig met zijn brommer door een rood stoplicht gereden. De buschauffeur had hem niet opgemerkt en heeft hem veertig meter onder de bus meegesleurd.

Alles was kapot aan die jongen, zowel vanbinnen als vanbuiten. Hij was niet meer te redden. Het bloed liep er sneller uit dan wij het erin konden pompen. Onder het motto 'alles of niets' hebben we nog geprobeerd een spoedoperatie op de spoedeisende hulp uit te voeren. Maar er was geen houden meer aan, nog voordat hij open was stierf hij voor mijn ogen. Het enige wat ik kon doen was zijn hand vasthouden. We hebben hem onmiddellijk aan de hart-longmachine aangesloten om zijn organen te redden voor donatie. Zijn ouders hebben hem niet meer levend aangetroffen.

Gijsje krijgt van mij geen brommer, nooit.

De nazomer was prachtig, we hebben tot ver in september veel avonden buiten kunnen eten. Gijs is geliefd in ons wijkje, regelmatig lopen leuke buurmeisjes in en uit om met hem te spelen. Die aandacht vindt hij prachtig. Zo jong als hij is, hij dirigeert de hele boel bij elkaar. Een kleine Napoleon, dat is hij. En dan nog iets. Hij loopt! Onze zoon kan lopen, wat een wonder. We komen net terug van een strandweekend. Zo fantastisch om te zien hoe die kleine man van ons zich dapper over het rulle zand voortbeweegt. Niet te stoppen, onze globetrotter. Apetrots, zelfs verbaasd was hij over zijn nieuwe vaardigheid. Hij kon er niet genoeg van krijgen, van zijn verticale bestaan. We hebben hem gisteren na zonsondergang werkelijk krijsend van woede mee naar huis moeten nemen, want meneer 'had nog even willen blijven'. Kwijlend van vermoeidheid viel hij in de gehuurde bolderkar in slaap.

De beste vriend van Mathijs had ons in Domburg uitgenodigd voor een bijeenkomst van het bruiloftspersoneel ter voorbereiding op zijn huwelijk. Het is lang geleden dat we als gezin een heel weekend onbekommerd met vrienden hebben doorgebracht. Ik moet bekennen, het doorzakken is me niet in de koude kleren gaan zitten. Pas om een uur of vijf in de ochtend lag ik in bed. Dat is volgens mij sinds mijn coschappen niet meer voorgekomen.

Terug in Vleuten liggen we, wegens kater en vermoeidheid, uitgezakt voor de tv als de telefoon gaat.

'Voor jou,' zegt Thijs.

'Wie?' vraag ik.

'Weet ik veel.'

Weet-ik-veel blijkt Richard te zijn, de man van een van onze oudste assistenten. Volgens mij iemand met een behoorlijke baan. Een jaar of tien ouder dan zij. Ik heb wel eens naast hem gezeten tijdens een afdelingsdiner. Interessante vent, als ik me goed herinner pimpt hij verliesgevende bedrijven op om deze vervolgens weer met winst te verkopen.

Richard trekt meteen van leer. Of ik niet een handje kan helpen. Het is toch godgeklaagd dat egocentrische collega's zijn vrouw belemmeren om met de kerst te gaan skiën in Zwitserland. Zes maanden geleden was alles, vliegreis, skipassen, inclusief chalet, geboekt... én mind you! betaald.

'Ik heb er wel over gehoord tijdens de maatschapsvergadering. Weet je wat het is...'

'Hou maar op, dát verhaal ken ik wel.' Hij verheft zijn stem behoorlijk.

'Ik was nog niet uitgepraat, Richard. Het probleem is dat...'

'Van die zwangere collega die plotseling plat moet vanwege een loslatende moederkoek of zoiets. Wat heb ík, of wat hebben wíj daarmee te maken!? Moeten wíj daarvan de dupe zijn? Hebben wíj geen recht op een privéleven? Is het alléén maar ziekenhuis dat de klok slaat? En bovendien, wie vergoedt de schade?'

Jezus, wat is die vent opgefokt. Arme Annemarie. Durf te wedden dat ze hier niets van af weet.

'Nou ja, wij hebben de policy dat assistenten hun eigen rooster organiseren. Ik ga hier niet over. Dan moet je bij de assistentengroep zijn. Misschien dat iemand anders...'

'Ik hoor het al. Ook al niet thuis dus! Eén ding, vertel dát maar vast aan die collega's van je... Annemarie gaat mee. Hoor je wat ik zeg? Wat er ook gebeurt, ze gáát mee. Punt uit!'

Nog voordat ik de zaak kan sussen heeft hij opgehangen. Nou ja, sussen, er valt niet veel te sussen. We zijn nu eenmaal een volcontinubedrijf, dus dat betekent dat er altijd iemand van de assistentengroep aanwezig moet zijn en dat een van de gevestigde specialisten achterwacht heeft. Dit zijn gescheiden systemen, niet overdraagbaar aan elkaar. Het spreekt voor zich dat die roosters bij voorkeur in prettig overleg met elkaar tot stand moeten komen. Wanneer collega's zich star opstellen en niet bereid zijn compromissen te sluiten, kan dit leiden tot hevige conflicten op het werk en daarnaast nog eens tot ernstige bonje op het thuisfront. Vertel mij wat!

Kijk, het is eigenlijk heel eenvoudig, als je geen zin hebt in diensten moet je geen dokter worden. De kersttijd, juli en augustus en de voorjaarsvakanties liggen altijd heel gevoelig. Vooral tegenwoordig, nu er meer vrouwelijke dokters zijn. Die zijn getrouwd, hebben peuters of schoolgaande kinderen en vaak een man met een stevige baan. Op het thuisfront moeten deze werkende ouders hun professionele belangen in overeenstemming zien te brengen met de belangen van het gezin. Zie dat maar eens voor elkaar te krijgen.

Ik zal de kwestie morgen in de maatschap nog eens aan de orde stellen. Ewoud zal wel weer heftig reageren. Die noemt dit natuurlijk typisch vrouwengezeik en sissygedrag, of in het ongunstigste geval zelfs werkweigering. Er moet toch een mouw aan te passen zijn?

De mammapoli loopt uit. Op tijd lopen is iets wat ik maar niet onder de knie krijg. Er waren drie nieuwe patiënten. De intakegesprekken en de invoering in de computer kosten meer tijd dan gepland, mede door het inwerken van een nieuwe coassistent, die bij het lichamelijk onderzoek een en ander over het hoofd heeft gezien.

De laatste patiënt herken ik meteen bij binnenkomst. Journaliste en nieuwslezeres van een commerciële omroep. Ze stelt zich voor als Denise Bos en gebruikt de achternaam van haar man. Haar mammografie, gemaakt vanwege het landelijk screeningsprogramma op borstkanker, toonde helaas een afwijking aan. Ze is enorm gespannen, maar wordt gelukkig bijgestaan door haar man. Bij het onderzoek van haar rechterborst voel ik meteen dat het goed mis is. Ik voel een hazelnootgrote tumor van anderhalf à twee centimeter. Ze let nadrukkelijk op mijn non-verbale communicatie en ziet aan mijn blik dat ik er niet gerust op ben.

'Einde verhaal?' vraagt ze quasistoer. Haar man slaat een arm om haar heen.

'Schatje, doe niet zo fatalistisch,' zegt hij. De jonge

vrouw, ze is van mijn leeftijd en heeft twee kleine kinderen, begint te huilen.

'We moeten meer gegevens verzamelen,' leg ik uit. 'De procedure is dat we bij het constateren van een knobbel een aantal standaardonderzoeken doen. We werken hier met een multidisciplinair team. U kunt zo meteen naar de radioloog voor een herhalingsmammografie. Daarna krijgt u een echo van de borst en een echogeleide punctie. Ze nemen dan een klein stukje weefsel uit het knobbeltje dat naar de patholoog-anatoom gaat. Onze nurse practitioner, dat is de verpleegkundige van de mammapoli, zal u bij de verschillende onderzoeken begeleiden. Ik zie u dan graag over twee uur terug op mijn kamer, dan heb ik de uitslagen binnen en kunnen we bespreken wat de vervolgstappen zijn.'

Mijn maag krimpt ineen als ze terneergeslagen de onderzoekskamer verlaat.

Een leven verandert, voor mijn ogen. Het kan zomaar anders zijn. Voor je het weet, wordt ze als BN'er ingezet als ambassadrice bij Pink Ribbon. Klotekanker, denk ik bij mezelf.

Hierna probeer ik wat in te lopen en realiseer me maar al te goed dat ik daarmee de andere patiënten tekortdoe.

Twee uur later is ze terug. Het multifunctionele werkproces werkt precies zoals ik dat met de leden van de werkgroep heb ingericht. *On time delivery*. In dit geval wél met een pijnlijk eindproduct. Namelijk mammacarcinoom.

Het zoveelste slechtnieuwsgesprek. Het went nooit.

Ik neem er de tijd voor en de poli loopt een halfuur uit.

Als ik even later het polikantoortje binnenloop, krijg ik van de polimanager de wind van voren. Ze krijgen de onderzoekskamer niet op tijd schoon voor de middagpoli en de verpleegkundigen die op het zogenaamde moederschema zijn aangenomen, lopen te vloeken omdat ze niet op tijd naar huis kunnen om de kinderen op te vangen.

'Wat is nou belangrijker, adequate opvang van deze patiënt of de logistiek van de poli?' sneer ik terug.

2

Ewoud

Het was weer een enorm gebakkelei tijdens de laatste maatschapsvergadering. Wat zat Frits weer te oreren over zijn stokpaardjes. Dat eeuwige gezever van die bijna-pensionado over wetenschappelijke output, prestige en de komende visitatie van de opleiding. Een aantal assistenten had geklaagd dat ze te weinig aan de bak komen op de OK. Ze zouden hun minimumaantallen van de verschillende operaties niet halen. De opleiding kwam in gevaar. Toen bestond het ook nog dat hij míj er persoonlijk op aansprak! Ik kon niet delegeren, ik had altijd haast, ik plande te veel operaties op één ochtend, waardoor er te veel tijdsdruk op het programma stond. Hierdoor werd ik (volgens zeggen) kortaf tegen de assistenten, nam ik het te snel van ze over en mochten ze alleen maar 'aan de haken hangen'. Ja, dank je de koekoek. Wie doet het dan? Al die liesbreuken, spataderen en galblazen? Wij zijn toch dokters, met als core-business patiëntenzorg?

Binnen onze maatschap is de balans er helemaal uit. De baas verschuilt zich continu achter zijn functie als opleider en de dames trekken zich zoveel mogelijk terug in hun supergespecialiseerde koninkrijkjes. Het 'gewone werk' vinden die wijven niet prestigieus genoeg. Daar zijn Ewoud en Joop goed voor. Nu vind ik Joop niet zo'n goede operateur. Hij klungelt. Operaties lopen uit en hij heeft aantoonbaar meer wondinfecties, waardoor het postoperatieve beloop van zijn patiënten vaak traag verloopt. Joop moet je geen heup laten doen, dat gaat niet goed. Hij moet zich maar terugtrekken op zijn eilandje, de vaten. De rest moet hij maar aan mij overlaten.

Ik ben graag generalist, ik houd ervan om mijn vak in de volle breedte uit te oefenen. Dus heupen, traumatologie, darmen, kanker, endoscopieën, enzovoort, ik vind het allemaal leuk. Chirurgen worden nu eenmaal opgeleid om alle operaties zelf uit te voeren. Met onze kleine maatschap in het Kromme Rijn-ziekenhuis werkten we altijd zo. Dat ging altijd goed. Ingewikkelde oncologie stuurden we door naar de Academie. Van kanker word je toch niet rijk, de huidige output pricing van zo'n ziekteproces levert weinig munten op, dus daar zaten we niet zo mee. Ons inkomen was vooral gebaseerd op de kleine ingrepen. We waren er bepaald niet te beroerd voor om die snel en efficiënt af te werken.

Daar heb ik mijn boerderijtje in Groenekan aan te danken en daarvan kan ik mijn grote liefde en trots, mijn MG, aan de praat houden. De altijd glimmende bijna vijftig jaar oude cabriolet, mijn weekendgenot, mijn prinses. Zij laat me nooit in de steek, zij zeurt niet, zij laat zich in tegenstelling tot veel vrouwen bruut en gewillig berijden. Wanneer ik met haar de hekken van mijn ouderlijk landgoed Beukenhorst passeer, valt zij bepaald niet uit de toon bij de lommerrijke omgeving.

De vergadering liep, zoals we onder het voorzitterschap van Frits gewend zijn, behoorlijk uit. De vakantieplanning was weer een feest van jewelste. Een emotionele symfonie van gezinsbelangen. Het voorval over de wintersportvakantie van onze assistent Annemarie kwam uitgebreid aan de orde. Volgens Frits was ze helemaal over de toeren toen ze het bij hem ter sprake bracht. De oogjes waren weer behoorlijk nat geweest. Waarom janken die vrouwen allemaal zo snel? Het hoge woord kwam er snikkend uit: het was slikken of stikken. Als ze geen vrij kreeg zou ze stoppen met de opleiding. Dit was de druppel die haar met tranen gevulde emmer deed overlopen. Frits vond dat er een mouw aan te passen moest zijn. Hij bedoelde natuurlijk míjn mouw. Ik heb maar over mijn vrijgezellenhart gestreken, ook omdat ik haar vent goed ken, we zijn beiden lid van de sigarensociëteit. Ik ben toch altijd 'de lul'. Dat ik mijn moeder beloofd heb om met de kerst een flinke zuurkoolstamppot met konijnenbout te maken, heb ik niet eens aangekaart. Moet moeder maar weer met de tuinman dineren, arme mammie.

Duidelijke opluchting aan het vrouwenfront. Vooral toen ik zo soepel meebewoog met de vakantieplanning van de andere collega's. Het damesduo, Ellen en Simone, wil volgend jaar met hun gezinnen zeilen langs de Normandische kust. Ook Joop wil in dezelfde week met zijn gezin naar hun huis in de Dordogne. Schoorvoetend leverde ik mijn voorkeursweek in tegen de laatste week van augustus. Ik liet ze even lekker zweten. Dit was puur gespeeld, want het maakt mij eerlijk gezegd geen reet uit wanneer ik vakantie neem. De enige dag van het jaar die voor mij heilig is, is de dag dat de Rode Kruis Rally wordt gereden.

Dat is dit jaar op 29 augustus. Heb ik die week alle tijd om in de zon mijn oldtimertje te waxen, haar chroom te poetsen en het leer in de was te zetten.

Tegen halfelf hield Frits een pleidooi voor Evelien. Haar proefschrift zit in het eindstadium, ze komt in tijdnood en heeft studieverlof nodig om alles in goede banen te leiden. Bovendien zijn twee artikelen van haar teruggekomen van het gerenommeerde *Journal of the National Cancer Institute* met de aanbeveling nadere analyses te doen naar de vormafwijkingen van de kankercellen in de schildwachtklier. Het tijdschrift wil meer bewijs dat zij ook daadwerkelijk in alle gevallen kankercellen in de okselklier heeft gediagnosticeerd. Daarom moeten een aantal kleuringen op de preparaten over en dat kost tijd.

Als ze dat kan bewijzen zal het artikel zeker geplaatst worden, wat een grote wetenschappelijke prestatie is en het prestige van de afdeling zal verhogen. Frits, natuurlijk medeauteur, begon er al geil van uit zijn ogen te kijken. Zijn voorstel was haar twee weken vrij te geven.

Maar wie is dan de sigaar? Wie moet het werk doen? Wat heeft mijn persoontje eraan? Ze heeft het toch aan haar eigen planning en ambitie te danken dat ze nu in de problemen komt? Dat gezeur om je zo vroeg al vast te pinnen op een promotiedatum terwijl je manuscript nog niet af is. Dat is vragen om moeilijkheden. Toen ik promoveerde heb ik niemand lastiggevallen. Gewoon keurig doorgebuffeld in mijn eentje. Geen dienst verzaakt, laat staan dat ik maatschapsinkomen heb laten lopen. Zo gaat het dus met de vrouwtjes tegenwoordig. Over onze rug gloriëren, terwijl wij de centjes verdienen om hun bovenmaatse hypotheek af te lossen.

Tegen elven wilde onze senior afronden en het agendapunt over de kwartaalcijfers van het maatschapsinkomen doorschuiven naar de volgende vergadering. Onze accountant had er al de hele avond voor lul bij gezeten. Toen ben ik op mijn strepen gaan staan.

De productiecijfers spraken boekdelen en eerlijk gezegd komt me dat goed uit. Mijn collegae zullen nu wel een toontje lager zingen als ik eens een keer ga golfen.

Frits stond een beetje onhandig te gapen toen onze accountant bevestigde dat ik de meeste poen binnenbracht. Vooral toen duidelijk werd dat hij en Evelien bedroevend weinig bijdragen aan de maatschapspot, was hij snel uitgeluld. Veel zeuren, maar natuurlijk wel met genoegen beuren, die twee. In plaats dat hij nou eens ruiterlijk toegeeft dat het succes en het aanzien van de afdeling grotendeels door mijn inzet worden gefaciliteerd. Maar dat kon er niet af bij de baas. Wacht maar, het duurt niet lang meer.

'Waarom scheld jij altijd zo tijdens een operatie?' merkt de Oost-Europese gasboer op.

Daar zit ik op te wachten. Het is allemaal al linke soep, begint die gozer ook nog eens te mokken. Hij bakt er zelf niets van. Bij hem zijn de patiënten altijd mondjesmaat onder narcose. Die vent kan gewoon niet fatsoenlijk gassen. Wat moeten we met al die allochtonen op de OK?

'Omdat patiënt niet slap is, dáárom!'

'Hoezo niet slap? Ze slaapt diep hoor, niets aan de hand.'

En dan ook nog dat accent. Kunnen wij in Nederland geen autochtone anesthesiologen meer opleiden?

'O ja? Noem je dit slap?! Als ik met dit instrument in de buurt van een spier kom, stuitert ze al tegen het plafond. Kijk dan!'

Die bolsjewiek steekt zijn Brezjnev-kop over het scherm en kijkt naar het operatiegebied.

'Ja, dat is gewoon een autonome spierreactie als jij met dat ding tegen die buikspier zit te porren. Schiet liever even op, want haar bloeddruk daalt.'

'Luister, je moet er gewoon wat spierverslapping bij geven. Die tumor moet eruit. Zo kan ik niet werken, ze beweegt gewoon. Ze is godverdomme veel te dik ook. Dit varken heeft een BMI van veertig, ernstige diabetes, bloeddruk instabiel. Doe wat, man!'

'Sorry, maar dat is niet volgens het protocol.'

'Wie is er hier op de OK de baas, jij of ik?'

Brezjnev haalt zijn schouders op. Jeannet, de OK-verpleegkundige, kijkt me vernietigend aan.

De omloop en de anesthesieassistent lopen in en uit, dat

werkt me op de zenuwen en is tegen de regels om infectie te voorkomen.

'We moeten haar wakker maken, het is linke soep, de bloeddruk valt weg,' zegt mijn zogenaamde ondersteunende collega om de spanning nog een beetje op te voeren.

'Hoeveel is die nu?' informeer ik nors.

'70/40. Bloedt ze?'

'Nee, alles is droog. Bijgassen dus,' verordonneer ik.

'Wat jij wilt, ik ben er niet gerust op.'

Wéér gaat die schuifdeur open. Ik spring uit mijn vel en smijt de scalpel op tafel. Ik recht mijn rug, haal diep adem en ga helemaal los.

'Hoe vaak moet ik nog zeggen dat ik dit gekloot niet wil als ik aan tafel sta! Dit is een highriskoperatie, mensen! Overgewicht, diabetes en ook nog een colon. Die darmen liggen open. Ik wil alleen maar een beetje professionele discipline, is dat te veel gevraagd?'

'Doe even relaxed, man!' oppert de OK-omloop.

'Ja, hallo! Jullie lopen maar in en uit, het is hier geen warenhuis. Op hoeveel staat de deurteller? Hou die wolk beestjes buiten de deur alsjeblieft, ik wil die troep van jullie niet in de wond. Een infectie in die vetprop, dáár zitten we op te wachten.'

'Overdrijf niet zo man,' reageert de anesthesioloog.

'Nou ja, zo'n infectie is niet voor jullie natuurlijk, die kan ík dan weer opruimen, dokter mag alles opknappen. Wat een stelletje amateurs!' Ik kan me hier zó over opwinden. Wondinfecties, míjn stokpaardje. Het onderwerp van mijn proefschrift. Dat gaat nu juist over het voorkómen van wondinfecties bij patiënten met een verhoogd risico. Bij deze mevrouw heb ik er preoperatief alles aan gedaan om die risico's te verkleinen. Dan moet ik ook absolute steriliteit in het operatieveld hebben en dus deuren dicht.

'Is het smijten met scherp instrumentarium dan wel volgens de regels?' merkt Jeannet koeltjes op. 'Heb jij wel eens gehoord van hiv-preventie? Bovendien, hou de sfeer hier een beetje goed alsjeblieft. Met jouw gekanker veroorzaak je alleen maar negatieve stress en ongelukken. Mensen gaan daardoor fouten maken en de patiënt is de dupe.'

'Tut, tut, gaan we assertief doen? Nou vooruit... mevrouw, je hebt gelijk, ik schoot uit mijn slof.' Van haar kan ik het wel hebben. Een tikkeltje ordinair is ze, maar wel lekker.

Als we een uur later neerploffen in de stoelen van de koffiekamer schreeuwt Jeannet op z'n 'HEMA'S' en dan ook nog met een Utrechts accent.

'Gu-báák in de koelkaast.'

Daar beef ik gewoon van, van dat woord en dan óók nog koelkast in plaats van ijskast. Mammie zei altijd: 'Ewoud, vrindjes of vriendinnetjes die gebak zeggen in plaats van taartje, die heb ik hier liever niet over de vloer. Dat is echt beneden onze stand.' Mammie lette op alles en schrok er niet voor terug om vrindjes terecht te wijzen wanneer ze hun mes en vork verkeerd hanteerden of wanneer ze vergaten hun handen te wassen voordat ze plaatsnamen aan de tafel in de eetzaal. Ze mochten ook niet 'eet smakelijk' zeggen of vragen of ze naar het toilet mochten. Dat moest dan weer wc zijn, terwijl ze dachten dat het woord toilet veel chiquer was. Op een gegeven moment kwamen ze niet meer. Ik ben veel alleen geweest op het landgoed.

'Taartjes, zul je bedoelen, gebakjes zijn voor arbeiders,' kon ik niet nalaten op te merken.

'Zo, heeft onze jonkheer het weer eens moeilijk met "ons plebs"? Ik ben jarig hoor en ik trakteer op gebakjes, punt uit.'

Zo, die solliciteert naar een partijtje strafneuken.

Vanavond komt Eugenie een drankje doen. Ze is onze officemanager en stuurt die vijf typekippen aan, die onze administratie verzorgen. Het jaarverslag moet voor het einde van de week klaar zijn, want het wordt meegestuurd met de papieren die naar de visitatiecommissie gaan. Als tweede man ben ik daar verantwoordelijk voor.

Ze verzint regelmatig zakelijke smoesjes om mij te ontmoeten. Meestal eindigen die bijeenkomsten in bed. Bij voorkeur spreek ik bij haar thuis af. Op de eerste plaats is dat goedkoper, ik hoef geen boodschappen te doen, en op de tweede plaats is koken ook al niet zo 'mijn ding'. 'Mijn ding', zoals die jongelui op de afdeling dat tegenwoordig allemaal te pas en te onpas plachten te noemen. Kan het erger?

Ik hou er niet van om dames thuis te ontvangen. Te veel commentaar. Voor je het weet bemoeien ze zich met de inrichting, of gaan ze ongevraagd de keuken een schoonmaakbeurt geven. In het ergste geval wordt de volgende dag de hele afdeling geïnformeerd over mijn doen en laten. Wat mij betreft toch maar liever 'de ver-van-mijn-bed, in-haar-bedshow'.

Laatst zei zo'n OK-miepje dat ze met mij kleren wilde kopen. Ze vond mijn stijl te tradi. Dat zei ze, tradi! Met mijn blauwe jasje en corduroy broeken had ze het wel gehad. Dat kon allemaal veel leuker en bovendien maakte het me ouder dan ik ben. Ik moest mijn lok kortwieken, wax gebruiken en die Greve-schoenen konden al he-le-máál niet meer. Ik moet er niet aan denken. Bovendien, waar die bella's zich allemaal druk om maken. Een inbreuk op mijn privacy, dat is het!

Als ik op vrouwenjacht ga, trek ik me meestal van te voren even af. Dan is de druk een beetje van de ketel. Voor je het weet ben ik weer te onstuimig voor die grieten. Als je je een béétje spontaan laat gaan, beginnen ze ineens te piepen. Maar wel van die lekkere decolletés hebben waar je de hele dag in moet kijken. Diep decolleté, droge snee. Zo zit dat met die verpleegsters.

Bij Eugenie ligt dat anders. Die houdt er wel van een beetje stevig genomen te worden. Die is supergeil, maar op een brave schijnheilige manier. Het grappige is dat het haar totaal niet is aan te zien. In tegenstelling tot die lekkere stoten van de OK komt zij juist tamelijk conventioneel over. Opgestoken haar, parelketting, veel goud, jasje, sjaaltje en meestal een strakke rok over haar bovenmaatse onderstel. Bij mijn moeder zou ze moeiteloos in de smaak vallen.

Ze is negenendertig en ongehuwd. Oppassen geblazen dus. Zo langzamerhand zou ik het hele pikethotel, met die amechtig lonkende vijfendertigplusdames, kunnen vullen met mijn adellijke zaad. Want daar zijn ze op uit, teneinde hun maandelijks gefrustreerde baarmoeder niet wederom teleur te stellen.

Daar trap ik niet in, in die 'omhoogneukerij'. Mij niet gezien, en soa evenmin. De condooms zijn altijd binnen handbereik.

Als de bel gaat ben ik, zoals dagelijks het geval is, in gesprek met mijn moeder. Ze wil het liefst een uitgebreid verslag van wat ik die dag van uur tot uur heb gedaan. Mijn leven is haar leven. Het commentaar is niet van de lucht. Geen enkel detail ontgaat haar.

'Droeg jij vandaag dat geruite jasje op een blauwe broek? Maar lieverd, daar moet je die amberkleurige broek onder dragen. Die setjes heb ik laatst allemaal met je doorgenomen. Wat dom van je.'

'Maar die blauwe was naar de stomerij, mam.'

'Hoezo naar de stomerij? Vergis je je niet? Die is vorige week toch al naar de stomerij geweest? Bovendien, stomen is veel te duur. Je kunt je kleding beter bij mij wassen! Je bent hier toch om het weekend. Cora strijkt met alle plezier je overhemden, dat weet je toch?'

Ik gebaar Eugenie naar de keuken en loop zelf de huiskamer in. Dit gesprek gaat haar tenslotte niets aan.

'Heb je bezoek?'

'Het is de secretaresse, mam. We nemen vanavond de laatste versie door van het jaarverslag. Er is haast bij.'

'Moet dat bij jou thuis? Wat voor type is het, Ewoud? Of is het dat meisje dat bij ons laatste wilgenknotweekend de high tea verzorgde?'

'Zou kunnen.' Ik hou me op de vlakte.

'Ze is wel een beetje stevig hè? Past niet zo bij jou, vind ik.'

'Daar hebben we het nog wel over, mam. Ik bel je morgen, goed? Ik moet nu echt aan de slag.'

'Jeetje, nu al? Wat doe je weer ongezellig.'

'Morgen heb ik meer tijd. Ik bel je om negen uur, als ik terug ben van golf.'

'Beloofd?' smeekt ze.

'Beloofd, moeder,' beaam ik om er zo snel mogelijk vanaf te zijn.

'Moeder, zei je moeder? Ewoud... alsjeblieft!'

'Sorry, dag mammie.'

'Hoorde ik je "mammie" zeggen?' merkt Eugenie een beetje schamper op als ik plaatsneem aan de keukentafel, die in de tussentijd geheel is ontruimd. De afwas staat gestapeld op het aanrecht. Tussen keurig gerangschikte stapels papier staan twee flessen chablis op tafel, waarvan er één is ontkurkt. Eugenie rookt.

'Daar hecht mijn moeder aan. Als ik haar daar een plezier mee doe, kleine moeite,' reageer ik terwijl ik demonstratief naar het raam loop om het te openen.

'Schattig hoor, schampert ze door. Ze is er wel hè? Je moeder.'

'We hebben een sterke band, ja. Ik ben enig kind, wat wil je.'

'Haar trots en zaligheid.'

'Zoiets ja.'

Eugenie heeft het rapport voor de visitatiecommissie en het jaarverslag keurig in diagrammen en grafieken weergegeven.

De productie ziet er goed uit, een ruime groei ten opzichte van de vorige visitatie, die vijf jaar geleden voor de fusie plaatsvond. Helaas heeft ze alle gegevens over de operatiestages van de assistenten nog niet binnen. Volgens haar moeten die, net als de onderwijsschema's en de dienstroosters, door Frits gefiatteerd worden. Als persoonlijke secretaresse van onze opleider is Eugenie erg loyaal aan Frits. Ik moet dus op mijn hoede zijn met mijn kritiek. Tegen halfelf loopt Eugenie naar de zitkamer en neemt plaats op de bank. Tijd voor andere belangrijke zaken, denk ik.

'Hé Woudje, denk je dat het zo weg kan, als Frits zijn fiat heeft gegeven?'

Ze ligt half onderuit op de bank en spreekt een tikkeltje met dubbele tong. Jezus, wat kan die meid zuipen, zeg.

'Prima zo, stuur morgen maar weg. Een hele opluchting dat die klus weer af is. Frits kan tevreden zijn.' Ik plof naast haar op de bank.

'Te diep in het glaasje gekeken?' Ze gaat verleidelijk in de hoek van de bank liggen en slaat haar benen over elkaar. Nu pas zie ik dat ze netkousen draagt. Van die dingen die halverwege haar dijen blijven plakken, hoe heten die geile kousen?

'Komt omdat ik niets gegeten heb. Ik dacht dat jij eens een keertje zou koken.'

'Ja luister, dat heb ik toch duidelijk afgesproken?! Ik zat tot acht uur op de golfbaan. Daar heb ik een daghap gegeten. Dat wist je toch? Zal ik een broodje shoarma voor je halen? De snackbar is nog open.'

Ze vlijt haar hoofd tegen mijn sleutelbeen. Béétje klef allemaal. Maar als het ergens toe leidt, speel ik het gedoe eromheen wel mee.

'Nee schat, ik ben aan de lijn. Ik wil geen shoarma, ik wil liever jou. En Woud, ik ga echt niet meer rijden, ik blijf.'

Die ogen! Jezus, wat is ze er weer aan toe vanavond. Doe je een keer één weekje niet mee en dan dit. Zaadvragender bestaat niet. Haar rok is inmiddels tot bijna kruishoogte opgekropen. Ik moet ontzettend neuken. Staand trek ik mijn broek naar beneden. Daar hoef ik me niet voor te schamen, een fiere jongen.

'Zuigen!' hijg ik.

'Woud, nu niet... vanavond doen we jouw spelletjes niet. Kom maar hier', ze wijst tussen haar benen. Daar vind ik dus geen reet aan, dat recht-op-en-neergedoe. Ik wil verwend worden. De dames moeten een beetje hun best doen om mijn jongeheer aan het werk te houden. Het liefst neem ik ze in al hun openingen. Anders heb je een vrouw niet écht gehad. Tussen de kussens van de bank graai ik naar een pakje condooms.

'Als we nou eens...' Ze mompelt iets, terwijl ik met de broek op mijn schoenen de verpakking openscheur.

'We gaan toch niet tegenstribbelen? Eu-gênie... of liever gezegd Sans-gênie. Zo ken ik je niet. Kom op, Bella, draai je eens lekker om. Waar wil je hem hebben?'

'Laat dat rubber maar zitten, Woud. Volgens mij ben ik er allergisch voor. Ik heb zo'n jeuk de laatste tijd. We hebben toch geen geslachtsziekte? En daarbij, ik ben toch aan de pil.'

Het was weer 'van dik hout'. Alle hoeken van de kamer en zo. Op de bank, dat wel. Van achteren, van voren. Ik moest dóórgaan en dieper natuurlijk. Stoten en grijpen, een fucking machine was ik. En zij... verloor haar waardigheid... gore taal, een grenzeloos decorumverlies. Zo gretig heb ik haar niet eerder meegemaakt. De volle laag! Het werd twee uur.

Een kloppend hoofd en vrijwel tegelijkertijd weer dat gevoel van walging. Het was klaar. Ik was er klaar mee.

'Je vindt mij lief hè?'

'Ik vind je heel lekker. Maar je moet wel naar huis, mevrouw. Morgen grote operatie. Sorry hoor, maar ik doe geen oog dicht als je bij me slaapt. En meisje, mondje dicht! Daar kan ik toch op vertrouwen hè?' Dat laatste kwam er toch vrij nadrukkelijk uit.

Ze begreep precies wat ik bedoelde. 'Een gesloten boek, my lips are sealed. Niemand weet van ons en niemand zal er ooit iets van te weten komen.'

Dat zei ze en het stelde me gerust. En wat die lips betreft, zo sealed waren die nou ook weer niet.

Mijn pieper gaat, code spoed op C5. Op de poli, waar ik vanochtend de supervisie heb over de nieuwe patiënten, is het weer een gekkenhuis. Het is zo verdomde tijdrovend om die coassistenten na het lichamelijk onderzoek stap voor stap te controleren.

Ik bel. Carla, de hoofdverpleegkundige van onze afdeling, is in alle staten en dat is ze doorgaans niet zo snel.

'Mevrouw Bos gaat helemaal door het lint. Je moet komen. Ik heb het niet meer in de hand,' hijgt ze hoorbaar aangedaan.

'Mevrouw Bos?'

'Je weet wel, die journaliste van het halfachtjournaal.'

'Maar die heet toch geen Bos?'

'Nee, dat is de naam van haar man. Ze wil natuurlijk incognito blijven. Dat mens loopt niet voor niets de hele dag met een zonnebril op.'

Op de achtergrond hoor ik geschreeuw en de stem van onze hoofdverpleegkundige slaat geëmotioneerd over.

'Dat is mijn patiënt helemaal niet, van wie is ze?'

'Van Evelien.'

'Bel Evelien dan.'

'Die staat op de OK. Nou, zit niet zo te zeuren man. Jij hebt vandaag toch supervisie op de afdeling? Iemand moet komen. Zoiets heb ik nog nooit meegemaakt. De hele afdeling staat op z'n kop. Ze is nog maar drie dagen postoperatief. Ik heb haar vijf milligram valium aangeboden, maar dat weigert ze. Zo zielig, ik weet niet wat ik moet doen.'

Het is inderdaad een chaos op de gang. Mevrouw Bos staat met de infuusstang aan de hand stampvoetend te schreeuwen bij de balie van de verpleging. Ze smijt haar status over de rand. Op het tumult afgekomen, staan nieuwsgierige patiënten op een afstand te gluren. Ramptoerisme. Een van hen roept dat mevrouw Bos te veel kapsones heeft.

'Ik eis een gesprek met de directie. Ik hou het geen dag langer uit. Die man naast me ligt de hele nacht te snurken en overdag zit hij boeren en scheten te laten. Bezoek loopt in en uit. Ze nemen frites, haring, broodjes shoarma en god weet wat allemaal mee. Om te kotsen is het. Kinderen, opa's en oma's, huilende baby's die op bed worden verschoond. Het is een gekkenhuis. Ik wil rust. Ik wil privacy. Ik heb verdriet! Begrijp dat dan.' Ze begint te stotteren en ze plaatst haar rechterhand op de vlakke plek onder haar ochtendjas. Alsof ze iets op de plaats wil houden. Iets wat er niet meer is. Als ik op haar afkom om haar te kalmeren weert ze me af.

'Ga weg, ik heb niets – ik hoop dat u me goed begrijpt – maar dan ook níets met u te maken. Deze mensonterende situatie hou ik geen dag langer vol. Hóórt u mij, geen dag langer! Dan euthanaseer ik mezelf nog liever. Het heeft toch geen zin meer allemaal. Ik heb kanker en uitzaaiingen, einde verhaal. Nog geen drie dagen geleden ben ik verminkt. Een asymmetrisch geval ben ik geworden. Een halve vrouw. Ik eis een kamer voor mij alleen, of op z'n minst een vrouwenkamer.'

Ze barst in tranen uit en zoekt voorovergebogen steun aan haar infuusstang. Het zakje met wondvocht zit vastgespeld aan haar peignoir. Ik zie dat ze tot haar hals is ingezwachteld. Tranen lopen onder haar bril door en blijven aan het puntje van haar neus hangen. Van de dagelijkse tv-verschijning, zoals we die van haar gewend zijn, is weinig over. Ik geef haar een papieren zakdoek en een verpleegkundige reikt haar een glas water aan. Van Carla begrijp ik dat alle eenpersoonskamers bezet zijn. In kamer C13 ligt een terminale patiënt en de andere drie zijn bezet door patiënten die er erger aan toe zijn dan mevrouw Bos. Een daarvan verkeert in een vergevorderd stadium van dementie en schreeuwt dag en nacht: 'Zuster, zuster.'

Hoe moet ik dit aanpakken? Platspuiten lijkt me vooralsnog geen optie.

'Wilt u wel met uw behandelend arts spreken?' probeer ik.

Ik loop naar het kantoortje en bel de OK. Evelien kan het komende uur onmogelijk weg. Ze wacht op de uitslag van de patholoog-anatoom, de patiënt ligt open. Als de uitslag van de leverbiopsieën positief is, heeft verder opereren geen zin meer. Dan kan ze snel sluiten. Open en dicht. Maar dat weet ze nog niet. Ze komt zo snel mogelijk.

'U bedoelt Evelien? Met alle respect voor haar, maar ik wil de voorzitter van dit gekkenhuis spreken en niemand anders. Die staat toch zo bekend om zijn klantgerichte aanpak? Dan zal ik hem vragen of hij zíjn vrouw in zo'n crisiskamer zou laten opnemen. En gebeurt dat niet, dan zal ik er persoonlijk zorg voor dragen dat deze vernederende misstanden uitgebreid aan de orde komen bij mijn collega's van de televisie. De hele wereld weet intussen toch al dat ik borstkanker heb. De roddelpers heeft mijn drama nu al op de cover staan.'

Ik bel de secretaresse van Van Weteren en leg haar de situatie uit. De voorzitter zit in een belangrijke bouwvergadering over de nieuw te bouwen parkeergarage, maar ze zal kijken wat ze kan doen. Die parking is inderdaad een bron van ergernis. De parkeerfaciliteiten, die nu al ontoereikend zijn, moeten worden uitgebreid met driehonderd extra plaatsen. Het tekort is zo nijpend dat zelfs de specialisten geen recht meer hebben op een vaste parkeerplaats. Voor 1200 euro per jaar kan het personeel een vaste plaats huren, maar er zijn weinig medewerkers die daar gebruik van maken. Zelf heb ik om deze reden een Vespa aangeschaft. Er is inmiddels een fanatiek actiecomité opgericht dat op onconventionele wijze wedijvert voor kosteloos parkeren.

Na tien minuten belt de secretaresse terug. We kunnen komen.

Carla, mevrouw Bos en ik nemen de lift naar de vijfde verdieping. In de lift wordt de nieuwslezeres herkend door twee tieners. Hun blikken glijden via de mobiele infuusstang naar haar hoofd.

'U bent toch...? Of ben ik nou gek?'

We betreden de riante werkkamer van onze voorzitter. Hij stelt zich aan onze patiënte voor als Karel van Weteren. Met een uitnodigend gebaar wijst hij naar de informele zithoek bij de kamerhoge raampartij.

De voorzitter pakt de afstandsbediening van het ragfijne zonwerend scherm dat voor de thermopanebeglazing aan de buitenkant bevestigd is. We horen een zacht zoemend geluid als het zich langzaam sluit en het licht in de kamer wordt gedimd. Er blijkt ook een kleurenknop op te zitten waarmee het licht gemanipuleerd kan worden. Een warme, bijna oranje gloed strijkt nu naar binnen.

'Geweldig hè? Deze zonnepanelen hebben we in huis overal toegepast. Hiermee – gecombineerd met andere maatregelen zoals het ecodak – genereren we 25 procent van ons energieverbruik. Ja, ik ben net een kind, van zoiets word ik heel opgetogen. Maar dat ter zijde, gaat u zitten. Ik wil u niet vermoeien met mijn kinderspeeltjes.' Hij schuift de stoel van mevrouw Bos aan. Ze laat zich behoedzaam in de stoel zakken en onderdrukt zichtbaar de pijn. Haar oogopslag is plotseling vriendelijk.

'Dank u,' zegt ze met haar heldere tv-stem.

Hoe die Van Weteren het weer flikt. Dat ongedwongene, charmant, zelfverzekerd, laagdrempelig. Het ijs is meteen gebroken. Heet dit nu leiderschap?

'Wat vriendelijk dat u mij wilt ontvangen,' begint mevrouw Bos.

'Ik begrijp uw probleem en heb ongelooflijk met uw lot te doen,' reageert Karel.

'Als ik nu fors bijbetaal voor een eenpersoonskamer, lukt het dan wel?' vraagt mevrouw Bos.

'Wat u voorstelt is tegenwoordig jammer genoeg niet meer mogelijk. Maar ik heb goed nieuws voor u, het is geregeld. Makkelijk was het niet, maar het is gelukt. We hebben voor u een eenpersoonskamer kunnen vinden. Niet op de chirurgische afdeling C5, maar in de B-vleugel. Op de kinderafdeling weliswaar. Maar wat maakt dat uit?' Mevrouw Bos begint te huilen. Karel staat op en legt een hand op haar schouder.

'Ik ben u dankbaar dat u het voor elkaar hebt gekregen. Maar begrijpt u... ik als BN'er, het is gewoon niet te doen... iedereen loert naar me... ik ben mezelf niet meer...' snottert ze.

'U hoeft mij niets uit te leggen. Het kan gruwelijk tegenvallen op zo'n kamer. We houden natuurlijk zoveel mogelijk rekening met de wensen van onze klanten, maar C5 ligt momenteel propvol. Een bezettingsgraad van ruim honderd procent. En in uw geval was er haast bij, heb ik begrepen. Met de planning proberen we mannen en vrouwen zoveel mogelijk te scheiden, juist vanwege dat snurkprobleem.'

Een secretaresse serveert espresso en verse jus. Het gesprek gaat nog even door en wordt gedomineerd door luisteren, mededogen, empathie en goede adviezen. Bij de afronding is mevrouw Bos opgelucht en verontschuldigt zich bij ons.

Als ik bij vertrek de deur voor haar openhoud, tikt de baas me op de schouder.

'Nu je er toch bent, heb je even een momentje?'

Hij steekt meteen van wal.

'Hoe gaat het momenteel op de afdeling? Ik bedoel, Frits was laatst hier en die was bepaald niet amused over jou en Joop. Een coup noemde hij het. Een achterbakse rotstreek. Ik zit er echt mee, want Frits ligt me na aan het hart. Hij heeft anderhalf jaar in de voorbereidingscommissie van het kwaliteitstraject gezeten. Een geweldige ambassadeur en een bezielende voortrekker. Ik ken hem als een bekwame manager en als een integere opleider. Bovendien heeft hij landelijk, als voorzitter van het Collegium Chirurgicum, veel aanzien.'

'Hou toch op over die erebaantjes en die vriendjespolitiek. Onder ons gezegd Karel, die man heeft zijn tijd gehad. Hij is op zijn retour, over de top. Ik maak hem dagelijks mee. Zoals ik je eerder zei, hij maakt fouten. De operaties lopen uit, de assistenten klagen erover dat hij traag en onzeker is. Een tremor van jewelste. Het wordt hoog tijd dat hij wordt opgevolgd. Vers bloed, dat hebben we nodig op c5.'

'Nou ja, met Ellen, Simone en Evelien hebben we toch wel een paar verse ambitieuze meiden in huis gehaald, dacht ik zo. Twee van hen zijn gepromoveerd en ik begrijp dat Evelien hoge ogen gooit met haar onderzoek.'

'Je wilt toch niet suggereren dat die moeders geschikte kandidaten zijn?'

'Nog niet, maar op langere termijn zie ik er wel wat in.'

'Het zal jou, neem ik aan, toch ook wel duidelijk zijn dat

er twee kandidaten serieus in aanmerking komen. En dat zijn Joop en ik natuurlijk.'

'Gelukkig is deze discussie momenteel niet opportuun, want Frits is bepaald niet van plan om eerder op te stappen. Dat heeft hij me onomwonden duidelijk gemaakt,' merkt Karel op.

'Dat gaat niet gebeuren. De maatschap staat op springen. Zoals het nu gaat, kan het echt niet langer,' dreig ik. Laat het de baas maar eens duidelijk worden hoe de zaken ervoor staan.

'Hoe denken de andere maten erover? Bijvoorbeeld eh... hoe heten die kerels ook alweer?'

'Je bedoelt Van Wijngaarden en Govers?'

'Ja die, ik ken ze niet zo goed.' Van Weteren kijkt op zijn horloge.

'Dat zijn twee bejaarde brave dienders zonder mening. De zestig gepasseerd. Professioneel, goede operateurs, dat wel, maar verder zitten die hun tijd gewoon netjes uit. Daar hebben we niet veel aan. Ze doen geen diensten meer, maar snaaien wel riant uit de grote ruif. Nee, de balans is behoorlijk ver te zoeken bij ons. Het duurt niet lang meer voordat de bom barst op c5. Mind my words.'

'Ewoud, we moeten afronden, ik heb een afspraak. Maar nog even dit: ik wil geen gedonder in de tent. Jullie lossen dit netjes op. Wordt het niet eens tijd voor een mediator?'

Joop vond ook dat we de koppen bij elkaar moesten steken. Het wordt tijd voor een gezamenlijk strategie naar de toekomst. Per slot van rekening moeten wij tweeën in de toekomst de kar trekken. We hebben vier seniors in de groep, die binnen nu en drie jaar allemaal achter de geraniums zitten. Loes is trouwens over een jaar al vertrokken. Die halve indo is bezig een netwerk op te bouwen in Indonesië, waar ze in haar vrije tijd Indonesische chirurgen opleidt in nieuwe technieken. Dat schijnt nog te lopen ook. Een aantal academische klinieken ondersteunt haar initiatief en stuurt daar elk jaar docenten naartoe, die belangeloos in hun vrije tijd colleges geven en superviseren bij operaties. Bovendien zamelt ze tweedehands instrumentarium in voor dit doel. Zo zie je maar, stille wateren hebben diepe gronden. Die muts heeft in haar eentje drie ton bij elkaar gebedeld om de nooddruftige medemens in de derde wereld een duwtje te geven. Daarvan betaalt ze de vluchten voor de docenten. Volgens haar zeggen blijft er geen euro aan de strijkstok hangen. Het accent van haar programma is gericht op kennisoverdracht. 'Ik geef ze liever een hengel dan vis,' is haar motief. Jan en alleman probeert ze enthousiast te krijgen voor dit initiatief. Joop had zich als docent aangemeld voor een cursus in nieuwe bypasstechnieken, maar het schijnt dat zijn vrouw daar bezwaar tegen maakt. Sterker nog, als Joop dat ging doen nam zij de benen. Dit hoorde ik van Eugenie. Omdat het bij hem thuis hommeles is, heeft hij zich vlak voor zijn vertrek naar Indonesië teruggetrokken. Nu zit Loes met een gat in het programma en komt ze bij mij aankloppen. Ik weet niet wat ik ermee aan moet. Ik ben niet zo op die blauwen.

'We zullen primair tot consensus moeten komen over de opvolging van Frits,' oppert Joop. In restaurant De Goesting, waar we zitten, wordt weer een fantastisch voorgerecht geserveerd. Een of ander schuim met rivierkreeftjes en zalmtartaar.

'Liever vandaag dan morgen,' reageer ik.

'Bij de vorige visitatie kregen we een uitstekende beoordeling en daarom prolongeerden ze de opleiding met vijf jaar. Eerlijk gezegd kwam dat voornamelijk door het leiderschap van Frits. Assistenten waren tevreden, alles was op orde, het werktijdenbesluit werd goed uitgevoerd en de wetenschappelijke output van de afdeling was boven verwachting. Ik denk dat ze geen reden zien om de volgende keer anders te oordelen. Zo slecht loopt het allemaal niet.'

'Kom op, Joop. Het is een zooitje.'

'Dat vinden wij, maar de buitenwereld ziet dat niet.'

'Het is een bejaardensoos geworden. Van Wijngaarden en Govers drukken hun snor en Frits kan het tempo niet meer aan. Die doet niet anders dan zijn seniliteit maskeren,' chargeer ik bewust.

'Je overdrijft.'

'Laten we eerlijk zijn. Van wie leren assistenten nog fatsoenlijk opereren? En daarnaast, zoveel is er de laatste tijd niet gepubliceerd door de groep.'

'Nou ja, wat dacht je van Evelien en van mij? We doen toch een aardige duit in het zakje? Nu we het er toch over hebben, sinds de fusie is er op dat terrein weinig van jouw hand gekomen, Ewoud.'

'Hoe denk je dat dat komt? Als jij die mooie verhaaltjes zit te schrijven, sta ik op de OK, of op de poli. Je hebt makkelijk praten, jij!'

'Ja kijk, als je een opleidingskliniek wilt zijn, moet je ook op wetenschappelijk gebied wat te melden hebben,' meent Joop.

'Gelul. Wat assistenten nodig hebben is een goede meester, van wie ze het vak kunnen leren. Een gedegen meestergezelsituatie waar het handwerk nog hoog in het vaandel staat. Ze komen omdat ze het vak willen leren, jongen.'

'Ze klagen veel.'

'Weet je waarom? Omdat met het werktijdenbesluit behoorlijk de hand wordt gelicht. De meeste assistenten zitten met gemak boven de vijfenvijftig à zestig uur. Ik vind dat gezeik natuurlijk, want vergeleken met mijn tijd is dat nog erg braaf,' merk ik op.

'Nee, laten we dat maar niet aan de grote klok hangen. Nu even ter zake, Ewoud, wie moet Frits opvolgen?' herhaalt Joop.

'Jij of ik, natuurlijk. Wie anders?'

'Wat dacht je van de dames?'

'Te jong, te onervaren. Te veel moeder ook. Dat gaat nooit goed natuurlijk. Nee jongen, het gaat tussen jou en mij. Zo zit dat.'

'Hoe gaan we daarmee om?' vraagt Joop. 'Gaan we elkaar, wanneer dat opportuun is, de tent uit vechten?'

'Laat ik het zo formuleren, makker, ik ga ervoor. Wat jij doet moet jij weten. Ik zal je niet de tent uit vechten, maar ik zal wel aantonen dat ik meer geschikt ben.'

'Dat kan dan nog leuk worden,' concludeert Joop.

'Ach, we laten het gewoon over ons heen komen. Laat de sollicitatiecommissie maar besluiten. Voorlopig is het nog niet zover. Zand erover. Hoe is het verder thuis?' informeer ik, om het gesprek over een andere boeg te gooien.

'Moeilijk,' bekent Joop, 'ik word er niet vrolijk van, maar ik zal je de details besparen.'

Om halftwaalf gaan we ieder ons weegs. Hij naar zijn boerderij in Bunnik en ik naar mijn boerderijtje in Groenekan.

'Eerst Frits eruit, daarna zien we wel verder,' roep ik voordat ik instap, over het dak van mijn MG.

Ik ben blij dat het weekend is. Heb ik eindelijk tijd om de poetsbeurt van mijn prinses te voltooien. Wat praat ik graag over mijn MG 1600 MK II. 1961, Old English White. Ik heb haar gekregen van mijn moeder. Vroeger haalde ze me met dit staaltje pure vernuft van school. Bij klasgenoten heeft dat grote indruk gemaakt. Mijn moeder, die als een Audrey Hepburn-lookalike haar zoon kwam halen. Ze heeft me al vroeg ingewijd in de wereld van de perfectie. Vanaf mijn twaalfde reed ik met haar rally's. We hebben al eens een Concours d'élégance gewonnen, die eersteprijsbeker koester ik nog steeds in mijn prijzenkast. Iedereen die mijn oldtimer ziet, vindt haar mooi. Haar verschijning, haar eigenzinnige neus. Ze is ronduit goddelijk, mijn bejaarde bruid. Ik heb haar uit de winterslaap bevrijd en over haar billetjes, haar wulpse achterspatborden, gestreeld. De hooischuur van de buurman heeft haar beschermd tegen roest, maar niet tegen stof. Ik heb de accudruppelaar afgekoppeld, haar vervolgens gestart en trouw als ze is stelde ze me weer niet teleur. Ze liep als een zonnetje en pruttelde meteen. Eigenlijk ronkte ze van plezier en zo heb ik haar het voorjaar in gereden. Ik hou van haar.

Een handige student van de Driebergse autoacademie heeft alle onderdelen van top tot teen nagelopen. Hij vond dat de radiator niet optimaal koelde. Die moet, vooral als hij veel belast wordt, binnenkort vervangen worden. De olie is ververst, de remmen zijn bijgesteld en het motorblok is zelfs aan de buitenkant geheel gereinigd. Als nieuw. Afgelopen week heb ik elke dag een stukje van de carrosserie onder handen genomen met Turtle Wax. Van dat poetsen heb ik een nare bursitis overgehouden aan mijn rechterschouder. Dat komt door die herhalende draaibewegingen. Tijdens het proefritje merkte ik dat die slijmbeursontsteking een behoorlijke beperking oplevert in mijn beweging. Dat komt me tijdens de rally niet goed uit. Ik heb mezelf een flinke dosis Voltaren Retard voorgeschreven.

Ze klinkt weer fantastisch vandaag, eigenlijk gromt ze. Nee, ze spint, als een tevreden poes, die snort vanuit haar onderbuik. Je voelt haar aangenaam trillen als je in haar bent. En als ik uitstap wacht ze, in tegenstelling tot al die wijven, rustig haar volgende beurt af.

Vrouwen! Hou erover op. Als kindvrezend vrijgezel ben ik eigenlijk een beetje bang voor ze geworden. Als je niet oppast naaien ze je erin. Ze willen je aanzien, je poen en je zaad. Bij Claire was dat anders. Eigenlijk was zij de enige vrouw in mijn leven aan wie ik me volwaardig heb kunnen overgeven. Ze deed me erg aan mijn moeder denken. Slim, beeldschoon en van goeden huize. Daar hecht ik aan. Ik ontmoette haar ruim tien jaar geleden bij een activiteit van de VJAN (de Vereniging voor Jongeren van Adel in Nederland). Daarvan ben ik nog een blauwe maandag tot mijn vijfendertigste voorzitter geweest. Het was in 1999, tijdens het tweejaarlijkse Europese kastelenweekend dat dat jaar plaatsvond in Chenonceaux, aan de rivier de Cher in de Loirevallei. Het was liefde op het eerste gezicht. Zoiets had ik nog nooit meegemaakt. Tijdens het diner zat ze te flirten met een Franse jonkheer en keurde mij geen blik waardig. Hetzelfde frêle figuurtje als mijn moeder. Golvend halflang donker haar. Adembenemend. Die abrikozen gloed van haar huid, die meisjesachtige en tegelijk zelfverzekerde blik. Een acuut gevoel van jaloezie en hebzucht maakte zich van mij meester.

's Nachts in bed betrapte ik me weer op perverse gedachten. Daar wilde ik nu juist van af. Toch kwamen ze weer. Haar moest en zou ik in bed krijgen. Zij wordt míjn vrouw, besloot ik. Ik neem bezit van haar. Als het moet graaf ik persoonlijk een slotgracht om ons heen om haar tegen de geile buitenwereld te beschermen.

De volgende dag, tijdens het kleiduifschieten, besefte ik al snel dat het niet eenvoudig zou zijn om deze gedachte in realiteit om te zetten. Ze ontliep me, op een geraffineerde manier. Het leek er zelfs op dat ze er genoegen aan beleefde met mij 'te spelen'. Gedecideerd en uitdagend tegelijkertijd. Het heeft een jaar geduurd eer de aanhouder die ik was, beethad. Op de achtergrond hebben mijn ouders daarbij een belangrijke rol gespeeld.

Een jaar later zijn we officieel verloofd. Ik was toen tweeëndertig en had me onlangs als medisch specialist gevestigd in een perifere stadskliniek in Utrecht. De bedoeling was dat we in het voorjaar zouden trouwen, nadat Claire haar postacademische leergang buitenlandse betrekkingen aan het Clingendael-instituut had afgerond.

Achteraf had ik de symptomen van de verwijdering tussen ons eerder moeten inzien. Claire toonde weinig belangstelling bij de koop van ons boerderijtje in Groenekan. Tijdens bijeenkomsten met onze ouders om de voorbereidingen van ons huwelijk te bespreken was ze er vaak met haar gedachten niet bij. Het hoefde van haar allemaal niet zo overdreven. Drie maanden voor de bewuste datum had ze nog geen aanstalten gemaakt om een bruidsjapon aan te schaffen. Dat hoorde ik van mammie, die het weer van haar moeder had vernomen.

Twee maanden voor het huwelijk kwam het hoge woord eruit. Ze trok zich terug en aanvaardde een baan bij de ambassade in Jakarta, de stad die zij goed kende omdat zij daar haar tienertijd doorgebracht toen haar vader de leiding had over de Indonesische tak van Shell.

Het meest vernederende van deze situatie was dat zij mij nooit heeft duidelijk gemaakt waarop haar beslissing gebaseerd was. Het enige wat ze me schriftelijk heeft laten weten was dat we bij nader inzien niet bij elkaar pasten. Niet eens iets van spijt, geen excuses, niets. Ze verdween van de ene op de andere dag uit mijn leven. Kapot was ik ervan. Ik haat vrouwen. Hoeren zijn het.

Het is weekend. Minimaal tweemaal per maand bezoek ik mijn moeder op ons landgoed Beukenhorst in de Achterhoek. Mijn erfgoed ligt er ondanks het prachtige weer wat troosteloos bij. Veel onkruid langs de oprijlaan. De elektrische poortopener functioneert niet meer, waardoor ik de zware gietijzeren hekken met veel kracht zelf door het grind moet duwen. De luiken van ons landhuis zijn rondom gesloten en bij het voorportaal is het bordes glad van de algen. Mammie moet de luiken openen voordat ik kom, maar dat doet ze niet. Ze wil de kou buiten houden, is haar verweer. Meestal tref ik haar aan in de keuken. Daar zit ze doorgaans dicht bij de houtkachel in haar eentje te lezen. De contouren van haar schouders tekenen zich vierkant af onder haar kasjmieren omslagdoek. Haar lange hals, die wordt geaccentueerd door haar opgestoken grijze vlechten, geeft haar nog steeds dat Audrey Hepburn-achtige profiel. Ongeacht wat ze draagt, blijft ze een wijze, charmante verschijning. Altijd die glimlach wanneer ik arriveer. Ze loopt naar het fornuis en maakt zoals gebruikelijk warme chocolademelk voor me klaar.

'Lieverd,' zegt ze, 'wat ben ik blij dat je er bent. We moeten nodig spreken over de financiën. Dit hier is niet meer te bekostigen. Het wordt tijd dat jij de scepter gaat zwaaien.'

'Mammie, doe niet zo naar. Hoe kom je bij die wartaal?'

'Jongen, het uur van de waarheid is nabij. De vaste lasten worden te zwaar. Alleen al de verzorging van pappie komt neer op vierduizend euro netto per maand. Dan hebben we nog de brandverzekering, gas en elektriciteit, de telefoonkosten, de verzekering van mijn sieraden en van het antiek en de kunst hier in huis. Dat loopt op hoor Ewoud! De tuinman heb ik moeten ontslaan, maar die trouwe diender blijft gewoon komen en zelfs Cora kan ik me eigenlijk niet meer veroorloven. Van de week heeft monumentenzorg hier een bezoek gebracht. De dakgoten zijn lek, de raampartij van de orangerie is aan vernieuwing toe. Ze kwamen aan met een waslijst aan achterstallig onderhoud. Kortom: het is een ramp. Luister jongen, over zes maanden is onze liquiditeit dusdanig gezakt dat ik word afgesloten van gas en licht. Het doek gaat vallen, beste zoon, tenzij jij iets creatiefs bedenkt.'

'Waarom heb je mij dat niet eerder verteld?'

'Eerlijk gezegd', ze schraapt haar keel en wendt haar hoofd af, 'omdat ik me ervoor schaam. Jarenlang heb ik de schijn opgehouden. Ik wilde dat ons erfgoed jou ten deel zou vallen.' Omdat ze fluistert kan ik haar nauwelijks verstaan.

'Maar het landgoed is afgelost. Het is toch al van mij?'

'Dat is waar, maar het onderhoud komt neer op ten minste veertigduizend euro per jaar. Kun jij dat met je bescheiden specialisteninkomen betalen?'

'Mammie, ik schrik hiervan, maar we bedenken wel iets. Ik zou toch geen Van Beuningen Lichtenvoorden zijn als we geen oplossing voor dit unieke landgoed kunnen bedenken? We moeten primair schrappen in de kosten. Het verzekeren van sieraden en van schilderijen, dat is bijvoorbeeld niet meer te doen, mam. Als we dat afschaffen scheelt dat sowieso al heel veel premie. Misschien moeten we een investeerder vinden die iets in ons landgoed ziet. Wat dacht je van een postacademisch opleidingsinstituut of van zo'n particulier verzorgingstehuis voor welgestelde bejaarden? Zoiets als waar vader nu is. Dan ga jij in de orangerie wonen en pappie in het hoofdgebouw. Scheelt ons sowieso al vierduizend euro netto per maand.'

'Ewoud, landgoederen als deze worden tegenwoordig voor het symbolische bedrag van één euro van de hand gedaan.'

'Dan doen we het zelf.'

Een uur later rijden we richting Klein Engelenburg, een schitterend landgoed van 3,5 hectare aan de rand van het Gelderse dorp Brummen, slechts zeven kilometer van huis. Het statige landhuis met orangerie biedt plaats aan 19 woon-zorgappartementen. Het idee, dat zojuist in mijn brein heeft postgevat, doet me anders kijken naar de allure van dit indrukwekkende terrein. Alles is tot in de puntjes verzorgd. Het gebouw zit goed in de verf, de tuin, of liever gezegd het park, wordt goed onderhouden en de marmeren entree is groots opgezet. Vader heeft een klein appartement op de eerste verdieping tot zijn beschikking. Deze verdieping is een gesloten afdeling en gereserveerd voor bewoners die lijden aan verstandelijke terugval. Slechts onder begeleiding mogen de cliënten naar buiten. Daar kunnen ze werken in de moestuin, bloemen snijden, of bij uitzondering een kopje koffie nuttigen bij de plaatselijke dorpsbakker. Elke zondag is er in de gemeenschappelijke woonkamer een huiskamerconcert, dat door professionele musici wordt uitgevoerd. Een duur maar fantastisch concept.

Bij inschrijving op dit luxe seniorencomplex, vijf jaar geleden, waren de appartementen binnen vier weken volgeboekt. Er is een professionele chef-kok en het verpleegkundig personeel is gediplomeerd. Het liep storm. Momenteel worden nog eens twee vleugels met 14 appartementen bijgebouwd. Geld zat dus, in Nederland.

Met vader ging het al jaren bergafwaarts. Aanvankelijk was het allemaal te verbloemen, maar de aristocratische en autoritaire man veranderde langzaam in een onzeker afhankelijk kind. Op een gegeven moment zat hij helemaal opgesloten in zichzelf. Ik noem dat zijn CRAFT-moment, Can't Remember A Fucking Thing. De voormalige bankier, in de Gelderse omgeving zowel geliefd als gevreesd, werd regelmatig 's avonds laat door boeren met de tractor thuisgebracht, omdat hij wederom door de uitgestrekte polders zwierf en zijn naam vergeten was, evenals zijn adres.

Als we binnenkomen in zijn appartement is het woonvertrek leeg. We lopen door naar de slaapkamer. Daar treffen we vader aan in bed met een vreemde mevrouw van een jaar of tachtig.

'Mammie heeft het koud,' vertelt hij, terwijl hij haar broze armen streelt. 'Wie bent u?' voegt hij eraan toe.

Mammie schiet de gang op. Ze huilt.

Het is weer een drukke week. Ons ziekenhuis blijkt een enorme aanzuigingskracht op de omgeving te hebben. Het loopt storm met aanvragen van nieuwe patiënten.

Ik onderzoek een mevrouw van een boerenfamilie uit Veenendaal en voel een forse maagtumor. Al weken had de patiënt een zeurende pijn, laag onder haar borstbeen. Ze is uitgebreid besproken in het multidisciplinaire behandelteam. Juist omdat de MRI had uitgewezen dat ze waarschijnlijk geen uitzaaiingen had, lag opereren voor de hand. Maar ja, kleine uitzaaiingen zie je niet op een MRI.

Ze is pas tweeënveertig jaar, mijn leeftijd, en moeder van vijf opgroeiende kinderen. Bij open buik bleek algauw dat het mis was. Enkele klieren voelden vast aan en een vriescoupe toonde duidelijk dat dit kwam door de tumor. Een sarcoom. Nou, dan weet je wel hoe laat het is. Deze vrouw zal niet oud worden. Dat stond vast. Om haar klachten te bestrijden moest de maag eruit. Op zich geen moeilijke klus. Ik heb de slokdarm netjes op de dunne darm aangesloten. Voor een geoefende chirurg een operatie van hooguit anderhalf uur.

Voor de patiënt betekent dat de komende tijd kleine beetjes tegelijk eten. Verdomde triest dat je aan het einde van je leven niet eens meer lekker kunt eten en drinken.

Na de operatie heb ik haar man gebeld. En eerlijk verslag gedaan, gewoon zoals het hoort bij een slechtnieuwsgesprek. Patiënten hebben er recht op. De diagnose sloeg in als een bom. Hij kwam met zijn oudste zoon naar het ziekenhuis. 'Is er dan geen enkele hoop meer?' vroeg de echtgenoot. De jongen bleek sterker dan zijn vader. Samen zijn ze daarna naar de recoveryroom gegaan om bij moeder te zijn. Ik ontmoette ze aan het bed van de patiënt. Haar had ik al ingelicht toen ze wakker werd. De avond voor de operatie heb ik haar moeten beloven dat zij als eerste, zodra ze wakker zou zijn, van mij de uitslag zou horen. Zij reageerde, nog enigszins slaperig, rustig op het slechte nieuws. 'Ik had het wel verwacht,' zei ze. Toen man en zoon binnenkwamen pakte ze hun handen vast. Een traan biggelde over haar wang. 'Niets zeggen,' zei ze. 'Even zo laten.'

Na een paar minuten opende ze haar ogen weer.

'Jammer hè, ik had nog zo graag... met jullie... de kinderen zijn nog zo jong... en oma worden... zal niet gebeuren...'

'Ja maar mam, we laten je zomaar niet gaan,' zei de zoon half snikkend. 'Ze kunnen tegenwoordig zoveel, misschien moet je naar een kankerziekenhuis.'

'Lieverd, we zien wel, het is nu in handen van God. Laten we samen bidden.'

Dat doen die gelovigen allemaal, die halen onmiddellijk de Here Jezus uit de kast. Of ze gaan naar Jomanda, die de armen in wapperende mouwen ten hemel strekt om de boze geesten te verdrijven. Kanker is big business voor al die kwakzalvers. Handelaren in valse hoop zijn het. Over de rug van wanhopige patiënten hun zakken vullen. Er bestaat geen enkele ziekte waarbij zulke bizarre behandelingen worden verzonnen als bij kanker. Alsof je een tumor kunt wegvisualiseren, met diëten kunt laten verdwijnen, of met yoga en meditatie kunt elimineren. Flauwekul. Ik kan hier zo kwaad om worden.

Alternatieve therapeuten beweren dat oncologen met hun giftige chemotherapie meer kwaad doen dan goed. Alsof oncologen hun patiënten willens en wetens dood laten gaan, terwijl er levensreddende behandelingen voor het oprapen zouden liggen. Het is ondenkbaar dat wetenschappelijk bewezen effectieve behandelingen, door wie ze ook ontwikkeld zijn, niet zouden worden toegepast in de oncologie. Maar ja, de medicijnmannen doen niet aan wetenschappelijk bewijs. Die hebben nog nooit van gerandomiseerd onderzoek of van Evidence Based Medicine gehoord. Ze moeten zich schamen, al die iriscopisten, kruidendokters, manuele therapeuten, homeopaten, acupuncturisten en zogenaamde natuurartsen. En de goedgelovige, angstige patiënten maar vechten tegen de tumor. In de hoop, of liever gezegd in de overtuiging, dat vechten helpt. Ik weet beter, tegen een sarcoom is niets en niemand opgewassen.

Ik heb het gezin maar snel alleen gelaten. Je voelt je bij zo veel intimiteit te veel en bovendien weet ik me geen houding te geven. Empathie is niet mijn sterkste kant. Ik kan er eigenlijk niets mee, met dat verdriet. Bovendien, aan meejankende artsen hebben patiënten niets. Je kunt maar beter een goed operateur zijn, daar hebben ze veel meer aan.

Op mijn computer tref ik een mail aan van Van Weteren, met daaraan gehecht een uitnodiging voor een communicatietraining. Het moet niet doller worden. Hij slaat nu wel erg door. De megalomane gek heeft weer iets nieuws bedacht. De communicatievaardigheden van het medisch personeel moeten verbeterd worden. Ik had wel iets over het ophanden zijnde project gelezen in de interne nieuwsbrief, maar het was me daarna ontgaan. De bedoeling is om zorgverleners te confronteren met hun houding en met de kwaliteit van de informatievoorziening naar de patiënt. Aanleiding hiervoor was het aantal klachten van patiënten en familieleden over de bejegening door medewerkers van ons ziekenhuis. De RvB had samen met de klachtencommissie de bezwaren onderzocht en ontdekt dat 70 procent ervan te voorkomen was geweest als artsen en medisch personeel een betere attitude naar de patiënt hadden getoond. Uit dit onderzoek bleek dat de toelichting op de oorzaak en diagnose van de ziekte en de uitleg over de consequenties van de behandeling, over het algemeen door patiënten niet begrepen worden. In het ergste geval worden de gesprekken zelfs ronduit ervaren als ontoereikend en bot. Van Weteren was hiervan erg geschrokken en in het kader van het kwaliteitsproject Klant Eerst heeft de baas meteen de daad bij het woord gevoegd en een adviesbureau de opdracht gegeven dit probleem vakkundig de wereld uit te helpen. Klanttevredenheidsenquêtes zijn namelijk belangrijke indicatoren bij de beoordeling of instituten in aanmerking komen voor de begeerde status 'het beste ziekenhuis van het jaar'. Vandaar dit peperdure trainingstraject, dat volgens mij een directe inbreuk is op de privacy van patiënten en op de integriteit van dokters.

Met goedkeuring van patiënten en met instemming van de behandelaars worden de gesprekken en de manier waarop onderzoeken tijdens een spreekuur worden uitgevoerd, via een camera geregistreerd. Patiënten komen hierbij niet in beeld. De banden van deze opnames worden door de consultants geanalyseerd en daarna besproken met de desbetreffende zorgverlener. Wanneer de psychologen de omgang met de patiënt als ontoereikend waarderen, wordt de medewerker uitgenodigd voor een korte communicatiecursus. Deze cursus is verplicht.

In de brief van Van Weteren komt naar voren dat ik afgelopen juni tijdens een dienst op de spoedeisende hulp bot zou hebben gereageerd op een zestienjarige tiener die 's nachts met acute buikpijn op de eerste hulp kwam. Ik kan me die patiënt nog wel herinneren. Ze kwam met koorts en een geprikkelde buik binnen. Het was een laagopgeleide ordinaire meid met een grote bek. Ik moet toegeven dat ik moeite heb attent te blijven bij types die onder de tatoeages zitten en hun lijf doorboren met piercings en andere ijzerwaar. Het was onmiskenbaar dat haar blindedarm op springen stond en om perforatie te voorkomen heb ik onmiddellijk de OK gebeld. Volgens de patiënte had ik niets uitgelegd en heb ik haar niet gerustgesteld. Zelfs toen ze huilde omdat ze zo bang was voor de narcose, zou ik mijn schouders hebben opgehaald en hebben gezegd dat ze zich niet zo moest aanstellen. Dat laatste kan ik me niet herinneren. Wat ik me wel herinner is dat ze de eerste hulp bij elkaar schreeuwde toen ik haar onderzocht. Ook haar ouders hadden op het feedbackformulier, in slecht Nederlands vol taalfouten, een vernietigend oordeel over mijn doen en laten samengevat onder de kop 'feitelijke waarneming'. Onder de kop 'suggesties' hadden ze een reeks van aanbevelingen gedaan, waarmee ik mijn gedrag zou moeten bijstellen. Bij de vraag of de klant deze arts zou aanbevelen bij vrienden of familie stond onomwonden: 'Nooit. Deze man is een klote-arts. Een bekakte aso.'

Later hebben deze mensen – ik vermoed op aanraden van het adviesbureau, maar dat kan ik niet hard maken – een formele klacht ingediend bij de klachtenbemiddelaar van de afdeling patiëntenservice. Er is daarna een gesprek geweest tussen mij en de familie. In dat gesprek heb ik, om ervan af te zijn, volmondig meebewogen en verteld dat het me speet dat het zo gegaan was. Ik heb die mensen de hand geschud, gezegd dat ze een prachtige dochter hebben en vervolgens heb ik er niets meer van gehoord.

De mail van Van Weteren beantwoord ik kort en krachtig met de opmerking: 'De zaak is keurig afgehandeld, dus heb ik geen belangstelling voor jullie voorstel.'

Daags daarna word ik door hem gebeld.

'Het spijt me, Ewoud, maar ik denk dat je het niet helemaal begrijpt. Dit project is niet vrijblijvend. Voor alle niveaus, ongeacht de hiërarchie, geldt dat de omgang met de patiënt en de communicatie over de aandoening in orde moet zijn. Sterker nog, het moet het paradepaardje van ons huis worden. Wanneer medewerkers dit speerpunt van onze organisatie niet willen naleven of verbeteren, hebben we een serieus probleem.'

'Karel, het is goed met jou. Aan deze onzin werk ik niet mee. De enigen die hier wel bij varen, zijn die zakkenvullers van op gebakken lucht gebaseerde communicatiebureaus, die geen zoden aan de dijk zetten, of liever gezegd geen doden aan het zeiken zetten, haha, grapje.'

'Zo leuk is het niet, Ewoud, vooral niet omdat vanuit meerdere geledingen geluiden tot mij komen waaruit blijkt dat jij op dit terrein ronduit disfunctioneert.'

'Ik ben een uitstekend clinicus, die fatsoenlijk communiceert, en ik sta bekend als een goed operateur. Je bent aan het verkeerde adres met je gezever over bejegening en meer van dat softe gelul. Doe liever iets aan medische missers of aan onnodige wondinfecties in dit ziekenhuis. Daarmee bewijs je patiënten pas echt een dienst.' Zo, die kan hij in zijn zak steken. Ik laat me niet piepelen door zo'n vent, die captain of industry zit te spelen in zijn ivoren toren.

'Ewoud, als jij je niet kunt vinden in de principes die klip-en-klaar in onze missionstatement zijn verwoord, dan is er voor jou in ons huis geen plaats. Ben ik duidelijk?'

'Moet ik dit beschouwen als een dreigement?'

'Precies, ik verwacht je om zes uur op de vijfde verdieping. Zoals ik al zei, er zijn te veel klachten over jou binnengekomen, en niet alleen van patiënten. Ook maten, collega's en andere medewerkers zijn langs geweest.'

Ronduit confronterend was het gesprek. Die eikel had al een heel dossier over me aangelegd. Bleek dat die twee grijze muizen van onze maatschap achter mijn rug om hadden geklaagd. Ik zou me disloyaal opstellen naar de leden van de groep. Moet je meemaken, uitgerekend die twee oude fossielen, die tijdens operaties overeind blijven omdat ze steunkousen dragen en te beroerd zijn diensten mee te draaien. Tegelijkertijd moeiteloos cashen, dat wel natuurlijk. De conservatievelingen zijn over een paar jaar weg, dus waar maken ze zich druk om?

Ellen zou hebben laten doorschemeren dat ik me laatdunkend uitlaat tegenover moslimcoassistenten. Ja, wat wil je, het is geen gezicht al die hoofddoekjes op de afdeling. Op de OK dragen ze dat sjaaltje zelfs nog onder het groene disposable petje! Geen gezicht natuurlijk, zou zo in *Sesamstraat* kunnen. De islamisering is ook op onze afdeling grootscheeps doorgedrongen. Ik gruwel van die moslims overal. Het moet maar eens afgelopen zijn met die laagopgeleide instantbruidjes, die hier massaal uit de grote ruif vreten. En met die gefrustreerde criminelen die tasjes roven van bejaarde vrouwen en TomToms jatten uit geparkeerde auto's, zoals mij laatst overkwam.

Tegenwoordig hou ik me hier binnenshuis over mijn politieke voorkeur steeds meer op de vlakte. Iedereen denkt dat ik voor de VVD ben, maar bij de volgende verkiezingen ben ik niet meer van de partij. Er zijn andere maatregelen en wetten nodig in dit land. In de koffiekamer hoor je mij daar niet meer over, ik bijt nog liever mijn tong af. De sociale controle is meedogenloos. Vooral lager opgeleid personeel maakt je af als je je opvattingen ventileert. Al die broeders en verpleegkundigen, ze dweilen de vloer met je aan wanneer je eens een keer duidelijke taal spreekt. Leve de democratie, maar ik laat het achterste van mijn tong niet meer zien.

Het gesprek met Van Weteren was allesbehalve vaag. Hij was goed geïnformeerd. Als klap op de vuurpijl kwam meneer de directeur ook nog met een aantijging van de OK-verpleegkundige Jeannet door de bocht. Ze had tijdens een toevallige lunch met hem in het personeelsrestaurant haar hart gelucht over de sfeer op de OK.

Kortom: ik stond er niet goed op. Van Weteren wond er geen doekjes om. Het was slikken of stikken. Vanaf volgende maand moet ik verplicht wekelijks meedraaien in de zogenaamde bejegeningswerkgroep. Aan de hand van een simulatiespel moet ik met speciaal daarvoor opgeleide acteurs oefenen in gedragsvaardigheden die vriendelijk, empathisch en informatief overkomen. Volgende week heb ik een intakegesprek met zo'n goeroe in sociale vaardigheden. Wat een gelul. Daarnaast krijg ik een personal coach die met mij 'de week' doorneemt. Moet ik bij zo'n geitenharensokkenkabouter mijn ziel blootleggen. Hou toch op!

Wat kan ik me opwinden over dat geneuk op de vierkante millimeter. Het is maar goed dat ik, mede door mijn autohobby, afstand kan nemen van dit irrelevante gezeik. Ik sta vroeg op om nog even een doek over mijn prinsesje te halen. Wat zal ze vandaag, op de dag van de nationale Rode Kruis Rally, weer opvallen. Na de poetsbeurt stap ik met *De Telegraaf* terug in bed en verheug me op een halfuurtje voor mezelf.

Het is me niet gegund. Eugenie, die ik heb uitgenodigd om als kaartlezer aan dit spektakel deel te nemen, staat plotseling vroeger dan afgesproken voor de deur.

Ze heeft zich van top tot teen op het evenement gekleed en ziet er gepast uit. Een witte linnen broek, een geruite blouse met pofmouwen (maakt haar een beetje dik) en een felgroene sjaal onder een rieten hoed die ze onder haar kin heeft vastgestrikt.

'Ik wilde je wakker maken,' fluistert ze. Ze trekt haar hoed en sjaal van haar hoofd en komt naast me liggen. Ik proef nog dode vogeltjes in mijn mond en weer mijn gezicht af als ze me plotseling nat en grondig begint te kussen. Haar tong verdwijnt daarna in de holte boven mijn sleutelbeen, waar ze dwingend met lange uithalen het landschap volgt van heuvels en dalen. Tussentijds heeft ze zich over mij heen gebogen en haar knieën tegen mijn tors geduwd. Ze grijpt ongegeneerd naar mijn ballen.

Ze heeft me in de tang, ik word overmeesterd en kan geen kant op. Het genot bekruipt me op een manier dat het bijna beangstigend is. Ze blijft likken en dweilen met haar tong. Haar haren kriebelen in mijn hals. Ik word gek van de sensatie die me tegelijkertijd beklemt. Het herinnert me aan de kieteldood die mijn moeder me gaf, zelfs toen ik al achttien was. Genot veranderde dan in paniek. Bovendien kreeg ik altijd een stijve, waarvoor ik me schaamde naar mijn moeder. Volgens mij wist mijn moeder dat. Ik verdenk haar ervan dat ze het erom deed.

Om me te bevrijden uit deze verkrachting, deze overrompeling, deze overname, verzamel ik al mijn krachten en met een ruk lig ik boven. Dat bevalt mij beter. Liever ben ík in charge. Controle is wat ik wil. De baas zijn.

'Is dat wat je wilt, een ochtendbeurt? Omdat je weet dat meneer dan op scherp staat?' Haar broek stroop ik onhandig en gretig af door mijn voet in het kruis te steken en deze naar haar enkels te schuiven. Ze draait zich om. Terwijl ze steunt op haar knieën en ellebogen neem ik haar. Mijn zuipgodin beweegt tegen als een krolse kat, of beter nog, als een Grolsche krat. Ik vat haar bij de heupen en trek haar, onderwijl flink stotend, naar me toe.

'Kom maar,' zegt ze met een hese stem.

Het is gebeurd voor ik er erg in heb. Ze klemt een papieren servet tussen haar benen en neemt voldaan bezit van de kussens, waarvan ze er een onder haar billen legt. Vreemde gewoonte. Bij haar is het wel prettig dat ze geen belangstelling schijnt te hebben voor overbodig gedoe met naspel en zo. Ik spring uit bed, neem een douche en scheer me.

'Wat ruik je nadrukkelijk, wat gebruik je?' vraagt Eugenie als ik in ochtendjas naast haar plaatsneem in bed.

'Romance, van Ralph Lauren, lekker?'

'Nou, beetje veel, moet nog even vervliegen denk ik.'

Eugenie bukt naar de zijkant van het bed en tovert een dienblad met een uitgebreid champagneontbijt tevoorschijn. Verse croissants, gekookt eitje, zalm, pruimenjam, flûtes met een piccolootje. In het midden staat een vaasje met pastelkleurige bloemetjes.

'Leuk,' zeg ik, 'wat zijn dat?'

'Lathyrus, zelf geplukt, lief hè?'

'Ze lijken wel nep.' Meestal moet ik er niets van hebben, 's ochtends een vrouw in bed, maar ik moet toegeven dat dit alles tamelijk genoeglijk is.

We nemen de rally en haar taken als navigator door. Zij leest de kaart. Ik rijd. In het verleden deed mammie dat, maar gezien haar leeftijd en de wind die haar om de oren waait, voelt ze er niet zoveel meer voor. Ze houdt er een stijve nek en oorontsteking aan over die hardnekkig is. Ik leg Eugenie uit dat het vooral niet de bedoeling is als eerste bij de finish aan te komen. Dat is in deze kringen van oud geld not done. Het gaat er primair om gezien te worden en daarnaast om geld in te zamelen voor een goed doel. De vierhonderdvijftig euro die vooraanstaande prominenten, gerenommeerde captains of industry en bekende BN'ers via het inschrijfgeld doneren, gaan naar de nooddruftige medemens. Prins Pieter-Christiaan rijdt dit jaar mee in de Ferrari van Bernhard. Ik hoop nog even bij hem in de buurt te komen. Vorig jaar heb ik heel ongedwongen met zijn moeder Margriet en haar professortje aan de thee gezeten. Gelukkig is dat door fotografen op de plaat vastgelegd. Mammie was maar wat trots toen ze me zag op de royaltypagina van *De Telegraaf.*

Heerlijk vind ik het om vandaag weer eens onder deftig gezelschap te verkeren. Mensen die niet van adel zijn, begrijpen dat niet. Je hoeft niets uit te leggen, alles is herkenbaar.

Dit jubileumjaar geeft de prinses het startschot vanaf paleis Het Loo. Daarna tuft het peperdure metaal, via prachtige weggetjes van het ene landgoed naar het volgende kasteel, richting Almelo. Onderweg wordt ruimschoots de tijd genomen voor culinaire hoogstandjes en zogenaamd informeel netwerken. Bij de finish wordt het gezelschap getrakteerd op een uitgebreide high tea met taartjes, waarop het hoofd van onze koningin in marsepein is afgebeeld.

Eugenie smult van de vooruitzichten. Ze lust er wel pap van zich te bewegen tussen de fine fleur van de samenleving. Opgewonden neemt ze plaats naast de bestuurdersstoel. Ze is er helemaal klaar voor.

De ontvangst bij de start op het landgoed Klein Hoenlo in Olst is stijlvol. Eugenie kijkt haar ogen uit bij het zien van de oude pracht en praal, die voor het kasteel staat te blinken in de zon. Ze voelt zich als een vis in het water, loopt op mensen af en maakt makkelijk contact.

'Van die mevrouw zou ik maar eens goed werk maken, Ewoud,' zegt een vrind van mijn ouders, 'ze lijkt me een uitstekende moeder voor jouw nageslacht. Ik wil me er niet mee bemoeien, maar wordt het niet eens tijd dat jij als enig kind de naam van de familie prolongeert?'

'Daar wordt aan gewerkt hoor,' reageert Eugenie schertsend.

'Zijn jullie verloofd dan?' vraagt de man.

Op dat moment horen we het startsein. We springen in de auto en verlaten al toeterend het terrein.

'Ik neem aan dat het een grapje van je was, je bent toch aan de pil?' vraag ik, als we even later door het landschap zoeven, 'ik moet er niet aan denken, aan kinderen.'

'Doe niet zo raar, Ewoud, daar twijfel je toch niet aan? We hebben het gewoon fijn samen.'

'Zo nu en dan,' nuanceer ik, 'want het moet toch niet op verkering gaan lijken.'

'Zo nu en dan, inderdaad, vrijheid blijheid.'

Ik vergeet de opmerking en concentreer me op de weg. Punctueel als ze is neemt Eugenie haar taak als navigator erg serieus. We dreigen zelfs als eersten aan te komen. Daar heb ik een stokje voor gestoken door onderweg expres een verkeerde landweg in te rijden en in een dorpje tijd te nemen voor een biertje op een terras.

'Ik heb enorm genoten, de dag van mijn leven,' merkt Eugenie dankbaar op als ik daags erna haar kantoortje binnenloop. Gisteren is ze bij thuiskomst in Groenekan meteen huiswaarts gegaan. Alsof ze aanvoelde dat ik daar de voorkeur aan gaf.

'Ik heb me ook niet verveeld en bovendien, je was prettig gezelschap.' Laat ik ook eens iets opbeurends melden, dat verdient ze wel. Eugenie kijkt verbaasd op als ik dit zeg.

'Weet je wat ik zo'n aangename ontdekking vond, dat die mensen allemaal zo belangstellend waren. Dat had ik van die adel niet verwacht. Radboud van Amerongen heeft me zelfs uitgenodigd voor een huisconcert.'

'Je wilt toch niet zeggen dat Radboud jou heeft uitgenodigd zonder je referenties na te trekken? Vreemd dat hij míj niet heeft uitgenodigd, zo hoort dat niet.'

'Ewoud, iets anders nu...' Eugenie wappert met een formulier. 'Je zult toch écht moeten, of je wilt of niet. Ik heb jouw afspraken van vanmiddag verzet. Je moet naar de communicatietraining.'

Met lood in mijn schoenen loop ik naar het onderwijslokaal in de A-vleugel.

Het was om te huilen, de eerste sessie in de communicatie-en-bejegeningswerkgroep. Moest ik daar met míjn autoriteit een toneelstukje opvoeren met een zogenaamde lastige patiënt. In een groep met verpleegsters, röntgenlaboranten en personeel van de infobalie. Het begon met een kringgesprek. Onplezierige herinneringen aan de basisschool kwamen onmiddellijk in me op. De trainster in kwestie – een psychologe, ik schat haar begin dertig, moeder van een zoon en hoogzwanger van de tweede – besprak de opzet van de cursus, die de komende zes weken een dagdeel per week in beslag gaat nemen. Ze kwam zelfverzekerd, zelfs een tikkeltje autoritair over. De inleiding was kort. Vervolgens vroeg ze om een kennismakingsrondje. We konden volstaan met: naam, functie, hobby's en de persoonlijke motivatie waarom we aan deze cursus deelnemen. Alsof ik die had. Bij het uitspreken van mijn dubbele naam ontstond meteen gegiechel in de groep.

Daarna moesten we vertellen welk beest we zouden zijn indien we behoorden tot het dierenrijk. Ik dacht onmiddellijk aan een leeuw, maar vertelde dat ik graag mus zou zijn in verband met het uitstervende ras. De eerste opdracht die we kregen was het vormen van tweetallen teneinde elkaar aan de hand van een standaardformulier te interviewen. Op zich al tenenkrommend om door zo'n psychobep, met kant-en-klare sjablonen die ze overal te pas en te onpas inzet, te worden verordonneerd tot zoiets weerzinwekkends als het vormen van een paar, waarbij het de bedoeling is jezelf bloot te geven aan een onbekende ander.

Nou, dat met een ander, wilde maar niet lukken. Via mijn lichaamstaal had ik kennelijk onmiskenbaar mijn onbenaderbaarheid uitgedrukt. Althans, dat was de mening van onze schooljuf toen bleek dat ik als enige overbleef. Er werd van de deelnemers verwacht dat we aan 'onze partner' een beeld zouden schetsen van onszelf. Ze noemde het een zelfportret. We moesten drie positieve kenmerken van onze persoonlijkheid noemen en drie kenmerken die belemmerend werken op de communicatie met anderen. Dit twee-aan-tweegesprek zou minder bedreigend zijn dan je meteen bloot te geven in een nog vreemde groep. Nadat de tweetallen elkaar hadden geïnterviewd, was het de bedoeling dat elk van hen de eigenschappen en beweegredenen van hun gesprekspartner zou samenvatten in de groep. Voordat het gezelschap hiermee aan de slag ging, hield de juf een lang verhaal over empathie, over emotionele intelligentie en hoe je jezelf kunt trainen om deze talenten te ontwikkelen. Juist zorgverleners zouden naar haar oordeel moeten worden afgerekend op deze vaardigheden.

'Hoe meet u dat?' vroeg ik nog.

'Ewoud, maak je geen zorgen, daar hebben wij uitstekende meetinstrumenten voor.'

Vreselijk dat getutoyeer.

De kennismaking nam meer dan een uur in beslag.

Ik was als laatste aan de beurt, in mijn geval solo. Mijn positieve kenmerken benoemde ik als eerlijk, correct en constructief. Vervolgens bekende ik naar eer en geweten dat ik geneigd ben tot een confronterende rationalistische benadering, die niet voor tweeërlei uitleg vatbaar is, en dat ik me realiseer dat sommige mensen daar moeite mee hebben. Maar dat zegt ook iets over die mensen, had ik eraan toegevoegd. Dat laatste, bleek al snel, had ik beter achterwege kunnen laten.

'Waarom zegt dat iets over die mensen?' mompelde dapper een of ander mokkeltje uit de groep, die last bleek te hebben van faalangst.

Het was inmiddels usance geworden om elkaar directe vragen te stellen en kennelijk ook om elkaar lik op stuk te geven.

'Dat zegt het volgende,' begon ik. 'Veel mensen kunnen de waarheid niet aan. Die geven er de voorkeur aan zaken te verbloemen en alles met de mantel der liefde te bedekken. Maar in deze harde wereld gaat het niet om liefde, het gaat meestal om de keiharde realiteit. Ontkennen, daar zijn veel mensen kampioen in. De kop in het zand steken. Dat geldt voor patiënten en jammer genoeg nog meer voor collega's. Men wordt liever meeloper, of opportunist, omdat het beter uitkomt. Ze verbergen hun smoel achter kongsi's en wandelgangenpolitiek. Ik vind...'

'Afdeling zeker weten hè?' riep toen een broeder van de eerste hulp. Ik kende hem wel, het was die homo die laatst vroeg of ik op zijn verjaarspartij wilde komen. Een uitnodiging overigens waarvoor ik vriendelijk heb bedankt.

'Stop,' riep de onderwijzeres, 'dit kan allemaal later aan de orde komen. We gaan te snel. Dit is niet de bedoeling.'

Daarna kregen we een casus voor een rollenspel voorgelegd, waarin een denkbeeldige patiënt de boodschap achter een slechtnieuwsgesprek steevast zou ontkennen. We werden verdeeld in twee voorbereidingsgroepen. De ene groep bereidde het gesprek voor vanuit de dienstverlener, in dit geval een arts, de andere groep bedacht argumenten vanuit de patiënt.

Terug in de plenaire groep bleek dat de rol van de patiënt gespeeld zou worden door een actrice.

'Ewoud,' zei de trainster, 'dit lijkt me iets voor jou.' Vooruit dacht ik, laat ik geen spelbreker zijn.

'Het spijt me,' begon ik zittend aan een tafel met drie stoelen, waarvan er één was bestemd voor de echtgenoot, die gespeeld werd door de homo. Het was een empathische opening, naar mijn idee weinig op aan te merken. De actrice, of de patiënt zo je wilt, stuiterde werkelijk op van haar stoel en barstte in tranen uit. De homo sloeg een arm om haar heen en keek me verwijtend aan, terwijl ik eigenlijk nog niets gezegd had.

'Het is pijnlijk,' begon ik weer. Ja kijk, ik laat me door zo'n reactie niet uit het veld slaan, ik moet mijn werk doen en daar hoort dit ook bij. 'Het ziet er niet goed uit voor u,' vervolgde ik doelgericht. Het verhaal van de klap uitdelen, zoals besproken in de subgroep, leek me goed gedaan.

'Stop,' riep de juf onmiddellijk. 'Mag ik je wat vragen? Wat vóelde je toen je dat zei?'

'Wat ik voelde?' vroeg ik verbaasd.

'Nee,' riep iemand van de patiëntsubgroep, 'wat denk je dat zíj voelde?' Ze wees naar 'de patiënt' die door de actrice gespeeld werd.

'Nou ja, zij zal zich niet prettig voelen,' antwoordde ik.

'Man, besef je niet dat jij op dat moment haar dóódvonnis tekent? Dat zíj dat zo voelt?' riep iemand van de tegenpartij.

'Wat moet ik dan? Meedelen dat er niets aan de hand is of zo?'

'Laten voelen, laten blijken dat het íets met je doet! Je zit erbij alsof je God zelf bent. Kijk hoe je zit! Achterovergeleund in de stoel. Je kijkt haar niet eens aan! Laat met je lijf, met je gezichtsuitdrukking zien dat je betrókken bent, dat het je iets doet!'

'Moet ik dan een potje meejanken of zo? Daar heeft de patiënt toch niets aan? Bovendien, wat kan ík eraan doen dat ze doodgaat?'

'Niets natuurlijk, maar je openingshouding is al verkeerd. Je hoeft niet mee te janken, maar je kunt wel meer medeleven uitdrukken. Neem eens om te beginnen een actieve, meer naar de patiënt gerichte gesprekshouding aan. Dat hebben we toch zojuist in de subgroep allemaal besproken! Het belang van lichaamstaal. De boodschap van de non-verbale communicatie! Daar kun je wat mee zéggen, daarmee kun je je gevoel uitdrukken, snap dat dan, man.' Het was de portier van ons ziekenhuis die dit met stemverheffing naar voren bracht.

'Waarom reageer je zo opgewonden op Ewoud?' vroeg de consultant.

'Omdat ik het allemaal heb meegemaakt met die dokters. Harken zijn het. Mijn vrouw had MS, ze is vorig jaar overleden. Ze laten je gewoon verrekken. Dat is het. Je wordt van het kastje naar de muur gestuurd en moet het allemaal zelf uitzoeken.'

'Daarom verwijt u mij dat ik...'

'Nou ja, het is uw houding, dan komt bij mij weer van alles boven.'

'Kun je daar wat mee, Ewoud?' vroeg onze consultant.

Zo ging het gezever tot op de komma maar door. De observatoren stonden in de startbeugels om mij via vooraf vastgestelde feedbackregels zogenaamde opbouwende kritiek te geven. Elk woord werd op een weegschaal gelegd. Ik moest nog veel leren, dat werd me wel duidelijk gemaakt.

Na afloop van de sessie had ik behoefte aan een teiltje. Zo'n lul ben ik toch niet?

3

Eugenie

Frits is uit zijn doen. Hannah Bleker is weer opgenomen. Ze heeft een mammacarcinoom en zit onder de metastasen. De uitzaaiingen zitten niet alleen in de botten, maar nu ook in de lever en de longen. Ze is uitbehandeld. Vorige week heeft ze door een uitzaaiing in het heupgewricht haar heup gebroken. De chemotherapie heeft onvoldoende resultaat gehad. Het heupbot is zo aangetast dat er eigenlijk niet meer geopereerd kan worden. Frits heeft overlegd met de orthopeden van het UMCU om te bespreken of er toch nog een oplossing gevonden kan worden in de vorm van een gecementeerde totale heup.

Ze is achtenvijftig en was actrice bij Toneelgroep Amsterdam. Ik heb haar een jaar geleden voor het eerst en ook voor laatst zien spelen. Het was het stuk *Intredende huiver*, dat speciaal voor haar, op basis van eigen ervaringen, werd geschreven. Een monoloog over de dood was het. Ik ben er samen met Frits en de hoofdverpleegkundige Carla naartoe gegaan. We kregen er vrijkaartjes voor.

De openingszinnen zal ik nooit vergeten. 'Doodverklaard. Op weg ben ik, maar mijn weg leidt tot niets. Ik probeer het verlangen af te leren. Het is een dagtaak.'

Tijdens de voorstelling is ze voornamelijk in gesprek

met zichzelf. Ze ligt op bed en schrijft hardop in haar dagboek. Ze vertelt over haar herinneringen en de betekenis ervan. In een van de scènes staat ze, kronkelend van de pijn, te kotsen in een toilet. Ze schetst een beeld van zichzelf als kind, als tiener en als de geliefde die ze ooit met onvoldoende overgave was geweest. Daarvoor biedt ze alsnog haar excuses aan. Opmerkingen van haar moeder, haar dierbaren en als laatste die van haar arts worden – soms met een indringende echo – via luidsprekers op hoog volume de zaal in geslingerd.

Uitbehandeld. Uitbehandeld. Uitbehandeld, schallen de geluidsboxen.

Dat woord sneed door mijn ziel. Haar verzet, haar strijd tegen de dood en haar verlangen naar het leven werden zo rauw geschilderd dat ik er misselijk van werd. Alsof de dood mijzelf op de hielen zat. Het greep me naar de keel. Ik weet nog dat ik naar Frits keek. Ook hij hield het niet droog en veegde zo onopvallend mogelijk zijn tranen af.

In een andere scène zuipt ze zich te pletter, ze wordt dronken en kleedt zich uit. Ze bekijkt haar naaktheid voor de spiegel en klaagt haar falende lichaam aan. Ze verkleedt zich driemaal en kijkt terug op de verschillende rollen, die ze in haar leven heeft gespeeld. Een estafette van haar leven. De thema's schuld en spijt komen aan de orde. Ze heeft vaak ondoordacht gehandeld en had beter moeten weten.

De angst over de gedaante die haar dood zal aannemen.

Bij de slotscène neemt ze plaats in een kist, voorzien van teksten die ze van tevoren met een viltstift heeft aangebracht. Het moeten boodschappen zijn waaraan nabestaanden zich kunnen optrekken. Het werd een worsteling met woorden over de essentie van het leven, die na woeste doorhalingen en overwegingen uiteindelijk resulteerde in het enige overgebleven statement. 'Doe ertoe' was dat statement. Intussen het aanzwellende nummer 'If There Is Something' van Roxy Music.

De muziek sleurde me mee in haar uitzichtloze wereld. Het benauwde me zo dat ik had willen wegrennen van deze strijd tegen de dood.

'Waar ik naartoe ga, duurt heel lang,' waren haar laatste woorden. Daarna nam ze plaats in de kist, die onder de klanken van 'Lacrimosa' en 'Dies irae' uit Mozarts *Requiem* verdween in de vloer van het toneel.

Ik was blij dat de voorstelling was afgelopen. In het ziekenhuis worden we bijna dagelijks met de dood geconfronteerd, je zou kunnen zeggen dat we eraan gewend zijn geraakt. Maar die avond was het alsof Hannah ons in haar dood meesleurde.

Na de voorstelling werden we bij haar uitgenodigd in de kleedkamer. 'En?' was haar vraag. Frits zocht naar woorden en slikte zijn tranen weg. Vervolgens schraapte hij zijn keel en knikte. Er viel een stilte.

'Goed? ...Of was het te?' vroeg Hannah.

'Nee, niet te, maar wel aangrijpend,' zei hij ten slotte. Hannah stond op van haar stoel en omhelsde hem. Zo stonden ze een tijdje, lijf aan lijf. Frits die onhandig met zijn handen een weg zocht over haar rug en toen in snikken uitbarstte. Een terminale patiënt die haar dokter troost, want daar kwam het op neer wat ik voor me zag. Onze baas klampte zich aan haar vast alsof ze zijn geliefde was. 'We houden je nog een tijdje in leven, Hannah,' zei hij. 'Oké, nog een klein beetje toekomst dan,' fluisterde ze, terwijl ze volhardde in haar omhelzing. Frits wist zich geen houding te geven en keek naar ons alsof hij zich betrapt voelde. Carla en ik waren sprakeloos. Niet omdat die twee zo liefdevol bescherming zochten bij elkaar, nee, dat was het niet. We voelden ons nietig. Het was het besef van de dood dat ons beklemde. En schaamte over de ophef om futiliteiten die zich in ons leven voordoen. Waar maak ik me druk om? heb ik toen gedacht. Waarom zeur ik regelmatig? Op dat moment heb ik iets belangrijks besloten. Ik zou zuiniger met mijn lichaam omgaan, verdraagzamer worden en liever en hulpvaardiger in het leven staan.

Op verzoek van Frits loop ik regelmatig even bij Hannah binnen. Dan neem ik een tijdschrift mee, of iets lekkers. Ik zie hoe snel het verval vat krijgt op haar lichaam. Haar buik is opgezwollen van het vocht, daarom is ze gisteren gepuncteerd. De afdelingsarts tapte drie liter vocht af, waardoor ze zienderogen opknapte en meer lucht kreeg. Frits heeft hemel en aarde bewogen om haar op een eenpersoonskamer geplaatst te krijgen. Een voorkeursbehandeling die tot nog toe alleen is voorbehouden aan collegae of aan hun echtgenoten. Bekende acteurs lopen in en uit. Ze nemen flessen drank, dvd's, boeken en bloemen mee.

Vandaag is Hannah nog steeds een beetje kortademig, maar ze blijft zich waardig en belangstellend gedragen.

'Ik herken mezelf niet meer. Kon ik je maar uitleggen hoe het is om jezelf zo kwijt te raken. Elke nieuwe dag weer minder kunnen dan wat je gisteren nog kon. Zo afhankelijk zijn van anderen, is het ergste wat er is. Dat mensonterende verlies van autonomie. Maar ook die geur die ik nu bij me draag. Kanker stinkt, ruik jij dat ook? En wat dacht je van mijn tanden, die zijn er door de chemo ook bepaald niet op vooruitgegaan. Brandhout is het, maar ik blijf wel lachen hoor, zo nu en dan. Als het niet anders kan, dan maar met een tandeloos bekkie.'

Wat me zo raakt is haar openheid naar mij en die allesomvattende gelijkwaardigheid. Je kunt niet anders dan van haar houden. Ze kijkt, ze is een waarneemster, ze weet wat de ander bezighoudt. Ik voel me veilig bij haar.

'Weet je wat het is, Eugenie, ik ben een eind op weg, maar het is nog niet zover. Het moment is nog niet aangebroken dat de dood mijn lichaam en mijn geest op de knieën heeft gekregen. De doodswens is nog niet op mij neergedaald. Zolang ik nog wil weten hoe het met jou gaat, met de kinderen van mijn zus, of met mijn toneelgroep, zo lang wil ik me nog niet verzoenen met de dood. De dag waarop ik naar de dood verlang, omdat de hunkering naar het leven uit me is weggezogen, wordt het moment om in te grijpen. En in die tussentijd moet Frits proberen mijn leven draaglijk te houden.' Ze glimlacht naar me.

Ik probeer me in haar situatie te verplaatsen. 'Een halfjaar geleden had je niet gedacht dat je de situatie waarin je je nu bevindt zou accepteren. Is het zo dat je die grens, op de rand van het bestaan, telkens verplaatst?'

'De verlangens krijgen een andere dimensie. Keer op keer doet het wenselijke een concessie aan het haalbare. Ik ben al tevreden met een goed gesprek, met één dag niet misselijk zijn, met een goede nachtrust. Je moet altijd iets te wensen hebben, lieverd, maar we praten te veel over mij. Wat is jouw grootste wens?'

Voordat ik er erg in heb, flap ik het eruit.

'Een kind,' zeg ik. Ik schrik van mezelf.

Hannah ziet dat. 'Jouw geheim?'

Ik knik.

'Ons geheim,' zegt ze.

Voordat ik de kamer verlaat, vraagt ze: 'In je eentje?'

'In mijn eentje, ja.'

'Dan moet je veel zelfvertrouwen hebben, lieve schat.'

Ik geef haar een kus, strek mijn rug en loop de gang op. Knikkende knieën, dat wel.

Met moeite zet ik me aan het werk. Het gekakel van de secretaresses om me heen stoort me mateloos. Ik vul het dienstrooster van de specialisten in, daar hoef ik niet zo bij na te denken.

We hebben, vanwege de zwangerschapsverloven van onze parttimers, twee nieuwe uitzendkrachten op de administratie. Die moet ik vandaag inwerken.

Het is hier op de afdeling een komen en gaan van dikbuikige jonge vrouwen. De meeste vrouwelijke assistenten worden tijdens hun specialisatie zwanger. Zij geven er de voorkeur aan hun kinderen te krijgen voordat ze zich definitief als specialist vestigen. Daarnaast loopt ook verpleegkundig, huishoudelijk en administratief personeel elkaars buikomvang te vergelijken.

De trots van de vrouw en de kracht van een zwangerschap. Stoere levenslustige buiken die naar voren wijzen. Eerst de buik, magistraal, dan de vrouw.

Jaloers ben ik niet. Nee, ik ben gefascineerd door het nieuwe leven dat zich aankondigt. Dat bezit neemt van een moederlijf, haar gebruikt en haar soms uitput. Het kind als parasiet. Het neemt, zal blijven nemen. Het kind regeert. Nu al.

Het meisjeslijf raakt zijn contouren kwijt. Gezwollen koppen door ophopend vocht in het gezicht, maar ook in hun vingers en voeten. Alles wordt anders. Voorgoed. Het is gedaan met de strakke buik, er komen striae voor in de plaats. Ik zou het er allemaal graag voor overhebben.

De aanstaande moeder plaatst haar liefdevolle hand op haar buik. Ze is naar binnen gekeerd en oefent in beschermen.

Het leven ín mij voelen, dat wil ik ook. Mij hechten aan iets wat uit mij voortkomt.

Nu ik negenendertig ben, geef ik mezelf nog twee jaar de tijd voor het belangrijkste project van mijn leven. Het realiseren van een kind. Een gynaecoloog vertelde me onlangs dat je het na je tweeënveertigste wel kunt vergeten. Mijn kans op zwangerschap is nu al klein, maar neemt tegen die tijd dramatisch af. Vrouwen boven de veertig attendeert zij op privéklinieken in Barcelona, waar ze zich voor tienduizend euro kunnen laten insemineren met Oost-Europees zaad. Over de ruggen van onvruchtbare vrouwen verdienen buitenlandse artsen hun tweede woning aan de Costa Brava.

Mijn voorkeur heeft dat niet. Het liefst gebruik ik bekend, of liever gezegd intelligent zaad bij het ontstaan van mijn kind. En enige prettige uiterlijke kenmerken lijken mij ook niet onbelangrijk. Het nadeel van de spermabank is dat je geen voorkeur kunt aangeven gebaseerd op het IQ van de donor. Je mag alleen aandringen op enkele fysieke kenmerken, zoals de lengte van de donor en de kleur van zijn haren en ogen.

Slim zaad kun je dus niet bestellen.

Sinds wettelijk in de donorregistratieplicht is vastgelegd dat kinderen die via de spermabank zijn verwekt, vanaf hun zestiende het recht hebben om hun biologische vader te leren kennen, haken donoren massaal af.

Zaad is schaars geworden. Het beetje zaad dat in rietjes is opgeborgen in de vrieskisten van fertiliteitsklinieken is grotendeels gereserveerd voor ongewenst kinderloze echtparen en lesbische stellen. Alleenstaanden mogen achter in de KID-rij aansluiten. De wachtlijsten zijn eindeloos, maar ik heb me voor de zekerheid wel aangemeld. Er zijn driehonderd wachtenden voor me. De wachttijd is op dit moment minstens anderhalf jaar en kan nog oplopen. Tegen die tijd kan ik beter linea recta naar Barcelona gaan.

Op het bevruchtingsfront zit het bepaald niet mee. Nu er op het mannenfront geen duurzame partners voorhanden zijn, ben ik genoodzaakt het heft in eigen hand te nemen. Om mijn kansen op zwangerschap zoveel mogelijk te benutten zal ik me vlak voor mijn ovulatie (onder het mom van pilgebruik) moeten begeven in de buurt van zaad.

Dat lijkt simpel, maar dat is het niet. Op de eerste plaats moet ik zeker zijn van een eisprong. Gelukkig heb ik een regelmatige cyclus en kan ik mijn eisprong redelijk in kaart brengen met de ovulatietest die tegenwoordig bij elke drogist verkrijgbaar is. Op de tweede plaats heb ik op het vruchtbaarste moment een geschikte kandidaat nodig, die zijn zaad belangeloos in mij achterlaat. Waar haal je zo iemand op het ultieme moment vandaan?

Momenteel heb ik mijn zinnen gezet op Ewoud. Maar ja, die kan ik ook niet op stel en sprong bestellen. Hij is vaak bij zijn mammie. Het moederskindje is met enige regelmaat naar een congres, of verspilt in het ergste geval zijn zaad in een condoom bij een of andere amechtige passante die hem via de golfbaan en een stevige borrel haar bed in heeft gehoerd. De kansen op een 'spontane' bevruchting van mij nemen daarmee natuurlijk substantieel af.

Laatst las ik in een roddelblad dat ooit een onenightstand van Boris Becker na de daad stiekem in de badkamer zijn condoom had leeggezogen en de inhoud ervan met een spuit bij zichzelf had ingebracht. Zover ben ik nog niet gegaan, maar het bracht me wel op een idee.

Een paar vriendinnen zijn op de hoogte van mijn strijdplan. Ze vinden het immoreel om het zaad van een man zonder zijn medeweten te gebruiken voor de conceptie van mijn kind. Ze hebben natuurlijk gelijk, maar ik sta met de rug tegen de muur. Voorlopig denk ik: het doel heiligt de middelen en bovendien, wat niet weet, wat niet deert. Anders wordt het nooit wat. Een van mijn vriendinnen, moeder van drie bloedjes van kinderen, is er zelfs faliekant op tegen. Ze heeft makkelijk praten. Haar suggestie was op zoek te gaan naar 'oud zaad'. 'Waarom vraag je Frits niet als leverancier? Je bent toch zo dol op die man? Maar dan wel open en eerlijk natuurlijk.' Op zich geen gekke gedachte. Tegen de tijd dat het kind zestien is, de leeftijd dat de vader zich op verzoek van het kind moet melden, is Frits een lieve opa, of dood. Wat is daar mis mee? Misschien iets voor plan B. Eerst eens uitzoeken hoe het zit met de kwaliteit van oud zaad. Oud zaad gecombineerd met oude eieren lijkt me geen optimale start voor mijn kind, áls het hieruit al kan voortkomen.

Het is jammer dat ik waarschijnlijk de boot ga missen met betrekking tot het invriezen van mijn hopelijk nu nog gezonde eieren. Dat zou mij wat meer respijt hebben gegeven. In een artikel daarover las ik dat zoiets binnenkort voor zogenaamde uitstelmoeders en waarschijnlijk ook voor alleenstaanden mogelijk wordt. Tegen de tijd dat ik ervoor in aanmerking kom, zijn mijn eieren alweer beduidend ouder. Op mijn leeftijd telt bij wijze van spreken elke maand.

Vandaar mijn schaamteloze jacht op het zaad. De kritiek van mijn vriendinnen lap ik aan mijn laars. Ik moet wel. Mijn ouders betrek ik al helemaal niet bij mijn voornemen. Mijn moeder zou spontaan een hartverzakking krijgen als ik het woord zaaddonor alleen al zou uitspreken.

Het laatste jaar heb ik werkelijk alles geprobeerd. Van verkeerd geplande onenightstands tot gesprekken met een bevriend echtpaar dat met mijn kinderwens begaan was. Na lange overweging leek het uiteindelijk bereid zijn zaad in de aanbieding te doen.

Theoretisch, bleek later. Want toen het 'puntje' wat concreter bij het 'paaltje' kwam, waren ze niet thuis. Het kwam te dichtbij. Hoezo, dichtbij? Ik wilde juist een officieel contract waarin de donor formeel afstand doet van het kind. Geen betrokkenheid bij de opvoeding, ik kon het alleen aan. Dat laatste hou ik mezelf almaar voor, want als ik daaraan ga twijfelen hoef ik er niet aan te beginnen. Als de wens zo groot is, moet je durven springen.

In een laatste poging om te redden wat er te redden viel, legde ik bij het echtpaar vooral de nadruk op mijn goed doordachte plannen en oplossingen voor het eenouderschap. Het mocht niet baten, zij kwamen alleen nog maar met twijfels en vragen.

'Als wíj ervoor kiezen dat mijn man vader wordt van jouw kind, zou je het dan op prijs stellen als wij het een paar keer per jaar willen zien? Wat zijn jouw hoofdgedachten bij het opvoeden van een kind? Welke waarden en normen vind jij belangrijk? Wat zou je ervan vinden als we je een financiële vergoeding aanbieden van zeg 3500 euro per jaar? Hoe ga je ermee om als het kind naar zijn vader vraagt als hij/zij ouder wordt?'

Dat soort vragen. Het leek wel of ik op examen moest. De juiste antwoorden moest vinden voor de criteria dat ik zijn zaad zou krijgen of niet. Alsof ik op alle vragen pasklare antwoorden kon geven.

Het schip was al gezonken. Er volgden emotionele discussies over het unieke genenmateriaal dat zich zou tonen in het kind dat uit zo'n trieste aseksuele conceptie zou voortkomen. De verantwoordelijkheid van de biologische vader daarvoor. Het woord vader vond ik niet op zijn plaats. Het ging mij puur om een paar spermatozoa, meer niet. Maar er kwamen voornamelijk tegenargumenten. Stel dat het invalide zou zijn, of het syndroom van Down zou hebben. Ze raakten in paniek en haakten definitief af. Bij nader inzien wilden ze niet verantwoordelijk zijn voor het vaderloze kind. Later bleek dat jaloezie ook een rol kon gaan spelen wanneer zou blijken dat het kind leuker of slimmer zou zijn dan de kinderen die het echtpaar zelf had verwekt.

Gun mij dat zaad, dacht ik. Meer heb ik niet nodig. Bekijk met hem een pornofilm. Vang zijn zaad op in een jampotje. *Bring it to me!*

Kijk, dat gedoe met Ewoud is een goed alternatief. Hij is slim, ziet er redelijk uit en daarbij is hij laten we zeggen 'leuk geschapen', wat de conceptie aanzienlijk veraangenaamt. Alleen op emotioneel en karakterologisch gebied is hij een contra-indicatie. Maar ja, ik heb niet zoveel meer te willen. Tel uit je winst. De tering naar de nering zetten dus.

Vandaag heb ik me suf gepoetst. Mijn appartementje is werkelijk spic en span. Schone lakens – zoiets blijft een weldaad –, de was gedaan, de ijskast gesopt en zelfs de ramen gezeemd. Schone ramen zijn de kroon op het schoonmaakwerk. Heerlijk vind ik dat. Daarna heb ik op de markt een flinke kleurrijke bos bloemen voor mezelf aangeschaft. Bij de Etos kocht ik maskers, nagellak en tandenstokers. Bij Appie Happie een lading voer waar ik de week mee doorkom, en ingrediënten voor een appeltaart. Voor vanavond heb ik kant-en-klare pasta funghi ingeslagen. Eindelijk tijd voor mezelf, pretentieloos zappen voor de tv en genieten van mijn schoongemaakte nestje. Meer heb ik niet nodig.

Ik blijf steken bij een documentaire over familieopstellingen. Een methode om te onderzoeken hoe gedrag van familieleden (meestal gaat het om de ouders) belemmerend heeft gewerkt op de autonomie en het geluk van de deelnemers. Groepsleden spelen het gedrag van het familielid na. In dit geval doet een meisje van tweeëntwintig, haar beklag bij haar moeder. Het is hartverscheurend om te zien hoe de jonge vrouw alsnog een appèl doet op de liefde die ze in haar jeugd heeft gemist. 'De moeder' staat er stoïcijns bij, zelfs als de dochter haar bij de schouders vat en haar smeekt om erkenning.

'Kijk me aan, mam. Kijk me godverdomme aan!' schreeuwt ze. 'Het enige wat jou interesseert is wat ik presteer. Niet wíe ik ben. Je hebt mij nooit gekend. Ik was jouw uithangbord, jouw etalage. Níet jouw kind. Ik was een míddel waarmee jij je profileerde. Het enige wat jij te bieden had was je godvergeten kritiek op mij. Leer dat eeuwige oordelen van je af, mam, ik ben het spuugzat. Er blijft zo weinig van me over als je dat doet.'

Zo ging het nog even door. Ik kreeg er hoofdpijn van. Ik herkende mezelf in deze roep om waardering en liefde. Wij waren een koud gezin. Als los zand zijn we uit elkaar gevallen. Er was geen cement om ons bij elkaar te houden. Bij de jaarlijkse familiereünie wendden we betrokkenheid en belangstelling voor elkaar voor. Mijn moeder blijft als een koude kikker op afstand. Ik zou haar wel door elkaar willen rammelen, maar dat durf ik niet. Beschaafd draaien we met zijn allen om de hete brij heen. Liever de schone schijn, dan de harde waarheid die uit onze armzalige beerput naar boven kan komen. Ik heb mijn hele leven gehunkerd naar liefde. De liefde die ik zo gemist heb, ga ik nu zelf creëren. Die liefde zal uit mij voortkomen.

Het is maandag. De nieuwe dames op kantoor zijn vrolijke, een beetje kinderlijke types. Als leidinggevende en officemanager heb ik van de week vijf functioneringsgesprekken gepland. Een paar zaken moeten anders. Er wordt te veel geroddeld en de agenda's van de artsen worden slordig bijgehouden, waardoor soms dubbelboekingen ontstaan. Ik moet dat niet hebben, dan loopt alles in de soep. Artsen lopen op hun tenen en patiënten reageren boos wanneer hun afspraak verzet moet worden. Bovendien betrap ik de medewerksters regelmatig op persoonlijk internetgebruik. Ze surfen in de baas zijn tijd naar sites voor nieuwe woonruimte of zoeken naar aantrekkelijke vakantiebestemmingen. Daarnaast nemen de dames het niet zo nauw met de lunchtijd, waardoor de telefoon te lang onbemand is. Vooral de nieuwkomers zijn snel afgeleid. Die zijn de hele dag aan het lonken en verlekkeren zich in het personeelsrestaurant aan mooie jonge dokters in witte jassen. Ze fantaseren erop los om met zo'n kanjer het bed in te duiken.

Sinds het rookverbod bij de ingang van het ziekenhuis, eet ik rond het middaguur een boterham uit het vuistje bij de fietsenstalling. Daar mag onder het afdak wel gerookt worden.

Na de lunch hoorde ik een van de secretaresses een sappig verhaal vertellen over de vrouw van Joop. Zijn huwelijk zou niets meer voorstellen. Ze had zijn vrouw horen schreeuwen bij de ingang van de eerste hulp, toen ze Joop daar afleverde. Het was een schaamteloze vertoning geweest. 'Zoek het maar uit. Ik kan toch nooit op jou rekenen. Wat jíj moet doen... is een kamer zoeken. Bekijk het maar,' was het laatste wat ze met stemverheffing riep. Ze smeet de deur van de Volvo met een smak dicht en scheurde met hoge snelheid weg. Joop had schichtig om zich heen gekeken en zich snel uit de voeten gemaakt.

'Niet roddelen, meisjes, aan het werk,' was mijn reactie. Maar het bleef wel hangen, die informatie. Ewoud liet laatst ook al doorschemeren dat het niet zo botert tussen die twee. Tijdens het jaarlijkse maatschapsdiner zat hij naast Joops vrouw. Hij kreeg een en al cynisme en kritiek te horen. De honden lustten er geen brood van. Ze noemde Joop steevast bij zijn achternaam als ze over hem sprak, zo'n rare gewoonte. Loudon (zo heten ze) zou nooit thuis zijn. De kinderen hebben geen idee hoe Loudon eruitziet, enzovoort. Puur gif kwam eruit. Zij moet alles alleen doen. De oudste zoon schijnt een lastig jong te zijn op wie zelfs Loudon geen enkel vat heeft. Nu zit hij op een privéschool aan de Nieuwegracht. Ewoud vertelde dat het ventje onlangs door de politie was thuisgebracht nadat ze hem hadden betrapt op winkeldiefstal bij Dixons. Volgens Ewoud gaat het helemaal mis bij de Loudonnetjes. Zulke verhalen zijn nou precies de reden waarom ik geen vrouw, laat staan een gezin wil, voegde Ewoud eraan toe. Meer dan de helft van de huwelijken van chirurgen loopt toch uit op een scheiding en vaak blijkt dat de tweede relatie ook op niets uitdraait. Uiteindelijk komen die kerels bij zo'n huppelkutje terecht dat, wanneer de mannen hun pensioenleeftijd naderen, vriendelijk bedankt voor de eer. Dan worden de heren, met hun geverfde kop, zonder pardon bij het grofvuil gezet. En die kerels maar doorbuffelen om de torenhoge alimentaties op te brengen.

Ik ken Joop als een ambitieuze dokter. Een beetje een braller, maar dat zijn bijna alle chirurgen. Hij is een groot kind met een klein hartje en ziet er verdomd goed uit. Een beetje een mix van Brad Pitt en Robert Redford, en dan overdrijf ik niet. Hij loopt marathons en heeft een atletisch lijf. Tijdens de vrijdagmiddagborrel heeft hij het hoogste woord en ook het flirten heeft hij niet afgeleerd. Maar gelukkig is hij niet zo bot als Ewoud. Die weet geen maat te houden en kan het niet nalaten om denigrerende opmerkingen te maken. Het liefst tegen jonge en onervaren coassistenten. Laatst nog, het was grappig bedoeld maar kwam verkeerd over. 'Waarom begin je geen nagelstudio, met die mooie blauwe ogen van je? Tegen de tijd dat jij specialist bent, is je eierrek op sterven na dood. Maak kinderen zolang het nog kan, en wordt luizenmoeder op de basisschool. Chirurgie is geen vrouwenvak. Ze haken niet voor niets met bosjes af als ze eenmaal klaar zijn. Wist je dat 40 procent het vak verlaat voordat ze goed en wel aan de slag gaan?'

De coassistent vertelde me later dat ze wijselijk haar mond had gehouden, omdat ze maar al te goed weet dat ze door hem op haar functioneren beoordeeld wordt. Op een negatieve beoordeling zat ze niet te wachten.

Ons jaarlijks uitje. Vanavond gaan we met de typemiepen naar Taste. Dé wijnbar van Den Haag. Een van de assistenten noemde het de meest verantwoorde neukschuur van de Randstad. Advocaten, consultants, vastgoedboys en ondernemers in driedelige streepjespakken met breed geknoopte dassen, struinen de tent af naar opgeleid 'blond', dat daar hooggehakt en fors beboezemd in glitter- en glamouroutfit koket rondloopt. Vet gaaf, vond een assistent. Hij zou wel mee willen.

Nou, dat belooft wat, vooral omdat ik overmorgen waarschijnlijk een paar streepjes op de thermometer ga klimmen. Op internet had ik die tent even gegoogeld. De strakke vormgeving, de locatie tegenover de Hofvijver, de heerlijke tapas – zij noemen het fingerfood – heeft menige yup weten te verleiden om naar deze place to be te gaan. De wijn, per glas verkrijgbaar, kost een vermogen, maar dan heb je ook wat.

De meisjes gaan er een weekendje 'uit' van maken. Ze hebben een hotel in de buurt geboekt en willen op koopzondag de stad afstruinen om een verantwoorde basiscollectie voor het volgend seizoen te scoren.

Ik ga vanavond weer terug, want morgen heb ik, onder het motto 'helpen in de tuin' om twaalf uur afgesproken met Ewoud. Bij hem moet je altijd iets in de aanbieding hebben, anders ben je niet welkom. Vanmiddag heb ik voor dat doel zelfs een snoeischaar aangeschaft.

De vingerhapjes zijn smakelijke kleine kunstwerkjes. Het dameskransje zit gezellig in de hoek op de bank, met zicht op het terras. Mijn collegaatjes hebben er zin in. Ze zien er behoorlijk sexy uit en scannen de tent zorgvuldig af op mannen die voor een nadere kennismaking in aanmerking komen. De groep hanteert daarbij een meedogenloos beoordelingssysteem. Pas bij consensus over potentiële kandidaten komen ze in actie. Het luistert nauw bij mijn meisjes. Regelmatig lopen ze naar de wc (ik mag van Ewoud geen toilet zeggen, dus daar hou ik me maar aan) om zich tussentijds op te tutten, in de hoop onderweg te worden aangesproken door het beoogde target. Vroeger vond ik dit ook leuk. Nu heb ik moeite om mijn aandacht bij het gesprek van de meisjes te houden. Veel verder dan vakanties, kledingtrends en geroddel over mensen van de afdeling, komt het niet. Als baas van dit gezelschap speel ik opperste betrokkenheid, maar mijn gedachten dwalen af naar mijn eigen leven.

Ik was toch altijd zo zeker van mezelf? Waarom ben ik vier jaar geleden niet ingegaan op de nadrukkelijke kinderwens van mijn toenmalige vriend? Het benauwde me, hij benauwde me. Zijn wurgende liefde was gewoon te veel voor mij. Als ik moest poepen, liep hij nog achter me aan de wc in. Dat houdt geen mens vol. Hij was de verkeerde man voor mij.

Zelf doen, dacht ik daarna. Eugenie neemt het heft in eigen hand. Op een gegeven moment zocht ik mannen alleen nog maar uit op hun zaad. Maar ik had de slag niet goed te pakken, waardoor ik rond de ovulatie te gefocust en te gestrest met ze omging. Of ze kwamen niet door mijn kritische selectie. Ik had nogal wat noten op mijn zang. De prins met het juiste zaad kwam maar niet opdagen. Intussen weet ik dat die niet bestaat en heb ik mijn criteria grondig bijgesteld. Heb ik de boot gemist?

De meesten van mijn vriendinnen zijn getrouwd. Die vinden het fantastisch als ik een avond kom oppassen, dan kunnen zij een avond van hun man en van de vrijheid genieten. Ze kunnen me altijd bellen. Voor een avondje moederen zeg ik alle afspraken af. Heerlijk vind ik het om met zo'n baby'tje in bad te gaan. De geur van het lijfje. Het zoekende mondje. Het gezuig en gekwijl in mijn hals. De kleine knuistjes die mijn wijsvinger omvatten. De kracht van de kruipbewegingen tegen mijn buik. Het zware hoofdje dat probeert op te kijken, om vervolgens een zachte landing te maken op mijn borst. De concentratie waarmee het naar mijn gebrabbel luistert als ik zoete woordjes fluister. 'Kom maar oezieboezie, bibelebobse bebemse', en meer van die onzintaal. Het reikhalzen naar mijn gemompel en het gekir dat erop volgt. Die afhankelijkheid, dat kwetsbare. Ik kan er geen genoeg van krijgen.

Maar wanneer ik thuiskom, zit ik weer in mijn eentje in mijn 'opgeleukte' appartement. Daar heb ik immers ruim de tijd voor. Reken maar dat het er perfect uitziet, maar de weekenden breng ik toch alleen door.

Geluk wordt pas geluk wanneer het gedeeld wordt, althans dat geldt voor mij. Het idee van een kind, een kind van mezelf, laat me niet meer los. In het begin nam ik mijn wens niet serieus. Maar op den duur sliep ik er niet meer van. Dat wil niet zeggen dat het een obsessie wordt, maar het moet wel gebeuren. Nu ben ik aan de beurt. En snel ook, want die kutklok tikt vrolijk door. Toen ik besloot ervoor te gaan, heb ik me niet gerealiseerd hoe gecompliceerd het allemaal is. En dan heb ik het alleen nog maar over het regelen van de conceptie. Daarna begint het echte werk pas. Natuurlijk zijn er praktische bezwaren, die heb ik grondig overwogen. Maar de kinderwens blijft domineren en ik ben een type dat overal wel een mouw aan past. Volg je hart, spring in het diepe. Komt 'de daad' komt raad, dacht ik. Zo denk ik er nog over.

'Hé baas, zit je te slapen?' vroeg een van de meisjes.

Ik sta op, nu het is mijn beurt voor de wc. Om mijn zinnen te verzetten fris ik me grondig op.

Terug in de designbar word ik aangesproken. Die wc-truc blijkt te werken.

'Waarop is jouw huwelijk gestrand?' vraagt een kleine man in een gestreept overhemd met drie knopen aan een te hoog witte boord. In zijn hand heeft hij twee flûtes met bubbels. Hij biedt er mij een aan.

'Ik stel me liever even voor... Sandra,' zeg ik en steek mijn hand uit.

'Zo, zo,' reageert hij, 'weet je dat zeker?'

'Ik zou mijn naam niet kennen?'

'Nou ja, die dames daar aan de bar noemen je Eugenie, ik heb geen poep in mijn oren, hoor.'

Mijn collega's hebben zich inderdaad naar de bar verplaatst.

'Vooruit, Eugenie dan.'

'Dan is Sandra zeker je internetsmoeltje?'

'En dan neem ik zomaar aan dat jij op jouw profiel van de datingsite ook zeven jaar jonger en een meter langer bent,' sneer ik zo alert mogelijk terug. Tjonge, het is wel spitsroeden lopen hier.

'Dagje Randstad snuiven vanuit Doetinchem?'

'Luister, in die heteropoëzie heb ik niet zo'n zin vanavond.'

'Zonder gekheid... ik zit gewoon een beetje te dollen. Ik ben Wouter.' Hij steekt zijn hand uit.

'Wouter de tuinkabouter,' kon ik gezien zijn lengte niet nalaten op te merken.

'Je zou iets originelers kunnen bedenken, mevrouw. Iets waaraan ik me kan optrekken, bijvoorbeeld.'

'Zoiets als kleine mannen, grote jannen?'

'Kranige taal, maar heel flauw. Zeg dame, waarom ben je vanavond eigenlijk niet thuisgebleven?'

'Heeft iemand je wel eens verteld dat je heel mooie ogen hebt?' pareer ik en maak onmiddellijk aanstalten om het strijdtoneel te verlaten.

Hij grijpt me bij de arm. 'Geef toe, slechte start. Maar het zou me toch niet verbazen als jij er vreselijk aan toe blijkt te zijn om vanavond met mij dimsummetjes te verorberen aan de boulevard van Scheveningen.'

Nu moet ik vreselijk lachen. Aan verbale incontinentie ontbreekt het hem niet.

'Dag lieverd, ik hou van je. En het fijne is, ik voel me zo veilig bij jou,' zeg ik smalend. Ik grijp mijn tas en slalom me tussen het gezelschap door richting bar.

De meisjes hebben het hoogste woord en zijn omsingeld door een groepje hebberige haantjes van tegen de veertig, die hun woorden kracht bijzetten door foto's van boten en auto's te tonen die ze op hun iPhones en BlackBerry's hebben opgeslagen.

De mannen blijken collega's te zijn bij een makelaarskantoor en genieten wekelijks van hun gezamenlijke stapavond. Nee, van de huidige conjunctuur hebben ze totaal geen last. Heel raar, maar kwaliteit kent geen crisis. Bovendien werd het tijd dat het kaf van het koren wordt gescheiden. Zij zijn er alleen maar sterker van geworden.

Het spel van de jacht, van imponeren, van uitdagen over en weer, komt in dit gezelschap tegen twaalven pas goed op gang. Mijn meisjes laten hun stola's en ander boventenue vallen en zitten nu met ontblote schouders en gekruiste benen schrijlings op hun krukken. De hormonen vertalend in lichaamstaal, verstopt achter gegiechel en een lonkende oogopslag. Vingers die het randje van hun glas bestrijken, om deze vervolgens, onschuldig opkijkend naar hun object, met hun volle gestifte lippen af te likken. De womanizers begrijpen deze taal en staan op scherp. Het wordt me snel duidelijk dat ik niet mee hoef te doen aan hun spelletje. De stoorzender kan maar beter vertrekken. Onder veel protest en grotesk gezoen verlaat ik het strijdtoneel.

The floor is yours, ik moet morgen fit zijn om optimaal te presteren op mijn eigen 'floor'.

Onderweg in de trein kom ik tot de conclusie dat ik het flirten ontgroeid ben. Zinloze energie in verkeerde prietpraat. Een waste of time, het leidt tot niets. Die kerels zijn mijn type niet en bovendien zijn ze toch allemaal getrouwd. Of had ik vanavond meer mijn best moeten doen? Me minder arrogant moeten opstellen, waardoor ik de kans op meerdere zaadbezorgers had vergroot.

Ik ben moe en verlang naar mijn bed. Even niet denken nu.

Afgelopen dagen had ik het moeilijk. Om de omstandigheden waarin mijn ei bevrucht gaat worden zo optimaal mogelijk te maken, ben ik drie dagen geleden gestopt met roken. Vreselijk is het. Een zombie, een junk, een onrustig en zoekend mens ben ik geworden. Alsof ik voortdurend iets kwijt ben. Op de ijskast heb ik een lange lijst met voordelen geplakt. Het enige wat me doet volharden in deze kwelling is het vooruitzicht op mijn kind. Soms stop ik een onaangestoken sigaret in mijn mond, waaraan ik hartstochtelijk trek. Dat maakt me rustig. Gisteren, op de stoep van Taste, probeerde ik zo veel mogelijk sigarettenrook te scoren door reikhalzend en snuivend jacht te maken op de slierten rook die over het drukke terras zweefden. Hoe ver kun je gaan?

Om me heen voornamelijk dames met omslagdoeken, die daar luidkeels stonden te giechelen en te paffen. Ik heb standgehouden en wist alle aanbiedingen af te slaan. Ik ben trots op mezelf. Vandaag gaat dag vier in. De dag waarop de chemische verslaving aan nicotine min of meer voorbij is. Hopelijk wordt dit ook de legendarische dag waarop mijn kind verwekt wordt. Mijn nieuwe lingerie zal zeker een duitje in zijn zakje doen. Ik tut me bescheiden op, kleed me – aangepast aan de klus – een beetje stoer aan en maak het geheel af met een traditioneel snufje Chanel No. 5, als feromoon. Alle kleine beetjes helpen. Ik ben er helemaal klaar voor. Ewoud moest eens weten.

'Zo, je bent erop gekleed zie ik.' Ewoud komt me vanaf zijn erf tegemoet. Uit de achterbak van mijn Peugeot 206 haal ik een hark, de snoeischaar, een grote emmer en een tupperwarebak tevoorschijn. In dat bakje heb ik zelfgemaakte appeltaartpunten verpakt. Ewoud is dol op appeltaart met noten en abrikozen en ik wil hem gunstig stemmen vandaag. Vandaar.

'Eerst koffie, of eerst aan de slag?' begin ik monter.

'Leuk, die rubberlaarzen,' zegt de mogelijke verwekker van mijn kind.

'Scapa natuurlijk. Nou, zullen we eerst maar eens die hortensia's kortwieken?'

'Kortwieken? Die mooie struiken gaan we toch niet halveren?'

'Schat, als jij volgend jaar weer mooie volle bollen wilt, dan moet je ze nu rigoureus te lijf gaan. Vertrouw maar op mijn groene vingers. Ik kom niet voor niets uit een tuindersfamilie.'

'Heb ik ook nog wat in te brengen?'

O jee, oppassen geblazen nu. 'Wil je liever eerst een plan?' vraag ik.

'Als dat zou kunnen.'

'Oké, je hebt natuurlijk gelijk. Kijk, als je het mij vraagt moet je alles meer opengooien. Je kunt door de bomen en struiken het bos niet meer zien. Je moet díepte in je tuin creëren,' is mijn advies. 'Als jij nu eens begint met dat metershoge onkruid langs het pad met wortel en al te verwijderen, dan begin ik met de rozenstruiken die achterin staan. Goed idee?'

Ewoud gaat braaf aan de gang. Bij elk plantje advies vragend of het onkruid is of niet. Zo brengen we de middag door. Op mijn verzoek leent hij een hogedrukspuit van de buren. Ewoud heeft namelijk geen tuingereedschap en dat is de tuin dan ook aan te zien. Hij begint het terras en het tegelpad schoon te spuiten en is verbaasd dat er onder het mos en de aanslag ineens dieprode straatstenen tevoorschijn komen. Hij krijgt er lol in, is niet meer te stuiten en gaat er zelfs de stoep voor zijn huis mee te lijf.

Twintig vuilniszakken, pijn in de onderrug en tien bossen samengebonden takken verder, is het halfzeven.

'Woudje, we kappen ermee, ik ben gebroken. Wat ik nu nodig heb is een borrel en een douche.'

'Nu je het zegt, ik heb geen witte wijn meer. Niet aan gedacht. Sorry.'

Het verbaast me niets. Hij blijft een in zichzelf gekeerde egocentrische kniepert.

'Rood is ook goed,' sus ik. Kijk, door de kleur van een wijntje laat ik me niet uit het veld slaan.

Als ik terugkom uit de douche, klungelt mijn zaadproducent met een aftandse kurkentrekker in de keuken. Met zijn vingers peutert mijn beoogde donor kurkresten uit de hals van de fles. Ik heb zijn badjas aangetrokken en laat hem quasinonchalant half openhangen. Hij draait zich om als hij me hoort binnenlopen. De aanblik op mijn erotische setje ontgaat hem niet. Hij laat de fles de fles en grijpt me stevig beet.

Het was meteen van dik hout zaagt men planken. Hij rukt mijn kanten slip naar beneden en duwt tijdens het ongeduldige geworstel mijn linkerbeen op het aanrecht. Hij klemt zich aan me vast, terwijl ik, balancerend op mijn tenen, met mijn standbeen probeer overeind te blijven staan. Met zijn broek op de enkels ramt hij hem erin. Hij beukt erop los. Druppels van zijn zweet dalen af langs mijn sleutelbeen. Ik krijg nauwelijks lucht omdat hij mijn hals met zijn rechterhand omklemt. Met geknepen stem moedig ik hem aan en zweep hem op. Ik sla hem op zijn billen en om zeker te zijn van zijn zaadproductie omvat ik zijn ballen. 'Doorgaan, dieper, nu! Spuiten,' roep ik. Als dit geen calorieën verbranden is, weet ik het ook niet meer.

'Jezus,' zegt Ewoud, nadat hij schreeuwend is klaargekomen, 'zo wild heb ik je nog nooit meegemaakt.'

Als hier geen kind van komt.

Even later, als Ewoud uit de douche komt, is de sfeer helemaal omgeslagen.

'Heb jij deze nieuwe handdoek gebruikt?' In zijn hand het flinke witte badlaken waarmee ik me heb afgedroogd. Overigens een handdoek die niet goed droogt omdat hij kennelijk nog niet gewassen is.

'Doe niet zo opgewonden, Ewoud. Waar is dat ding dan voor?'

'Ik vind het gewoon zonde om die nieuwe te gebruiken. Je had het toch kunnen vragen?'

'O, nu begrijp ik het. Je hebt ze gewoon voor de show. Had dat dan gezegd, dan had ik met alle liefde het vaatdoekje gebruikt.'

Wat laat deze man zich in de kaart kijken.

'Ik moet morgen vroeg opstaan en slaap liever in mijn eigen bed,' besluit ik. Voordat Ewoud de rode wijn heeft ingeschonken, ben ik vertrokken. Ik had mijn plicht gedaan. Morgen weer een dag.

Ik sta op het punt mijn werk af te ronden als Evelien komt binnenlopen.

Ze ziet er vermoeid uit. Wallen onder haar ogen in een afgezakt gezicht. Zo ken ik haar niet. Ze maakt zich nooit op, maar dit is andere koek.

'Gaat het wel goed met je?' begin ik als ze zuchtend plaatsneemt in de stoel aan mijn bureau.

'Nou ja, beetje moe, drukke nachtdienst gehad. Toch weer twee uur op de OK gestaan. Vreselijk ingewikkeld om al die structuren in en tussen die organen weer een beetje netjes aan elkaar te hechten na zo'n schietpartij.'

'Ja, ik heb het gehoord van Frits. Jong slachtoffer nog hè?'

'Negentien. Maar daar kom ik niet voor. Ik zie net in mijn mail dat ik het derde weekend van de volgende maand ben ingepland voor de weekenddienst. Jij bereidt die lijst toch voor?'

'Dat klopt. Op basis van jullie voorkeuren maak ik een eerste opzet, die uiteindelijk door Joop wordt gefiatteerd. Problemen?'

'Mijn ouders zijn dan veertig jaar getrouwd. Vind ik nogal belangrijk om daar bij te zijn. Kun je dat even bespreken met Joop?'

'Dat kun je toch zelf?'

'Eugenie, je weet net zo goed als ik dat mijn privéagenda nogal gevoelig ligt bij de organisatie. Echt soepel stellen de heren, Frits uitgezonderd, zich wat mij betreft niet op. Dus ik dacht...'

'Ik zal een goed woordje voor je doen, misschien helpt dat. Maar lieve schat, wordt het niet allemaal een beetje te veel voor je? Je ziet er zo mat uit.' Ik strijk over haar bol.

Ze decompenseert ter plekke en begint te huilen. Onze stoere Evelien barst in tranen uit.

'Het zit niet mee allemaal,' snikt ze.

'Hoezo dan? Wat is er aan de hand, lieverd?'

'Laat maar, het is mijn probleem. Jij kunt daar toch niets aan veranderen. Was het maar waar.'

'Was wát maar waar?' vraag ik door.

'Mathijs is ontslagen.'

'Wat krijgen we nou?'

'Ja, volgens het principe last in, first out. Het gaat, gezien de kredietcrisis, niet goed in die business en hij is een van de velen die van de ene op de andere dag kon vertrekken.'

'Je meent het.'

'Ja, en dan de manier waarop! Het werd hem eenvoudigweg telefonisch meegedeeld. Moet je je voorstellen, een consultancybureau dat grossiert in humanresourcesmanagement. Die flikkeren hun medewerkers gewoon van de ene op de ander dag op straat.'

'Honden zijn het,' beaam ik.

'Zakkenvullers zul je bedoelen. Mathijs heeft de grootste deals binnengehaald. Daar kunnen ze nog jaren op teren, die vuile schoften. Sorry hoor, het moest er even uit.'

'Wat nu?'

'Nou ja, het probleem is dat ons huis in de Poortstraat maar niet verkocht wordt. Ik weet niet waar dit allemaal toe leidt.'

'Dubbele lasten, en zo?'

'Kun je wel zeggen ja. Tot onze nek in de schulden.'

'Hoe lang houden jullie dit vol?'

'Hooguit nog een halfjaar. De prijs van de Poortstraat hebben we inmiddels al met 20 procent verlaagd. Het moet niet gekker worden.'

'Weet je wat jij eens moet doen? Een weekje vakantie nemen.'

'Alsof ik me dat kan permitteren. De centen zijn op. Ik kan niet eens mijn promotie een beetje leuk aankleden. Dat wordt na afloop hooguit een kopje thee zonder koekje in de tuin van het academiegebouw. Steentjes in mijn schoen,' zegt Evelien met een zucht.

'Steentjes in je schoen?'

'Ja, ik heb het gevoel dat ik steeds met steentjes in mijn schoenen loop. Ken je dat gevoel?'

Frits heeft me gevraagd een locatie te regelen voor het jaarlijkse chirurgencongres. In het verleden vond het congres meestal plaats in het voormalig nonnenklooster Koningshof in Veldhoven. Vandaar dat ik ze bel. De receptioniste steekt meteen van wal.

'Mevrouw, het spijt ons u te moeten meedelen, maar uw beroepsgroep is hier niet meer welkom.'

'Pardon?' reageer ik verbaasd.

'Het management heeft besloten aanvragen van chirurgen van de hand te wijzen.' Het komt er tamelijk kordaat en gedecideerd uit.

'U wilt toch niet zeggen dat wij persona non grata zijn geworden?'

'Precies, u slaat de spijker op de kop, mevrouw.'

Ik ben perplex. 'Kunt u mij doorverbinden met de directie?' probeer ik.

'Dat wil ik wel doen, maar dan krijgt u hetzelfde te horen. Ik zit namelijk zelf in het managementteam. De directie is hier eensgezind over, dus dat lijkt me een zinloze actie.'

'Toch zou ik het op prijs stellen als u...'

'Zal ik het dan wat duidelijker formuleren? Ik vraag me af waarom u na het onacceptabele gedrag van uw achterban nog de moed hebt ons hierover te bellen. Het verbaast me ten zeerste.'

'Zo erg was het toch niet?'

'Wanneer u een schade van tienduizend euro aan onze gebouwen en opstallen waardeert als "niet erg", dan is dat precies de reden waarom wij uw verzoek afwijzen. Ik adviseer u eens bij uw achterban te rade te gaan. Zo te horen bent u slecht op de hoogte van de werkelijke toedracht op die legendarische avond.'

Ze gooit de haak erop.

'Wat is er gebeurd?' informeer ik even later bij Frits.

'Ik was daar gelukkig niet bij. Vraag maar aan Joop. Die weet er meer van.'

'Dat is een lang verhaal,' zegt Joop, als ik hem er even later naar vraag.

'Daar moeten we dan maar eens goed voor gaan zitten,' stel ik voor.

Zodoende spreken we vanavond af in Het Polmanshuis. Prettig dicht bij mijn appartement.

'Moet je niet thuis zijn?' vraag ik, met de roddel van de meisjes in mijn achterhoofd, We zitten op de rode bank langs de omvangrijke raampartijen. Van hieruit hebben we goed zicht op het monumentale plafond en op de aanwezigen in de zaal. Het is opvallend rustig. Mensen houden de knip op de portemonnee, dat is duidelijk.

'Dacht het niet,' reageert Joop.

'Gaat mij niet aan, hoor, maar ik dacht... voor je kinderen en zo.'

'Laten we zeggen... kon prettiger allemaal. Niet de leukste tijd van mijn leven. Zoiets. Maar zullen we het daarbij maar laten? Ik bedoel, ik begrijp het zelf niet eens allemaal.'

'Je blijft er overigens goed uitzien, Joop. Hoe je dat in deze moeilijke tijden voor elkaar krijgt begrijp ík dan weer niet.'

'Heel simpel. Discipline, het hoofd koel houden en veel sporten.'

De ober komt de bestelling opnemen. We kiezen hetzelfde. Struisvogelbiefstuk met een groentetimbaaltje en pastinakenpuree.

Het Veldhovenverhaal komt er in geuren en kleuren uit. Overdag werd er tussen de sessies door al flink gezopen. De drank was immers bij de prijs inbegrepen. Er was een aardige mix van beide seksen aanwezig. Vrouwelijke specialisten, assistenten in opleiding en dames van de industrie. Joop schatte de aanwezigheid van vrouwelijk schoon in op 40 procent. In het verleden was zoiets ondenkbaar. Tot voor kort was het vak immers het werkterrein van mannen geweest.

'Dan krijg je meteen een andere sfeer. Ik bedoel, dan gaan toch weer die hormonen domineren. En ja, veel dollen, elkaar ophitsen en vliegen afvangen. Je kent dat wel. Chirurgen steken elkaar nu eenmaal graag verbaal de loef af, het liefst zo bot mogelijk. Anders ben je geen vent.'

'En toen?'

'Het is finaal uit de hand gelopen. Tijdens het diner was het een chaos. Te vergelijken met lustrumfeesten van een studentensociëteit. Bedienend personeel werd corporaal gekleineerd. Het bestek vloog door de ruimte en er werd gedanst op tafels. Kapotte glazen en servies, wijn over de vloerbedekking, kortom, het was een zooitje. Het personeel was ten einde raad. Er is zelfs gevochten toen de bediening weigerde meer drank te verstrekken en de heren verzocht de zaal te verlaten. Nou, die drank hebben ze toen maar zelf achter de bar vandaan gehaald. Daarna is het in de karaokebar in de kelder pas goed uit de hand gelopen. Daar werden de meest bijzondere biertjes geschonken, zoals Chouffe Bok 6666 en Duvel in tulpvormige glazen. Dit boven op de wijn die al zo rijkelijk had gevloeid. Iedereen ging schaamteloos uit zijn dak, de bitterballen vlogen door de ruimte. Er werd gedanst, duo's zongen "kreun- en steunliederen" mee op de bar, er werd gevoosd en vrijwel iedereen was dronken. Ook in de kelder bleef weinig over van het meubilair.'

'Jezus, om je kapot te schamen,' reageer ik.

'Ja, niet iets om trots op te zijn. De meeste collegae hebben het er liever niet meer over.'

'En jij was erbij, je hebt meegedaan?'

'Tot mijn schaamte moet ik erkennen dat ik me daar ook misdragen heb, en met mij een aantal hoogleraren.'

'Nu begrijp ik waarom Koningshof zo reageert.'

'Ik moet wel zeggen, de beroepsgroep heeft naderhand alle kosten van de herstelwerkzaamheden betaald. Sindsdien wordt er over dit voorval weinig gesproken.'

Het werd een bijna gezellige avond met Joop. Bij de hoek van mijn straat kreeg ik een hartelijke zoen.

'Morgen weer vroeg op, meisje,' zei hij, en voordat ik de hoek omging: 'Moeten we vaker doen'.

De telefoons staan weer roodgloeiend vandaag. Patiënten die te lang in de wacht staan voor een afspraak op de poli, reageren geïrriteerd. Volgens Van Weteren mag een gesprek niet langer dan twee minuten worden uitgesteld. Leuk bedacht, maar als hij zijn ambities wil waarmaken, moet hij voldoende personeel leveren. Aan de andere kant van de lijn hoor ik een opgewonden standje.

'Je geeft ons de kans niet eens,' meldt de artsenbezoekster nors. Zij wordt door de leverancier van innovatieve health care-producten op pad gestuurd om hun nieuwste uitvinding, namelijk de chirurgische helm, aan de arts te brengen. Omdat alle post eerst door mijn handen gaat, had ik de folder over dat stomme ding ter zijde gelegd. Ik bedoel, het zag er zo belachelijk uit dat ik me niet kon voorstellen dat leden van de maatschap hier belangstelling voor zouden hebben. Het geval heeft nog het meeste weg van een boerka (maar dan van wegwerpmateriaal) met op de plaats waar die moslimvrouwen muskietengaas hebben, een soort doorzichtige bol waardoor de chirurg beter zicht zou hebben op het operatiegebied.

'Het gaat toch over dat rare ruimtepak? U denkt toch niet dat onze chirurgen hun kostbare tijd willen verdoen met naar uw verkooppraatjes te luisteren?'

De terriër aan de andere kant van de lijn laat zich door mijn opmerking niet uit het veld slaan. 'Ik wil niet veel zeggen, mevrouw, maar volgens mij gaat u hier helemaal niet over. Dit zijn zaken die de specialisten zelf moeten beoordelen. In veel ziekenhuizen zijn chirurgen enthousiast over onze uitvinding. Die bol, in dat ruimtepak zoals u het noemt, neemt juist alle weerspiegeling van de verlichting weg en beschermt het gezicht van de operateur voor de volle honderd procent.'

'Heel leuk, mevrouw, ik geloof u graag maar...'

'En daardoor kan de operateur ongeveer met de neus boven de wond zitten, terwijl er met de huidige bescherming altijd minimaal...'

'Tjonge jonge, ik zou zo'n ding bijna zelf willen hebben,' onderbreek ik cynisch.

'...altijd minimaal dertig centimeter afstand moet zijn van de wond. Dan spreken de voordelen toch voor zich? Het is toch logisch dat ze dan meer zien? Daarnaast is onze helm hét antwoord op het risico op hiv-besmetting. Dat is eenvoudigweg bewezen.'

'Is dit een bandje dat ik beluister of zo?' Langzamerhand kreeg ik er wel lol in om deze dame te horen vechten voor een afspraak. Ze zal ook wel op target staan.

'In Duitsland is ons product razend populair. Om wondinfecties te voorkomen is het zéér aan te bevelen bij grote bloederige ingrepen.'

Bij het woord wondinfectie dacht ik meteen aan Ewoud. Dat woord heeft haar gered.

'Omdat u zo hartstochtelijk aanhoudt, zal ik proberen voor u een afspraak te maken met dokter Van Beuningen Lichtenvoorde.'

'Pardon, met wie zegt u?'

Ewoud loopt mijn kantoor binnen.

'Zeg Eutje-bella, wil je zo vriendelijk zijn de assistenten en matengroep een reminder te sturen over de jaarlijkse oud-assistentendag? Die is al over drie maanden, het programma voor het wetenschappelijke gedeelte moet ik nog optuigen en ik heb ook nog geen locatie geregeld. Wil jij me daarmee helpen?'

Eerlijk gezegd komt dit verzoek me als geroepen, want mijn laatste voortplantingsactiviteit heeft jammer genoeg niet mogen leiden tot de begeerde zwangerschap. Die was goed gepland, dacht ik, maar achteraf waarschijnlijk een dag te laat. Zaad kan een paar dagen actief blijven, maar een ei ongeveer vierentwintig uur. Uit pure frustratie daarover ben ik maar weer gaan roken.

'Leuk. Natuurlijk wil ik dat. Zal ik alvast via internet een voorzetje doen voor geschikte en betaalbare locaties?'

'Graag, als je dat doen wilt. Maar wel een locatie met disco- en dansfaciliteit, want na het diner moeten de beentjes natuurlijk weer driftig van de vloer.'

'Kom volgende week woensdagavond bij me eten, dan maken we het programma van die dag definitief en dan doen we meteen de uitnodigingen de deur uit.'

'Woensdag? Volgens mij kan ik dan niet...'

'Je hebt anders geen zakelijke afspraken in de agenda staan. Kijk, Ewoud, ik kan alleen op woensdag,' stel ik. Mijn komende ovulatie in gedachte lijkt me dat het juiste moment. Daar moet Ewoud zich maar bij aanpassen.

'Dat zal mijn moeder me niet in dank afnemen. Maar als het niet anders kan, ben ik woensdag om halfacht bij je.'

Ja hallo, wat is nu belangrijker? De conceptie van een kind of een bezoek aan zijn mammie?

's Avonds thuis begin ik weer te twijfelen aan Ewoud. Hij is toch een papkindje. Die merkwaardige relatie met zijn moeder zit me niet lekker. Ik moet er niet aan denken om zo'n ziekelijke afhankelijkheid te ontwikkelen met mijn toekomstige zoon. Is zoiets nou nurture of nature? Volgens mij ligt het gewoon aan zijn moeder. Nurture dus, en kan Ewoud er niets aan doen dat hij zo geworden is.

Om meer over dit onderwerp te weten te komen raadpleeg ik internet. Een waslijst met artikelen verschijnt op het beeldscherm.

De moeder verkiest onbewust haar zoon als erotisch object in plaats van haar man. De heerszuchtige moeder dringt haar macht, die voortkomt uit haar Ik-Zwakte, op aan haar zoon door hem in de kleinste futiliteiten te kneden naar haar ideaal. De heersende moeder maakt schaamteloos inbreuk op de privacy van haar zoon. Deze psychische vorm van incest kan later in het leven van de zoon leiden tot perverse liefdesrelaties. Wanneer de zoon volwassen is en zich probeert los te maken van de moeder, ervaart de moeder dat als verraad. Zij voelt zich vernederd en gekwetst. De jaloersheid die dit tot gevolg heeft kan buitenproportioneel zijn. Zij zal zich met hand en tand verzetten wanneer de aandacht en de liefde van haar zoon in andere handen overgaat.

Arme Ewoud.

Ik ben een beetje zenuwachtig, want vanavond komt Joop eten. Hij schijnt een appartementje te hebben gehuurd in het voormalige kinderziekenhuis aan de Nieuwegracht, bij mij om de hoek.

'Zo buurvrouw, lijkt me wel gezellig,' zei Joop van de week, 'nu we zo dicht bij elkaar wonen kom ik een keertje bij je eten. Zoiets was een paar maanden geleden nog ondenkbaar.'

Eerlijk gezegd steeg het bloed me naar het hoofd toen Joop dat voorstelde. Volgens mij had ik een knalrode kop.

'Wat dacht je van dinsdag?' vroeg Joop.

Ik heb me het weekend suf geprakkiseerd wat ik zou maken. Het wordt een groenteovenschotel met aubergine, knoflook, parmaham, courgette en pomodoritomaten aangevuld met mozzarella. Later komt daar een gepureerde tomatensaus met ui en verse basilicum overheen. Niet spectaculair, maar ook niet te overdreven. En dat laatste vind ik belangrijk, anders komt het allemaal zo uitsloverig over. Daarbij heb ik tagliatelle en biologische lamsfilets, die met verse rozemarijn even om en om in de pan gaan. Het toetje haal ik kant-en-klaar bij Smolders. Daar zijn zij toch beter in dan ik.

Ik probeer er om uiterlijk vijf uur tussenuit te knijpen. 'Mijn meisjes' zijn dan al lang vertrokken, die nemen standaard om halfvijf de benen. Van mij zijn ze dat niet gewend.

Niet te veel kaarsen en waxinelichtjes. Dat zou zomaar verkeerd uitgelegd kunnen worden. Ik heb zelfs hier en daar wat kranten en tijdschriften zogenaamd achteloos laten slingeren. Het ziet er daardoor tamelijk ongedwongen uit, je kunt zien dat hier geleefd wordt. Het straalt iets uit van de werkende vrouw die onvoldoende tijd heeft gehad om de boel aan kant te krijgen. Voor een pietje-precies als ik is chaos als deze een doorn in mijn oog.

Na het douchen fatsoeneer ik voor de zekerheid toch maar even mijn onderkantje. De stoppeltjes tuinier ik weg met de ladyshave en de middenberm ga ik met de tondeuse te lijf. Ik weet nooit precies waar ik moet ophouden. Voor je het weet haal je te veel weg, hoewel mannen volgens mij de voorkeur geven aan de kaalgeschoren variant.

Staat wel pittig, vind ik, als ik mezelf in de spiegel aanschouw. Dankzij het South Beach-dieet ben ik drie kilo afgevallen. Daarom vind ik dat die slim spijkerbroek weer helemaal kan, zeker met een loshangende trui erover. De Uggs die ik eronder draag, maken mijn outfit op een nonchalante manier af. Zo is het goed.

Hij komt met een flinke bos bloemen binnen. Zoiets heeft Ewoud nog nooit gepresteerd.

'Je hebt het goed voor elkaar, meisje.' Joop loopt rond en neemt de ruimte in zich op. 'Dit ziet er beter uit dan dat bescheiden optrekje van mij.'

'Ja, terwijl jij wel wat anders gewend bent. Zal toch moeilijk voor je zijn om die luxe van je te moeten inleveren.'

'Och, het heeft ook wel wat, het doet me een beetje denken aan mijn studententijd. Eigenlijk heb je naast een tafel en een stoel alleen nog maar een goed bed nodig. En internet natuurlijk. Mag ik even?' Joop kijkt zoekend rond.

'Je bedoelt mijn computer?'

Joop knikt. 'Eventjes maar, ik moet een aantal overschrijvingen doen, want voor je het weet is mijn bankrekening geplunderd.'

'Zo erg is het toch niet?'

'Nou ja, ik heb ontdekt dat Margot toch dagelijks het

maximumbedrag van duizend euro naar binnen schuift, en daar wil ik even een stokje voor steken.'

'Wat afschuwelijk allemaal. Dat het zó moet,' roep ik vanuit de keuken, waar ik de bloemen schik. 'Hij staat binnen op tafel, in de slaapstand. Ga je gang.'

'Laten we zeggen dat liefde en haat dicht bij elkaar liggen,' roept Joop nu terug vanuit de kamer.

Terwijl Joop bezig is, sorteer ik de borrelhapjes op een schaal.

'Zeker zelf naar deze situatie gesolliciteerd?' informeer ik en schenk de glazen in.

Op dat moment gaat zijn mobiel af. Het is zijn dochter.

'Nee liefje, dat heb ik niet gezegd... Dat maakt mama ervan... Nu niet, maar morgen lukt wel... Hoezo? ...Gewoon, een bespreking... Doe niet zo raar! ...Wat zeg je? ...Een winterjas bij H&M? ...Als dat nodig is... Ja schatje, maar dan breng ik je wel met de auto terug... Dat is geen onzin... jij ook... kus, kus.'

'Pff, heftig hoor,' puf ik.

'Ja, hier krijg ik ook maagpijn van. Vooral omdat ze de enige in ons gezin is die nog een beetje normaal in elkaar zit. Maar wat vroeg je ook alweer?'

'Laat maar, het gaat me niets aan. Proost.' Ik hef het glas.

'Op ons vrijgezellenbestaan,' reageert Joop cynisch.

'Spreekt je dat aan dan?'

'Zoals ik er nu bij zit natuurlijk niet. Maar ik ben wel blij dat ik onder dat eeuwige juk vandaan ben.'

'Juk, hoezo?'

'Margot is de baas hè? Ik moet doen wat zíj zegt, wat zíj vindt, wat zíj bedenkt. En manlief maar centjes verdienen, haar paard bekostigen en opdraven op momenten dat het háár uitkomt. Het is lang geleden dat ze eens gezellig deed als ik na een dag keihard werken thuiskwam. Die houdt meer van haar paard dan van mij.'

'Toch nu geen gezeur over "mijn vrouw begrijpt me

niet"? Waar twee vechten hebben twee schuld, lijkt me zo.'

'Natuurlijk. Elk verhaal heeft twee kanten. Dat zal ik niet ontkennen.'

'Ik hoop dat het goed komt tussen jullie. Je moet er toch niet aan denken, voor de kinderen en zo.'

'Dat laatste zou ik wel willen, maar het is me vlijmscherp duidelijk gemaakt dat een verzoening er niet meer in zit.'

'Waar is het dan misgelopen?'

'Een jaar geleden. Dit moet je voor je houden, maar er was iets met een assistent. Heel stom natuurlijk. Margot kwam erachter via mijn mobiel. Sindsdien is het huwelijk op slot gegaan. Ze kan het niet vergeten en na een jaar komt ze zelfs niet in de búúrt van vergeven.'

'Wat je zegt, stom van je.'

'Meisje, zoiets heeft iedereen binnen het ziekenhuis wel eens meegemaakt.'

'En? Was het de zonde waard?'

'Nou, laat ik je dit zeggen, ik heb het geweten! Het huis was te klein. Die affaire wordt me nog steeds te pas en te onpas voor de voeten geworpen.' Joop gooit zijn hoofd naar achteren en slaat zijn armen over de leuning van de bank.

'Wantrouwen natuurlijk, ik begrijp haar wel.'

'Dat niet alleen. Er deugde vanaf dat moment niets meer aan mij. Er is iets in haar geknapt waar ze niet overheen komt. Sindsdien maakt zíj de dienst uit. Mijn gedrag geeft haar kennelijk een vrijbrief om voorgoed en altijd mijn doen en laten te bepalen. Ik mocht niets meer. Geen *Studio Sport* kijken, niet meer hardlopen voor het eten, dat soort dingen. Altijd klagen dat ik weinig of te laat thuis was. En wat me nog het meeste pijn doet is, dat ze míj het gesodemieter van onze Romijn in de schoenen schuift. Dat die knul zo zit te kloten zou ook aan mij liggen. Ach, het is gewoon het geijkte verhaal van een huwelijk dat op de klippen loopt. Je hoort het van zo veel collega's. Het is gewoon op.'

'Ze zou een baan moeten vinden, dan is ze misschien niet zo op jou gefocust.'

'Van mij hoeft dat niet eens. Weet je wat het is met vrouwen? Ze zijn zo verdomde dualistisch. Wel een vent willen die veel bereikt, maar als die daardoor weinig thuis is gaan ze mokken. Hij krijgt alleen maar op z'n sodemieter. Geen seks meer natuurlijk. Alsof ik geen behoefte heb aan een warm lijf tegen me aan. Ik ben een gezonde vent, zie er volgens mij best goed uit, dus waarom moet ze me niet meer? Ik ben echt de beroerdste niet.'

Even later zaten we met het bord op schoot op de bank. Dat was niet mijn idee.

'Weet je wat ik nou prettig zou vinden? Lekker met het bord op schoot,' stelde Joop voor.

Nadat ik met twee plateaus terugkwam in de kamer bleek dat hij de kaarsen had aangestoken.

'Dit vind ik nou gezellig.' zei Joop, rondkijkend door de kamer.

'Echtpaartje spelen,' antwoordde ik.

'Heb jij dan geen behoefte aan genegenheid, aan liefde? Je bent toch een aantrekkelijke vrouw. Hoe zit dat eigenlijk bij jou?'

'Joop, je hoeft je over mij geen zorgen te maken.'

'Wil je geen kinderen of zo?'

'Daar word ik niet goed van hè, van die vraag. Op elke verjaardag komt dat aan de orde. Heb je een vriend? Wil je een kind? Het gaat goed met mij. Op een vaste relatie zit ik niet te wachten. Zeker niet na dat opbeurende verhaal van jou.' Het kwam er vloeiend uit, zonder haperingen. Ongelooflijk dat ik zo goed heb leren liegen. Ik schaamde me diep over mezelf.

Op een gegeven moment lagen we onderuitgezakt naar de tv te kijken. Om twaalf uur legde Joop een plaid over me heen en zette de radio aan op Sky. Het werd behoorlijk laat.

Ik zweer het. Ik was nergens op uit.

'Het klinkt gek,' mijmerde Joop, 'maar ik kom hier helemaal tot rust. Dit heb ik nou gemist al die jaren. Zo zie je maar, een kinderhand is gauw gevuld. Ik ben ook maar een jongetje.'

Daarna was het min of meer vanzelfsprekend dat hij bij me kwam liggen.

'Alleen maar tegen je aan,' zei Joop. Hij kleedde zich uit terwijl ik al tussen de lakens was gekropen. Het moment dat hij aan schoof! Mijn god. Wat overkomt me, dacht ik en ik hield mijn adem in. Zijn geur, zijn atletische lijf, zijn warme stem. Het gevoel van: wie ben ik dat ik dit mag meemaken. Zo brachten we de nacht door. Ingekapseld onder het dekbed. Tegen elkaar.

Ochtendlicht. We liggen te vrijen. Heel voorzichtig, heel teder. Mijn onzekerheid lost op in zijn zelfvertrouwen. Zonder schaamte geef ik me over. Ik voel mijn hartslag in mijn keel en laat me overrompelen. Geen zweem van belofte of schuld.

'Dank je,' zei Joop op het moment dat we mijn appartement verlieten.

De dag overkomt me. Zijn zaad in mijn buik. Een onverwacht cadeau, een kostbaar geschenk. Vanochtend tijdens het afscheid bij de deur had ik totaal geen last van schuldgevoel. Wat overheerste was een gevoel van dankbaarheid. Niet de leegte die mij na de daad met Ewoud zo vaak overvalt. Integendeel. Ik voelde de rust die op mij was neergedaald. Een volmondig instemmen met wat mij is overkomen. Stilte na de storm.

Moeiteloos kon ik Joop vanochtend laten gaan, hem loslaten.

Lieverd, dacht ik, neem jij maar afscheid, het is je goed recht, ik heb tenslotte ook iets van jou genomen. Je hebt me een kans gegeven. Een kans op een ander leven, op nieuw leven.

Later op de dag begin ik te twijfelen aan mezelf. Bewijs ik mijn vaderloze kind een dienst door het op de wereld te zetten? Heeft het daarom gevraagd?

Waar ben ik mee bezig?

Maar ik ben een vrouw. Mijn lichaam is ervoor ontworpen. In mij huist een baarmoeder die dit kind wil ontvangen. De natuur heeft het zo bedoeld. Ook met mij. Zoals in de dierenwereld de drang tot voortplanten een biologisch gegeven is, zo is het ook bij mij.

Halverwege de ochtend loopt Joop mijn kantoor binnen en knijpt me in mijn schouder. De meisjes kijken ervan op, registreren wellicht de tederheid van dit gebaar. Het brengt me van mijn stuk. Mijn lijf trilt ervan. Dit mag ik hem niet aandoen. Gelogen heb ik. Ik heb een lieve kwetsbare man misleid. Hem erin geluisd. De morning-afterpil komt zelfs in me op.

Tijdens de lunchvergadering, waarbij ik moet notuleren, kijk ik Joop recht in de ogen. Hij geeft me een bemoedigende knipoog. Een knipoog waaruit ik kan aflezen dat het goed is. Een knipoog waarmee hij instemt met wat er gebeurd is.

Daar krijg ik weer zelfvertrouwen van.

Ze zitten naast elkaar, de verwekkers van mijn kind. Bizar.

Laat het van Joop zijn, denk ik.

Morgen is Ewoud weer aan de beurt. Ze hoeven het niet te weten. Maandag vertrek ik met mijn vriendin Klaartje naar Bali, dan komt mijn kind toch dáár vandaan?

Woensdagavond. De avond na Joop. Ik maak met tegenzin een simpele pasta bolognese en word bijna misselijk van de gedachte dat ik zo 'weer aan de bak moet'.

Een dwingend schuldgevoel knaagt aan mijn geweten. Immoreel, egocentrisch, onverantwoord. Ik wil de woorden wegdenken, maar het lukt niet. Eugenie, wie denk je wel dat je bent?

'Ben je moe of zo?' vraagt Ewoud.

'Ik denk dat ik ga menstrueren,' zeg ik, 'dan ben ik altijd een beetje mat.' Met deze opmerking overtrof ik mezelf.

Daarna keurig met de beentjes wijd. Deze keer zonder nadrukkelijke activiteiten mijnerzijds.

Het doel heiligt alle middelen, dacht ik toen hij het strijdtoneel verliet.

Toen hij weg was moest ik huilen.

4

Joop

Het voelt onwennig. Ontheemd.

Moest ik achtenveertig jaar worden om uiteindelijk als een student op kamers alleen door te gaan? Ik kan niet beweren dat ik trots ben op dit resultaat.

Het woord egoïst zit me op de hielen. Ik hoor het Margot dag en nacht roepen. In mijn hoofd resoneert haar minachting. Het achtervolgt me en houdt me uit de slaap.

Ik zoek naar verweer en naar verzachtende omstandigheden. Naar gemeenschappelijke verantwoordelijkheid voor de verschraling, die we beiden met open vizier hebben ontkend. De spekgladde weg van miskende verwachtingen. We gleden af en sleurden een berg frustratie met ons mee.

'Maar Margot, daar was je toch ook bij? Waarom werd je zo zuur, zo onbereikbaar?'

Zo'n hufter ben ik niet. Ik ben meer dan wat jij van mij maakt. Oké, mijn carrière stond misschien iets te nadrukkelijk centraal. Maar laten we eerlijk zijn: daar heb je toch al die jaren behoorlijk van geprofiteerd? Dit wil ik je nog vragen: wil je alsjeblieft van mij een klein beetje héél laten? Zodat ik mezelf herken en verder kan. Ik ben geen egoïst.

Ik ben een lieve man, een goede vader, een sympathieke dokter.

‘Pap, mag ik woensdag bij je slapen?’ vraagt mijn jongste dochter aan de telefoon. Het snijdt door mijn ziel. Ik snak naar het ritme van mijn gezin. Schuldgevoel en het missen van de dagelijkse reuring maakt zich van mij meester.

‘Vraag maar aan mama of dat mag.’

Mama is de baas. Ze heeft het slot van de voordeur vervangen. Ik moet nu aanbellen als ik mijn kinderen haal. Mijn huis, ik heb het over mijn eigen huis! Het huis dat door míjn verdiensten kon worden aangeschaft, is nu een commandocentrum geworden. Ze heeft me eruit gegooid.

Is dit na jaren inzet en noeste arbeid de oogst? Was het je hierom te doen toen je jezelf en je gezin een moment uit het oog verloor om je te verliezen in de totale verwarring van die allesverzengende aantrekkingkracht? Of was het daarvoor al gebeurd?

Daar sta je dan met je Albert Heijn-tasje.

Klootzak, denk ik als ik de sleutel in het slot steek van het appartementengebouw op de Nieuwegracht. Mijn nieuwe schuilplaats. Hier wonen voornamelijk alleenstaanden en ontheemden, zoals ik. Ik ontloop ze zoveel mogelijk; de weduwe van 2F met wie ik de hal op de tweede verdieping deel, de gescheiden medebroeder op de begane grond, de interim-manager boven mij en de priester die hier onlangs is ingetrokken.

De gescheiden man had in mij onmiddellijk een medestander ontdekt. Laatst ontkwam ik er niet aan met hem een biertje te drinken in proeflokaal Rubens op loopafstand van ons huis.

‘Zeker ook niet zo eenkennig geweest?’ was zijn openingsvraag.

'Het ligt iets gecompliceerder,' weerde ik af.

'Kan zijn... kan zijn, natuurlijk.' Mijn buurman schudde nadenkend zijn hoofd. 'Maar zeg eens eerlijk, klopt het als ik zomaar aanneem dat het de druppel was?'

Een gesprek. De feiten uit zijn leven. Het oude liedje. Wist hij toen hij dertig jaar geleden trouw beloofde, dat ze zo gruwelijk uit elkaar zouden groeien? Haar jaloezie en wantrouwen. Het had bezit van haar genomen en zij nam daardoor bezit van hem. Zijn bandbreedte werd door haar bepaald. En hij maar met haar meebewegen, waardoor hij zichzelf verloor. Zij had zijn identiteit gewurgd. Totdat het hem de strot uit kwam.

Ik luister naar zijn geweeklaag over dat al lang failliete huwelijk. Eigenlijk hoef je zijn relaas niet eens te horen. Waarom lijken dit soort verhalen zoveel op elkaar?

Was ik altijd gewend mijn Volvo te parkeren in de grote schuur naast mijn woonboerderij in Bunnik, nu ben ik wegens een bewonersonvriendelijk parkeerbeleid genoodzaakt mijn auto te parkeren bij het terrein van de hockeyclub Kampong. Van daar fiets ik door weer en wind naar de binnenstad. Onderweg doe ik boodschappen. Meestal zijn dat kant-en-klare gerechten, die met één druk op de knop van de magnetron binnen vijf minuten op tafel staan. Om wat meer variatie in de menu's te hebben schaf ik zo nu en dan een daghap aan van de biologische slager in de Reigerstraat, of ik wip even binnen bij restaurant De Goedheid in de Hamburgerstraat. Het nadeel daarvan is dat ik nogal eens medewerkers van het ziekenhuis tegen het lijf loop, die dan ongevraagd aanschuiven.

De terugkeer naar de binnenstad, het ritme van de jeugd. De bioscoop op loopafstand en de kroeg om de hoek. Ik word uitgenodigd anders te leven.

In huis is het een troep. Een onhandig kind ben ik. Er is voor mij gedacht, al die jaren. Dat is voorbij. Nu maak ik lijstjes in mijn hoofd en vergeet toch nog de helft.

Thuiskomen en ontdekken dat het wc-papier op is, of de shampoo. Niet weten welk vakje van de wasmachine voor het wasmiddel bestemd is. Ontkalken van het espresso-apparaat, het is razend ingewikkeld.

'Je weet pas wat je mist als het er niet meer is,' zei Margot laatst toen ik met een stapel vuile overhemden thuiskwam. Ik kwam de kinderen halen. Ze keek me smalend aan. Leedvermaak, ik moest het maar uitzoeken. 'Neem strijkles, dan kom je er misschien achter wat ik al die jaren voor je gedaan heb.' De overhemden breng ik nu naar de wasserij op de Oudegracht.

'En nog iets, Romijn moet je ook maar wat vaker bij je nemen. Ik heb die jongen niet meer in de hand.'

Mijn zoon Romijn vindt het wel relaxed dat zijn vader aan de overkant woont. Hij zit voor een vermogen per jaar op een privéschool aan de Nieuwegracht. Zestien jaar nu. Zijn haren zwartgeverfd en een tatoeage op zijn pols.

'Dat snap jij niet, pap, dat is straat. Streetwise, weet je wel. Streetcultuur is eerlijk. Wij lullen er niet omheen.'

'Wie zijn wij?' vroeg ik.

'Dat zijn mijn vrienden. Wij vertellen elkaar de waarheid. Voor ons is dat belangrijker dan die kloterige buitenkant waar jullie voor gaan. Jouw cultuur is opgefokt, man. Jullie doen niets anders dan die fucking schijnheilige shit bij elkaar in de lucht houden. Ik ben niet zo kak als jij.' Werken ho maar, die jongen. Een dromer is het, met puistjes naast zijn neus. Hij wil filosoof worden of kunstenaar.

Vorige week kwam ik na de maatschapsvergadering om een uur of negen in mijn appartement, zat meneer, of liever gezegd hing meneer – met z'n broek op halfzeven en ten minste vijf stropdassen om zijn hals geknoopt – met een meisje op de bank. Toen ik binnenkwam rook ik het meteen. Mijn appartement stond blauw van de hasjlucht.

De vlammetjes in de gashaard weerspiegelden in de ombouw van de marmeren schouw. Verder was het donker in de kamer. Op de salontafel stond een fles Rully, die bijna leeg was. Mijn favoriete wijn om het jeugdige samenspel vinologisch verantwoord op te frissen. Voor die prijs moet de schoolgaande jeugd vier uur vakkenvullen bij de supermarkt.

Het meisje, lange blonde haren, grote oorbellen en een Louis Vuitton-tasje bij de hand, stroopte onhandig haar spijkerrokje naar beneden. Ze keek me schaapachtig aan. Ik ben ook jong geweest, maar het kan toch niet zo zijn dat die pubers in mijn huis vader en moedertje spelen als ik er niet ben? Korte metten heb ik ermee gemaakt. Nadat ik eerst haar ouders had geïnformeerd, heb ik dat popje verzocht naar huis te gaan. Zachte heelmeesters maken stinkende wonden, dacht ik nog. Ik ben niet voor niets arts. Bovendien – zoveel weet ik er nog wel van – moet je grenzen stellen. Zeker op deze leeftijd. Je bewijst je kinderen er geen dienst mee om alles maar goed te vinden.

‘Die zijn nooit thuis,’ zei het popje. Bleken haar ouders een ondernemersechtpaar in bekende keukenconcepten te zijn. Ze stonden op een beurs en zouden tegen elven weer thuis zijn, maar Romy – zo heet het popje – moest naar huis. Daar ging het nouveaux-richesdametje op haar scooter. Met de staart tussen de benen scheurde het sleutelkind naar Zeist. Het had iets zieligs. Romijn en Romy, dacht ik nog toen ik weer naar binnen liep, romantisch, best grappig.

‘Doe een beetje relaxed, man,’ riep Romijn. Hij stond me op te wachten en gaf me een flinke duw.

‘Héé, héé, ben je helemaal belazerd?’ riep ik.

Hij draaide zich om, trapte tegen de lectuurmand en schopte de inhoud door de kamer. Ik greep mijn zoon bij zijn schouder en riep hem met enige stemverheffing tot de orde.

'Waar bemoei jij je mee? Mijn meisje het huis uit zetten! Je bent niet goed bij je hoofd, man.' Romijn tikte met zijn wijsvinger tegen zijn hoofd en keek me dreigend aan.

'Je bent pas zestien, Romijn. Het is hier geen bordeel. Bovendien, besteed je tijd liever aan je huiswerk. Zo florissant sta je er niet voor.'

Ik had te veel gezegd. Romijn sprong uit zijn vel. De agressie spatte van zijn gezicht. Met grote stappen was hij bij me en begon me te stompen. Die stompen kwamen hard aan. Ik weerde ze af en riep dat hij moest ophouden. Maar Romijn, met zijn sterke armen, ging stoïcijns door, alsof hij tegen een boksbal ramde. Ik sloeg terug. Wat moest ik anders? Romijn begon te schreeuwen. Zijn doordringende mannenstem galmde door het appartement. Het liep volkomen uit de hand.

'Klootzak, lul! Hoe durf jíj wat van mij te zeggen. Kijk eerst eens naar jezelf, man. Egoïstische eikel. Weet je wat jíj bent? Een vuile verlater. Je laat mama en ons gewoon verrekken, in de stront zakken.'

'Hou je grote mond,' riep ik, 'en moeten de buren zo nodig meegenieten van jouw geschreeuw? Hou je mond, zeg ik.'

'Daar scháám jij je voor, hè? Voor de buren. Alles voor de buren. Maar weet je waar ík me voor schaam? Voor jou!' Om zijn woorden kracht bij te zetten porde hij me bij elke zin tegen mijn schouder. Hij huppelde er zelfs bij, zoals boksers doen in de ring. Daarbij keek hij me uitdagend aan. Zo van: kom maar op jij, ik lust je rauw.

'Oké,' zei ik, 'toe maar. Sla er maar op los. Trap het er maar uit.' Dat is goed voor hem, dacht ik. Laat hem maar even gaan.

'Dat Roos elke avond zit te janken om jou, dáár heb ik het over. Ons Roosje, jouw lievelingetje nog wel. En mama is ook niet meer te pruimen. Die zit alleen nog maar op dat fucking paard van haar om het verdriet en de schaamte van zich af te galopperen. Dacht je dat het voor míj zo leuk is allemaal? Als enige kerel in dat wijvenhuis? Ze zijn allemaal depri en janken om een scheet. Er is geen ruk meer aan, aan mijn leven. Ik heb er niet om gevraagd hoor, om geboren te worden. Dat was jóuw idee. Denk eens aan ons, man, en neem je verantwoordelijkheid. We missen je, en mama ook.'

'Ik heb anders niet de indruk dat mama...' probeerde ik, maar daar had ik meteen spijt van. Het heeft geen zin om me te verdedigen en al helemaal niet om Margot erbij te halen.

'Hou op, mama wil je wel! Maar ze wil je voor haar alléén. Ze wil je niet delen met een of andere slet waar jij zo nodig je pijp in moet leegkloppen. En daarbij, je bent er nooit, mama moet alles alleen doen. Je bent niet alleen op de wereld. Egoïstische lul!'

Zijn woorden zijn als mokerslagen, ze brengen me van mijn stuk. Ik voel me schuldig. Verslagen door de woede en de onmacht die hij over me uitspuugt. De destructie die ik heb aangericht, daar is niet om gevraagd. Door mijn vertrek zijn de fundamenten onder het bestaan van mijn kinderen weggeslagen. Romijn kijkt me minachtend aan. Ik zie de jager die zijn prooi vol wil raken. Hij heeft mijn rol overgenomen. De oudste zoon beschermt zijn nest. Solidair met wat ik achterliet.

'Je hebt ons verraden, pap,' jankt hij ten slotte. 'Was het je dít allemaal waard? Deze klotezooi? Grote jongen hoor, ben je nu trots op jezelf? Op de puinhoop die je gecreëerd hebt? En dan nóg iets. Als ik je ooit met een ander wijf zie, dan wil ik niets meer met je te maken hebben. Hoor je me! Fucking niets.' Hij breekt, en barst in tranen uit. Eindelijk. Ik omarm mijn zoon, hij stinkt naar zweet. Twee mannen, hij groter dan ik. Ineengehaakt. We bonken op elkaars rug. Zijn natte hoofd tegen de flank van mijn gezicht. Hij snikt. Een brok in mijn keel.

'Blijf maar hier vannacht,' mompel ik, 'ik bel mama wel.'

Ik heb het verkeerd gedaan. Mijn begeerte te veel vooropgesteld. Ik had voor mijn gezin moeten kiezen. De consequenties moeten nakomen van het feit dat ik mijn kinderen op de wereld heb gezet. Zij hebben hier niet om gevraagd. Romijn heeft gelijk, ik ben een nul. Dat mijn vrouw onaardig werd, had ik voor lief moeten nemen. Wat was mijn aandeel daarin? Heb ik haar zo verwaarloosd? Ik had eerder aan de bel moeten trekken. Niet mijn frustratie daarover moeten leegfeesten op een relatie met een beeldschone assistente die ruim twintig jaar jonger is. Ik heb me biologisch laten gaan. Op grond van morele overwegingen had ik nee kunnen zeggen. Maar die overwegingen kon ik niet meer maken. Door de verschraling van mijn huwelijk was ik niet meer opgewassen tegen de verleiding, die ik jarenlang op afstand wist te houden. Mijn verlangen ging regeren. Het werd de baas over mij.

Maar dat was het niet alleen. Het was de behoefte aan liefde, aan gewaardeerd worden. Ik was het negatieve gezeur zat. Er deugde op den duur niets meer aan mij. Margot marginaliseerde mij, almaar die ontevredenheid, haar cynisme. Het werd me eenvoudigweg te veel. Voor mijn nieuwe liefde was ik de held, ze adoreerde me en seks, daar kreeg ze geen genoeg van. Als een puber rende ik achter haar aan. We gingen fietsen, dineren, naar de film. Onder het motto van spoedoperaties sliep ik regelmatig bij haar. Komend uit Bunnik maakte ik haar 's ochtends wakker en nam verse croissantjes mee. Ik verzon zakelijke weekenden en boekte luxehotels, waar we ons bed niet uit kwamen. Dat je in de liefde zo stuurloos kunt zijn. Alles wat ik deed stond in het teken van haar. Ik was de regie over mijzelf kwijt en nam steeds meer risico's. Verliefdheid is eigenlijk een vorm van ontoerekeningsvatbaarheid, van maatschappelijk geaccepteerde krankzinnigheid. Al met al heeft dit vijf maanden geduurd. Margot kwam erachter via berichtjes op de mobiele telefoon. Sms'en die ik altijd zorgvuldig verwijderde, behalve die ene keer. Het loog er niet om: 'Kom je nog, liefje? Ik lig wijdbeens op je te wachten en verlang naar je, zoals altijd.'

Ik kon er geen verhaal meer van bakken en heb alles opgebiecht.

Sindsdien heeft Margot mij hartstochtelijk ontkend.

'Ga jij maar bij die omhoogneukende kleuter wonen,' was haar reactie. Er was geen sprake van begrip, laat staan van enige inzet om te vechten voor onze relatie. Wat overbleef was wantrouwen en zelfs verachting. Ja, dat was het, verachting. Ik heb het niet alleen gevoeld, het werd me ronduit meegedeeld. Een overreactie die niet in verhouding stond met 'het vergrijp'. Er viel met Margot niet meer onder één dak te leven. Successievelijk werd ik tot de grond toe afgebroken. Dagelijks moest ik, waar de kinderen bij waren, horen dat ik een hoerenloper was of een pedofiel, die alleen maar via zijn pik kon denken.

Het werd een hel, en het gevolg was mijn vertrek. Met de staart tussen de benen heb ik huis en haard verlaten. Ik zie Roosje nog staan bij de voordeur. Dat beeld, ik kan het niet uit mijn kop zetten en het spookt door mijn hoofd. Schuldgevoel, ik kan de slaap niet vatten.

Om zes uur gaat de wekker. Hier in de binnenstad heb ik er meer moeite mee mijn loopschema strikt uit te voeren. Liep ik 's avonds in Bunnik driemaal per week een loopje langs de Kromme Rijn, hier moet ik me er echt toe zetten om tweemaal per week een dubbel rondje om de singel te lopen. Sinds vorige week doe ik het 's ochtends vroeg, dan ben ik ervan af. De ochtendbespreking begint om halfacht. Dus moet ik om uiterlijk kwart voor zeven terug zijn om te douchen, te scheren en te ontbijten. In het weekend ga ik voor de langere trajecten meestal de bossen in bij Zeist. Volgend jaar wil ik in april de Rotterdamse marathon lopen. Het is mijn manier om fit en alert te blijven. Anders hou ik dit vak niet vol. De nachtdiensten hakken er behoorlijk in, en om op de hoogte te blijven van de vakliteratuur en de nieuwste ontwikkelingen binnen de chirurgie moet je bij de les blijven. Anders stomp je af en dat is het laatste wat ik ambieer. Ik ben nu achtenveertig en zo langzamerhand mature genoeg om een volgende stap te zetten. Binnen de maatschap ben ik de meest voor de hand liggende kandidaat om Frits op te volgen. Op academisch niveau heb ik me nadrukkelijk geprofileerd. Gemiddeld komen er toch braaf drie wetenschappelijke artikelen per jaar van mijn hand. Voor een perifeer specialist is dat veel. Afgelopen jaar heb ik als copromotor twee promoties begeleid en met mijn participatie in multicenter-onderzoeken heb ik mezelf landelijk op de kaart gezet. Op enige wetenschappelijke belangstelling kun je Ewoud niet betrappen. Als je die googelt of opzoekt op PubMed.com blijft er weinig van zijn gebral over. Die heeft sinds zijn proefschrift van tien jaar geleden slechts twee artikelen gepubliceerd. Geduchte concurrentie voor het opleiderschap heb ik van zijn kant niet te vrezen. Bovendien, wat vaak telt bij een visitatie, is de steun die de kandidaat binnen de staf geniet. Wat dat betreft lig ik strepen op hem voor en bij de assistenten lig ik ook beter in de markt. Vooral omdat ik meer geduld heb dan hij. Bij Ewoud zijn de operaties altijd een race tegen de klok. Hij is handig, dat kan ik niet ontkennen, maar dat overdreven opsnijden over de duur van operaties vind ik onverantwoord. Assistenten krijgen bij mij veel meer de kans om allerlei technieken te oefenen. Dan duren die operaties maar wat langer. We zijn toch een opleidingskliniek? De anesthesisten klagen wel eens dat mijn operaties te vaak uitlopen, maar daar trek ik me niets van aan. Zelfs in de nachtdiensten laat ik assistenten zoveel mogelijk zelf doen. Daar houden die gasboeren natuurlijk niet van, die willen zo snel mogelijk weer hun mandje in, ik snap dat wel. Ik ben een pietje-precies en behoorlijk fanatiek op het knopen leggen. Heerlijk vind ik het om assistenten stap voor stap de meest basale techniek van ons vak eigen te maken. Ik bedoel, snijden is één, dat kan iedereen, maar netjes afhechten en dichtmaken is iets anders.

Laatst kwam dat weer eens pijnlijk aan de orde. Ellen, onze nieuwe vrouwelijke maat, had samen met de oudste assistent een patiënt met een afgesloten dikke darm geopereerd. Ervan uitgaand dat de assistent competent genoeg was, heeft ze de tafel voor het sluiten van de buikwand verlaten. Drie dagen postoperatief begon de wond te lekken. Toen wist ik al hoe laat het was. Op de vierde dag begon de wond te wijken en kon je de darmen zien liggen. De hechting waarmee de buikwand gesloten was, lag los. Een platzbauch dus. In mijn ogen een medische misser. Retourtje OK.

Omdat ik bekendsta als een knopenfetisjist werd mij gevraagd het probleem op te lossen.

Samen met de jongste assistent stond ik aan tafel. Ik dacht: laat maar eens zien hoe jij knoopt. Dat roept soms irritaties op, omdat ze allemaal denken dat ze correct knopen. Tijdens de knopencursus bij de cursus basale chirurgische vaardigheden leren de assistenten knopen en hechten op kunstarmen. Toen ik in opleiding kwam, hadden we die moderne middelen niet. Ik oefende bij mijn ouders tussen de schuifdeuren met elastiekjes, die ik onder spanning tegen elkaar hechtte. Daar werd ik fanatiek in en zo ontwikkelde ik een manier van knopen die veel steviger is. Deze techniek heb ik later in menig publicatie beschreven. Sindsdien sta ik bekend als Knopie Jopie. Bij afscheidsdinertjes voor vertrekkende assistenten is dit in veel liedjes uitentreuren gepersifleerd.

Tijdens de hersteloperatie zag ik meteen dat die knul in plaats van een platte knoop een 'oud wijf' aan het leggen was.

'Als jij zo de veters in je schoenen knoopt, raken ze ook los, jongen.'

De gasboer bemoeit zich ermee.

'Hé jongens, gaat dit nog lang duren? Ga dat thuis even leren op een kipfilet of zo, we hebben nog meer te doen vandaag.'

'Niets van aantrekken,' zeg ik tegen de assistent. 'Ik wil dat je dit goed leert. Daar zul je later alleen maar profijt van hebben. Kijk wat je doet! Je trekt veel te snel strak, je knoop beknijpt daardoor te snel. Geen wonder dat die draad bij deze patiënt niet gehouden heeft. Probeer het nog eens.'

De assistent priegelt wat onhandig in de diepte.

'Op cursus heb ik geleerd bovenhands, onderhands en dan weer bovenhands, dat klopt toch?'

'Jawel jongen, maar je hebt je "post" niet gewisseld en je moet locken. Straktrekken.'

'Dat doe ik toch?'

'Nee, jij trekt aan beide draden tegelijk.' Zo gingen we nog even door, net zo lang tot hij het onder de knie had. Na ruim een uur was de patiënt correct gesloten.

Woningruil. Daar komt het op neer. Omdat mijn woonruimte niet is toegerust om drie pubers te huisvesten, neemt Margot driemaal per maand een weekend bezit van mijn appartement. Het is allemaal te gek voor woorden. De overdracht vindt plaats zonder elkaar te spreken, op vrijdagavond om exact zeven uur. Op het moment dat ik kom aanrijden, neemt zij in haar vw Golf de benen.

Ons huis is weer even van mij. Ik herken het niet meer. Het interieur is drastisch veranderd. Mijn leesstoel – de stoel van mijn vader – is naar zolder verplaatst, net als mijn bureau. In de erker staat nu een tweede tafel waarop de laptops van de kinderen staan. Onze trouwfoto is verwijderd en mijn kast in de slaapkamer is leeg. Er is voor mij geen plaats meer in de herberg. Ik ben simpelweg gedeletet uit mijn eigen nest.

De woonomgeving mist mijn inbreng. De tuin is een doorn in mijn oog geworden. Mijn trots en mijn hobby zijn in drie maanden tijd veranderd in een dorre onsamenhangende en elkaar overwoekerende bende. Het is duidelijk dat Margot haar prioriteiten elders legt.

Zij maakt nu de dienst uit, de rollen zijn omgedraaid. Ik heb naar haar pijpen te dansen, meer smaken zijn er niet. Dan treft zij het beter. Voordat ze mijn appartement betrekt is de ijskast gevuld, staat de witte wijn koud en zijn de lakens verschoond. Ik denk toch dat ik hiermee ga kappen. Dat eenrichtingsverkeer moet maar eens afgelopen zijn.

Op het aanrecht tref ik een lijst aan met opdrachten en afspraken waaraan ik in het weekend moet voldoen. Het lijkt erop dat mijn vrouw er plezier aan beleeft mij te laten hannesen in de keuken. Er zijn geen boodschappen gedaan, dat moet papa zelf doen. Verse groenten zijn een must. Sta ik daar in de keuken te klooien met spruitjes of sperziebonen zonder te weten hoe het allemaal moet. Tegenwoordig zoek ik de gerechten op via internet. Gisteren heb ik gehaktbrood met ham en kaas uit de oven gemaakt naar een recept uit *de Volkskrant*. Daarmee heb ik bij de kinderen ongelooflijk gescoord.

Het probleem waar ik mee zit is dat ik vanwege mijn schuldgevoel niet goed in staat ben mijn kinderen te corrigeren. Als ik de moed heb verzameld om dat wel te doen, krijg ik van de twee oudsten de wind van voren. Ze lijken er plezier aan te beleven om cynische grappen te maken over mijn afwezigheid. Roosje kan daar niet tegen, ze barst dan in huilen uit en kruipt tegen me aan. Ze is nog te jong voor de stoere praatjes van haar grote broer en zus.

De kinderen verwachten veel van me, zonder een greintje medeleven. Onder het motto 'van de nood een deugd maken' halen ze het onderste uit de kan. Alles moet ineens kunnen. Nieuwe jassen, een abonnement op een zonnebankstudio ter bestrijding van puistjes, een modernere mobiel, of een nieuwe brommer. Ik wil geen sinterklaaspapa worden, daarom zeg ik in principe tegen alles nee. 'Dan moet mama maar beslissen,' is de standaardreactie van de kinderen.

Vorig weekend logeerden hier twaalf vriendinnen van Sarah. Vanwege haar veertiende verjaardag werd de bovenverdieping omgebouwd tot disco. En ik maar bitterballen en lasagne aanslepen. Alsof het de gewoonste zaak van de wereld was. Het voelde niet goed. Het was alsof die meiden leedvermaak hadden. 'Hoe is dat nou, meneer, om het allemaal in uw eentje te doen?' Dit was de brutaalste van het dameskransje. Maar de rest kon er ook wat van. Ze flirtten zelfs openlijk met mij. Leuk hoor, al die giechelende meiden die al zo helemaal vrouw zijn. Jezus, wat een raffinement. Daar zijn jongens van die leeftijd nog baby's bij.

Om halftwee 's nachts moest de muziek uit. Het was een bende boven. Overal lagen lege bordjes en glazen tussen de slaapzakken. Bovendien ontdekte ik dat er gerookt was. Toen ben ik uit mijn slof geschoten. Het huis was te klein, vooral voor Sarah.

Ik miste Margot, kinderverjaardagen hoor je met z'n tweeën te doen.

Margot en ik worden te pas en te onpas tegen elkaar uitgespeeld. 'Van mama mag dat wel', of: 'Dat weet jij nog niet, maar sinds jij hier niet meer woont hebben we minder ruzie.' 'Romy mag hier ook gewoon slapen. Op mijn kamer nog wel.' Dat was Romijn die dat zei. 'Grapje,' zei hij er godzijdank achteraan.

Omdat ik het gezellig wil houden ben ik een gespannen vader geworden. Ik loop op eieren. Alles wat ik doe is erop gericht de gunst en de liefde van mijn kinderen te winnen. Ze moeten mij net zo nodig hebben als hun moeder.

Ik ben een weekendpassant geworden, een gast. Een

gratis oppas voor mijn kinderen, terwijl mijn vrouw zich vermaakt in Utrecht. Wat spookt ze daar uit? Ze vertelt er niets over.

Terug in Utrecht. Terug naar af. Ik voel me verdrietig en eenzaam. De wijn in de fles begint de bodem te naderen. Ik zit in het donker. De verwarming is nog uit. Een hellend vlak. Spekglad. Voor je het weet lig ik op mijn bek. Het verschil tussen het succes en de goot is maar een gemoedstoestand. Geluk hangt aan een zijden draadje.

Dit wil ik niet. Niet de man zijn, zoals mijn huisgenoot, die zich verdrinkt in onbegrip. Maar ik begin hem wel te begrijpen. Zelfbeklag helpt niet, maar toch denk ik: waaraan heb ik dit verdiend?

Geen mens wordt monogaam geboren. De natuur dicteert polygamie. Monogamie is een bedenksel om enige ordening aan te brengen. Maar in de praktijk komt er maar weinig van terecht. Raar toch dat je door een beetje seks, iets wat bedoeld is om plezier aan te beleven, alles kapot kunt maken.

Het overheersende oordeel. Het alleenrecht op het gelijk. De bedrogen vrouw heeft de monogamie heilig verklaard en eist het gelijk aan haar kant. De vreemdganger, de hoerenloper, de crimineel, wordt verguisd en kan zijn biezen pakken. Als grofvuil wordt hij aan de kant gezet en de buren, de vrienden, zelfs de kinderen staan erbij en kijken ernaar, met leedvermaak. Boontje komt om zijn loontje.

Geen verzachtende omstandigheden of een beetje begrip. Barbertje is stout geweest en Barbertje moet hangen. De straf die hij krijgt is buitenproportioneel.

Ik ben verontwaardigd, ik word boos en voel me ronduit kut. Het blijft maar malen in mijn hoofd.

Zou Margot wel eens op een andere man verliefd zijn geweest? Zou toch kunnen? Ik heb het nooit gemerkt, misschien had ik er geen oog voor. Volgens mij sluit zij zich hier volledig voor af. Seks was nooit haar favoriete bezigheid. Ze kijkt erop neer, alsof het iets vies is. Toen de kinderen er eenmaal waren had ze het wat dat betreft wel gezien en werd seks meer een dienstverlening aan mij. Jammer dat ik anders in elkaar zit. Het moest gewoon een keertje misgaan.

Hoe kom ik tot rust, tot berusting voor mijn part? Om er niet aan onderdoor te gaan moet ik alle zeilen bijzetten. Me niet van de wijs laten brengen door roddels, door de stroom van kritiek en door het scheppen van een beeld waarin ik mezelf niet herken. Joop jongen, spreek ik mezelf toe, stap niet in de valkuil om je verontwaardiging en je agressie hierover te uiten naar de kinderen. Zij zijn geen partij. Val ook hun moeder niet af, hoe moeilijk ze het jou ook maakt. Ga slapen. Schep orde in je hoofd. Verman je.

Verman je, zeg ik tegen de muren van mijn slaapvertrek. Verman je, zeg ik tegen mijn mannenlijf. Het lijf ligt verstijfd in bed en kan de slaap niet vatten. Het geslacht hangt er verslagen bij. Het heeft zich teruggetrokken in niemandsland. Zelfs op mijn aanrakingen reageert het niet meer.

Ogen tasten naar herkenbare contouren. Ze zijn er niet. Het mannenlijf zoekt en huilt. Zonder tranen.

Toch vroeg opgestaan. De psychiater heeft gelijk, in mijn situatie is discipline het enige wat me op de been houdt. Toen ik vanmorgen de straat van Eugenie passeerde, heb ik even een moment overwogen het rondje te laten voor wat het is en aan te bellen. De behoefte om te schuilen, de hang naar intimiteit, naar begrijpende woorden hadden het bijna gewonnen van mijn plichtsbesef. Ik heb me vermand. Ze ziet me aankomen om halfzeven 's ochtends.

'Wat jij moet doen, is teruggaan naar je gezin,' herhaalt

ze steevast, 'want daar ben jij nog lang niet klaar mee.'

Wat ik in Eugenie waardeer is haar zelfstandigheid. Veel vrouwen gaan je claimen, Eugenie niet.

Als een huis is ze. Stevig op eigen grondvesten. Geworteld in eigen grond. Bij haar voel ik, het klinkt gek, mijn moeder.

'Ja maar, ik verlang naar je en...'

'Verlangen is zo simpel, Joop, je bent meer dan dat.'

Ik loop de benen onder mijn lijf vandaan. Alsof ik het ongenoegen van me af trap. Het lucht op. Thuisgekomen beschouw ik mezelf een moment in de spiegel. Ik mag niet klagen, maar toch! Ik loop tegen de vijftig en de tand des tijds begint aan me te knagen. Wat ik zie, is wat ik verloren heb. Met de onderlaag, de spieren is niets mis, maar de huid heeft toch behoorlijk aan jeugd ingeboet. Ook de botten, vooral de knieën, zijn geprononceerder aanwezig dan tien jaar geleden. Het vele trainen vreet aan mijn gezicht. Onder de jukbeenderen valt het in en ik zie hoe het vel onder mijn kin zich als een propje papier verzamelt boven het strottenhoofd. De aanblik op mijn mannenlijf roept vragen op. Waarom ben ik zo fanatiek bezig om wat ervan over is te conserveren? Waar doe ik het allemaal voor? Ik wil niet oud worden.

Even later stap ik op de fiets. De plicht roept.

'Wat vind jij ervan, van dat gedoe rond die actrice van kamer 5?' Ewoud spreekt me na het ochtendrapport op de gang aan.

'Welk gedoe?' reageer ik.

'Doe jij net alsof je neus bloedt? Iedereen heeft het erover.'

'Zal wel aan mij liggen, maar...'

'Overdracht, ik heb het over óverdracht. Of het van twee kanten komt weet ik niet. Frits is he-le-maal van de kaart. Die loopt constant de kamer van die patiënt in en uit. Met bloemen, boeken en wijn. Niet normaal meer. Valt jou dat niet op dan?' houdt mijn maat vol.

'Ach, die oude baas, dat kan toch geen kwaad? Laat hem toch.'

'Toch geen kwaad? Toch geen kwaad?! Man, dit is strafbaar. Het medisch tuchtcollege vindt dit gedrag onacceptabel. Daar is onlangs in een vergelijkbare kwestie duidelijk uitspraak over gedaan!'

'Overdrijf je nu niet een beetje?' probeer ik te sussen.

'Als jij elke avond na zessen de eenpersoonskamer van een patiënt binnensluipt om daar tot negen uur wijn te drinken, dan is er iets aan de hand, lijkt me zo.'

'Doet hij dat dan?'

'Ja, dat doet hij. Een van de verpleegkundigen nam me onlangs in vertrouwen hierover. Het loopt echt de spuigaten uit. Als zijn vrouw belt waar hij blijft, moeten ze zeggen dat de OK is uitgelopen. Nee, dit zaakje stinkt. Ik denk dat het tijd wordt dat we Van Weteren op de hoogte stellen. Dan kan die Frits eindelijk eens van zijn voetstuk stoten. Ik vind dat we samen naar Van Weteren moeten gaan.'

'Het komt je volgens mij goed uit, dit verhaal.'

'Joop, dit is onze kans. Dit is de druppel.'

'Ik weet er het fijne niet van. Om hiermee nu naar Van Weteren te gaan? Waarom spreek je Frits er zelf niet op aan?' Voor dit geroddel, deze aanzet tot een coup, heb ik totaal geen belangstelling. Ik vind het prima om naar eer en geweten een plan naar de toekomst te trekken, maar wat mij betreft moet dat wel via de fatsoenlijke weg.

'Die ontkent toch, of hij bagatelliseert het,' oordeelt Ewoud.

'Hmm, ik moet hier over nadenken en mijn oor eens hier en daar te luisteren leggen. Het spel moet wel zuiver gespeeld worden. Ik moet nu gaan, de poli begint zo. Ik kom erop terug.'

Vlak voor de koffiepauze komt Evelien zichtbaar opgewonden mijn onderzoekskamer binnen.

'Heb je even een momentje? Ik weet niet wat ik ermee aan moet.' Ze ziet er moe uit. Het proefschrift is haar zo te zien niet in de koude kleren gaan zitten.

'Ga jij wel op tijd naar bed?' vraag ik bezorgd.

'Jezus, je lijkt mijn moeder wel. Daar kom ik niet voor,' reageert ze kortaf.

'Nou vooruit, kan wel even tussendoor. Ga zitten en vertel op.'

'Komt er zojuist een echtpaar bij me, hij rond de zestig, zij eind vijftig. Doorgestuurd door de huisarts wegens drie maanden aanhoudend bloedverlies bij de ontlasting. Je vraagt je sowieso af waarom iemand daarmee zo lang blijft doorlopen. Bovendien, van die drie maanden geloof ik geen snars, want bij het inwendige onderzoek bleek er een dijk van een obstructie te zitten, volgens mij klassiek voor een rectumcarcinoom. Daarom heb ik een biopsie genomen. Van de patholoog heb ik nog geen uitslag, maar het klinische beeld liegt er niet om. Ik leg het echtpaar voorzichtig uit wat er loos is en dat er waarschijnlijk aan een uitgebreide behandeling, mogelijk inclusief een operatie, niet te ontkomen valt. Zonder enige emotie te tonen reageert de man op een onaangename en offensieve toon. Er mocht bij de ingreep in geen geval bloed worden gegeven omdat ze Jehova's getuigen zijn en gehoorzamen aan het gebod van God. Ik vraag die vrouw of zij dit standpunt deelt en of ze beseft dat ze zonder bloed het risico loopt dat ze tijdens de operatie overlijdt.' Evelien ratelt opgewonden door.

'Leg je erbij neer meid, geen beginnen aan,' val ik in de rede.

'Ik ben dokter geworden om mensen te genezen. Niet om ze op tafel te laten doodbloeden.'

'Jehova's denken dat ze het recht op opstanding uit de

dood en het recht op eeuwig leven verspelen wanneer ze tegen de wil van God ingaan. En de wil van God is geen bloed. Blijf er met je handen van af, Evelien.'

'Volgens die mevrouw heeft de Schepper het beste met haar voor. Ze legt in elk geval haar lot in Zijn handen. Toen ik vroeg of de Schepper het ook goed met haar bedoelt wanneer ze overlijdt, wees ze met haar ogen naar haar man en staarde daarna zonder iets te zeggen met een verweesde blik voor zich uit. Dat zat me niet lekker. Omdat ik alle consequenties met de patiënt onder vier ogen wilde bespreken, verzocht ik de man om ons even alleen te laten. Nou, daar voelde hij niks voor. Hij bleef bij het gesprek aanwezig, punt uit.'

'Ja, die mannen zijn nog fanatieker dan hun vrouwen. Die godsdienstfetisjisten laten nog liever hun vrouw doodbloeden dan het vertrouwen in hun Schepper te verliezen. Moet je gynaecologen daarover horen. Daar komt het voor dat ze om die reden een vrouw verliezen aan een buitenbaarmoederlijke zwangerschap. Maar ja, ik heb het zelf ook bij de hand gehad,' zeg ik gelaten met een zucht.

'En, hoe liep dat af?'

'Niet in alle gevallen gunstig, als je begrijpt wat ik bedoel.'

'Dood op tafel dus?'

'Ja, dat is me twee keer overkomen. Beide keren als gevolg van een spoedoperatie na een ongeval. Leuk was dat niet. Een achttienjarig meisje met een leverruptuur en een keer een man met een afgerukte arm. Voordat de klem er goed en wel op zat, was die vent dood. Bij een geplande ingreep gebeurt zoiets niet zo gauw, dan ben je op calamiteiten voorbereid. Kijk, op fysiologisch zout kun je niet leven. Zo simpel is dat. Lieve schat, luister naar mij. Je kunt niet anders dan hun overtuiging aanvaarden en hopen dat hun God inderdaad het beste met ze voorheeft.'

'Als ze niet geopereerd wordt, is ze binnen een halfjaar

dóód! Wat moet ik hiermee?' Evelien kijkt me hulpeloos aan.

'De kans dat er bij deze operatie een ernstige bloeding ontstaat, is niet nul. Vertel ze dat maar. Ik zou er geen doekjes om winden.'

'Dat jij hier zo rustig onder blijft! We zijn toch geen dokter geworden om mensen onder onze ogen te laten sterven? We moeten iets doen!'

'Je kunt niks doen. Het recht op zelfbeschikking in dit soort situaties staat zwart op wit in de wet omschreven en is recent nog door de Hoge Raad bevestigd. Geen bloed dus. Dat is háár keus. Dat moet je respecteren. Wat wil je dan? Haar ontoerekeningsvatbaar of krankzinnig laten verklaren om haar alsnog op jouw voorwaarden te opereren?'

'Joop, het punt is dat ze wél bloed wil, ik zag het in haar ogen. Maar ze durft dat niet toe te geven aan haar man. Die vrouw staat onder druk. Ze heeft geen vrije wil meer. Die vent beslist voor haar!'

'Dat is hún zaak. Láát ze. Maar als je toch wilt opereren, kun je haar de avond voor de operatie altijd nog onder vier ogen spreken.'

'Deze mevrouw is net oma geworden. Ik wil me voor haar wel sterk maken, maar ik twijfel of opereren verantwoord is. Zoiets heb ik niet eerder bij de hand gehad,' verzucht Evelien.

'Ja meid, zelfbeschikkingsrecht, de dokters maar dorsen en de gemeenschap kan alles betalen. Baas in eigen buik. Ik stond erbij en ik keek ernaar. Als ik jou was zou ik haar doorverwijzen naar iemand die het onder deze krankjorume omstandigheden wel aandurft. Het AMC heeft geloof ik speciaal voor jehova's een behandelprotocol. Ík begin er in elk geval niet aan. En mocht je het toch zelf willen doen, dan zou ik de Raad van Bestuur maar even inlichten. Altijd goed om enige rugdekking te hebben.'

'Je hebt gelijk, het is gekkenwerk,' zegt Evelien geëmotioneerd, 'ik zal vanavond bij de overdracht bespreken of iemand van onze groep het aandurft. Anders stuur ik haar door naar het AMC. Kunnen ze daar hun professionaliteit op haar botvieren.'

Eugenie komt eten. Gek genoeg schoorvoetend, lijkt het wel. Ze heeft de afspraak zeker een maand voor zich uit geschoven. Ze wil ons niet in een moeilijk pakket brengen. Dat vertelde ze me in de parkeergarage van het ziekenhuis. Ik had haar opgewacht, omdat ik niet begreep waarom ze me ontliep.

'Heb je spijt van onze nacht?' vroeg ik tamelijk direct.

'Integendeel,' zei ze, 'maar het kwam zo onverwacht... en eh... ik weet eerlijk gezegd niet zo goed wat ik ermee aan moet. We werken op dezelfde afdeling, ik bedoel het is allemaal zo ingewikkeld... je hebt een gezin en zo.'

'Voor mij was het goed, Eugenie. Ik heb er geen moment spijt van gehad. Maar het is lief van je dat je bezorgd bent over mij. Het gaat best goed met me. Niet optimaal, maar eh...'

'Joop, laten we deze week onder andere omstandigheden verder praten.'

Dat verder praten gebeurt vanavond, bij mij thuis. Ik kook. Daar begin ik zo langzamerhand plezier in te krijgen. Vanavond maak ik kip, die ik omwikkel met serranoham. Daarbij serveer ik sla en pasta met een roomsaus van blauwe kaas. Vooraf paprikasoep met garnalen en toe een kaasplankje. Alles geïnspireerd op die handige menukaartjes van Albert Heijn. De Gigondas staat al op kamertemperatuur te komen en de Menetou-salon ligt in de ijskast.

Eugenie komt om halfacht, zodat ik nog even tijd heb de stofzuiger ter hand te nemen. Het is ongelooflijk hoe een verwende huisvader met twee linkerhanden kan veranderen in een huishoudelijk en onafhankelijk type. De kaarsen branden, de haard is aan en er staat zelfs een bos bloemen op de gedekte tafel. Het is de eerste keer dat ik hier buiten mijn kinderen bezoek ontvang.

'Wit of rood?' vraag ik wanneer ze binnen is en mijn appartement aan een inspectie onderwerpt.

'Even geen alcohol, doe maar spa.'

'Wat krijgen we nou? Jij geen alcohol? Doe niet zo ongezellig.'

Eugenie staat bij het raam. Als ik op haar afkom, draait ze zich abrupt om en loopt naar de zithoek.

'Nee joh, het was weer veel te heftig dit weekend. Laat me maar, ik moet geloof ik even bijkomen.' Eugenie ploft neer op de bank.

'Heb je weer de beest uitgehangen?' informeer ik.

'Jij hebt ook geen hoge dunk van mij. Nee, gewoon een slempavond met Klaartje. We hebben samen maskertjes genomen en we zijn bezig geweest met een fotoalbum van Bali.'

'Je ziet er goed uit, lieverd.'

Ik ga naast haar zitten. Eugenie trekt haar benen op en kruipt defensief de hoek in.

'Gaan we "schaarsteartikeltje" spelen vanavond? Eugenie, wat is er aan de hand?'

'Joop, alsjeblieft, laten we het gezellig houden. Ik beschouw je als een goede vriend. Dat moet zo blijven. We zijn collega's... en eh... we moeten niet in de fuik van teleurstellingen, roddels en afhankelijkheid terechtkomen. Ik ben heel gevoelig op dat terrein.'

'Ik zie het al, playing hard to get... nou, ik moet je zeggen, het werkt wel.'

'Vrienden blijven?' Ze kijkt me bezwerend aan en heft haar glas spa.

'Vrienden blijven. Dat vind ik ook belangrijker,' lieg ik en toost met mijn wijnglas in de hand.

'Ik moet iets met je bespreken wat me niet lekker zit,' vervolg ik.

'Zie je het aan me?' vraagt Eugenie. Ze klinkt onzeker en bloost.

'Wat zou ik moeten zien dan?'

'Nou niks... ik eh... ben gewoon een beetje zenuwachtig. Ik weet me eerlijk gezegd geen raad met ons.'

'Maak je niet druk, meisje, het gaat niet over ons, dat moet je gewoon een beetje over je heen laten komen. Het gaat over Frits.' Eugenie haalt opgelucht adem. Ze wil duidelijk niet over ons praten.

'Laat ik over Frits helder zijn. Aan hem ben ik loyaal en niets of niemand komt daartussen. Ik werk al meer dan tien jaar voor hem. Het is een integere man, hij is als een vriend voor me.'

'Ewoud sprak me aan... en...'

Nog voor ik mijn zin kan afmaken trekt Eugenie fanatiek van leer.

'Dat gedoe over Hannah natuurlijk. Daar heeft iedereen het over. Maar dat komt door Ewoud. Die roddelt de hele boel bij elkaar en daarbij verzint hij de helft. Je moest eens weten hoe hij over jou denkt.'

'Over mij?'

'Nou ja, hoe hij jou neerzet bij de assistenten bijvoorbeeld. Je kunt niet opereren, je klungelt, je zou veel meer wondinfecties hebben, de operaties lopen uit en meer van die onzin.'

'Tegen mij gedraagt hij zich anders heel coöperatief,' merk ik uit de grond van mijn hart op.

'Omdat hij je nodig heeft om Frits een hak te zetten. Als ik je een raad mag geven, ik zou me niet voor Ewouds karretje laten spannen als ik jou was.'

'Lieve Eugenie, met alle respect voor Frits, maar onder ons gezegd, Frits is op z'n retour. Die heeft zijn beste tijd gehad, dat ben ik met Ewoud eens. Maar ik had niet gedacht dat mijn maat ook mij probeert zwart te maken. Ik bedoel, als we zo gaan beginnen kan ik ook nog wel een beerputje opentrekken.' Ik schrik van deze informatie over Ewoud. Kan ik Eugenie in vertrouwen nemen?

'Vertel eerst eens over Frits, waar gaat het over?' wil Eugenie weten.

'Het gaat inderdaad over die merkwaardige relatie met die patiënt. Volgens Ewoud zou Frits na werktijd regelmatig uren doorbrengen op haar kamer. Zoiets is zeer ongebruikelijk. Dat schaadt onze maatschap. Wat vind jij daarvan?'

'Daar vind ik niets van. Ik ga zelf ook veel bij haar langs. Zij is een innemende vrouw, een wijze persoonlijkheid. Bij haar gaat het altijd ergens over. Ik vind het heel inspirerend om met haar te praten. Ze gaat dood, Joop. Dat duurt niet zo lang meer.'

'Zal ik hierover eens met Frits praten? Dat geroddel is niet goed voor zijn imago,' suggereer ik.

'Moet je doen. Het gaat niet zo goed met hem. Dat zie ik ook wel en dat gaat me aan het hart. Vorige week werd ik gebeld door Judith, zijn vrouw. Wat er aan de hand was, vroeg ze. Of ik niet eens met Frits wilde praten. Hij is laat thuis, slaapt slecht, is er met zijn gedachten niet bij. Hij is snel geïrriteerd en trekt zich terug op zijn werkkamer. Maar ja, hij is ook niet gek. De poten worden onder zijn stoel vandaan gezaagd en, laten we eerlijk zijn, ook door jou. Jij bent toch ook bij Van Weteren geweest?' Eugenie kijkt me beschuldigend aan.

'Luister, is het zo raar wanneer ik over de toekomst van de afdeling mijn oor te luisteren leg bij de Raad van Bestuur? Binnen twee jaar zijn drie van de negen maatschapsleden met pensioen en Loes is over een jaar al vertrokken. Laten we eerlijk zijn, het is bij ons toch een regelrechte bejaardensoos geworden? De opvolging van de opleider moet zorgvuldig geregeld worden. Daar heb ik het met Van Weteren over gehad, ja.'

'Denk je dat jij het wordt?'

'Ik zou er geen bezwaar tegen hebben.'

'Ewoud ook niet.'

'Kom nou, Eugenie, die maakt geen schijn van kans.'

'Volgens eigen zeggen is hij de enige die een beetje fatsoenlijk opereert. De assistenten vinden hem bot, maar ze leren veel van hem.'

'Hoe kom je aan die wijsheid?'

'We horen wel eens wat. De meesten vinden hem een klootzak, maar tegelijkertijd staan ze in de rij om met hem te opereren. Over Ewoud wordt het meest geluld. Een van de coassistenten noemde hem laatst een autoritaire kleuter met een gefrustreerde leuter. Ik weet niet waar dat vandaan kwam. Je moest eens weten wat er in mijn kamer allemaal beweerd wordt.'

'Over wie?'

'Over iedereen. De laatste roddel gaat over die animositeit tussen Ellen en Simone. Die zijn hier als een Siamese tweeling begonnen. Momenteel schijnt het helemaal uit te zijn met de liefde, een en al rivaliteit is het geworden.'

'Daar weet ik niets van.'

'Toen ze nog twee handen op een buik waren, wilde Simone steeds met Ellen opereren. Ze deelden alles samen. Vakanties, weekenden, inclusief een nanny. Nu is het water en vuur.'

'Dit soort dingen ontgaan me. Waar maken ze dan ruzie om?'

'Ellen wordt gek van Simone. Die afhankelijkheid. Ellen is natuurlijk veel ambitieuzer. Ze voelt zich geremd door haar vriendin. Simone is slordig, tijdens operaties werkt ze niet systematisch. Ze brengt totaal geen structuur aan. Volgens Ellen is ze een ongeleid projectiel. Haar presentaties aan de assistenten zijn chaotisch, bovendien komt ze vaak te laat. Sinds Ellen voorzitter is geworden van de protocollencommissie slaat Simone de richtlijnen in de wind. Ze is jaloers op het succes van Ellen. Nee, het is helemaal gedaan met de vriendschap.'

'Typisch vrouwengezeik. Het gaat altijd over jaloezie. En maar oordelen over elkaar. Gelukkig zitten mannen zo niet in elkaar. Die zeggen elkaar als het een keer echt nodig is goed de waarheid en daarna: zand erover.'

'Joop, alle shit en roddels komen bij mij terecht. Mijn kamer is de biechtstoel van de afdeling. Toen jij een paar maanden geleden voor de ingang van het ziekenhuis werd afgezet door Margot en zij jou zo uitschold, was het verhaal hier binnen een kwartier bekend. Zo gaan die dingen.'

Tegen tienen gingen we pas aan tafel. Eugenie had niet veel trek. Ze vond de kip heerlijk, maar de Franse kaas heeft ze niet aangeraakt. Om elf uur zat ze te gapen op de bank.

'Moe?' vroeg ik. 'Kom even tegen me aan zitten.'

Ze legde haar hoofd op mijn schoot en viel binnen een minuut in slaap. Ik heb zeker een uur naar haar gekeken. Tegen twaalven schoot ze wakker.

'Lieverd, ik moet gaan,' zei ze.

Daar ging mijn troost, mijn vriend. Ik wilde ingestopt worden, maar Eugenie wilde niet mijn moeder zijn, laat staan mijn geliefde. De avond eindigde eenzaam en slapen lukte niet meer.

Er is momenteel flink wat reuring rond Ewoud.

Twee jaar geleden onderzocht hij een tweeënvijftigjarige man die met een knobbeltje in de hals op zijn poli kwam. Dit vond plaats in het Kromme Rijn-ziekenhuis, vóór de fusie. De tumor was mobiel en duidelijk begrensd. Ewoud diagnosticeerde het als een onschuldig lipoompje. Hij stelde de patiënt gerust en verwijderde onder plaatselijke verdoving het vetknobbeltje. De aanwezige verpleegkundige vroeg nog of ze het PA-briefje moest invullen, een standaardprocedure die gevolgd wordt bij het verwijderen van weefsel. Volgens de verpleegkundige had Ewoud gezegd dat een schaap nog kon zien dat het hier om een nietszeggend knobbeltje ging, en deponeerde het stukje weefsel in de afvalbak. De patiënt hoefde niet terug te komen voor controle.

Een jaar later kwam de man terug, maar nu in het Belle van Zuylen Medisch Centrum, waar Ewoud sinds een paar maanden werkte. In het litteken trof Ewoud een onrustig uitziende tumor aan. Hij was verbaasd en vooral ongerust, want het zag er verdacht uit. Na onderzoek van de biopsie bleek het een sarcoom te zijn. MRI-onderzoek toonde vergevorderde uitzaaiingen aan in de lymfeklieren en de longen. Een hopeloos geval. Na zes maanden is de patiënt, na euthanasie, thuis overleden.

De klachtencommissie van het ziekenhuis heeft geprobeerd te bemiddelen tussen de nabestaanden en Ewoud. Volgens de commissie kon niet worden bewezen dat de primair verwijderde tumor destijds al kwaadaardig was. Wel werd Ewoud berispt voor nalatig handelen en het niet uitvoeren van de standaardprocedure, die elke chirurg bij het wegnemen van weefsel moet volgen. De letselschadeadvocaat van de weduwe was des duivels en eiste een schadevergoeding van twee miljoen euro wegens een vermijdbaar sterfgeval en wegens gederfd inkomen voor het gezin van de overledene. Toen bleek dat de verzekeraar van het ziekenhuis niet bereid was om de klagende partij ook maar enigszins tegemoet te komen, is de advocaat recht gaan halen bij het medisch tuchtcollege en bij de civiele rechter. Het college heeft daarover deze week uitspraak gedaan. Ook hier kwam Ewoud er met een waarschuwing van af omdat niet kon worden hardgemaakt dat er een causaal verband bestond tussen de knobbel en het kwaadaardige gezwel dat een jaar later werd aangetoond.

Gisterenavond is deze kwestie uitgebreid aan de orde geweest tijdens een televisieprogramma over medische missers. Het programma opende met de mededeling dat er jaarlijks zeventienhonderd doden te betreuren zijn door fouten en onzorgvuldig medisch handelen.

In de studio trokken de weduwe van de overleden patiënt en de letselschadeadvocaat flink van leer tegen Van Weteren, die was uitgenodigd om het standpunt van het ziekenhuis te verdedigen.

Van Weteren was weer op zijn best. Toen de weduwe aan het woord was, slikte hij zichtbaar aangeslagen een traan weg. Na een empathisch staaltje inleven in het verdriet van de familie vertelde hij dat dergelijke nalatigheid in zijn ziekenhuis ondenkbaar is. Hij wist de microfoon naar zich toe te trekken om uitgebreid verslag te doen van zijn ambities binnen het modernste ziekenhuis van Nederland. Hij gebruikte de zendtijd als free publicity voor zijn marketingdoelstellingen. Toen Ewoud met naam en toenaam werd genoemd, pareerde onze Karel de aanklacht door te benadrukken dat de nalatigheid van destijds niet in zijn ziekenhuis had plaatsgevonden.

Hij vertelde dat zijn Belle, zo noemde hij het ziekenhuis, koploper is met een systeem waarbij medische fouten en bijna-fouten intern gemeld moeten worden. Dit laagdrempelige en transparante systeem is er niet op gericht om elkaar te blameren, maar juist om van elkaars fouten te leren en maatregelen te ontwikkelen om deze in de toekomst te voorkomen. De fouten, maar ook klachten over de bejegening en de communicatie tussen patiënten en medisch personeel, worden als casus behandeld bij het omvangrijke kwaliteitsverbeteringstraject dat voor medewerkers van het ziekenhuis verplicht is gesteld. 'In ons ziekenhuis hebben we de hiërarchie overboord gegooid en telt nog maar één ambitie: de kwaliteit van de dienstverlening continu verbeteren om zodoende de optimale zorg voor de patiënt zoveel mogelijk te kunnen garanderen. Graag gebruik ik dit forum om dat nog eens duidelijk over het voetlicht te brengen,' beweerde hij met vuur. Een instemmend applaus viel hem ten deel, zelfs van de weduwe.

Ewoud heeft zich vandaag ziek gemeld. Ik begrijp dat. In het ziekenhuis is hij het gesprek van de dag. Iedereen heeft het erover. Als ik eerlijk ben moet ik toegeven dat deze kwestie voor mij persoonlijk niet ongunstig is. Ewoud heeft zichzelf lelijk op de kaart gezet. Een formele berisping door het college zal ook de visitatiecommissie niet ontgaan. Mijn kansen nemen hiermee aanzienlijk toe.

Wat ik niet begrijp is dat Ewoud deze casus nooit met mij besproken heeft. Misschien dat hij gedacht heeft dat het met een sisser zou aflopen. In zekere zin is dat ook gebeurd, maar de uitzending van gisterenavond heeft zijn aanzien in het ziekenhuis natuurlijk behoorlijk beschadigd. Het vertrouwen van zijn patiënten blijkt ook averij te hebben opgelopen, want Eugenie vertelde me vanochtend dat zeker tien van zijn patiënten hebben gebeld en om een andere behandelaar hebben verzocht. De afdeling staat op zijn kop.

Ik heb met Ewoud te doen en stuur hem een sms met het voorstel om vanavond een biertje te drinken. Tot mijn genoegen stemt hij ermee in.

'Jij hier?' vraag ik verbaasd als ik de keuken van Ewoud betreed. Eugenie zit aan de keukentafel en kijkt me bezorgd aan.

'Nou ja, in voor- en tegenspoed, zal ik maar zeggen. Ik denk dat Ewoud nu wel wat steun kan gebruiken.'

'In voor- en tegenspoed? Zeggen bruidsparen niet zoiets als ze elkaar eeuwig trouw beloven?' insinueer ik.

'Kijk, Joop, dat Eugenie hier is, is niet zo verwonderlijk. Ze is mijn beste vriendin, eigenlijk hebben we een beetje verkering,' merkt Ewoud op.

Hij staat in zijn lichtgele spencer met zijn handen in zijn corduroy broek een beetje onhandig te lachen. Maar bij mij komt die informatie hard aan. Zijn triomfantelijke houding maakt me woedend.

'Dat is verdomd fijn voor je, jongen, maar het verwonderlijke is misschien wel dat wíj dan zwagers zijn van elkaar,' verzin ik geagiteerd.

Ewoud begint een beetje zenuwachtig te grinniken. 'Zwagers, waar heb je het over?'

'Kutzwagers bedoel ik. Weet je wat dat zijn, kutzwagers?' Nu ga ik te ver, maar de verontwaardiging is me de baas geworden. Ik mis de greep op mezelf. Eens kijken wat er gebeurt.

'Kutzwagers? Wat moet ik met zo'n opmerking? Je bedoelt toch niet... je gaat me toch niet vertellen dat jullie... dat jij en Eu...?' haspelt Ewoud verbaasd, terwijl hij zich omdraait naar Eugenie.

Eugenie springt op van haar stoel, loopt op me af en geeft me een klap in mijn gezicht. Ewoud staat er met stomheid geslagen bij.

'Idioot,' roept Eugenie, 'dat je zo grof kunt zijn, dat had ik niet van jou verwacht.' Ze grijpt haar tas en maakt aanstalten te vertrekken. 'Ik leef mijn eigen leven. Ik ben van mezelf! Ik heb met niemand verkering.'

'Nee, misschien niet, maar zo te horen dien je wel twee heren,' roep ik haar na als ze met een klap de deur achter zich dichtslaat en rennend het tuinpad verlaat. Waarom laat ik mezelf zo gaan? Ik heb onmiddellijk spijt en ga haar achterna, maar het kwaad is geschied. Eugenie scheurt weg in haar auto.

'Zo te horen zijn we rivalen in het kwadraat geworden,' merkt Ewoud honend op als ik hijgend van opwinding binnenkom. Terwijl ik compleet van de kaart ben, lijkt hij totaal niet van zijn stuk gebracht.

'Hoe minder ik weet, des te liever het me is. Het gaat me

niet aan, en jou ook niet. Eugenie heeft gelijk, ze is van zichzelf. Bovendien, ik kan maar beter vertrekken. Dit gesprek heeft geen zin meer,' reageer ik kortaf.

'Hou op, man. Vrouwen! Vergeet het. Je weet hoe ze zijn. Je kwam toch voor mij? Laten we het daarover hebben. Eerlijk gezegd stel ik het wel op prijs dat je me een hart onder de riem komt steken. Geen enkel maatschapslid heeft iets van zich laten horen, terwijl de meeste ook met de medische tuchtraad van doen hebben gehad. Dat geldt trouwens voor veel specialisten, dus waar praten we over.'

'Ewoud jongen, ik heb hier op dit moment niets meer te zoeken.'

Ewoud komt op me af. Het komt over als een verzoeningspoging.

Ik weer hem af. 'Het ga je goed,' zeg ik en ik verdwijn in het donker.

Ik vond twee gebruikte condooms in de pedaalemmer in mijn badkamer. De eerste gedachte die bij me opkwam was: Romijn. Bij navraag hield hij voet bij stuk dat het niet van hem was. Dan moet het Margot geweest zijn, was mijn tweede gedachte.

Toen ik de moed had verzameld om haar hier telefonisch op aan te spreken, was haar verweer dat ze aan mij geen enkele verantwoording verschuldigd was. Ik had in haar leven niets meer te zoeken. Onze liefde was immers door mij aan flarden geneukt. Ze gooide de haak erop.

Haar ontkenning van ons verleden ging mij door merg en been. Het hakte erin.

Margot, ben je dan alles vergeten? Was ik zo'n slechte echtgenoot? Mijn maag kromp ineen. Een paniekaanval.

Ik ben niet naar bed gegaan. De nacht heb ik denkend doorgebracht. Op zoek naar herinneringen en vertederende beelden uit het verleden. Ik vond een lach, een streling, ons pasgeboren kind. Ik wilde me eraan vastklampen maar het ontglipte me. Het liet zich niet grijpen. Ik heb het op een zuipen gezet.

Loodzwaar voel ik me. Een dolend mens. Dan weer een klein jongetje, die strohalmen zoekt. Ik wil evenwicht voelen en gerustgesteld worden. Mijn leven is aan het kantelen. Het valt om en rolt van een helling naar beneden. Ik ren erachteraan, maar kan mijn leven niet inhalen.

Vandaag ben ik op consult geweest bij een collega-psychiater. Ik hoefde niet bezorgd te zijn. Hij noemde mijn gemoedstoestand een functionele depressie. Zelf was ik bang voor een angststoornis. Ik vertrouw niemand meer en nog het minst mezelf. Hij heeft me Seresta voorgeschreven om de slapeloosheid te bestrijden. Ik moet blijven hardlopen en de drank laten staan.

Overleven is vooral van dag naar dag leven. Op sommige momenten zelfs van uur naar uur. Kleine haalbare doelen stellen. Boodschappen doen, koken en goed voor jezelf zorgen. Lichaam en geest gezond maken door je aan de discipline te houden, wanneer de weemoed toeslaat. In plaats van naar de fles grijpen een avondwandeling maken. Streng zijn voor jezelf en verantwoordelijkheid nemen voor wat je teweegbracht.

Voor mij betekent dat primair mijn kinderen. Per toerbeurt slapen ze een nacht bij mij, meestal op donderdag.

Mijn relatie met Romijn blijft stroef. Hij is in zichzelf gekeerd en vermijdt elk gesprek. Zijn ogen verraden minachting voor mij. Een blik die mij vertelt dat ik niet deug. Ik word er gek van. Wat ik ook probeer, opbeurend of vermanend, ik krijg nul op het rekest. Hij ligt met zijn iPod of met zijn computer op de bank en schermt zich af. Afwassen, boodschappen doen, zijn bed opmaken, het is er allemaal niet bij. Misschien heeft hij liefdesverdriet om Romie, dacht ik. Toen ik aanbood haar een keer te eten te vragen, gaf hij geen sjoege. Bij haar had ik het helemaal verbruid. Er is geen land mee te bezeilen, met die jongen.

Vanavond is het weer hetzelfde liedje. Mijn intussen zeventienjarige zoon begint me mateloos te irriteren en eerlijk gezegd ben ik zijn houding spuugzat.

'Misschien moet je de komende weken maar niet meer komen,' begin ik.

'Mij best,' reageert mijn zoon.

'Dit heeft toch geen zin? Je praat niet, je mokt. Je bent met geen stok te bewegen tot iets positiefs. Wat zit je eigenlijk de hele avond te doen op dat ding van jou?'

'Huiswerk.'

'Doe je dat op je computer?'

'Ja pap, dit zijn andere tijden, weet je wel.'

'Wat voor huiswerk?'

'Als je het zo graag weten wilt. We moeten een evenement bedenken en dat van a tot z organiseren. Dat ben ik aan het doen.'

'Een evenement? Ik dacht dat je daar op school werd klaargestoomd voor het eindexamen?'

'Ja, en daar hoort dit ook bij.'

'Voor welk vak is het dan?'

'Maatschappelijke oriëntatie.'

'Doe je daar eindexamen in?'

'Nee pap, dit is een vrijekeuzevak.'

'Betaal ik daarvoor?'

'Nee vader, rondje van de zaak, dit krijgt u er gratis bij. Uw zoon kiest daar vrijwillig voor. Die kiest voor iets waar hij onwijs veel zin in heeft. Raar hè?'

'Vertel dan maar op,' probeer ik. Eindelijk, denk ik... een gesprek met mijn zoon.

Het verhaal komt eruit. Het evenement moet over een onderwerp gaan waaraan alle klasgenoten willen meewerken. Samen met het docententeam komt de klas tot consensus over het meest relevante project. Dat project wordt ook daadwerkelijk uitgevoerd.

'En, wat heb je bedacht?' vraag ik nieuwsgierig.

'Dat is geheim,' zegt Romijn.

De uitnodiging kwam per post. De omslag en de toelichtende brief was door Romijn en de directie van de privéschool ondertekend. Romijn heeft dus gewonnen. Het betreft een vader-zoonweekend op Schiermonnikoog. In de brief wordt een stevig beroep gedaan op de vaders om hieraan deel te nemen.

Maar wat moet ik ermee? Ik heb er mijn vraagtekens bij. Wat wil Romijn met dit weekend bewijzen? Waar is hij op uit? Wil hij me publiekelijk aan de schandpaal nagelen? Wordt het zo'n alfamannetjes-navelstaarweekend met collectieve bekentenissen? Zo veel trek heb ik er niet in om onze vader-zoonrelatie breeduit in zo'n groep snotapen bespreekbaar te maken.

'Je gaat me daar toch niet voor aap zetten, hè?' vroeg ik hem aan de telefoon, nadat ik hem gefeliciteerd had met zijn overwinning.

'Doe niet zo pathetisch,' zei Romijn. Hij vertelde schoorvoetend dat hij zijn vader juist beter wilde begrijpen. Bovendien hebben veel jongens in zijn klas problemen met hun ouders.

'Maar jij staat toch in alles achter mama?'

'Ik wil jouw verhaal ook wel eens horen,' zei Romijn. 'Het is juist de bedoeling om elkaar onbevangen te ontmoeten en om ons opnieuw of op een andere manier aan elkaar te verbinden.'

'Mooie woorden, dat belooft wat.'

'Doe niet zo lullig. Ik meen het. Als je niet komt is alles voor niks geweest,' voegde hij eraan toe.

Dat gaf de doorslag, maar toch bleef ik op mijn hoede.

Negen vaders en dertien zonen hebben zich uiteindelijk opgegeven. Twee vaders zijn overleden, vader drie heeft zich niet aangemeld wegens verblijf in het buitenland, in dit geval met zijn nieuwe gezin. En vader nummer vier, een bekende bankbestuurder, moest plotseling afzeggen wegens tumult binnen het bankwezen. Daar heb ik begrip voor, want de financiële wereld ligt op zijn gat. Het is pompen of verzuipen voor die jongens.

Tegen een bedrag van driehonderd euro per stel is de boottocht, het verblijf op de kampeerboerderij en de foerage geregeld.

Romijn is er weken mee bezig geweest. Hij heeft er zelfs een website voor in de lucht gebracht waarop de locatie, de vertrektijden van de boot en de corveediensten waren ingevoerd. Margot is met hem naar de Makro geweest om de foerage en het bier in te slaan. Veelal blik, pasta en instantpuree.

Bovendien heeft hij een thema bedacht. Het thema waar het weekend aan wordt opgehangen is: idealen. Zowel vaders als zonen moeten daarover nadenken. Ook dat nog.

Wat is mijn grootste ideaal? Is dat het welzijn van mijn gezin? Is het mijn ambitie? Ik krijg het er Spaans benauwd van.

Onderweg naar Lauwersoog was het stil in de auto. Romijn was gespannen en ik ook. Telkens als ik ergens over begon, kreeg ik norse en korte antwoorden terug die niet verder gingen dan ja of nee. Daarnaast was hij veel aan het telefoneren met zijn liefje Romy, of hij zat te typen op zijn laptop.

'Wat ben je nu weer aan het doen?'

'Opdrachten bedenken en het corveeschema veranderen.'

'Waarom dat alles op het laatste nippertje? Is dat organiseren?'

'Ja.'

'Wat ja?'

'De mix was niet goed.'

'Als onze mix dan maar goed is,' kwam er in me op.

'Zeg dat wel.'

Dat was het laatste wat Romijn zei die reis. We moesten nog ruim een uur rijden. De rest van de rit zat hij voornamelijk mee te bewegen op de muziek van zijn iPod. Ik voelde me een chauffeur, een gebruiksvoorwerp dat werd misbruikt om zoonliefs dromen waar te maken.

Vlak bij de kade trok hij de earplugs uit zijn oren.

'Ik wil filmregisseur worden, pap. Dan weet je dat alvast. Geen advocaat, geen dokter, gewoon recht op en neer filmregisseur. Ik ga naar de filmacademie.'

Eenmaal bij het verzamelpunt op de kade kon ik dat onbestemde gevoel over mijn zoon loslaten. Beelden van een schoolreisje kwamen in me op. Ik stond versteld van Romijn, die zich superactief als een ware groepsleider opstelde. Hij zorgde ervoor dat de kratten met etenswaar werden verzameld bij het vertrekpunt en dat de zonen zich keurig voorstelden aan de vaders. Hij deelde appels uit, maar zijn klasgenoten gaven de voorkeur aan een patatje oorlog van de snackbar. De meeste vaders had ik wel eens ontmoet op een ouderavond. Enkelen van de zonen kende ik ook. Ze waren er in alle soorten. Van kak tot street, weet ik nu. De meeste vaders zou ik willen kenmerken als kak, en enkele als nerds. De nerds zijn de wetenschappers. Ik weet niet goed tot welke categorie ikzelf behoor, maar volgens Romijn ben ik kak.

Aan boord werd er voornamelijk door de vaders flink gezopen. Bij aankomst op het autovrije eiland moesten we met onze bagage twee kilometer lopen eer we de kampeerboerderij aan de zuidkant van het dorp bereikten. De gure herfstwind zat flink tegen en de regen sloeg ons in het gezicht. Ik hou daarvan. Hier komt de ware mens boven.

Bij aankomst prikte Romijn het schema voor de verschillende corveediensten aan het prikbord. Met opzet heeft hij de vaders van hun zonen gescheiden. Zo was er een cookingteam, een cleaningteam, een ontbijtteam, een drankteam en een vuurteam. Zes personen werden de keuken in gestuurd om voor het gezelschap macaroni te maken. Ik werd samen met een zekere Roderick verantwoordelijk gesteld voor het vuur in de open haard. Daarvoor moesten we eerst met een bijl een aantal boomstronken klieven die onder een afdak lagen. Het was zwaar, maar ook lekker fysiek werk. Om beurten hieven we de bijl boven schouderhoogte om deze onder luid geschreeuw te laten neerkomen op het weerbarstige hout. 'Eén, twéé, drie! Het is je moeder nie!' riepen we en daarbij was het de bedoeling dat we bij de drie de bijl met een flinke vaart in de stronk dreven. We werden er balorig van en Roderick kreeg de slappe lach. Het was lachen én oppassen geblazen, want het ventje werd nogal overmoedig en maakte daardoor ongecontroleerde bewegingen met zijn bijl. Om te voorkomen dat niet het hout maar mijn of zijn ledematen werden gekliefd, moest ik de jonge hond tot de orde roepen. Ik had per slot van rekening geen weekenddienst. Na ruim een halfuur hakken zeulden we de manden hout naar binnen en ik voelde meteen dat de sfeer er goed in zat. Het was gezellig, er heerste een ongedwongen saamhorigheid.

Toen we eenmaal met bier en pinda's op oud meubilair rond de brandende haard zaten, kwam Romijn naar voren en presenteerde zichzelf als projectleider. Hij heette iedereen welkom en lichtte het programma toe dat hij voor ogen had. Ik was verbaasd over zijn zelfverzekerde en beschaafde houding. Heb ik hem dan zo onderschat? Wil hij zich aan mij bewijzen en zijn ware gezicht laten zien?

Even later, met het bord macaroni op schoot, kregen de

vaders de opdracht te vertellen wie ze waren en wat ze wilden bereiken. Om het rondje in tijd te beperken mochten er voor de toelichting per vader slechts twee vragen gesteld worden.

'Kunt u mij vertellen welke eigenschap u zo ver heeft gebracht? Wat waren de moeilijke momenten? Toen u werd ontslagen, lag dat aan u? Waar komt ambitie vandaan? Had u een strategisch plan om te bereiken waar u nu bent? Bent u altijd eerlijk geweest? Hebt u ergens spijt van?'

Het was hartverwarmend. De openheid, de gelijkwaardigheid, inderdaad, het onbevangen ontmoeten, was een openbaring voor me. Jezus, wat was ik trots op mijn zoon, de initiator van deze wezenlijke ontmoeting. Nu weet ik het zeker, het komt wel goed met die jongen.

De volgende ochtend heb ik ontbijtcorvee. Broden, eieren, kaas, beleg, het is er allemaal. Tegen halftien is de groep compleet. De meesten ongeschoren en de jongeren nog met zand in hun ogen. Nu wordt het rondje omgedraaid. De zonen moeten vertellen wat hun idealen zijn en de vaders mogen vragen stellen.

'Geloof je in je ideaal? Wat moet je doen om het te bereiken? Is er iets wat je belemmert? Maakt het succes van je vader je onzeker? Waar heb je een hekel aan? Vraag je om hulp als je die nodig hebt? Ben je wel eens jaloers op je vrienden? Waardoor laat je je afleiden?'

Die laatste vraag komt van mij en ik stel hem aan Romijn.

'Door Romy,' zegt hij, 'ze houdt me bezig, de hele dag. Maar ook door jou. Ik begrijp je niet.'

Romijn neemt alles op, op video. Samen met een vriend. Zij hanteren de camera en registreren beurtelings wat er zich afspeelt. Ik zie in hem een regisseur. Hij moet doen waar hij goed in is. Waar zijn hart ligt. Hij hoeft geen dokter te worden.

Twee vaders, bekende Nederlanders, maken eerst bezwaar tegen de opnames, maar staken al spoedig hun verzet. We zijn getuigen van ontroerende momenten door aangrijpende ontboezemingen tussen vaders en zonen. Het zelfreinigend vermogen dat de groep bij elkaar doet ontstaan is therapeutisch te noemen. Goede adviezen en relativeringen gaan over en weer. Er wordt geluisterd, iedereen en alle standpunten worden serieus genomen.

Na het ontbijt wordt er gevoetbald. De vaders tegen de zonen. We laten de jongens winnen, maar niet heus. Tien goals tegen vier. Twee van de vier komen van mij en de andere van de twee zonen die het vadersteam voltallig maken. Tjonge, wat sloof ik me uit. De boys zijn beduidend sterker en behendiger dan wij.

Na de lunch maken we een flinke strandwandeling, waarbij we hout verzamelen voor de brandstapel die vanavond in de fik moet. Vaders en zonen slepen met stukken gejut hout en bouwen gezamenlijk een enorme stellage van enkele meters hoog voor het strandvuur. Padvinders zijn er niets bij. Vervolgens verspreidt de groep zich, maar tegen een uur of vijf vindt er een spontane hergroepering plaats in de dorpskroeg, alwaar flink ingenomen wordt. Met een van de jongens, Melchior, praat ik langdurig over mijn vak. Hij wil chirurg worden en daarna oncoloog. Zijn vader overleed een jaar geleden aan een alvleeskliercarcinoom en was zes weken na het vernemen van de diagnose onder helse pijnen overleden. De kwestie had Melchior erg aangegrepen. Hij kon zich niet meer concentreren en bleef zitten in 5-vwo. Vandaar dat hij nu twee jaar in één doet op de privéschool. De jongen is een beetje een buitenbeentje in de groep, te serieus voor de jonge honden. Ik heb met hem te doen en ontferm me over hem.

‘Wil je oncoloog worden omdat je vader aan kanker is overleden?’

'Dat heeft er wel mee te maken. In de toekomst hoop ik mogelijk te maken dat mensen met dezelfde ziekte langer leven of het zelfs óverleven. Ik voel dat als een soort plicht naar hem.'

'Dat is een mooi streven.'

'Waarom wilde u dokter worden?'

'Ik ben dokter geworden omdat ik graag iets voor andere mensen wil betekenen. Het is fijn als je een vak hebt waarbij mensen je nodig hebben. Het versterkt het gevoel dat je met iets zinnigs bezig bent. Een Amerikaanse collega heeft het wel eens zo geformuleerd: "Doctors need to be needed", en misschien heeft hij daar wel gelijk in.'

'Met alle respect, maar dat vind ik wel erg naar uzelf toe geredeneerd.'

Zo, denk ik, dat is een goed teken. Melchior voelt zich niet geremd om mij van repliek te dienen.

'Elke beroepskeuze heeft iets egocentrisch omdat je primair dat kiest wat je graag wilt en waar je goed in bent. Dat is helemaal niet erg, want de maatschappij vaart daar wel bij.'

'Ik wil gewoon levens redden.'

'Of wil je de held zijn?'

Een van de andere jongens komt hinderlijk tussen ons in staan en slaat amicaal een arm om me heen. Volgens mij is hij een beetje dronken. 'Toffe peer hè, die pappie van Romijn?'

Die opmerking vind ik ondoordacht en pijnlijk. Hoe kan die knul tegen een klasgenoot die onlangs zijn vader verloor, zo tactloos zijn?

'We zitten in een serieus gesprek,' zeg ik, 'we komen zo bij je, laat ons maar even.'

'Eikel,' zegt Melchior.

'Waar waren we? O ja, ik vroeg je of je de held wilt uithangen.'

'Ik kijk graag naar ziekenhuisseries waar veel eerste

hulp, intensive care en operaties aan de orde komen. Dat heroïsche spreekt me eerlijk gezegd wel aan.'

'Dat was bij mij ook zo. Die dokters met mooie verpleegsters onder een operatielamp, dat leek me wel wat. Daar kreeg ik een Dr. Kildare-gevoel bij.'

'Dr. Kildare? Who the fuck is dat?'

'O, dat was een dokter in een beroemde tv-serie. Net zoals Harrison Ford, die een arts in *The Fugitive* speelde. Ook zo'n held. Maar je moet je niet op dat heroïsche verkijken. De dagelijkse praktijk kent veel routine en het is hard werken. Vaak op tijden dat heel Nederland op zijn kont voor de buis zit. Ik kan je verzekeren dat dat niet altijd leuk is.'

'Ik zou het er graag voor overhebben. Dat je de ziekte eruit kunt snijden, dat spreekt me zo aan,' vertelt Melchior.

'Natuurlijk is dat handwerk en dat gepruts leuk om te doen. In mijn vak liggen denken en doen dicht bij elkaar. Maar je moet daarnaast ook belangstelling hebben voor de biologie. Voor de vraag waarom en hoe biologische processen misgaan. Daarnaast moet een dokter ook belangstelling hebben voor de wisselwerking tussen gezondheid, ziekte en maatschappij. Voor de psychosociale aspecten van ons werk. Deze kanten van het vak hebben aan mijn beroepskeuze de doorslag gegeven.'

'Ik kan niet wachten,' zegt Melchior met rode konen.

'Dan heb je een goed argument in handen om snel de middelbare school af te maken. Zorg voor goede cijfers. Gemiddeld een acht, zou ik zeggen. Dan word je meteen toegelaten en hoef je niet te loten. Zeg knul, dit was een leuk gesprek. Kom eens een keertje met Romijn mee. Dan leer ik je de kneepjes van verantwoord chirurgisch knopen.'

'Bedankt, meneer.'

'Zeg maar Joop.'

Even later loopt, of liever gezegd zwalkt de groep huiswaarts. De jongens hebben honger.

Bij thuiskomst in de boerderij was het crisis in de keuken. Een donkere stinkende walm kwam ons tegemoet. De aardappels van de boerenkool waren drooggekookt. Een van de vaders stond de hete piepers te ontdoen van zwarte korsten en de doorgekookte boerenkool lag als verlepte derrie op het aanrecht. De kookgroep had niet gezien dat de aardappels onder de kool stonden aan te branden. Het mocht de pret niet drukken, de zooi werd bij elkaar geschoven in een grote pan en met een flinke scheut melk in elkaar geprakt. De drab had het meest weg van een ondefinieerbare Olvarit-prak met een brandsmaakje. Tien Unoxworsten en een overdosis peper moesten het gerecht, of liever gezegd de smurrie, enige grandeur geven. Het ging erin als koek.

Om een uur of negen liepen we richting strand, een wandeling van ruim twintig minuten. Er stond een gure wind. De jongens met hun ongebreidelde bewegingsdrang sprongen om elkaar en de vaders heen. Beetje stompen, beetje klooien. 'Hé watjes, stelletje mietjes, dóórlopen met de geit,' riepen de boys. Zoiets moet je tegen mij niet zeggen natuurlijk. Ik zette het op een lopen en haalde alles uit de kast. Vooral toen dat opgeschoten tuig een poging deed mij van de troon te stoten. Ik zou goddomme Joop niet heten! Kom op zeg! Ik moet toegeven, ik heb het uit mijn ténen moeten halen, maar ik was als eerste bij de brandstapel. Kapot, dat wel. De eerste tien minuten had ik weinig tekst.

Er was bier, er was wijn, er was Tuc en er was leverworst. Er kwamen weer openhartige gesprekken op gang. De jongens waren hun gêne voorbij en durfden, aangespoord door de vaders of door de drank, de diepere lagen van zichzelf te laten zien. Op de vraag 'Wat is leuker, vijftig zijn of zestien?' antwoordde een vader dat hij blij was dat die puberperiode achter de rug was. Destijds werd zijn leven continu gekenmerkt door onrust. Hij dacht de hele dag aan seks. Het zaad kwam hem de oren uit en hij trok zich ten minste drie keer per dag af. Via het afrukproces sublimeerde hij zijn ongenoegen en zijn afgunst naar zijn ouders. Zijn woede over wat hij allemaal moest. Totdat hij er gek van werd. De jongens stootten elkaar aan en begonnen instemmend te grinniken. De vader trok zich daar niets van aan en sprak onverdroten door. Er was nu balans in zijn leven gekomen. Hij hoefde niet zo nodig nog iets na te jagen of te voldoen aan verwachtingen die aan hem werden gesteld. Hij had het allemaal bereikt en was er klaar mee. Zijn ideaal was een betere verbinding maken tussen zijn hoofd en zijn hart. Ratio en gevoel in evenwicht brengen. Geen energie meer steken in etalagegedrag. Zijn ego overboord gooien en zichzelf zijn, daar ging het volgens hem nu om.

'Dat probeer ik ook te bereiken,' zei Romijn, 'dat is precies hoe prettig leven volgens mij bedoeld is. Maar ik krijg daar niet altijd de ruimte voor.'

Toen hij dat vertelde, voelde ik me schuldig en trok hem met een brok in de keel tegen me aan. Het werd een tijdje stil, iedereen staarde in het vuur, of draaide vanwege de kou zijn rug ernaartoe.

Wieger, ook zo'n leuke jongen, begon gitaar te spelen. Janis Joplin, Cohen, Boudewijn de Groot en Stef Bos natuurlijk met 'Papa'. Het geluk overstroomde me. Ik was ontroerd in elke vezel van mijn lichaam. Ik sloeg mijn arm om Romijn heen. Vader en zoon, ik hield het niet droog.

'Jongen,' zei ik, 'je bent top!'

De volgende dag op de boot komt Henk, een van de vaders, op me af.

'Wat heb je geleerd van dit weekend?' vraagt hij.

'Dat het leven de moeite waard is,' antwoord ik.

5

Evelien

Het is vrijdagmiddag halfvijf. Ik heb weekenddienst, ook voor de regionale spoedeisende hulp. Mijn rijangst heeft als consequentie dat ik vannacht weer moet inslapen.

Ik heb dienst met Sarila, onze Turkse arts-assistent. Sarila is fantastisch om mee te werken, ze is slim, bescheiden en beeldschoon. Ze kan veel aan en vraagt alleen om advies wanneer ze handjes tekortkomt of wanneer er een operatie moet worden uitgevoerd die ze niet eerder heeft gedaan. In zulke gevallen heeft ze rugdekking nodig. Vorige maand heeft ze tijdens mijn nachtdienst, samen met de plastisch chirurg, een diepe hoofd-halswond gehecht. Ik keek over haar schouder mee en zag hoe ze nauwkeurig de zenuwbanen lokaliseerde om te voorkomen dat de mimiek in het gelaat van de patiënt zou worden beschadigd door het aansnijden van zenuwweefsel. Dit minuscule gepriegel was bij haar in goede handen. Het was duidelijk dat ze de hoofd-halsanatomie goed onder de knie heeft. Het was een diepe snijwond die liep vanaf het jukbeen, dwars door de wang en vervolgens over het kaakbeen naar de hals. Onder de wond kon je de kiezen zien liggen. De systematische en geduldige manier waarop zij te werk ging, getuigde van een vakmanschap waar menig assistent jaloers op mag zijn. De patiënt – een kaalgeschoren jongeman met zijn bovenlijf onder de tatoeages – was betrokken geweest bij een vechtpartij. Zijn aanvaller had met een kapotgeslagen bierflesje zijn gezicht en een stuk van zijn hals opengereten. Het is een wonder dat hierbij de carotis intact bleef. Als de halsslagader was geraakt, had hij het niet meer kunnen navertellen. Een geluk bij een ongeluk.

Dienst met Sarila betekent vaak een rustige achterwacht. Dat komt me goed uit. De drukproeven van mijn proefschrift zijn binnen. Daar kan ik in het ziekenhuis ongestoord aan werken. Thuis voel ik me vaak schuldig wanneer ik veel in mijn studeerkamer zit.

Dit weekend wil ik gebruiken om met mijn speurdersneus door de tekst en de opmaak te gaan. Dat vereist uiterste concentratie. Alle tabellen moeten kloppen en de afbeeldingen met de onderschriften moeten op de juiste plaats staan.

Een vriendin van me heeft de omslag ontworpen. Het is een foto van een kleurrijk houtsnijwerk uit 1450 door Jean Fouquet, waarop de muze Agnès Sorel met één ontblote borst in een blauwsatijnen gewaad staat afgebeeld. Gezien het onderwerp van mijn proefschrift een gepaste afbeelding. Agnès Sorel kwam in 1444 aan het Franse hof door met Karel VII te trouwen. Deze eigenzinnige dame introduceerde het decolleté. Haar decolleté was laag uitgesneden, waardoor er in het glamoureuze textiel van haar japon maar ruimte was voor één borst. Daarmee was ze een echte trendsetter, want veel dames van stand volgden haar voorbeeld. Er werd zelfs beweerd dat Agnès drie borsten zou hebben. Verwijzend naar haar schoonheid ontving zij de titel 'Dame de Beauté'. Het liep niet goed met haar af. Na de geboorte van het vierde kind overleed zij in Jumièges. Men vermoedt dat de kroonprins (de latere koning Lodewijk XI) haar heeft vergiftigd. Die twee waren water en vuur.

De afdeling ligt er geordend bij. Veel patiënten zijn vandaag ontslagen. Overmorgen is het Kerstmis, vandaar dat er deze week – uitgezonderd de spoedgevallen – geen nieuwe patiënten worden opgenomen. Er zijn tien lege bedden, een onderbezetting die het laatste jaar niet eerder voorkwam. Om vijf uur begint de afdelingsborrel. Voor die tijd wil ik de ontslagbrieven aan de huisartsen gecorrigeerd hebben.

Om te vieren dat de spartaanse tijd van werken, studeren en schrijven binnenkort achter de rug is, ga ik vanavond nog even naar huis om de beroemde roomsoep van Agnès Sorel te maken. Kippensoep met room, rundertong, champignons en groenten. Dat zal Thijs wel leuk vinden.

Hopelijk breken er na de promotie betere tijden aan, want sinds de verhuizing zat het ons eerlijk gezegd niet mee. Het ontslag is Mathijs niet in de koude kleren gaan zitten. Hij solliciteert zich suf, pijnlijk genoeg zonder resultaat. De laatste tijd is hij geprikkeld, soms zelfs onredelijk. Bijvoorbeeld over de opvang van Gijsje of over boodschappen doen. Fulltime pappie-zijn spreekt hem niet aan, daarom claimt hij naast het weekend twee vrije dagen per week om naar eigen behoefte in te vullen. Omdat de crèche zo duur is, had ik gehoopt dat Thijs een dag extra voor zijn rekening zou nemen, maar dat kon ik vergeten. 'Ik ben niet geschikt voor huisman, daar heb ik niet voor doorgeleerd,' zei hij laatst. Die opmerking heb ik goed geregistreerd. Ik heb met hem te doen, maar het irriteert me ook dat hij zich in de afrondingsfase van mijn proefschrift zo rigide opstelt. Om geen misbruik van hem te maken wring ik me in onmogelijke bochten om zo veel mogelijk taken van het ouderschap en de huishouding voor mijn rekening te nemen. Op weg naar huis doe ik vaak boodschappen en 's avonds sorteer ik zonder mokken de was en leg ik de kleertjes van Gijs klaar. Ook de administratie laat Mathijs nog steeds aan mij over.

De werkloosheid knaagt aan Thijs en maakt hem onzeker. Het is schrijnend, daarom probeer ik zo min mogelijk de aandacht te vestigen op mijn succes. Dat drie van mijn artikelen onlangs zijn geplaatst in een gerenommeerd tijdschrift heb ik niet eens verteld. Laat staan dat ik kortgeleden werd benaderd door de hoogleraar van het UMC om bij hem de leiding te nemen over een eigen onderzoeksgroep voor verder research naar de poortwachtersklier. Hij had drie promovendi beschikbaar om hieraan te werken. De hoogleraar heeft mij een glansrijke academische carrière in het vooruitzicht gesteld. Het klinkt allemaal aantrekkelijk, maar onze financiële situatie maakt zo'n besluit voorlopig onmogelijk. Als medisch specialist verdien ik in dit perifere ziekenhuis ruim tweemaal zoveel als in de academie. Zolang de Poortstraat niet is verkocht en de goodwillsom op ons intussen modale budget drukt, hebben we dat geld hard nodig.

Tussen kerst en oud en nieuw gaan we samen twee dagen naar de Veluwe, waar we een wellnessarrangement hebben geboekt in een topresort. Een cadeautje van de ouders van Mathijs. Daar zijn we echt aan toe. Even iets anders aan ons hoofd. Hester, onze buurvrouw, past dan op Gijs.

Als ik de computer afsluit, word ik gebeld door het medisch mobiel team. Zo'n telefoontje belooft weinig goeds. Het MMT gaat bij ernstige ongevallen, vaak met de traumahelikopter, naar de plaats des onheils om een snelle en medisch verantwoorde afvoer naar het dichtstbijzijnde ziekenhuis te realiseren.

De traumahulpverlener steekt meteen van wal. 'Code alert. Alle hens aan dek. Roep ze allemaal bij elkaar, ook de plastisch chirurg, de kinderarts en de orthopeed. Een vreselijk ongeval met drie zwaargewonden. Een van de slachtoffers, een zevenjarig comateus meisje, is al afgevoerd naar het UMC. Daar is, wegens onderbezetting op de intensive care, geen plaats voor de andere twee. We hebben geen tijd te verliezen. Zorg dat er twee OK's beschikbaar zijn. Ik geef je zo meer details door. We zijn nu aan het intuberen en de brandweer is nog aan het zagen. Het gaat om een vrouw, ik schat haar halverwege de dertig en een meisje van een jaar of zes. Het kind is bleek, maar wel bij kennis. Ik denk dat het haar dochter is, want ze roept om haar moeder. De bewusteloze vrouw heeft ledematen gebroken en zo te zien verliest ze veel bloed. Eén been ligt open, het bot steekt eruit. We kunnen er niet bij, want ze zit muurvast tussen het motorblok en het dashboard. We komen zodra ze los is. Het is een race tegen de klok,' roept de traumaverpleegkundige.

Ik ren naar de stafkamer en tref daar een uitgelaten weekendstemming aan. Er staan flessen wijn en nootjes op tafel. 'Meid, kom er gezellig bij,' roepen ze in koor. Joop is in een vrolijke bui, hij springt op van zijn stoel en maakt met een charmant handgebaar kenbaar dat ik daar kan plaatsnemen. Frits staat in de hoek te telefoneren.

Vanwege het lawaai vraag ik met luide stem om aandacht en informeer de groep over de twee slachtoffers van het ongeluk. Het is meteen muisstil. Joop, Frits en Ewoud gaan in beraad en overleggen wie de leiding moet nemen.

'Gezien mijn traumaspecialisatie lijkt het me raadzaam dat ik dat doe,' zegt Ewoud. 'Ik stel voor dat Joop en Frits het kind voor hun rekening nemen en dat ik samen met de orthopeed de vrouw met de botbreuken doe. Evelien is vliegende keep. Samen met de intensivist ben ik de baas over de triage van de ingrepen. Bij binnenkomst van de slachtoffers is er maar één die de besluiten neemt, en dat ben ik. Ik bepaal wie wat wanneer gaat doen. Van moment tot moment beslis ik wat prioriteit heeft en waar bijzondere expertise het meest nodig is. Sarila en Paul assisteren. Ellen, zou jij ondertussen de honneurs van Evelien willen waarnemen? Evelien, informeer jij de spoedeisende hulp, de plastisch chirurg, de orthopeed, de radioloog, de neuroloog, de neurochirurg, de intensivist, anesthesisten, de kinderarts, de cardioloog, het lab en de OK. Ik moet het beste traumateam aan tafel hebben. De spoedeisende hulp wil ik zoveel mogelijk vrij hebben. Daar moet Ellen voor zorgen. Niet-acute patiënten moeten, als het verantwoord is, worden doorgestuurd naar omliggende ziekenhuizen.

Evelien, jij blijft bij mij in de buurt. En dan nog iets mensen, we halen álles uit de kast.'

Ewoud op zijn best, alsof hij een groep mariniers aanstuurt. Hij toont zijn gekruiste wijs- en middelvinger en belt het MMT voor meer informatie. Zijn gezicht betrekt, 'mijn god', hoor ik hem zeggen terwijl hij met zijn hand naar zijn mond grijpt.

'Jongens, maak je borst maar nat, het komt er nu op aan. Het slachtoffer is bevrijd, ze zijn over uiterlijk tien minuten hier. Actie! Allemaal naar de spoedeisende hulp. En Evelien, heb je ze allemaal te pakken?'

De meeste specialisten kon ik nog bereiken. Onder de code 'bel versterking' kreeg ik onmiddellijk respons. Alleen de cardioloog en de radioloog waren al op weg naar huis, die worden tot hun aankomst vervangen door de dienstdoende assistenten.

Op de SEH is het gelukkig rustig. Ellen is al bezig met het doorsturen van twee patiënten naar het Diaconessen-ziekenhuis. Een oudere man met hartfalen en een peuter met oppervlakkige brandwonden door een pot hete thee.

'En? Nog nieuws?' vraag ik aan Ewoud.

'Een van de slachtoffers is met de heli naar het UMC, het medisch team voelde nauwelijks hartslag, volgens mij einde verhaal,' zegt Ewoud.

'Jezus, dat is nog een kind. Hou op. En de andere twee?'

'Met het tweede meisje schijnt het wel mee te vallen, ze is bij kennis. Maar de vrouw is er slecht aan toe. Gecompliceerde botbreuken en ze is comateus. Of er blijvend hersenletsel is, is nog niet duidelijk. Laten we ons op het ergste voorbereiden.'

Gespannen wachten we af op wat komen gaat. Het hele team staat paraat. Er heerst een gelaten en supergeconcentreerde spanning. Enkelen, onder wie ik, bellen nog even snel het thuisfront om te vertellen dat het uitloopt.

De brancards worden binnengereden. De felgele kleur van de kleding van het ambulancepersoneel en de luid en kort uitgesproken orders geven het geheel een bijna surrealistisch karakter. Er heerst opperste concentratie en haast, er is geen moment te verliezen.

Het meisje ligt met een kinderhalskraag in een vacuümmatras, de moeder is afgedekt met folie. Ik zie infusen, beademingsapparatuur en meelopend medisch personeel aan de flanken van de brancards. Behoedzaam rollen ze de slachtoffers de onderzoeksruimte in.

De specialisten staan klaar om acuut te kunnen handelen. Ewoud, de assistenten Paul en Sarila, de intensivist en ik beginnen bij de vrouw.

Het kind wordt opgevangen door het team van Joop en Frits.

De geïntubeerde vrouw is buiten bewustzijn. Na het losknippen van de kleding luistert Ewoud met de stethoscoop.

'Verminderd ademgeruis in de rechterlongvelden. Hoe is haar bloeddruk?'

'Laag,' zeg ik, 'en een snelle pols. E1M1Vt, volledig buiten bewustzijn.'

'Wellicht instabiele halswervel en ze is ernstig onderkoeld,' stelt Ewoud vast.

De vrouw heeft diepe wonden met glas en bloed in het aangezicht. Vanaf haar mond loopt een scheur door de wang en een ooglid ligt open. Ze mist vier voortanden. Op de borstkas zien we striemen van de gordel en een gebroken rib, die dwars door de huid naar buiten steekt. Haar buik is gezwollen. Haar rechterbeen ligt open en zit in een oranje spalk. Door de huid steekt bot naar buiten. De vleeswond ziet er lelijk uit. Ook haar linkerbovenarm ligt er vreemd gedraaid bij. Ewoud verzoekt om een röntgenopname van haar borstkas, haar ledematen en haar bekken. Even later komt de uitslag. De radioloog constateert een klaplong links, beide benen zijn gebroken waarvan de rechter op twee plaatsen met één breuk zelfs gecompliceerd. De foto van het bekken toont een kinderskeletje aan. Zwanger dus, ook dat nog.

'Waarschuw de gynaecoloog. Paul, jij plaatst de thoraxdrain,' dirigeert Ewoud, 'Evelien, jij superviseert Paul, dan ga ik even bij het kind kijken.'

Voorzichtig plaatst Paul de arm van de patiënt over haar borst zodat hij beter bij de insteekplek kan komen. 'Pas op,' roep ik nog, maar het was al te laat. Paul schampt met zijn onderarm langs het uitstekende bot van de gebroken rib. Zijn onderarm begint te bloeden maar hij trekt zich daar niets van aan. Artsen moeten te allen tijde voorkomen dat ze worden aangeprikt of anderszins in aanraking komen met bloed of met andere lichaamsvloeistof van een patiënt. Het zal in dit geval wel meevallen. De drain wordt goed in de borstkas geplaatst, zodat de long zich weer door de negatieve druk kan ontplooien. Ik geef Paul een compliment omdat de zuurstofverzadiging zienderogen verbetert. Maar de bloeddruk blijft veel te laag. Als Ewoud weer terug is verzoekt hij om een CT-scan van de borstkas en buik, maar de zojuist gearriveerde gynaecoloog en de radioloog raden aan om een MRI van de buik te maken om stralingsbelasting voor het kind te voorkomen. De gynaecoloog maakt snel een echo en schat de zwangerschap op 26 weken. De toestand van de vrouw verbetert niet, integendeel. Haar bloeddruk valt weg en haar pols is oppervlakkig. De vrouw moet met spoed geopereerd worden.

Sarila herinnert zich een oefencasus, waarbij het ook ging om een zwangere vrouw. Haar voorstel is de vrouw voorzichtig half op haar zij te plaatsen zodat de druk van de foetus op de holle ader kan afnemen en daardoor het bloed meer vrije doorgang krijgt naar het hart. In verband met mogelijke instabiele wervels en/of hersenletsel wordt de patiënt uiterst behoedzaam half op haar zij geplaatst. Ewoud ondersteunt haar hoofd en kraag en gaat voorzichtig met de zijwaartse beweging mee. De suggestie van Sarila bleek waardevol, want al na een minuut is de bloeddruk verbeterd. Wat is die meid top.

'Paul, jij blijft tijdens het transport naar de OK samen met de intensivist bij de patiënt. Hou haar goed in de gaten. De orthopeed, de plastisch chirurg, de neurochirurg, Sarila en ik gaan vast wassen. Patiënt heeft mij nu nodig. Evelien, jij gaat naar onderzoekskamer 2, dan hoor ik zo van je hoe het met het kind gaat. Paul, omdat jij bent aangeprikt wil ik je niet op de OK zien. Je weet maar nooit.'

Ongelooflijk hoe Ewoud het hoofd koel houdt en overzicht heeft op de situatie. Een generaal in oorlogstijd. Daar kan ik nog veel van leren.

Onderweg naar onderzoekskamer 2 tref ik op de gang de echtgenoot aan. Hij wordt door een verpleegkundige gekalmeerd. Op het moment dat hij de brancard met zijn vrouw ziet vertrekken, rent hij erachteraan. Ik spring ertussen en blokkeer hem de weg. Hij probeert me te ontwijken. Twee broeders snellen toe en vatten de man bij zijn schouders. De man zakt even later tegen de muur door zijn knieën. Hij kijkt snikkend naar me op en smeekt of ik het leven van zijn vrouw en kind wil redden.

De scène doet me denken aan het ongeval in mijn jeugd. Mijn ontredderde moeder en ik, jammerend in de gang van een onbeduidend ziekenhuis in Blois. Papa lag op de OK. De Franse dokter kwam na een halfuur vertellen dat mijn broertje was overleden. Mijn moeder verstond de onheilsboodschap niet, of deed alsof ze het niet begreep. Ze wilde de waarheid niet horen. Mijn broertje had geen hartslag meer en er was geen pupilreactie. Pogingen om een goede ader voor de infusen te vinden mislukte, zelfs nadat zijn been was geïncideerd voor toegang tot een grote ader. Maximale reanimatie mocht niet meer baten.

Uit het autopsierapport begrepen we later dat de linkerlongbloedvaten van mijn broertje waren afgescheurd.

'Il n'est pas mort,' hoorde ik mijn moeder almaar herhalen in die gang. Ik zat er verdoofd bij, het drong niet tot me door dat ons gezin vanaf die dag en eens en voor altijd anders zou zijn. Hun verdriet, met name de eenzaamheid bij het verwerken van het verlies, heeft tussen hen een verwijdering op gang gebracht die niet te overbruggen bleek. Het verdriet heeft zijn sporen in hun ziel geëtst. Mijn ouders zijn nooit meer de oude geworden. Zoals gekreukeld papier, dat nooit meer glad wordt. De grauwsluier is blijven hangen. Met de dood van mijn broertje ben ik ook mijn ouders kwijtgeraakt, ze zijn verkild.

O, wat heb ik met deze man te doen. Het is verschrikkelijk.

Ik herken zijn paniek en wil hem troosten. Maar omdat ik niet weet hoe het afloopt, heb ik op dit moment niets hoopvols te melden. Ik kan alleen mijn stinkende best doen.

'U helpt uw gezin het meest door ons ons werk te laten doen. We doen ons uiterste best,' hoor ik mezelf zeggen. Wat een platitude, denk ik. Met zijn ogen en zijn rauwe wanhoop in mijn rug loop ik de ruimte binnen waar iedereen vecht voor het leven van zijn dochter.

'Ze kwam bij kennis binnen, maar nu zakt ze weg,' zegt Joop. Ik zie een bleek lijfje. Zo te zien geen waarneembaar letsel aan hoofd, borstkas, armen en benen. Een prachtig mager meisje, dik halflang blond haar. Een engeltje. Ze heeft een snelle ademhaling en ik zie een bol buikje.

'Röntgen van longen toont geen afwijkingen,' zegt Joop.

'Is er al een echo gemaakt?' vraag ik.

'Ja, kijk maar. Kenmerken van bloed in de buikholte.' Joop wijst op de monitor. Ik voel de pols van het meisje en roep haar bij de naam, maar ze reageert niet.

'Ze moet meteen open, ze heeft geen pols meer,' schreeuw ik in paniek.

'De kinderarts wil nog een CT-scan, ik weet niet of...' twijfelt Joop. Ik zie dat het meisje haar bewustzijn verliest. Hoe kan Joop op dit cruciale moment twijfelen over een CT?

'Daar hebben we geen tijd voor. Er moet gehandeld worden, en wel nú. Desnoods maken we haar hier open. Alles of niets.'

'Ik geef er de voorkeur aan om precies te weten waaruit ze bloedt. Dat is veel effectiever dan zomaar in het wilde weg snijden,' oppert Joop.

'Niet mee eens. Frits, wat vind jij? Zeg er eens wat van,' zeg ik in paniek.

'Ze verslechtert per seconde. Nu intuberen en meteen naar de OK voor een spoedlaparotomie. Geen tijd te verliezen,' beveelt Frits. 'Beginnen jullie maar met wassen, ik blijf bij het kind. Als ze geïntubeerd is, komen we zo snel mogelijk met haar naar boven.'

Voor het wassen loop ik nog even snel OK 1 binnen om Ewoud op de hoogte te stellen van ons besluit het kind wegens inwendig bloedverlies acuut te opereren en om te vernemen hoe het met de moeder gaat. Volgens de anesthesioloog is de vrouw momenteel stabiel. De plastische chirurg is bezig met het hechten van de wonden aan het gelaat. Ewoud reponeert samen met de orthopeed de open beenbreuken en kan niet naar OK 2 komen. Ze zijn bezig een fixateur externe aan te leggen aan het onderbeen. Er heerst een geconcentreerde sfeer. De gynaecoloog maakt intussen een controle-echo.

'En?' vraag ik ongeduldig.

'De wonderen zijn de wereld nog niet uit,' verzucht de vrouwenarts opgelucht, 'de foetus leeft nog, die zat dankzij het vruchtwater schokvrij verpakt.'

'Evelien, kom eens kijken. Ben je het met me eens dat ik de spierloges aan dit been moet opensnijden om inklemming van de spieren te voorkomen?' vraagt Ewoud.

Tegenover hem plaatst Sarila met de accuschroevendraaier zorgvuldig de schroeven door het metaal in het bot van het andere been.

'Als je dat been wilt behouden, zul je wel moeten.Hoe is het met de long?'

'De massale bloeding bij de linkerlong hebben we gelukkig onder controle. Het was kantje boord, maar ze redt het.'

Ze redt het! Drie woorden!

Het is alsof de hemel openbreekt. Het leven stuurt hoop en goedmoedige signalen op me af. Ik zuig de opluchting reikhalzend in me op. Ik geloof niet in God, maar ik wil toch aan iets of aan iemand mijn dankbaarheid betuigen. Is het de voorzienigheid, het lot, het toeval geweest? Was het simpelweg nog niet haar tijd?

'Ze mag van geluk spreken,' kraam ik er met een brok in mijn keel uit.

'Nou ja, denk je niet dat onze adequate manier van handelen er ook iets mee te maken kan hebben?' insinueert Ewoud.

'Zeker, jullie hebben haar leven gered. Chapeau.'

'Eerst maar even wachten hoe ze bijkomt. We vervoeren haar vanavond voor de zekerheid naar het AMC. Het UMC is vol en kan haar er niet bij hebben. Er is mogelijk sprake van een neurotrauma. Bovendien hebben we momenteel met de kerstvakantie een nijpend personeelsgebrek op de intensive care.'

'Ik ga wassen. Het kind komt er zo aan,' zeg ik.

In de wasruimte loop ik een OK-verpleegkundige tegen het lijf met een lichaamstaal waar het chagrijn van af druipt. Ze komt geagiteerd naast me bij de wasbakken staan en begint te mopperen dat de zeepdisposal leeg is.

'Heb ík weer, zoiets. Een beetje op tijd aanvullen is er hier ook al niet meer bij,' moppert ze.

'Dan pak je toch even een nieuwe uit de kast,' reageer ik geërgerd.

'Ik had mijn jas al aan, kon ik weer komen opdraven.' Ze grijpt naar mijn disposal en begint verwoed te boenen.

'Het zou je kind maar zijn dat hier in levensgevaar wordt binnengebracht,' merk ik op.

'Is het een kind?'

'Een meisje van een jaar of zes. Ze bloedt flink, nauwelijks pols. Er is haast bij.'

'O jee, dat wist ik niet. Ja hoor eens, ik weet van niks, ze hebben me op weg naar huis teruggeroepen.'

'Heb je geen dienst dan?' informeer ik.

'Met het huidige personeelstekort maakt dat niet meer uit. Ik ben altijd de klos.'

'Als je je best maar doet,' roep ik haar over mijn schouder na.

'Heb je het tegen Yvonne?' vraagt Joop als ik de OK in loop. Joop is al in strijdtenue en een verpleegkundige sorteert het instrumentarium. De anesthesioloog trekt samen met een assistent de spuiten op.

'Heet die mevrouw Yvonne?'

'Aan haar stem te horen wel. Ik zou me maar een beetje inhouden, want dat mens is beregoed. We moeten zuinig op haar zijn, want voor je het weet neemt ze ook de benen naar zo'n detacheringsbureau. En we hebben al zo'n tekort. Deze week heeft ze tien uur overgewerkt, terwijl ze op het moederschema is aangenomen. Formeel had ze om drie uur naar huis gemogen, maar de operatie van vanmiddag liep uit. Ze moet om uiterlijk zes uur bij de crèche zijn om haar jongste kind op te halen. Nu moet iemand anders opdraven.'

'Luister Joop, ik vind dit niet het moment om de arbeidsvoorwaarden van het verplegend personeel uitgebreid te bespreken. Wist jij trouwens dat operatieverpleegkundigen een bonus van vijfduizend euro van Van Weteren ontvangen als ze beloven te blijven? Daarnaast krijgen ze keurig betaald voor overwerk. Voor assistenten zijn er niet zulke riante regelingen. Neem Paul en Sarila, die zitten deze week ook ruim boven hun quotum, maar daar hoor je ze niet over. Ze durven die zestig uur niet eens te registreren. Als de inspectie daarachter komt, hebben we de poppen aan het dansen.'

'In mijn tijd... nou ja... dat verhaal. Ik zal het je nog één keer onder de neus wrijven. Toen ik in opleiding was, waren werkweken van zeventig uur per week normaal en van honderd uur schering en inslag.'

'Goed voor het huwelijk.'

'Dat is wel gebleken ja. Breek me de bek niet open zeg.'

Op dat moment wordt het meisje binnengereden. We staan op scherp.

Bloed wordt onder druk ingebracht. Een smal kinderlijfje met een bleke perzikhuid. Wat droevig om daar het mes in te zetten. We palperen nogmaals de buik en besluiten tot een mediane laparotomie om overal bij te kunnen. Yvonne jodeert en daarna zet Joop de scalpel erin. Het buikje is open. We treffen veel bloed aan. Na het afzuigen blijkt de boosdoener, zoals meestal, een gescheurde milt te zijn. Ik zet klemmen op de aanvoerende vaten en op de vaten die beschadigd zijn. De kleinere coaguleer ik dicht. Joop begint de milt vakkundig los te prepareren. Het operatiegebied zuig ik zorgvuldig droog om spuiters en kleinere lekkages niet over het hoofd te zien. Telkens als we denken dat we het onder controle hebben begint er ergens weer wat te sijpelen. Minutieus werken we het gebied af. De bloeding neemt af. Uiteindelijk hebben we haar droog. Volgens de anesthesioloog knapt het kind weer op. Joop en ik kijken elkaar voldaan aan en sluiten de buik.

'Godzijdank,' zucht Joop, terwijl hij op zijn manier de laatste hechting legt. Het verpleegkundig personeel is al aan het opruimen.

'Ho, ho, stop jongens, maak maar weer open. Ze zakt weg, verdomme. Ik heb nauwelijks bloeddruk,' roept de anesthesioloog, 'ik krijg haar niet stabiel. Er is wat aan de hand. Ze bloedt nog. Doe wat!'

'Laat het niet waar zijn.' De verpleegkundige begint te huilen. 'De opvang van mijn kinderen gaat zo weg, ik moet naar huis.'

'Overmacht,' zegt Joop. Ik kijk haar alleen maar aan. Mijn ogen spreken boekdelen en erin ligt een smeekbede.

Zuchtend legt ze de nieuwe operatiesetjes klaar.

De buik is weer open, maar het gebied waar de milt zat is droog. We snappen er niets van.

'Er moet ergens anders iets bloeden,' suggereer ik.

Joop schuift de darmen opzij. In de diepte zien we een tweede bloedingshaard in de linkernier, die we zojuist door de massale bloeding van de milt over het hoofd hebben gezien. De nier is gescheurd en daardoor niet meer te redden. Met pijn in mijn maag wordt ook de nier verwijderd. Daarna doen we een grondige inspectie in de buik. De rest van de organen is ongedeerd.

'Een kind kruipt door het oog van de naald,' zegt Joop als de buik weer dicht is, 'ze kan naar IC. Wie informeert de vader?'

'Dat doe ik samen met Ewoud. Daar ben ik zo dol op, weet je wel.'

Even later deponeren we onze vieze jassen in de container en spoelen onze bebloede klompen af.

'Je hebt het bloed nog op je voorhoofd zitten, ik zou maar even douchen als ik jou was.'

'We pakken een borrel om de hoek, dat hebben we wel verdiend,' oppert Joop als hij schaamteloos in zijn boxershort uit de douchecabine komt. De exhibitionist. Het valt me op dat hij er voor zijn leeftijd verdomd atletisch uitziet.

'Voor mij geen borrel, ik heb dienst,' reageer ik, zonder al te nadrukkelijk acht te slaan op zijn body.

'Dan neem je maar tomatensap. We moeten even stoom afblazen, en jij ook.'

Ewoud en ik sluiten de deur van de spreekkamer. De vader van het kind wordt bijgestaan door een man. Familie, denk ik. Ik geef ze een hand en stel me voor. De hand van de vader is klam en koud. Onder gezwollen oogleden staart hij ons wezenloos aan. Ewoud begint met het goede nieuws. Zijn vrouw en dochter zijn buiten levensgevaar. Zijn ongeboren kind heeft het ongeval zelfs overleefd. Gezien de klap op de borstkas en de beknelde buik van zijn vrouw, is dat een wonder. Ewoud vertelt hem dat het herstel van zijn vrouw lang zal duren. Hij legt uit dat de beenwond voorlopig open moet blijven om te voorkomen dat de zwelling de vaten dichtdrukt en daardoor het spierweefsel afsterft. Weefsel dat in de knel zit, reageert op zuurstofgebrek met verzuring en nog meer zwelling, wat gepaard gaat met vreselijke pijnen. Daarom moest het rechterbeen met de gecompliceerde botbreuken aan de zijkant vanaf de knie tot de enkels preventief worden opengelegd. Als de zwelling voorbij is en het botweefsel weer aan elkaar is gegroeid, kan de wond met behulp van plastische chirurgie worden gesloten. Pas daarna kan met de revalidatie van de loopfunctie begonnen worden. Hoe dan ook moet worden voorkomen dat de vrouw in de tussentijd trombose ontwikkelt.

De man vraagt niets, hij huilt ook niet. Hij zwijgt en kijkt met een verbeten gezicht voor zich uit. Onze woorden dringen niet tot hem door. Zijn besef van wat er gebeurd is, strijdt met de behoefte om het allemaal te ontkennen. Kon hij de klok maar een aantal uren terugdraaien. Ik herken dat maar al te goed.

Bijna rillend vertel ik de vader over het verloop van de operatie van zijn dochter en wat we hebben aangetroffen. Als ik vertel dat we de milt en een nier hebben moeten verwijderen uit het lichaam van zijn dochter, vertrekt hij slechts een spiertje bij zijn oog.

'Sophietje is dood,' zegt de man naast de vader, 'het kind van onze zus, haar enige kind.'

Plotseling begint de vader te kokhalzen. Hij ziet grauw. Ik spring op en grijp naar een spoelbakje. Ewoud duwt zijn hoofd tussen zijn benen. De man braakt, haalt vervolgens diep adem en slaakt een hartverscheurende oerschreeuw. Zijn broer komt met een glas water. De man neemt een slok, slaat vervolgens languit achterover in zijn stoel en krijst het uit. Zijn wanhoop snijdt me door merg en been.

'Zal ik u meenemen naar uw vrouw en dochter?' vraag ik even later.

'Ik durf niet,' reageert de man.

'Het moet,' zeg ik.

Mijn collega's zijn de kroeg in, maar ik moet eerst tot mezelf komen. De adrenaline zit nog opgehoopt in de spieren van mijn lijf. Ik trek me terug op mijn kamer en probeer me te ontspannen. Even weg van de waanzin van het leven. Aan de wreedheid die ons als donderslag bij heldere hemel overvalt. Waarom gebeurt zo'n ramp? Is het de bedoeling dat we in het licht van deze waanzin, beter beseffen dat we dankbaar moeten zijn voor het leven dat ons gegeven is?

Zou de dood als doel kunnen hebben de levenden voor dit besef wakker te schudden?

Ik hoor mijn hartslag en mijn ademhaling. Het maakt me rustig. Het verlangen om mijn geliefden vast te houden overspoelt me. Zij zijn een deel van mij, ik ben een deel van hen. Ga niet weg, verlaat me niet. Nooit.

Ik bel Mathijs en vertel hem dat ik vanavond niet meer thuiskom.

In de kroeg hangen de mannen aan de bar. Mijn mannen, zou ik bijna willen zeggen, want ik ben trots op ze. Zelfs Frits is van de partij. Kennelijk werkt de gezamenlijke krachtsinspanning verbroederend. Sinds lange tijd heb ik weer het gevoel dat we een team zijn. Een superprofessioneel topteam. Paul en Ewoud zitten tegen elkaar op te zuipen. De ene na de andere pils gaat er in rap tempo door. Wat me verbaast is dat zelfs Frits van de partij is. Hij drinkt whisky. Ik hou het keurig bij spa.

Ewoud heeft zojuist telefonisch van het MMT de toedracht van het ongeluk vernomen. Hij doet er uitgebreid verslag van.

De ongedeerde vrachtwagenchauffeur die bij het ongeluk betrokken was, heeft om vier uur via zijn mobiele telefoon bij de CPA-post melding gemaakt van het ongeval. Het brandweerpersoneel dat tegelijk met de ambulancemedewerkers om tien over vier ter plekke was, is twintig minuten bezig geweest met het loszagen van de slachtoffers. Ze zijn begonnen met het bevrijden van het kind dat links achterin met een tweepuntsgordel vastzat. De deur was volledig ingedeukt door een binnendringende boom. De borstkas van het meisjes was bekneld. Het was onduidelijk of het bewusteloze slachtoffer nog ademde. Ze is onmiddellijk op de ongevalslocatie geïntubeerd en met de traumaheli afgevoerd naar het traumacentrum van het UMC. Tegen een uur of acht is het kind overleden, of liever gezegd, is de stekker eruit gegaan.

Het tweede kind was bij aankomst van de zorgverleners bij kennis. De vrouw voorin was bewusteloos. Ook zij werd geïntubeerd. Haar benen zaten bekneld tussen het dashboard en het motorblok van een Saab 900, waar niets meer van over was. Ze werd door een te hard rijdende tegenligger, die wegens een laagstaande zon op haar weghelft terecht was gekomen, geschampt, waardoor ze de macht over het stuur verloor. De tegemoetkomende vrachtwagenchauffeur kon haar niet meer ontwijken en heeft haar frontaal geraakt. De Saab spinde om zijn as en kwam tot stilstand tegen een boom.

'Op het leven,' toost Ewoud als hij klaar is met zijn verhaal.

'Hè get,' zegt een jonge vrouw die zich tussen mijn collega's door naar de bar manoeuvreert.

'Zeg dame, hoezo hè get?' vraagt Joop.

De vrouw wijst naar zijn voorhoofd. 'Allemaal bloed, man. Wat is er met jou gebeurd?'

Joop veegt met een zakdoek langs zijn haargrens. Op de zakdoek zitten bruinrode vlekken. Zo goed heeft hij zich kennelijk niet gewassen.

'O, dat is nog van dat meisje,' zegt hij.

'Zo, pittige tante, zo te zien,' oordeelt de vrouw, 'ik zou maar oppassen als ik jou was.'

'Ja zoiets, pittig is ze zeker,' beaamt Joop.

De mannen worden een beetje balorig. Paul merkt op dat hij totaal geen zin heeft om naar huis te gaan.

'Ik kan dat niet, hoor. Die knop in één keer omdraaien. Bovendien wordt mijn vriendin niet goed van die ziekenhuisverhalen. Als ik thuiskom moet ik altijd naar háár luisteren. Meestal krijg ik op mijn donder, omdat ik zo laat ben. Ik moet luisteren naar onbeduidende lulpraat waar mijn hoofd niet naar staat, of ik krijg meteen een opdracht. Bijvoorbeeld om op stel en sprong een stekkerdoos te repareren, een bh-beugel uit het filter van de wasmachine te peuteren, of de internetverbinding te resetten. Terwijl ik me het liefst met de iPod in mijn oren autistisch wil terugtrekken in een hoekje. Míjn verhaal kan ik toch niet kwijt.'

'Vertel mij wat, ik moest altijd op commando het gras maaien,' reageert Joop.

'Of de vuilniszakken buiten zetten en de dakgoot leeghalen,' valt Frits bij.

Frits? Met zo'n opmerking? Onze voorbeeldechtgenoot komt met bekentenissen?

'Laten we met z'n allen een hapje gaan eten, dan bel ik het thuisfront met de smoes dat het allemaal behoorlijk uitloopt,' stelt Paul enthousiast voor.

Ik begrijp maar al te goed wat Paul bedoelt. Ik denk aan Thijs en hoe ik hem ontzie. Hij zit ook niet op mijn verhalen te wachten als ik thuiskom. Dat schakelen, die knop omzetten, soms lukt dat gewoon niet. Zoiets heftigs als wij regelmatig meemaken, kun je thuis niet kwijt.

'Goed idee, op mij zit gelukkig niemand te wachten,' zegt Ewoud.

'Op mij ook niet, jammer genoeg,' biecht Joop.

'Wat ben je stil,' zegt Thijs.

'Laat me maar even,' reageer ik.

Ik kan de gedachten aan de slachtoffers van het ongeluk niet uit mijn hoofd zetten. Die oerschreeuw van de ontredderde man, vreselijk. De dood van mijn broertje. Er speelt een requiem door mijn hoofd.

'Ben je moe? Heb je het druk gehad?' vraagt Thijs.

'Druk ja. Zo kun je het wel noemen.'

'Je hoeft het niet voor me te verbergen hoor. Ik heb het al lang gehoord, het was uitgebreid op het nieuws.'

'Denk jij dat er een God bestaat?'

'Evelien, hou op met die onzin. God is een product van de menselijke fantasie. Dit ongeluk bewijst toch wel dat God niet bestaat. Anders was het niet gebeurd. Het leven hangt nu eenmaal van toevalligheden aan elkaar. Als die vrachtwagenchauffeur een kwartiertje, wat zeg ik, één seconde langer bezig was geweest met laden of lossen, dan was dit ongeluk niet gebeurd. Weet je wat het is, als toevalligheden ons goed uitkomen, spreken we van geluk en als ze ons slecht uitkomen, spreken we van het noodlot.'

'Wat heb ik aan noodlot?'

'In ieder geval het besef dat dingen je overkomen zonder reden, zonder bedoeling en dat je er zelf niets aan kunt doen. Het feit dat mensen zich altijd afvragen welke diepere bedoeling achter geluk of ongeluk schuilgaat, is voor veel mensen vaak een noodzakelijke tussenstap op weg naar acceptatie.'

'Wat klinkt dat allemaal rationeel.'

'Het is niet anders. Gevoelsmatig zouden we misschien willen dat er inderdaad een bovennatuurlijke papa of mama is, die aan geluk of ongeluk zin geeft. Dit ongeluk heeft geen enkele zin. Als God hiermee een bedoeling had, dan zou je hem toch het liefst de nek omdraaien. Toch?'

'Wat grof zeg. Je onderschat de troost die veel mensen bij dit soort drama's aan het geloof ontlenen. Toen mijn broertje overleed, zijn mijn ouders door hun geloof overeind gebleven.'

'Noem jij dat overeind gebleven? Met alle respect voor je ouders. Ze zijn veranderd in verkilde mensen, die hun verdriet nooit te boven zijn gekomen.'

'Toen mijn broertje stierf, had ik ook een strohalm nodig om me aan vast te houden.'

'Die steun kun je beter zoeken bij mensen die nabij zijn, in plaats van bij een product van je fantasie.'

'Ik weet dat je gelijk hebt, maar om dit vak vol te houden, grijp ik af en toe toch naar een strohalmpje. Dat is mijn manier om overeind te blijven.'

'Als dat helpt.'

'Ja, dat helpt.'

Vanmorgen zijn we bij aankomst in het wellnessresort meteen de sauna in gedoken. Ik was moe, doodmoe. In de relaxruimte ben ik even later als een blok in slaap gevallen. Thijs moest me wakker maken voor de lunch. Vanmiddag heb ik me overgegeven in handen van een masseuse, die me na een zogenaamd glamourmasker met champagne en kaviaar onder handen nam voor een kaarsmassage van nek, schouder en rug. In de folder aangeduid als een warme aromatische ervaring. Volgens de schoonheidsspecialiste was dit geen overbodige luxe, want mijn spieren voelden gespannen aan.

'Het lijkt wel een betonmuur,' zei ze. 'U zit hier helemaal vast.' Ze vroeg me of ik de laatste tijd veel spanning te verduren had gehad. Ik kon wel janken, maar wimpelde haar vraag met een ontkennende opmerking af. Waar bemoeide ze zich mee?

'U kunt zich gerust laten gaan, hoor,' zei ze, 'dat maak ik zo vaak mee in mijn vak. Mensen kunnen zomaar in tranen uitbarsten en dat kan heel bevrijdend werken. Wat ik hier allemaal meemaak, ik kan er een boek over schrijven.'

Tussen neus en lippen merkte ze even later op dat ik mijn huid ernstig verwaarloos.

'De huid weerspiegelt de ziel,' sprak mijn psychologe van de koude grond, 'daaraan kan ik zien of mijn klanten goed in hun vel zitten.'

Haar tegeltjeswijsheid over lichaam en geest begon me op de zenuwen te werken. Ik hou sowieso niet van dat intieme gefriemel aan mijn lijf.

'Zo te horen heb ik niet lang meer te leven,' mompelde ik.

Zo moest ik het volgens haar niet zien.'Ons lichaam is onze tempel. We moeten het met respect bewonen.'

Ze raadde me aan het gezichtsmasker met de magnolia- en kaviaarextracten ten minste tweemaal per maand thuis te herhalen en adviseerde me ook de mintolie en de bodycream op avocadobasis regelmatig te gebruiken. Voor slechts vijfennegentig euro kon ik deze speciale kerstaanbieding aanschaffen. Alsof ik me zo'n bedrag kon permitteren.

'Dan zie ik u morgen terug voor de opgietingen, voor de hotstonebehandeling en voor de pakking met etherische oliën. Dat zit allemaal in uw rebirthingpakket. U zult zien hoe u daarvan opknapt. Heb ik u al geattendeerd op ons jaarabonnement? Wanneer u met vier vriendinnen maandelijks boekt, kunnen wij dat, inclusief de facial en de gehele bodymassage, tegen een sterk gereduceerde prijs aanbieden.'

'Waar zit je met je gedachten?' vraagt Mathijs.

We zitten bij kaarslicht in het nostalgische à-la-carterestaurant en hebben via kleine ruitjes zicht op een aantal verlichte kerstbomen en rendieren in het park. Eerlijk gezegd dacht ik aan de zorgelijke financiële situatie waar we momenteel in zitten. Hoe moeten we in godsnaam de kosten van de promotie betalen?

'O, aan de organisatie en de planning van de promotiedag. Er moet nog veel gebeuren. Over een week heb ik een vergadering met de paranimfen om hun taken en de inrichting van de dag door te nemen.'

'Jij bent ook áltijd met je gedachten bij je werk.'

'Eerlijk gezegd dacht ik meer aan de oplopende schuld, maar dat leek me niet zo'n vrolijk onderwerp voor deze avond.'

'Hoe rood staan we nu?'

'Rood genoeg.'

'Nou hoeveel? Concreet?'

'Naast de goodwillsom en de hypotheken is onze persoonlijke lening momenteel opgelopen tot vijftigduizend euro. Dat komt ook door de aanschaf van jouw nieuwe auto.'

'*Onze* auto zul je bedoelen. Kan ik er wat aan doen dat ik die leaseauto moest inleveren? We kunnen toch niet zonder auto?'

'Het is maar hoe je het bekijkt. De bank begint in elk geval behoorlijk moeilijk te doen. We betalen ons blauw aan rente.'

'Het zit ons verdomme niet mee de laatste tijd.'

'Thijs! Alsjeblieft, ander onderwerp graag.'

'Wat jíj wilt. Ik draai de knop wel om... net zo makkelijk! Lekker bed hè?'

'Wat bedoel je?'

'Nou, dat fantastische futuristische bed waar we vanmiddag in lagen.'

'Niet verkeerd nee.'

'In de brochure op onze kamer las ik dat de ontwerpers hiermee een belangrijke designprijs in de wacht hebben gesleept. Ik ga toch eens op internet kijken wat zoiets kost. Zo gauw ik een baan heb, is dat mijn eerste aanschaf. Met die IKEA-shit heb ik het behoorlijk gehad. Een mens moet toch wat te dromen hebben?'

Thijs kickt enorm op luxedingen. Toen ik vanmiddag na de massages op onze kamer kwam, lag hij in dat futuristische spacebed te slapen.

Dat belooft wat, dacht ik. Ik schoof dicht tegen hem aan, sloeg een been over hem heen en omklemde met mijn hand zijn buik. Mijn man gaf geen sjoege. Zelfs op mijn strelingen over zijn rug en over zijn dijen werd niet gereageerd. Meer rigoureuze maatregelen, zoals het subtiel strelen met mijn nagels over zijn geslacht, weerde hij af door zijn linkerbeen over het rechter te leggen. Duidelijke taal. Mijn huid was doordrenkt van weldadige extracten en ik verheugde me op een liefdevolle vrijpartij. Vooral omdat het er door vermoeidheid en andere beslommeringen vaak niet van komt.

Zo langzamerhand wordt het weer tijd voor een kindje, mijmer ik.

'Hallo, zijn we er nog? Ik vroeg je wat,' zegt Mathijs.

'Heb jij het nog steeds over dat bed? Kijk, als zo'n prachtig liefdesnest uitnodigt tot meer romantiek, ben ik onmiddellijk voor. Liever vandaag dan morgen.'

'Kom je iets tekort dan?' vraagt Thijs.

Op het moment dat ik onze gezinsuitbreiding aan de orde wil stellen, geeft zijn mobiel een sms-piep. Mathijs kijkt op het scherm. De amuse wordt geserveerd.

'Hester,' zegt hij en stopt zijn mobiel weer in de zak van zijn colbert, 'Gijsje is lief gaan slapen.'

'Dat ze jou sms't!'

'Hoezo?'

'Nou ja, meestal informeer je de moeder over dit soort dingen,' reageer ik nors.

'Evelien, alsjeblieft! Het is toch logisch dat ze mij belt? Jou ziet ze nooit.'

'Hoe vind je haar?'

'Leuk.'

'Is dat alles? Leuk!'

'Nou eh... een aantrekkelijke vrouw. Meer niet.'

Meer niet? denk ik. Is dat wel zo? Ineens slaat de paniek toe. Zou Thijs iets met haar hebben? Waarom heb ik dat niet eerder bedacht? Ik ben hele dagen weg en Gijsje is vaak in de crèche. Hij kan zich dagelijks helemaal te pletter neuken op die neptieten van haar.

'Weet je het zeker... meer niet?'

'Eef, hou op zeg! Je denkt toch niet...?'

'Wat doe jij eigenlijk allemaal overdag?' vraag ik door.

'Is dit een kruisverhoor?'

'Lieverd... sorry hoor, maar er komt ineens een heel vervelende gedachte in me op en daar word ik onpasselijk van.'

'Haal je niets in je hoofd, Evelien, zij is gewoon een goede vriendin. Ze loopt wel eens binnen ja.'

'Ze loopt wel eens binnen! En hoe vaak loopt ze wel eens binnen?'

'Eef, ik heb geen zin om jou van dag tot dag te informeren over mijn doen en laten. Als je mij niet vertrouwt, hebben we een probleem. Ik voel er niets voor om verward en gecastreerd te worden door jouw onrust, die nergens op slaat. Ik kan je verzekeren dat ik niets met Hester heb, althans niets seksueels, want daar doel jij natuurlijk op. We kunnen gewoon goed met elkaar opschieten. Ze luistert goed.'

'Luister ik niet goed dan?'

'Jij bent altijd weg, en als je thuiskomt, ben je primair met Gijsje bezig. Daarna verdwijn je de studeerkamer in. Een goed gesprek, of een keertje mateloos doorzakken is er niet meer bij. Zo hitsig word ik er niet van. Ik zeur daar niet over, maar het zijn wel de feiten.'

Thijs heeft gelijk. Om te bereiken wat ik voor ogen heb, moet mijn gezin zich aan mijn agenda aanpassen.

'Het is tijdelijk. Binnenkort is het afgelopen.'

'Dat zeg jij. Dan komt er misschien weer wat anders waar je zo nodig voor moet gaan.'

'Even terug naar Hester. Wat heeft zij wat ik niet heb?'

'Jullie zijn niet met elkaar te vergelijken. Hester is gewoon een ongecompliceerde hartelijke vrouw. Toen jij vorig weekend dienst had, kwam ze om zeven uur met een warme quiche aanzetten. Het was nog lekker ook.'

'Zíj was lekker zul je bedoelen!'

'Begin je nu weer? Kijk me aan! Liegen mijn ogen? Staat daarin de leugen gegrift?'

Ik kijk in zijn ogen. Hij liegt niet, anders zou hij me niet zo kunnen aankijken. Wat ik zie, is de waarheid. Waarom ben ik zo onzeker?

'Sorry,' zeg ik, 'ik hou van je, maar je bent zo afwezig en ontevreden de laatste tijd. Dan denk ik natuurlijk dat er wat aan de hand is.'

'Natuurlijk ben ik ontevreden. Wat dacht je. Dit leven heb ik nooit gewild. Het is ronduit kut.'

'Wat bedoel je met dít leven?'

'Die nutteloosheid.'

'Maar daar kan ík toch niks aan doen?'

'Dat zeg ik toch niet? Maar door jouw succes word ik er wel nadrukkelijk op gewezen. Het verschil is zo groot.'

'Waarom ga je niet promoveren? Dan trek ik de kar een poosje,' probeer ik wat opgewekter.

'Waarop dan?'

'Nou, op een of ander logistiek onderwerp. Bijvoorbeeld over het efficiënter en goedkoper inrichten van transport, ik noem maar wat. Bewijs maar eens wat het oplevert wanneer vrachtvervoer alleen nog 's nachts mag plaatsvinden.' Ik gooi het onderwerp bewust over een andere boeg. Ook om mijn, misschien hysterische, focus op mijn buurvrouw af te leiden.

'Daarover is al zoveel geschreven. Bovendien, promoveren spreekt me totaal niet aan. Ik ben niet zo georiënteerd op de wetenschap. Ik wil gewoon leuk werk en een goed salaris.'

'Vind je het lastig om met mij getrouwd te zijn?'

'Wat ik lastig vind, is dat de passie en de onbevangenheid uit ons leven verdwenen zijn. Dat ligt niet alleen aan jou, het ligt ook aan mij.'

'Ben je zó somber?'

'Somber is het juiste woord niet. Ik ben ronduit depressief, maar daar wil ik jou niet mee lastigvallen.'

Het is alsof ik door elkaar word geschud. Thijs is depressief en ik heb dat niet gezien. Ben ik al die tijd zo met mezelf bezig geweest dat ik de gemoedstoestand van mijn man over het hoofd heb gezien? Ik walg van mezelf en kan de huilbui die zich aan me opdringt niet onderdrukken. De tranen lopen over mijn wangen. Thijs geeft me een aai over de wang.

'Niet huilen, het gaat wel over,' fluistert hij, 'ik weet alleen niet wanneer.'

'Hoe kan ik je helpen?' schraap ik uit mijn keel.

'Niet. Ik moet het zelf doen.'

'Ik ben blij dat het eruit is, dan kunnen we er wat aan doen.'

'Het lucht inderdaad op,' beaamt Thijs.

De volgende ochtend word ik in zijn armen wakker. Thijs heeft zich aan me vastgeklemd.

Ik voel me gelukkig.

'Laat die mevrouw van het beautycentrum de stenen maar op haar eigen rug leggen,' kreun ik weldadig.

'Goed idee,' zegt Mathijs. Hij loopt het bed uit en hangt het bordje niet storen aan de buitenkant van de deur.

'Toch geen bezwaar?' vraagt hij.

'Kom maar, schatje.'

Om te voorkomen dat een rivier dichtslibt, moet er regelmatig gebaggerd worden. De vervuiling die zich in haar bekken heeft opgehoopt moet verwijderd worden. Anders komt het water niet bij haar bestemming: de open zee.

Voor het huwelijk geldt precies hetzelfde. Er moet gebaggerd worden, de shit moet op tafel. Anders slibt de liefdesrivier dicht.

We zijn goed op weg. Mathijs en ik hebben onze koppen uit het slik getrokken en zijn de confrontatie aangegaan. Afgelopen week hebben we lucht gegeven aan onze grote en kleine ergernissen en besproken hoe we onze wederzijdse belangen en verwachtingen beter op elkaar kunnen afstemmen. Makkelijk was dat niet. Wanneer een van ons zich onterecht aangesproken voelde, was verdedigen de eerste reactie. Mathijs riep bij mij veel weerstand op, omdat zijn verhaal doorspekt was met aantijgingen en beschuldigingen aan mijn adres. Het kwam er allemaal venijnig uit en voor ik het wist had ik al de nodige jij-bakken geformuleerd.

Voor ons beiden is het moeilijk om verworven terrein prijs te geven. Ik moet toegeven dat ikzelf ook geneigd ben om star vast te houden aan de bandbreedte die ik nodig heb om werk en gezin met elkaar te combineren. Hierdoor gaat Mathijs nog meer op zijn streepjes staan. Het resultaat is polarisatie.

Op een gegeven moment zat het muurvast. Het duurde even voordat we in de gaten kregen dat we niet tegen, maar mét elkaar moeten strijden om onze problemen op te lossen.

Thijs laat zich momenteel begeleiden door een internettherapeut. Dagelijks wordt er ge-e-maild over zaken waar hij mee zit. Het heeft de lucht behoorlijk opgeklaard. Vanochtend zat er een Post-it-papiertje aan de spiegel. 'Voor mijn strohalmpje' stond erop en daaronder: 'Dank voor je begrip. We komen er wel uit.'

Sinds het wellnessweekend kijk ik door een andere bril naar Thijs. Ik luister beter en let niet meer zo nadrukkelijk op wat ik niet heb. Me richten op wat ik wél heb is eigenlijk veel constructiever. Ik ben verdraagzamer geworden.

Zijn welzijn is ons welzijn geworden. Mathijs hoeft geen façade meer op te houden. Ik wil hem graag helpen in zijn ongemak en daardoor kan ik makkelijker afstand doen van mijn ergernissen. Het gaat nu om Thijs en om ons. We zijn te leuk en te vertrouwd met elkaar om ons huwelijk tussen onze vingers te laten wegglippen. Het komt goed, zo voel ik dat.

Van Weteren laat weer van zich horen. In een nieuwsbrief wordt het medisch personeel opgeroepen zich te laten inenten tegen de Mexicaanse griep, die onlangs ook ons land heeft bereikt. Het duurt nog even, want het vaccin is op dit moment nog niet voorradig. Het is verwonderlijk dat met name verpleegkundig personeel zich tegen deze vaccinatie verzet. Ze hebben al een actiegroep opgericht met het argument dat er giftige Thiomersal in verwerkt is, terwijl deze kwikverbinding volledig door het lichaam wordt uitgescheiden. Verder zouden er allerlei stoffen in zitten die onvruchtbaarheid in de hand werken, en meer van die onzin. Maar 40 procent blijkt bereid te zijn zich te laten inenten. Ik vind dat onacceptabel. Omdat gebleken is dat zieke mensen en vooral zieke kinderen in de primaire risicogroep zitten, vind ik dat deze vaccinatie voor medisch personeel verplicht gesteld moet worden. Wanneer medewerkers ook na zorgvuldige informatie blijven weigeren, mag de directie wat mij betreft overgaan tot ontslag. Hierin ben ik vrij militant. Wij zijn geen zorgverleners geworden om patiënten in gevaar te brengen. Ik heb me aangemeld voor de werkgroep die de informatiebijeenkomsten over dit onderwerp over het voetlicht gaat brengen. Mijn kruistocht is begonnen.

De bank belde. Ik moet komen praten. Vandaag heb ik om halfvier een afspraak met iemand van de afdeling persoonlijk advies. Om Thijs te ontzien, ga ik liever alleen. Bovendien is het zijn papadag en dat gesleep met Gijsje werkt toch niet.

'Mevrouw Broekhuizen, gaat u zitten.' De man, ik schat hem tegen de vijftig, wijst naar een stoel. Op de ovale tafel staat een bloemstukje met daarnaast een pot thee en een schaaltje met koekjes. Aan de wand hangen zwart-witfoto's van Utrecht in de negentiende eeuw. Verder zie ik folders en een dossiermap op tafel liggen. Er bekruipt me een naar gevoel.

'Is Rutger er niet?' Rutger is onze vaste accountmanager. Een leuke, informele, maar uiterst bekwame jonge hond, die onze financiële situatie vertaalde naar verantwoord investeren in de toekomst. Gezien onze vooruitzichten was er geen enkel probleem om de goodwillsom en de aanschaf van ons nieuwe huis te financieren.

'Rutger werkt niet meer bij ons. Ik neem zijn accounts over. Met uw goedkeuring uiteraard.'

'Zeker ook per direct ontslagen?' vraag ik lichtelijk geïrriteerd.

'Nou ja, ook hier slaat de crisis toe. Dat valt niet te ontkennen. Het bankwezen heeft het zwaar te verduren, dat is overal bekend natuurlijk. Er hebben zich inderdaad enige mutaties voorgedaan.'

'U noemt dat mutaties?'

'We kunnen het noemen zoals u wilt, maar feit is in elk geval dat het personeelsbestand op onze afdeling met 30 procent is gereduceerd.'

'Gereduceerd, zegt u. Zo gaat dat dus. Last in, first out zeker?'

'Dat principe heeft wel meegespeeld. U moet begrijpen dat deze regeling in verband met de afkoopsom voor de bank de goedkoopste oplossing is. Hoe korter in dienst, des te minder de kosten.'

'Is, om in uw termen te spreken, de top ook gereduceerd? Zijn de bonussen gereduceerd? Of hebben al die godvergeten geldwolven met die gigantische inkomens het hier nog steeds voor het zeggen?'

Ik sta versteld van mezelf. Het is alsof het ontslag van Thijs me nu, hier ter plekke, opbreekt. De man met wie ik praat is de boosdoener. Hij is het lichtend voorbeeld van de aarskruiper, die zijn vege lijf redt tegen de competentie van de opkomende inventieve jongere generatie. Een gluiperd is het, een NSB'er.

'Mevrouw Broekhuizen, het heeft niet zo veel zin om u op te winden over onze interne problematiek. Aan de orde is uw financiële plaatje en ik moet constateren dat u er niet al te florissant bij zit op dit moment. Ik zal meteen met de deur in huis vallen, uw vaste lasten staan in geen verhouding tot uw gezamenlijk inkomen. Destijds hebben we een begroting gemaakt van de kosten, maar dat was natuurlijk mede gebaseerd op het inkomen en de bonussen van uw man. Nu dat inkomen voor een aanzienlijk deel is weggevallen en ook uw huis aan de Poortstraat nog steeds niet is verkocht, ben ik van mening dat het tijd wordt voor een gedegen plan van aanpak om te voorkomen dat u failliet gaat. Ik heb een overzicht gemaakt van uw vaste lasten en maak me ernstig zorgen over de afbetaling, zoals we die in een contract zijn overeengekomen. Om het maar kort samen te vatten, het water staat u aan de lippen. Er gaat meer uit dan erin komt. Heel simpel.' Over een slechtnieuwsgesprek gesproken. Deze man kent als geen ander de kunst van 'de klap' uitdelen. 'De klap' is eigenlijk een eufemisme, het is meer een mokerslag. Ik ben benieuwd wat zijn aandeel zal zijn in de frustratievermindering die hierop zou moeten volgen.

'Failliet, zegt u?' Ik begin van de zenuwen te lachen.

'Mevrouw Broekhuizen, zo leuk is dat niet. Een persoonlijk faillissement blijft u uw hele leven achtervolgen, tot de laatste cent is afbetaald. Ik zie twee oplossingen om dat te voorkomen. We annexeren de Poortstraat en gooien het op de openbare veiling. Of u zet beide huizen in de verkoop en wacht rustig af welke van de twee het eerst verkocht is. Hierbij moet u er rekening mee houden dat de huizenprijzen momenteel zwaar onder druk staan. Ik geef toe, het is geen leuke mededeling, maar toch: een van de twee.'

'Nou,' zeg ik laconiek, 'dan slaan we toch binnenkort ons tentje op in het Wilhelminapark? Dat doen al die dakloze Amerikanen ook bij bosjes. Die slaan hun tentjes gewoon op in hun voormalige voortuin.'

Ik sla de koekkruimels van mijn broek en sta op van mijn stoel. Met deze man heb ik het helemaal gehad. Leuk verhaal om mee thuis te komen.

'Dat klinkt wel heel dramatisch, zo ver hoeft het natuurlijk niet te komen. Laat u de boodschap eerst maar eens bezinken.' De adviseur schudt mijn hand.

Bij de deur draai ik me om, want ik krijg ineens een inval.

'U legt de last nu wel erg eenzijdig bij ons. Hebben jullie je verantwoordelijkheid niet verzaakt door ons met zulke hoge lasten op te zadelen? Het is toch jullie vak om klanten te beschermen tegen risico's die hun draagkracht te boven gaan? Ik dacht altijd dat de bank onze partner was, nu stelt u zich op als een koele killer.'

'Ik begrijp uw teleurstelling, mevrouw, maar u moet ons inderdaad zien als partner bij dit probleem. Wij zijn ook niet gebaat bij een faillissement van u. Neemt u vooral de tijd om deze moeilijke boodschap met uw man te bespreken. Ik stel voor dat we elkaar over twee weken ontmoeten om de vervolgstappen te bespreken. En daarnaast wil ik u nog wel toevertrouwen dat gesprekken als deze ook mij niet in de koude kleren gaan zitten. Ik wens u veel sterkte.'

Leuk thuiskomen was het niet.

'De duivel moet weer zo nodig op onze hoop schijten. De stronthoop was zeker nog niet hoog genoeg. Godverdomme, Evelien... ik trek dit niet.' Mathijs was ten einde raad.

Gek genoeg bleef ik heel rustig. Ik liet het allemaal over me heen komen. Op de een of andere manier raakte het me niet. Raar eigenlijk. Misschien heeft het ermee te maken dat wanneer een van de twee decompenseert, de ander het roer automatisch overneemt. Er komt een fanatieke overlevingsstrategie in me naar boven.

'Dit trek je wel. Wij trekken het samen. Wat stelt het allemaal voor? Een huis, een tuin, status? Kom op, Mathijs, in voor- en tegenspoed. We zijn gezond, we hebben elkaar, we hebben Gijsje en we hebben te eten. We laten gewoon Gods water over onze akker lopen.'

'Wel ja, kom maar weer met God aanzetten. Weet je wat het is met water?'

'Nou?'

'Het zoekt het laagste punt.'

'Maar het blijft altijd stromen, schat.'

De mammapoli groeit. We staan kennelijk goed bekend in het land. Ik heb versterking nodig, want de wachtlijst wordt te lang. Ik heb mijn hoop op Ellen gevestigd. Misschien dat zij zich wil specialiseren op dit terrein. Zij is er wel een type voor.

Denise Bos komt eufoor de onderzoekskamer in lopen en geeft me drie dikke zoenen. Gisteren was ze weer voor het eerst op het journaal te zien. Met pruik weliswaar.

'Evelien, ik ben je zo dankbaar. Zonder jou was ik er misschien niet meer geweest.'

Ze is mooi opgemaakt en ziet er met haar korte koppie stralend uit.

'Wil je het zien?' vraagt ze. Ze trekt haar trui omhoog, maakt de bh los en toont mij de borstreconstructie die een maand geleden door de plastisch chirurg is uitgevoerd. Zij heeft gekozen voor de 'eigenweefsel'-methode. De zogenaamde latissimus-dorsiflap, waarbij spier- en huidweefsel met onderliggend vet uit de rug wordt gebruikt, om de welving op te bouwen. Vaak wordt deze methode gecombineerd met een borstimplantaat.

'Zo, ongelooflijk. Dat ziet er prachtig uit. Netjes gedaan zeg!' jubel ik.

'Dat bedoel ik nou. Wat dokters allemaal kunnen tegenwoordig.'

'Mag ik je rug eens zien?' Evelien draait zich om. Het litteken dat van de rug, onder de oksel doorloopt, is goed genezen. 'Valt mee hoor, mooie wondgenezing,' oordeel ik.

'Ik was daar zo onzeker over. Zo'n spier verleggen, moet ik het wel doen, dacht ik.'

'Je bedoelt de ene verminking inwisselen voor een andere.'

'Natuurlijk heb ik eerst foto's van lotgenoten bekeken. Er zijn zo veel mogelijkheden. Ik had niet zo veel zin in die buikvariant. Zo'n litteken aan de voorkant zag ik niet zo zitten. Dit litteken valt grotendeels weg onder mijn arm. Toen heb ik de knoop doorgehakt. Ik ben zó blij met het resultaat.' Ik zie dat de chirurg, op de plek waar normaliter de tepel zit, een klein propje huid heeft opgelicht, zodat er een knopje is ontstaan.

'Laat je dat in de toekomst nog tatoeëren?' vraag ik.

'Dat gebeurt over twee weken. Nou doc, mooie tietjes, toch?' Denise draait met haar ontblote bovenlichaam trots om haar as.

'Daar hoef je je niet voor te schamen, nee. Kan zo in een bikini.'

'Bikini? Topless zul je bedoelen! Lieverd, nu we het er toch over hebben, zullen we van de zomer een keertje samen naar het strand gaan? Ik trakteer op een dagje uit. Is ook goed voor jou, je werkt veel te hard.' Ze komt op me af en slaat een arm om me heen.

'Had ik maar tijd voor dat soort dingen. We zien wel of dat er nog van komt. Nou, ik heb genoeg gezien, verstop de borstjes maar weer in die sexy balkon-bh van je,' pest ik. Denise kleedt zich aan en daarna rommelt ze wat in haar tas.

'Ik heb wat voor je meegebracht uit Rajasthan.' Ze overhandigt me een pakje met een roze strik eromheen.

'Pink ribbon,' zeg ik als ik het aanneem.

'Ja natuurlijk. Leuk dat je dat niet ontgaat.' Ik haal een prachtige koningsblauwe wollen sjaal tevoorschijn. Denise zit op het puntje van haar stoel en kijkt me verwachtingsvol aan.

'Niet zomaar wol hoor... kasjmier, een pashmina,' zegt Denise, 'de fijnste en duurste wolsoort ter wereld. Gemaakt van de buikvacht van de donsgeit in het Himalayagebergte. Per jaar wordt er maximaal driehonderd gram per geit geoogst. Daarna wordt de wol met de hand geweven. Dat staat allemaal in het certificaat. Kijk maar.'

'Zo, is dit niet een beetje overdreven? Ik weet niet of ik dit zomaar kan aannemen hoor.'

'Je zou me beledigen als je dit weigert, lieve schat. Je moest eens weten hoe zorgvuldig ik het voor je heb uitgezocht. Kijk eens hoe mooi het staat bij je ogen.'

'Dankjewel, ik ben er gewoon een beetje beduusd van.'

'Hoeft niet. Ik ben er zo blij mee. Geven is eigenlijk veel

leuker dan krijgen. Jij hebt me mijn leven teruggegeven. Ik moet je eerlijk zeggen dat mijn leven ná de kanker meer voor me betekent, dan mijn leven voor de kanker. Eigenlijk had ik de kanker nodig om gelukkiger te worden.'

'Je ziet alles wat meer door een roze bril,' breng ik in.

'Over roze gesproken. Ik geef over drie weken een groot feest. Het hele huis wordt roze. Roze ballonnen, roze champagne, roze uitnodigingen. De bakker om de hoek bakt een roze taart. Ik bestel zalm en kaviaar. Jij bent mijn eregast.'

'Denise, ik ben heel blij voor je dat het zo goed gaat. Je hebt groot gelijk dat je dat uitbundig viert. Ik zal in mijn dienstrooster kijken of ik dan kan.'

Dit was een smoesje. Denise zou zo een vriendin kunnen zijn, maar het feit dat ze mijn patiënt is, maakt het ingewikkeld. Ze belt me vaak thuis op en overstelpt me met bloemen en cadeautjes. Ik weet niet zo goed hoe ik hiermee moet omgaan. Artsen moeten toch altijd distantie bewaren in hun omgang met patiënten? Ik denk dat ik dit dilemma eens met mijn collega's bespreek. Ik zal toch niet de enige zijn die hiermee te kampen heeft? En dan dit dure cadeau? Kan ik dat wel aannemen? Aan de andere kant, ze doet me wat als ik het niet accepteer.

'Schat, ik pas de datum aan jouw schema aan. Je moet er gewoon bij zijn. Zonder jou geen feest, zo belangrijk ben je voor me.'

Tijdens de koffiepauze informeer ik Frits over mijn terughoudendheid in relatie tot mijn patiënt. Frits steekt zijn eigenzinnige opvattingen hierover niet onder stoelen of banken.

'Ik vraag me af waarom dokters in de omgang met patiënten altijd zo veel afstand moeten bewaren. Volgens mij is het helemaal niet nodig om zo rigide vast te houden aan gedragsprotocollen die nergens op slaan. De ene patiënt spreekt je nu eenmaal meer aan dan de ander. Wat is erop tegen om je persoonlijk betrokken te voelen bij een patiënt die je na aan het hart ligt?' vraagt hij.

'Misschien wordt het dan moeilijker om objectief te blijven. Voor je het weet krijgt zo'n patiënt toch een voorkeursbehandeling,' breng ik in.

'Onzin. Zolang er geen sprake is van seks en verliefdheid, zie ik niet in waarom het niet geoorloofd zou zijn om vriendschappelijke aandacht te hebben voor een patiënt. Zolang je maar een goed evenwicht handhaaft tussen professionele en persoonlijke betrokkenheid is er niets aan de hand,' zegt Frits.

'Maar de tuchtraad heeft voor de relatie tussen arts en patiënt niet voor niets scherpe gedragsrichtlijnen opgesteld,' breng ik in.

'Een arts die misbruikt maakt van de afhankelijkheid van een patiënt, vind ik ronduit verwerpelijk. Maar ik zie niet in waarom oprechte aandacht en extra zorg schadelijk zouden kunnen zijn voor een patiënt. Bovendien, wie bepaalt of gedrag integer is?'

'Over de relatie tussen jou en Hannah wordt door de groep, maar ook door de verpleging behoorlijk geroddeld. De meesten vinden dat je hierin te ver gaat.'

'Nou, laten we het daar dan maar eens over hebben. Het thema "overdracht" lijkt me een goed onderwerp om eens bij de kop te pakken bij de volgende refereeravond. Ik heb daar geen moeite mee.'

'Oké, goed idee. Dan stel ik de vraag aan de orde hoe ik moet omgaan met een patiënt die haar dank vertaalt in pathetische dweperigheid en claimgedrag en met buitenproportionele cadeaus komt aanzetten.'

'Bedankjes krijg je altijd. Dat moet je zien als een normaal verschijnsel. Maar na een ernstig trauma dat goed afloopt, komt het soms voor dat patiënten een hyperesthetisch emotioneel syndroom ontwikkelen. Die overdreven gevoelens van dankbaarheid projecteren ze op hun dokter. Als dat bij jouw patiënte aan de orde is en je hebt er last van, dan moet je meer afstand inbouwen. Volg je intuïtie.'

'Vanochtend nam ze een peperdure pashmina uit India voor me mee, dat ding kost minstens vierhonderd dollar. Zoiets kan ik toch niet aannemen?'

'Wat mij betreft neem je die sjaal aan, maar ik raad je wel aan het cadeau te melden aan Van Weteren. Dan krijg je daar achteraf geen gelazer mee. Zoiets kan altijd tegen je gebruikt worden. Vertel mij wat.'

'Goed advies, dank je. En nog iets, hoe gaat het met Hannah Bleker?'

'Hopeloos. Het gaat bergafwaarts. Vorige week is ze opgenomen in een hospice in Zeist,' verzucht Frits.

Ik zie dat het hem emotioneert.

Ik heb weer dienst met Sarila. Omdat we het prettig vinden om samen te werken, proberen we onze diensten zoveel mogelijk op elkaar af te stemmen. We zitten in de huiskamer van het pikethotel naar *America's Next Top Model* te kijken. Sarila is daar dol op.

Om halfelf gaat haar pieper.

'Enkelletsel op de SEH,' meldt ze. Ze staat op en verdwijnt in de lift.

Op mijn kamer werk ik nog even aan de tekst van stelling één en van stelling acht. Volgens mijn promotor kunnen die scherper geformuleerd worden. Na het douchen bel ik Thijs. Hij heeft iets nieuws bedacht. Hij wil zijn GVB halen. Voor mij is dat niets, dat gezeul achter zo'n balletje met deftige mensen om je heen.

'Waarom knip jij je haren niet in laagjes?' vraagt hij out of the blue.

'Nooit aan gedacht. Hoe kom je daar nu bij?'

'Ik zat naar die topmodels te kijken en bedacht opeens dat jou zoiets ook goed zou staan. Je hebt er het haar voor.

Bovendien leuk voor de promotie. Hester gaat altijd naar 'Schaar in je Haar' in de Lange Smeestraat. Daar is ze erg enthousiast over.'

Ik moest toch even slikken bij die opmerking. Fuck de trut, dacht ik even, maar ik was zo verstandig om dat in te slikken.

'Moet ik soms gemetamorfoseerd worden?'

'Misschien... een beetje maar. Ik bedoel het goed hoor.'

'Ik neem het in overweging. Welterusten en geef Gijsje een nachtkusje van mij.'

Ik lig goed en wel in bed als ik word gebeld door de baliemedewerker van de spoedeisende hulp. Een patiënt gaat helemaal door het lint. Sarila weigerde een MRI te laten maken van zijn enkel. De man was het er niet mee eens en begon te vloeken en te tieren. Toen hij haar begon te stompen, heeft ze bescherming gezocht achter het kogelvrije glas van de balie.

'Zijn er geen mannelijke verpleegkundigen die de man in bedwang kunnen houden?' vraag ik.

'Nee, Gerard is op de gipskamer en Juriaan is samen met de cardioloog bezig om iemand met een hartinfarct weer aan de praat te krijgen.'

'Gaat het om buitenlanders?'

'Ja, het zijn Afghanen.'

'Is er een tolk aanwezig?'

'Dacht je dat we 's nachts voor al die verschillende nationaliteiten een tolk voorhanden hebben?'

'Sarila moet blijven waar ze is. Vorige week is op de poli kindergeneeskunde een assistent finaal in elkaar geslagen door een doorgedraaide vader. Haar tanden door de lip en een hersenschudding. Dat moeten we niet hebben. Bel de beveiliging, ik kom eraan.'

Snel hijs ik me in mijn doktersjas. Denkend aan mijn aanranding van een tijd geleden ben ik op alles voorbereid.

De herinnering aan mijn aanvallers heeft zich in alle vezels van mijn lijf verankerd. Ik probeer de angst die ik nog dagelijks met me meedraag te negeren. Ik sta op scherp. Met knikkende knieën begeef ik me naar de SEH.

Als ik beneden ben, zie ik hoe Henk van de beveiliging de patiënt in de houdgreep heeft. Godzijdank, dat scheelt. Met een gespeeld zelfverzekerde tred loop ik op ze af. Eén blik op de baardman en zijn tulband is voldoende om te beseffen dat ik geen hand hoef uit te steken.

Plotseling bijt hij in Henks hand en rukt zich los. In de consternatie komt hij hinkend op me af en spuugt me vol in het gezicht. Hoe zoiets te ontwijken hadden ze me op de cursus zelfverdediging niet geleerd.

'Niet wéér vrouwdokter,' schreeuwt de tulbandman, 'moet mandokter!'

Ik word zo kwaad dat ik op het punt sta terug te spugen.

Henk ziet mijn woede en gebaart dat ik me moet inhouden. 'Achter glas jij, wegwezen hier,' roept hij en hij wijst naar het kantoortje achter de balie.

Verbouwereerd veeg ik het spuug van mijn gezicht.

Plotseling springt de vriend of de broer van de patiënt naar voren en haalt flink uit naar Henk. De rechtse directe treft hem vol op de kaak. Henk wankelt een moment, maar is de situatie snel meester en roept om versterking via zijn mobilofoon. Dan doet hij een paar passen naar achteren, neemt een aanloop, grijpt zijn aanvaller bij de schouders en geeft hem met zijn knie keihard een stoot tegen zijn kruis. De man slaat voorover en schreeuwt het uit van de pijn. Op dat moment komen twee collega-beveiligers aangerend. De patiënt met de gewonde enkel probeert hinkend weg te komen. Een van hen springt hem op zijn rug en draait zijn arm pijnlijk omhoog. De man kan geen kant meer op.

'Handen af van ons personeel, klootzak,' roept de collega. Hij overmeestert de patiënt en dwingt hem languit op de vloer te gaan liggen. Hurkend plaatst de security-medewerker zijn knie ter hoogte van de nieren in de rug van de patiënt. De Afghaan ligt er nu weerloos bij. Ik zie bloed sijpelen uit de wond van zijn enkel.

'Wij mensen ook recht hebben. Holland discriminatie, wel MRI eigen volk, ons volk niet belangrijk,' schreeuwt de baardman liggend op de vloer.

Henk belt het alarmnummer van de politie.

Het wordt tijd dat wij ook een cursus in gevechtstechnieken krijgen. Zelfverdediging is tegenwoordig niet afdoende meer. Ik las in de krant dat 65 procent van de hulpverleners te maken heeft met agressie en geweld. Vooral ambulance- en eerstehulppersoneel moeten het ontgelden. Waar gaan we heen in deze wereld?

Binnen tien minuten arriveert de politie. De mannen worden gearresteerd. De broer van de patiënt wordt afgevoerd. Onder politiebewaking hecht ik met oplosbaar materiaal de wond in de gezwollen enkel van de agressieve man. Hierna mag Gerard zich over hem ontfermen op de gipskamer. Om spugen te voorkomen heeft de politieman zijn mond afgeplakt met duct tape. Hij kreunt, zwaait met zijn hoofd en kijkt me vernietigend aan. Jammer van die verdoving, want ik heb zin om hem een beetje onnodig diep te hechten.

Sarila springt op van haar stoel als ik het kantoortje binnenkom.

'Leuk vak hè?' opper ik. Ze kan er wel om lachen.

'Zeker weten dokter worden. Vrouwdokter zijn ik vin leuk,' imiteert ze met een buitenlands accent.

Dat vind ik nou wel weer geestig.

Ze doet haar verhaal. De man komt haar hinkend tegemoet. Geen oogcontact, geen hand, ook geen verzekering. Hij maakt onmiddellijk een scène omdat er geen mannelijke dokter voorhanden is. De communicatie verloopt via handgebaren. Ze maakt hem duidelijk dat er een foto gemaakt moet worden. Mokkend in een taal die ze niet verstaat, staat hij uiteindelijk toe dat er een röntgenfoto wordt gemaakt.

Na vijftien minuten toont Sarila hem via het beeldscherm aan dat er een klein scheurtje boven het enkelgewricht zit. Volgens het landelijke protocol voor diagnostiek bij enkelletsels is er geen enkele reden om een MRI te maken, dat weet ze zeker.

'Hij spreekt geen Nederlands,' zegt Sarila, 'maar het woord MRI kwam er toch zomaar vloeiend uit.'

'MRI voet moet,' brulde hij. Hij kwam op haar af en begon te stompen. Bekijk het maar, dacht Sarila en ze vluchtte de ruimte achter de balie in.

'Ik niet zo stoer zijn als jij. Ik meer type vluchten dan vechten,' zegt ze lachend met datzelfde accentje.

'Je was in slaap gevallen,' zegt Thijs de volgende avond.

Ik kom overeind en vraag waar Gijsje is.

'Die ligt al een uur in zijn mandje. Hij wilde je een kusje geven, maar ik heb je laten slapen.'

'De hoeveelste is het eigenlijk vandaag?' vraag ik slaperig.

'De vijftiende, hoezo?'

'Zie je wel, dan ben ik al drie dagen over tijd.'

6

Ewoud

Hij is weer creatief bezig, onze Karel. Zijn streven is om jaarlijks ten minste drie kwaliteitsverbeterende maatregelen te nemen, die moeten resulteren in betere service en meer laagdrempeligheid naar de klant. In zijn nieuwjaarsspeech, die hij in de centrale hal van het ziekenhuis in vier shifts ten gehore bracht, gaf hij bevlogen commentaar op de drie ambities die ervoor moeten zorgen dat het Belle van Zuylen Medisch Centrum het beste ziekenhuis van Nederland wordt. In een begeleidende folder worden de projecten nader toegelicht:

1. Openingstijden
2. Familiehotel
3. Diagnose in één dag

Na het bejegeningsproject, dat moest leiden tot een betere omgang met patiënten, is nu de openingstijd aan de beurt. Hij wil dat alle specialisten driemaal per week hun poli tot negen uur 's avonds openhouden voor patiënten die overdag geen tijd hebben. Volgens hem is dat niets bijzonders, want supermarkten, tandartsen en kappers doen dat al jaren. Dat hiervoor de hele organisatie 'op de schop moet', is geen excuus. Er zijn een viertal 'verandercoaches' van buitenaf aangetrokken om de veranderprojecten te ondersteunen. Typisch weer zo'n maatregel waarbij de kantoorpikken buiten schot blijven. Klantgerichtheid oké, maar Karels passie voor de klant begint zo langzamerhand megalomane vormen aan te nemen. Op deze manier houdt een specialist geen vrije tijd meer over. Hij krijgt het nog wel voor de kiezen wanneer hij erachter komt dat hij zijn artsen over de kling jaagt.

Het familiehotel lijkt me wel een goed initiatief. Samen met een low cost-hotelketen wordt een verblijfsservice opgezet waar familieleden en zieke patiënten elkaar in meer private sfeer kunnen ontmoeten. Voor de medische verrichtingen gaat de ambulante patiënt naar het aanpalende ziekenhuis, of de medewerkers – zoals fysiotherapeuten – komen bij de patiënt langs om in een meer ontspannen sfeer de handelingen te verrichten. Zelfs chemotherapie wordt in de hotelkamer toegepast. Er komt een lobby, een fitnessruimte, een loungeruimte, een sauna met zwembad, een bioscoop, een restaurant, een atelier, enzovoort. Ziektekostenverzekeraars hebben enthousiast gereageerd, vooral omdat de prijs onder het niveau ligt van de ligprijs per dag in een ziekenhuis.

'Diagnose in één dag' is het traject dat volgt op de pilot, die het afgelopen jaar op een aantal poli's met veel succes is uitgevoerd. De bedoeling is dat alle medisch specialisten realiseren dat een patiënt in één dag door de diagnostische molen gaat en aan het eind van die dag precies weet waar hij of zij aan toe is en welke vervolgstappen genomen moeten worden. Hierdoor hoeven patiënten niet meer eindeloos op en neer naar een ziekenhuis om een of andere bepaling of onderzoek te laten doen. Aan het eind van dit jaar moet dit streven op alle poliklinieken zijn waargemaakt.

Tjonge, jonge, wat heeft die Van Weteren peper in zijn reet. Een ADHD'er is er niets bij.

Maar door zijn praatje was ik wel te laat op de poli en liep ik drie kwartier uit. Gelukkig hebben we sinds kort een elektronisch bord, waarop is aangegeven hoe lang de poli uitloopt. Ook al een ideetje van Karel.

Patiënten kunnen tussentijds een gratis kopje koffie nuttigen in de koffiecorner. Dat krijgen klanten tegenwoordig in de supermarkt ook, was zijn argument.

Hoezo opwarming van de aarde? Heel Europa is ondergesneeuwd, het is in februari in jaren niet meer zo koud geweest. De wegen rond Utrecht zijn onbegaanbaar en er is veel blikschade op de weg. Op de eerste hulp was het vandaag een komen en gaan van mensen met schouder-, pols- en beenfracturen. De gipskamer draaide op volle toeren en tegen de avond was er zelfs gebrek aan gipsverband. Ziekenhuizen in de buurt bleken ook een tekort te hebben. Twaalf patiënten hebben uren moeten wachten op de bevoorrading, omdat de leverancier met de auto van de weg was geraakt. Toen ik wegging was het nog stampvol op de spoedeisende hulp. Ik had met de dienstdoende assistent te doen, maar ik ben er toch tussenuit geknepen. Maar goed dat ik met de scooter was, want die oude prinses van mij had ik in deze kou nooit aan de praat gekregen. Glibberend over gladde wegen ben ik naar Groenekan gegleden. Mijn dorp, in een Anton Pieck-achtig decor.

Vanavond komt Eugenie, om de laatste puntjes op de i te zetten voor de organisatie van de oud-assistentendag. De jaarlijkse bijeenkomst vindt eind april plaats op mijn landgoed Beukenhorst en is zeer populair bij assistenten en oud-assistenten. Ze praten al gekscherend over een weekendje op de 'Neukenborst'. De bijeenkomsten zijn berucht omdat het in de nachtelijke uurtjes met drank en seks meestal behoorlijk uit de hand loopt. Vooral tussen de assistenten wordt er lustig op los gekrikt. Ik kan daarvan meepraten, maar zal me deze keer als gastheer een beetje moeten inhouden.

Eugenie coördineert de voorbereiding.

Bij de supermarkt heb ik nog even huiswijn voor haar gekocht. Ze komt dik ingepakt hijgend binnen. Als ze haar jas ophangt, valt het me op dat ze de laatste tijd behoorlijk is aangekomen. Eerlijk gezegd begrijp ik niet dat ik op haar gevallen ben. Vergeleken bij Sarila is ze een onaantrekkelijk varken geworden. Dat ze het zover laat komen, begrijp ik niet. Volgens mij is ze een compulsieve frustratie-eter. Misschien heeft ze wel in de gaten dat ik niet meer zo op haar ben.

Eugenie wijst de wijn af en steekt meteen van wal.

'Sorry dat ik zo laat ben, maar eigenlijk is er niet zoveel meer te doen. Alles is klaar. Althans wat mijn bemoeienis betreft. Voor het wetenschappelijke programma ben jij verantwoordelijk en volgens mij heb je daar nog niet zoveel aan gedaan.'

'Dat klopt, daar moet ik het nog met de maatschap over hebben.'

'Het maakt mij niet uit, maar de uitnodigingen moeten binnenkort echt de deur uit, dus die gegevens heb ik wel nodig. Er wordt goed ingeschreven op de vooraankondiging. Naast de huidige assistentengroep hebben zich in totaal dertig chirurgen aangemeld.'

'Dat is mooi, daaruit blijkt maar weer dat ze zich nog steeds met hun opleiding verbonden voelen. Nou meid, brand maar los, ik ben benieuwd wat je allemaal bedacht hebt.'

We nemen het draaiboek met de actiepunten één voor één door. Binnenkort heeft Eugenie een afspraak met mijn moeder en met de tuinman om een en ander op elkaar af te stemmen. Hendrik maakt de orangerie schoon en hakt voldoende houtblokken, zodat het gezelschap zich 's avonds bij de vuurkorfjes kan opwarmen.

De plaatselijke Chinees levert tegen vijftien euro per persoon een Indonesische rijsttafel, inclusief bestek, borden en warmhoudbakken. Binnenkort gaat Eugenie met mijn moeder proefeten. Het enige wat nog geregeld moet worden, zijn stoelen, glazen, brood en beleg voor de lunch en het ontbijt, de drank en het mobiele toilet. Een van de assistenten zorgt voor de beamer en het projectiescherm, de geluidsapparatuur en de feestverlichting.

'Goed gedaan hoor, mijn complimenten,' zeg ik gemeend. 'Nu heb je wel een wijntje verdiend.' Ik sta op van de keukentafel en loop de huiskamer in.

Eugenie blijft bij de schuifdeuren staan. 'Nee echt niet, geen wijn. Woud, luister, ik moet je wat vertellen...'

'Wat is er met jou aan de hand?'

'Behoorlijk wat, zal ik maar zeggen.' Eugenie schraapt haar keel en staat te aarzelen op de drempel.

Op mijn uitnodigende gebaar naar de plek naast me op de bank gaat ze niet in.

'Ik zal maar meteen met de deur in huis vallen... schrik niet,' zegt ze, 'maar... eh... het zit zo... ik ben zwanger.' Ze kijkt me onverwacht zelfverzekerd en recht in de ogen aan.

Hoor ik het goed? Het is alsof ik het in Keulen hoor donderen. Ik ben even helemaal van de kaart.

'Jij... zwanger?' komt er stroef uit mijn strot. 'Maar dat kan toch niet? Je was toch aan de pil?'

'Maak je geen zorgen, Ewoud, het is niet van jou,' meldt ze op een verdedigende toon.

'Van wie is het dan wel? Van Joop zeker?'

'Nee, het is ook niet van Joop.'

'Hoe weet je dat zo zeker?'

'Omdat ik toen aan de pil was. Het is van mijn Australische vriend.'

'Sinds wanneer heb jij een Australische vriend?'

'Sinds mijn vakantie op Bali.'

'Ik dacht dat jij geen kinderen wilde?'

'Het was ook niet de bedoeling, maar ik kreeg als gevolg van een portie verkeerde garnalen een vreselijke voedselvergiftiging. Ik ben drie dagen doodziek geweest, ik was aan de diarree en heb dagenlang overgegeven. Doordat ik de pil een aantal dagen had uitgebraakt, was ik niet meer beschermd.'

'Daar ben je dan mooi klaar mee. Wat moet jij met een kind? Waarom laat je het niet weghalen?'

'Mijn kind laten weghalen, een mensje dat al helemaal gevormd is? Ben je wel goed bij je hoofd?'

'Hoe ver ben je?'

'Twaalf weken.'

'Dan kun je je toch met het grootste gemak laten aborteren? In Barcelona doen ze dat zelfs nog na de vierentwintigste week. Daar kraken ze eerst met een soort notenkraker de schedeltjes plat en daarna peuteren ze de scherven er netjes uit. In-een-verre-duiken, noemen ze dat. Je hebt dus nog alle tijd.'

'Doe niet zo grof, man! Wat ben jij een zielige contactgestoorde idioot om zoiets walgelijks te suggereren. Ik hou dit kind, dit kind is niet van jou en dit kind is gewenst. Het is een godsgeschenk.'

Volgens mij zit ze te liegen. Twaalf weken? Ik geloof er geen snars van. Ze lijkt wel vier maanden met haar dikke kop en haar gezwollen lijf. Wacht eens, wanneer hebben wij het voor het laatst gedaan? Ik krijg het Spaans benauwd. Ze zal me er toch niet in luizen? Zie je wel dat die wijven niet te vertrouwen zijn.

'Twaalf weken, weet je het zeker? Je lijkt veel verder,' merk ik met een beschuldigende ondertoon op.

'Na negen weken is er een echo gemaakt, om te kijken of alles goed is. Toen hebben ze ontdekt... zet je maar schrap... dat het er twee zijn. Ze hebben twee hartjes gehoord.' Eugenie kijkt me triomfantelijk aan. Bijna alsof ze leedvermaak heeft.

Ik word er misselijk van. 'Twéé! Eugenie, dat kán toch niet? Hoe moet jij in godsnaam in je eentje twee kinderen grootbrengen? Doe dan op z'n minst aan foetusreductie, zodat je er één overhoudt!'

'Geen denken aan. Komt tijd, komt raad, ze zijn welkom, alle twee,' zegt ze laconiek.

Ik ben perplex en plof neer op de bank. De bank waarop ik haar in het verleden vaak tamelijk bruut genomen heb. De daad heb ik eigenlijk nooit echt met haar gedaan. Het was meer een soort masturberen, maar dan ín haar. Walgelijk.

'Het is egocentrisch en onverantwoord. Dit kun je je kinderen niet aandoen. Het is ronduit bizar en verwerpelijk,' meen ik uit de grond van mijn hart.

'Ik kan er niets aan doen. Het is me overkomen en eerlijk gezegd ben ik er achteraf blij mee,' zegt Eugenie.

Nu zie ik het pas echt. Ze zit op het putje van de stoel en haar lijf ziet er beduidend anders uit dan een paar maanden geleden. Alles is dikker geworden, ze heeft een bolle kop, een onderkin en haar buik is gezwollen. Ook haar houding past bij die van een zwangere. Een rechte rug en haar handen op schoot, gekruist om haar buik. Alsof ze iets beschermt.

'Vind ervan wat je wilt, Ewoud. Ik weet dat mijn kinderen in een liefdevol nest komen. Ook zonder vader. Bovendien, jou zal ik er in elk geval niet mee lastigvallen.'

'Toch zou ik wel een DNA-test willen.'

Eugenie staat plotseling met één stap voor me. 'Deze kinderen zijn niet van jou! Hoor je wat ik zeg? Bovendien, zo'n test kan pas als ze geboren zijn. Voor die tijd blijft iedereen van mijn kinderen af. Aan mijn lijf geen polonaise.'

Spreekt ze de waarheid?

'Waar is die Australische vriend van je? Weet die ervan?'

'Nee, die weet van niks. Stel je voor! Ik moet er niet aan denken om met zo'n aussie schapen te scheren op de verlaten outback van dat eiland down-under. Maar ik hoop wel dat je deze informatie voor je houdt. Het gaat niemand wat aan hoe het precies in elkaar zit.'

'Je bent niet goed bij je hoofd. Dus binnenkort loopt er op deze wereld nageslacht rond zonder dat de vader daarvan op de hoogte is.'

'Ik zou hem liever de verwekker noemen.'

'Weet Joop er al van?'

'Waarom haal je Joop erbij?'

'Nou ja, daar was je toch ook intiem mee?'

'Dat heeft hier niets mee te maken.'

'Laten we het hopen.'

'Wat suggereer je nou?'

'Eugenie, laten we er maar over ophouden. Jij je kind, zal ik maar zeggen.'

Ineens besef ik dat het me beter uitkomt om haar verhaal maar te geloven. Waarom zou ik als kindvrezend vrijgezel uitzoeken of mijn genen betrokken zijn geweest bij haar zwangerschap? Dan word ik als vader ook nog verantwoordelijk gesteld voor de kosten van de opvoeding. Ik moet er niet aan denken! Bovendien, misschien is het werkelijk gegaan zoals zij beweert.

'Kinderen, zul je bedoelen.'

'Sorry Eugenie, maar ik hoop dat je begrijpt dat ik schrik van je verhaal. En daarnaast, hoe moet het met je werk?'

'Dat ben ik nu allemaal aan het uitzoeken. Ik hoop dat ik het me financieel kan veroorloven om vier dagen te gaan werken. De kinderen kunnen naar de crèche van het ziekenhuis. Daar heb ik al een gesprek gehad. Gelukkig kunnen alleenstaanden die kosten voor 85 procent aftrekken.'

'Je hebt geen leven meer.'

'Jawel, ik krijg een ander leven. Een leven waarnaar ik steeds meer ga verlangen. En dan nog iets, Ewoud, waarom bespeur ik zo weinig meeleven in je reactie? Je zou toch gewoon, als vriend, kunnen delen in mijn geluk? Kijk naar me... ik ben gelukkig. Ik ga me verbinden met mijn kinderen. Wij worden één, samen. Denk daar maar eens over na.'

Toen ze weg was, heb ik nagedacht. Dat één-worden met iemand, dat zou ik ook wel willen, maar alleen met Sarila. Het is lang geleden dat ik naar zoiets verlangde. Wat is er met me aan de hand?

Na het vertrek van Eugenie word ik overvallen door een acute hongeraanval. Net terug van de snackbar gaat de telefoon. Het is mijn moeder.

'Weet je hoe laat het al is?' vraag ik geïrriteerd.

'Het is pas halfelf. Jij ligt toch nooit vroeg in bed? Ik dacht, het kan nog wel even. Gisteren heb ik je ook niet gesproken.'

Mammie gaat zoals gebruikelijk weer helemaal los. Ze bemoeit zich overal mee en het begint me behoorlijk te irriteren. Af en toe hum ik een beetje met haar mee en veins ik belangstelling voor haar opgefokte verhalen, over van alles wat niet deugt in onze samenleving. Ze neemt er de tijd voor, ik laat het maar over me heen komen. Per slot van rekening ben ik haar enige steun en toeverlaat.

'Woudje, dat zie je verkeerd! Die topmensen hebben niets verkeerd gedaan. Hoe kom je erbij? Het is de elite van de samenleving. Zij kwamen hier geregeld over de vloer, welvaart hebben ze gebracht, dát is hun verdienste. Wat ze krijgen is stank voor dank. Schandalig vind ik het, dat gezeur over die bonussen en zo. Niemand heeft het cadeau gekregen. Daar is keihard voor gewerkt en daardoor zijn prachtige resultaten geboekt. Neem pappie, die heeft de economie in de Achterhoek aan het draaien gekregen. Ondernemers durfden weer te investeren. Dankzij jouw vader stond de Achterhoek weer op de kaart!' overdrijft mammie op hoge toon.

Ik zal haar die illusie niet ontnemen, maar de carrière van mijn vader zie ik toch door een andere bril. Zo briljant was die nou ook weer niet. Hoezeer hij ook in de kont kroop van zijn meerderen, naar de top is hij nooit doorgebroken. Dat zal mij niet gebeuren, ik wil geen onderknuppel zijn.

'Weet je wie de schuld is van deze malaise? De media! Die wakkeren het wantrouwen alleen maar áán! Die zijn trouwens sowieso zo links als wat. Vroeger had je Hiltermann, maar zulke mensen bestaan niet meer. Ik ken geen fatsoenlijke rechtse journalist meer. Jij wel?'

Mijn moeder raast maar door. Het weerhoudt me er niet van om me tussentijds te goed te doen aan de Turkse pizza die ik zojuist heb gescoord. De mayonaise druipt langs mijn kin en valt op de bekleding van de bank. Ik veeg het er met mijn wijsvinger van af en lik het op.

'Wat zit je vies te smakken, Woud, wat eet je?'

'O, boerenkool, de daghap van de biologische slager,' jok ik.

'Zo laat nog? Wel gezond blijven eten, hoor! Maar waar hadden we het ook alweer over?'

'Over het linkse journaille. *Business Class*, dat zondagochtendprogramma, bevalt je toch wel?' mompel ik.

'Inderdaad, dat is het enige programma waar recht op en neer echte ondernemers met een duidelijke mening aan het woord komen. Mensen die hun nek uitsteken en risico's durven nemen. Kerels die van dubbeltjes kwartjes maken. En wat doet de regering met dit soort mensen? Die krijgen straf. Wat die aan belasting hebben betaald! Dat vloeit allemaal regelrecht in de kas van de overheid. Wist jij bijvoorbeeld dat de Nederlandse belastingbetaler tweehonderdvijftigduizend euro per jaar betaalt om een criminele allochtone raddraaier via het gevang weer in het gareel te krijgen? Weet je wat het is, Woud? Ik durf de straat niet meer op! Dat is toch te gek voor woorden? Laat ze in hun eigen land gaan roven. Als het zo doorgaat, ga ik op hoge leeftijd nog emigreren, goddomme.'

'Wat zeg je me nou? Mam... ma... ham.' Mijn moeder is niet meer voor rede vatbaar.'Mammie, luister nou eens!'

'Nee Woud, nu ík even. Het zit me zo hoog allemaal. Die rooie rakkers hebben eindelijk een stok gevonden om de hond te slaan. Maar de oorzaak ligt in Amerika. En dan krijgen wíj de schuld. Als de maatschappij het vernuft van ons soort mensen zou ontberen, dan waren we morgen collectief aan de bedelstaf. Ik kan me hier zo over opwinden.'

'Zitten wij daar zo langzamerhand ook niet dichtbij, mammie?'

'Waarbij?'

'Bij de bedelstaf. Zo rooskleurig staan we er per slot van rekening niet voor.'

'Hebben wij ooit onze hand opgehouden? Hebben wij ooit één cent subsidie ontvangen om dit culturele erfgoed in stand te houden? Alle potjes zijn leeg. Dat geld gaat allemaal naar die Marokkanen en Turken die hun kleuters tot elf uur 's avonds opleiden in criminele praktijken.' Mijn moeders afkeer van buitenlanders begint grote proporties aan te nemen.

'Je moet ze niet over één kam scheren, mam. Ze zijn niet allemaal verkeerd. Bij ons werkt bijvoorbeeld een Turkse assistent, nou die meid is top. Ongelooflijk intelligent en nog bloedmooi ook. Ik zal ze aan je voorstellen bij de oud-assistentendag. Dan zul je het zelf zien.'

'Draagt die ook een hoofddoekje?'

'Nee, ze draagt geen hoofddoekje, maar ik geloof wel dat ze moslim is.'

'Ik hou ze liever buiten de deur, die types. Die meid slaapt hoop ik toch wel in de orangerie, hè? Hier in huis wil ik alleen jouw maten en specialisten te logeren hebben. Ik heb overigens met Eugenie afgesproken dat iedereen vijfentwintig euro betaalt voor de overnachting. Daar ben je het mee eens, hoop ik.'

'Van mij hoeft dat niet, ik bedoel... dat staat zo armoedig, maar als jij erop staat.'

'Ik zal wel moeten, jongen. Volgens Eugenie blijven er

veertig mensen slapen. Twintig in het hoofdgebouw en de rest, dat zullen wel voornamelijk assistenten zijn, in de orangerie. Wat denk je dat het kost om die ruimte helemaal te laten schoonmaken? En dan moet er nog zo'n mobiele toiletgroep komen.'

'Dat regelt Eugenie toch allemaal? Ook de kosten ervan.'

'Wat dacht je van de stomerij? De lakens moeten gewassen worden.'

'Ik begreep dat iedereen zijn eigen lakens meeneemt.'

'Maar toch. Even rekenen, veertig maal vijfentwintig, dan doe ik eerst tien keer vijfentwintig, dat is tweehonderdvijftig, maal vier, dat is duizend euro. Daar kan ik weer twee maanden de kachel van laten branden. Je moet toch wat. Ik overweeg overigens om de orangerie voorlopig op dagbasis te verhuren aan een managementadvies- en trainingsbureau. Een Arnhems bureau is al komen kijken. Ja Woudje, als jij niets doet, ga ik zelf maar aan de slag. Had je niet gedacht hè, van je oude moedertje?'

'Mam, ik moet nu ophangen, want het ziekenhuis belt,' lieg ik, om ervan af te zijn.

'Je hebt toch geen dienst?'

'Nee, maar het kan gaan over een patiënt die ik vandaag geopereerd heb.'

'Bel je morgen?'

'Morgen heb ik een eetafspraak.'

'Met wie?'

'Met iemand, het is zakelijk.'

'Gaat het over de opvolging van Frits? Voet bij stuk houden hoor!'

'Nee mam, het gaat over de organisatie op de OK.'

'Hoezo, welke organisatie? Daar heb jij toch niets mee te maken, met de organisatie?'

'Binnenkort ben ik voorzitter van de maatschap en dan heb ik met alles te maken. Ik eet met de voorzitter van de assistentenvereniging, de achterban is ontevreden over de operatieschema's. Ze willen meer aan de bak.'

'Wie is dat dan?'

'Ze heet Sarila.'

'Sarila? Wat een vreemde naam.'

'Dat is een Turkse naam.'

'Je gaat me toch niet vertellen dat jij met een Turkse vrouw uit eten gaat?'

'Dag mammie, dat doe ik inderdaad, ik bel je snel. Goed?'

'Ewoud... Woudje... wacht even...'

Tuut, tuut, klinkt mijn telefoon.

Wat Sarila niet weet, is dat ik zo geil als boter op haar ben. Geil is eigenlijk niet het juiste woord. Er is meer aan de hand. Ze houdt me uit mijn slaap. Ik sta met haar op, ga met haar naar bed en trek me op haar af. Maar wat moet ik ermee? Mijn moeder ziet me aankomen, zeg! Haar Woudje, die altijd zo de pest aan allochtonen heeft. Eerlijk gezegd snap ik het ook niet van mezelf, maar als ik Sarila zie, verdwijnt mijn weerstand als sneeuw voor de zon. Tijdens het ochtendrapport zit ik steeds naar haar te loeren. Als een roofdier dat zijn prooi besluipt. De geparfumeerde krullen die haar velours gelaat, haar lieve gezichtje, bijna dansend liefkozen. Die donkere ogen! Haar volle lippen en dan... haar omfloerste stem. De mooie woorden die ze maakt. Achteloos gevormd, maar zo vanzelfsprekend. Iedereen houdt van haar.

Ze is geliefd, omdat niets haar te veel is. De energie die ze uitstraalt, is besmettelijk. Ze steekt met kop en schouders boven alle vrouwen uit.

Wat zij ook niet weet, is dat ik mijn diensten zoveel mogelijk afstem op die van haar. Gelukkig moeten de assistenten hun rooster indienen bij Eugenie, waarna ik het dienstrooster van de maten definitief vastleg. Natuurlijk geef ik haar daarnaast regelmatig voorrang bij interessante operaties. Dat moet zo onopvallend mogelijk gebeuren, anders heb je de poppen aan het dansen. De assistenten houden elkaar goed in de gaten.

Heerlijk vind ik het om tegenover haar aan tafel te staan. Haar geur, haar aanwezigheid op tastbare afstand.

’s Avonds in bed slaat de fantasie op hol. Ze houdt me uit de slaap.

In gedachten fietsen we samen langs de vaarten van Westbroek richting Loosdrecht en de bossen van Soest. Niet dat ik van fietsen hou, maar Sarila is er dol op en niets is mij te gek om haar een plezier te doen. In mijn fietstas neem ik broodjes en iets te drinken mee. Jammer genoeg drinkt Sarila geen alcohol, anders had ik graag, ongeacht de kosten, een flesje champagne voor haar meegenomen. We liggen op een kleed en samen kijken we langs de kruinen van de bomen naar de blauwe lucht. Ik wil haar bespringen, maar weet dat ik daarmee mijn kansen verspeel. Daarom dwing ik mezelf tot beheerst, afstandelijk en vooral charmant gedrag. In gedachten heb ik haar al lang ontkleed en zuig ik aan haar tepels, die parmantig en eigenzinnig naar de hemel wijzen. Zo gauw mijn fantasieën erotisch worden, komt het beest weer in me los. Ik overrompel haar en duw mijn been tussen de hare, om ze met een weids gebaar uiteen te spreiden. Een roofdier ben ik, dat een paringsdans begint. Als ze tegenstribbelt, maakt ze het alleen maar erger. Dan moet ik haar overmeesteren, omdat ik ervan overtuigd ben dat haar verzet uiting is van een dierlijk verlangen waarvoor ze zich schaamt. Een verlangen dat ze verbloemt achter maagdelijkheid, maar dat in werkelijkheid een wens is naar vervulling en naar overweldigd-worden. Leer mij de taal van het vuur. Onder mij wordt een worsteling geboren. Een worsteling die overgaat in meebewegen. Levende bewegingen. Ze schuurt hartstochtelijk, steeds meer in een repeterend ritme langs de gezwollen begeerte van mijn lijf. Ik ruik haar geur en mijn ballen schieten vol. Een glorieus gevoel bekruipt mijn anus. Aan haar ademhaling hoor ik complete overgave. Ik hoor een schreeuw van genot. Een smekend verzoek om haar te begeren en mee te nemen naar perverse streken waar geen wetten, geen normen, geen schaamte zijn. Hier toont zij haar seksuele vrijheid. Een vrijheid die gevierd mag worden zonder grenzen. We zijn monden, die dorstig en hongerig gehoorzamen aan gretigheid en aan de zinderende wellust van ons lichaam. Ze nodigt me uit, ik breek haar open. Ik mag doen met haar wat ik wil. Sarila, ik geef me aan je over.

Kreunend kom ik overeind om het product van mijn verlangen van me af te spoelen.

Jezus, ik word gek van haar.

Ik aanbid haar. Hoe moet ik het aanpakken? Ze vindt me wel aardig, geloof ik, maar uit niets in haar gedrag blijkt dat ze speciale belangstelling voor mij heeft. Tijdens het etentje dat ik haar onlangs heb aangeboden, bleef ze tegenover mij op de vlakte. Gelukkig stemde ze wel in met mijn uitnodiging om binnenkort een keer mee te doen aan een autorally. Die kans laat ik me niet ontnemen. Verder die avond van haar kant geen spoor van spanning. Haar houding kan natuurlijk ook gespeelde afstandelijkheid en tactiek zijn geweest, om mij nog meer op scherp te krijgen. Als dat de bedoeling was, dan moet ik bekennen dat ze daar behoorlijk in geslaagd is.

We aten voor een vermogen in het Wilhelminapark en ik had zelfs voor haar een mooie bos bloemen meegebracht, die ze verbaasd in ontvangst nam. We hebben die avond veel gesproken over Turkije. Zij is van de derde generatie en heeft gelukkig maar één paspoort. Met Nederland voelt zij zich meer verwant dan met Turkije. Toen aan de orde kwam of het land moest worden aangesloten bij de Europese Unie, heb ik ronduit gelogen over mijn mening. Ook van mijn kant geen onvertogen woord over de islam of over allochtone medelanders. Voorzichtig solliciteerde ik naar een gezamenlijk weekendje Istanbul, waar Sarila mij als gids bij de hand kon nemen. Ze lachte vriendelijk, maar ging er niet concreet op in.

Over acht maanden is ze klaar met de opleiding. Voor die tijd moet ik mijn slag slaan. Waarom moeten mannen altijd jagen en als het tegenzit op hun bek gaan? Kwamen die wijven maar eens spontaan over de brug. Maar dat zal mijn Turkse prinsesje niet doen. Daar is ze te beschaafd of te preuts voor.

Voorheen was het voorzitterschap van de maatschap in handen van Joop, maar zijn termijn van twee jaar zit erop. Ik kan niet zeggen dat de overdracht soepel verliep. Er lagen wat mappen en cd's met bestanden op mijn bureau en op de schoenendoos met bonnen en andere paperassen stond met een viltstift 'succes' geschreven. Mijn verzoek om een en ander te bespreken sloeg Joop in de wind. 'Het wijst zich allemaal vanzelf,' zei hij. Oké, dacht ik, dan stel ik mijn eigen prioriteiten wel.

Het was weer eens feest in de tent.

Ik had het heikele onderwerp van de individuele verschillen in omzet nog eens op de agenda van de maatschapsvergadering gezet. Samen met Eugenie heb ik de behandeldossiers van het afgelopen kwartaal nagelopen en het bleek wederom dat vooral de oudere maten slordig of nalatig zijn met het invullen van de DBC's. De accountant had uitgerekend dat we daardoor vijftigduizend euro aan inkomsten dreigen mis te lopen, terwijl de kosten van het gebruik van de behandelunits en de operatiekamers wel zijn gemaakt. Eugenie zou de oudjes in de gaten houden, maar ze is er volgens mij met haar gedachten niet helemaal bij, of het groeit haar boven het hoofd. Mijn voorstel aan de collega's was om er een zaterdagmiddag aan te besteden, zodat alle achterstallige behandelformulieren alsnog konden worden ingevoerd in de pc. Hiervoor kreeg ik met moeite de handen op elkaar.

Voorts stond een brief van de Orde van Medisch Specialisten op de agenda. Er dreigt het komende jaar een forse korting van ruim 12 procent op het uurtarief. Fouten in het declaratiesysteem hebben geleid tot een landelijke kostenexplosie van de ziektekosten met vijfhonderd miljoen euro.

Het ministerie van Financiën is van plan die miljoenen bij de specialisten terug te halen, maar de orde zet de hakken in het zand en roept de beroepsgroep op zich met hand en tand tegen deze roofpraktijken van de overheid te verzetten.

Toen het woord korting aan de orde kwam, waren de maatschapsleden plotseling weer helemaal bij de les. Een bos Spaanse pepers had geen beter effect gehad. Joop begon te oreren dat hij onder geen beding de dupe wil zijn van de stommiteiten van de overheid. 'Laat ze zelf dokken en boeten voor hun eigen fouten,' riep hij geëmotioneerd. Zelfs Evelien begon te keffen. Maar ja, dat begrijp ik nog wel, want die schijnt momenteel nogal krap bij kas te zitten.

De algemene opinie was dat het ministerie naar de centen kon fluiten. Hadden ze jaren geleden maar beter moeten nadenken toen ze het allemaal bedachten. Kortom: er was weinig tijd nodig om consensus te bereiken over het voorstel van de orde om de overheid voor de rechter te dagen. 'Dat hebben we in het verleden vaker gedaan,' zei Frits, 'dat kat-en-muisspel duurt al dertig jaar en tot nu toe werden we meestal in het gelijk gesteld. Wedden dat het deze keer ook lukt?'

Na de financiën kwamen de opleidingsgerelateerde onderwerpen aan de orde. Loes maakt een nieuw schema, waarmee alle assistenten evenveel aan de bak komen op de OK.

Onlangs zijn er met de anio's en de assistenten beoordelingsgesprekken geweest en bij een van de assistenten bleek het functioneren – ondanks extra aandacht en begeleiding – beneden niveau. Ik wil niet chargeren, maar deze vrouw heeft er weinig aan bijgedragen om de vooroordelen over vrouwelijke assistenten te ontzenuwen. Het klassieke verhaal: niet in staat om zwangerschap, moederschap en de eisen van ons zware vak te combineren. Wanneer komen die wijven er nu eens zélf achter dat chirurgie geen vrouwenvak is? Volgens mij hadden we die meid al een jaar geleden de wacht aan moeten zeggen. Maar ja, zoiets is not done in deze tijd. Het moet eerst in de soep lopen.

Gelukkig neemt Frits het voor zijn rekening om haar duidelijk te maken dat ze in dit specialisme niet op haar plaats is.

Onder mijn voorzitterschap werd de vergadering keurig om negen uur afgerond. Joop kwam na afloop naar me toe om me te complimenteren met mijn strakke en doelgerichte benadering. Of dit van harte was, betwijfel ik.

Ik heb achterwacht, dat hebben we om de vier dagen. Sarila heeft dienst als oudste assistent. Het is weer niet toevallig dat onze diensten samenvallen. Om elf uur, ik lig net in bed, gaat de telefoon. Vol verwachting neem ik aan. Sarila, heerlijk. Ze mag me dag en nacht wakker bellen.

'Misschien moet je toch even komen,' zegt ze, 'een achtenveertigjarige vrouw ligt te kreunen van de pijn op de eerste hulp. Drukpijn, loslaatpijn, typisch een geval van een acute buik.'

'Is ze bij kennis?'

'Ja, maar ze is wel suf. Ze is erg ziek, ook tamelijk uitgedroogd, want de huidplooien blijven recht overeind staan als je erin knijpt.'

'Denk je aan een acute blindedarm?'

'Zou kunnen, er is in elk geval peritoneale prikkeling. Ze verrekt van de pijn en ligt te kronkelen op bed.'

'Koorts?'

'Achtendertig vijf.'

'Is ze nuchter?'

'Volgens haar man heeft ze sinds vanochtend niet gegeten en gedronken en heeft ze twee keer gebraakt. De huisarts veronderstelde een buikgriepje. Hij adviseerde af te wachten en schreef paracetamol voor. Vanavond werd de pijn zo hevig dat ze de huisartsenpost hebben gebeld. De dienstdoende arts heeft haar meteen met de diagnose acute buik ingestuurd. Ze moet open, denk ik.'

'Eens, licht de OK maar in. Bijvullen en begin maar vast met een mediane incisie. Ik kom er zo snel mogelijk aan.'

Ik weet niet wat ik zie. Tussen de specula waarmee Sarila en een coassistent de buikwand openhouden, hebben we ruim zicht op de darmen. De dunne darm is helemaal zwart.

'Foute boel. Typisch een dunnedarminfarct, waarschijnlijk einde verhaal,' merk ik, meekijkend over de schouder van Sarila, op.

'Gadverdamme,' zegt de coassistent, 'ik word er gewoon misselijk van.'

'Ik ga wassen, Sarila maak de incisie maar wat groter, dan kunnen we zien of er bovenin nog een stukje te redden valt.'

Na het wassen trek ik mijn operatieschort aan. Sarila heeft de incisie wat ruimer gemaakt en nu is duidelijk te zien dat de dunne darm over het hele traject donkerpaars tot zwart is. Dat maak je zelden mee, het is indrukwekkend.

'Dit is een arteriële afsluiting, die slagader zit potdicht, anders was het niet zo'n kerkhof in haar buik.'

'Dus dit is vergelijkbaar met een hartinfarct of een herseninfarct, maar dan in de darmen?' vraagt de coassistent.

'Zelfde verhaal, het weefsel achter de afsluiting sterft af,' reageer ik.

‘Kunnen we niet iets doen?’ vraagt Sarila.

‘Waar denk je dan aan, lieve schat?’ ik schrok van mijn liefkozende opmerking die me spontaan ontglipte. ‘Je ziet toch zelf dat die darm is afgestorven? Die zit al minstens twintig uur zonder zuurstof, anders ziet het er niet zo uit.’

‘Nou, bijvoorbeeld een stent in de arterie mesenterica superior.’

‘Lieverd’, jezus, daar ga ik weer, ‘op de eerste plaats lukt je dat niet, want die slagader zit helemaal verstopt. Je hebt niet eens een opening waar je een canule doorheen kunt drijven. En op de tweede plaats heeft het geen zin omdat de darmen morsdood zijn. Met of zonder zuurstofverzadiging, daar is geen leven meer in te krijgen. Nee, het is simpel, mevrouw gaat dood. Zonder dunne darm kun je niet leven. Maak maar dicht.’

‘Wat moet ik met haar? Moet ik haar wakker maken?’ vraagt de anesthesioloog.

‘Wat heeft dat voor zin? Haar wakker maken om te vertellen dat ze over enkele uren doodgaat? Bovendien verrekt ze dan van de pijn. Dat vind ik onmenselijk. Laat haar maar onder narcose. Ik denk dat we eerst met de familie moeten praten.’

‘En als die familie erop staat om wel afscheid van haar te nemen? Dit is toch voor die mensen niet te vatten? Haar man denkt dat zijn vrouw een blindedarmontsteking heeft, of zoiets. De familie is totaal niet voorbereid op haar dood. Die jongens hingen ongeveer over haar heen toen ze naar de OK werd gereden. Wat een kutvak,’ zegt Sarila met een zucht.

‘Deze taal, uit jouw mond?’ reageer ik verbaasd.

Sarila is aangeslagen, er lopen tranen onder haar mondkapje door. Het is maar goed dat we steriel staan, want het liefst had ik haar in mijn armen genomen om haar te troosten. Hoewel, steriliteit maakt nu toch niets meer uit.

‘Die machteloosheid, daar kan ik niet tegen. Sorry hoor.’

‘Moet ik je helpen met sluiten?’

'Nee, dat hoeft niet. Praat jij met de familie?' Sarila kijkt me hulpeloos aan.

'Dat doen we samen, meisje.'

'Ik ben daar zo slecht in, voor je het weet zit ik mee te janken.'

'Het hoort er nu eenmaal bij. Dat moet je ook leren.'

Ik heb veel meegemaakt in dit vak, maar het verdriet van deze familie is met geen pen te beschrijven. De tweeëntwintigjarige zoon viel flauw toen ik het slechte nieuws vertelde. Voor onze ogen zakte hij in elkaar. Sarila heeft een klamme washand tegen zijn slapen gedrukt en een kussen onder zijn voeten gelegd. De echtgenoot huilde als een wolf, 'huuh, huugh, huuau', en bonkte vervolgens met zijn hoofd tegen de muur. Sarila ging tussen hem en de muur in staan. De man draaide zich abrupt om en liep stampvoetend door de spreekkamer met zijn hoofd omhoog en zijn handen in zijn haar. 'Laat het niet waar zijn. Het is niet waar,' brulde hij. Zijn andere zoon klampte zich aan hem vast en smeekte om zijn moeder. 'Mama... Vivian, Vivia... han... blijf bij ons. Laat ons niet alleen.' Hun hoofden haakten in elkaars hals. Een Siamese tweeling, gevangen in verdriet, één geworden in wanhoop. Sarila ging bij ze staan en sloeg haar arm om het vertwijfelde tweetal heen. Haar hoofd rustte tegen de rug van de jongen en ze mompelde sussende geluiden. Ik belde de verpleegkundige en verzocht om kalmerende middelen. Maar die weigerden ze te nemen.

De andere zoon kwam bij kennis, hij kroop op zijn knieën, steunde op zijn ellebogen en kruiste zijn handen om zijn hoofd. Ik hurkte bij hem neer en klopte hem op zijn rug. 'Dit is gemeen, dit is niet eerlijk,' jankte hij. Als mensen mij zouden vragen hoe smart eruitziet, dan is dit schouwspel het juiste antwoord.

Hoe zou ik me voelen als mammie zo acuut, zo volkomen onvoorbereid zou komen te overlijden? Ik zou een wees zijn, een ontworteld mens zonder houvast, op zoek naar vaste grond onder de voeten. Er moet meer samenhang komen in mijn leven. Ik heb Sarila nodig, anders komt er niets van mij terecht.

Even later staan we aan het sterfbed van de moeder. Ze is onder narcose gehouden en ligt in een kamer op de medium care. Machines houden haar in leven. We hebben de familie met haar alleen gelaten.

Het is inmiddels halfdrie. Ik zit al een uur met Sarila op mijn kamer te praten. Ze vertelt over haar jeugd. Van de derde generatie is ze. Haar vader heeft haar op haar zestiende willen uithuwelijken. Ze zat in de vijfde klas van het gymnasium toen ze daar lucht van kreeg. Met behulp van de schooldecaan is ze via Bureau Jeugdzorg een tijdje uit het gezin geplaatst. Daarna heeft ze haar ouders zeven jaar niet gezien. Pas vlak voor haar artsenexamen is het weer goed gekomen. Haar ouders waren aanwezig bij de buluitreiking. Haar vader heeft zelfs zijn excuses aangeboden, een gebaar dat vanuit zijn cultuur opmerkelijk is.

'Wat ben jij een moedige respectabele vrouw en wat zullen je ouders trots op je zijn,' breng ik met een brok in mijn keel uit. Die brok komt voort uit mijn schaamte voor mijn vooroordelen over allochtonen.

'Ze schaamden zich voor mij, maar inmiddels hebben ze zich in zekere mate met mijn onafhankelijkheid verzoend. Maar mijn vader minacht mijn opvattingen over de islam nog steeds.'

'Voel je je nog bedreigd door hem?'

'Niet meer, maar het liefst ziet mijn vader mij met een hoofddoek.'

'Jij voelt daar niets voor?'

'Ik ben die tijd dat ik gedwongen werd uitgehuwelijkt, niet vergeten. Eigenlijk weet ik niet zo goed meer waarin ik moet geloven.'

'Geloof op de eerste plaats maar in jezelf, want daar mag je best trots op zijn.'

Sarila moet bij mijn opmerking even glimlachen. Daarna begint ze te gapen. Ik kijk op mijn horloge en zie dat het al bijna halfvier is.

Eindelijk worden we gebeld door de medium care. Het is zover. De familie heeft afscheid genomen.

Als we mijn kamer verlaten, pakt Sarila me even bij de arm.

'Bedankt voor je hulp, erg aardig van je om mij vannacht zo bij te staan. Ik dacht altijd dat je nogal bot was, maar ik vond je erg lief tegen die mensen.'

'Zo zie je maar weer. Ik heb ook gevoel, zo'n klootzak ben ik heus niet.'

We lopen naar de medium care. De vrouw wordt nog steeds beademd.

'Wil jij het doen?' vraag ik aan Sarila.

'Nee,' zegt ze, 'doe jij het maar.'

Om halfvier trek ik de stekker eruit.

De vrouw stroomt langzaam uit het leven. Haar dood kwam onaangekondigd.

Als ik thuiskom zet ik de wekker op zeven uur. Morgen weer een dag.

Wegens urgente zaken heb ik aansluitend aan de middagbespreking een extra maatschapsvergadering ingelast. Evelien en Ellen begonnen aanvankelijk te mokken, omdat ze hun kind op dat tijdstip van de opvang moeten halen, maar ze gingen toch akkoord. Een aantal dingen dreigt uit de hand te lopen. Bijvoorbeeld het aan- en afwezigheidsschema van de maten begint behoorlijk te conflicteren met de diensten en is aanleiding voor een rigide opstelling binnen de groep. Daarnaast zijn er problemen met onze jongste maat Simone, ze heeft zich ziek gemeld.

Voor de periode dat Eugenie met zwangerschapsverlof is, moeten we een passende oplossing bedenken, want de dames die er nu werken, zijn niet capabel om haar volledig te vervangen.

Ook het wetenschappelijke middagprogramma van de oud-assistentendag is nog niet rond en de verschillende werkgroepen moeten hun taken op elkaar afstemmen.

Mijn bedoeling is een korte vergadering die leidt tot een heldere besluitvorming, waarin duidelijk wordt vastgelegd wie wat wanneer gaat doen. Voorts eis ik, mede door de ziekte van Simone, een reële verdeling van bijkomende taken, ongeacht leeftijd en geslacht. Kinderen hebben is voor mij geen excuus en smoesjes over het niet nakomen van de afspraken al helemaal niet. Geen uitzonderingen, voor wie dan ook. Discussies, met slappe argumenten, kap ik af. Laat het maar eens duidelijk zijn dat een slagvaardige voorzitter een leider is die de touwtjes in handen durft te nemen. Dat is nu precies wat dit zootje ongeregeld de laatste jaren onder het voorzitterschap van Joop heeft ontbeerd. Hij kan dan wel eens een leuk artikeltje ophoesten, maar een manager is hij niet. Hij durft geen richting te geven, hij is geen visionair die strategische lijnen uitzet en zich daaraan houdt. Onder zijn voorzitterschap werden besluiten te pas en te onpas herroepen en telkens moest er weer oeverloos geouwehoerd worden over onderwerpen die al lang besproken waren. Ja, dan gaat de kudde zwalken. Dan gaat ieder zijn eigen weg, worden eigen stokpaardjes heilig en de ellebogen scherp.

Iedereen is er. Ik steek meteen van wal met het bespreken van het aan- en afwezigheidsrooster. Het wordt meteen duidelijk dat Evelien wederom de kroon spant bij congresbezoeken en het volgen van duistere bijscholingscursussen. Ze moet weer zo nodig praatjes houden in Philadelphia, waar ze is uitgenodigd om haar resultaten van het onderzoek naar tumormerkstoffen te presenteren. Frits probeert voor haar nog een lans te breken door op te merken dat onze afdeling hiermee op de kaart wordt gezet, maar daar trap ik niet in. Gelijke monniken, gelijke kappen, punt uit. Evelien, inmiddels zwanger van de tweede – het lijkt hier zo langzamerhand wel een broedstoof – komt ver uit boven het gemiddelde van twee, maximaal drie weken congresbezoek of bijscholing per jaar. Het is goed met haar. Mevrouw wil natuurlijk op kosten van de zaak met haar dikke buik en haar echtgenoot op een vergelegen strand liggen en lekkere drankjes nuttigen uit een kokosnoot. Dat willen we allemaal wel. Maar Govers en Van Wijngaarden moeten voor hun registratie ook aan de veertig accreditatiepunten komen. Dat geldt voor ons allemaal, anders komt onze specialistenregistratie in gevaar. Gelukkig was de groep het hiermee eens.

Tijdens het bespreken van de consequenties rond de zwangerschap van Eugenie valt me op dat Joop mijn blik ontwijkt. Als ik voorzichtig sondeer of alleenstaand ouderschap wel te combineren is met haar functie, houdt hij een vurig pleidooi voor haar. De dames vallen hem unaniem bij. Logisch, ik had niet anders verwacht van die moeders.

Er wordt besloten om haar, ook na de geboorte van de tweeling, te ondersteunen in haar functie als officemanager. We gaan ervan uit dat ze ten minste een halfjaar met ziekteverlof zal zijn, omdat fulltime werken niet te combineren is met het verzorgen van een tweeling. Samen met personeelszaken wordt via een uitzendbureau naar een tijdelijke oplossing gezocht.

Daarna bespreken we de vorderingen rond de organisatie van de oud-assistentendag.

Het inhoudelijke middaggedeelte, dat door Evelien en Frits wordt gecoördineerd, is bijna rond. Ze doen verslag.

Frits zal de dag openen en sluiten. Govers en Van Wijngaarden nemen de dienst voor hun rekening, zodat alle assistenten aanwezig kunnen zijn.

Evelien en Frits houden een praatje over het onderwerp 'overdracht'. Wel moedig van die oude knar om, gezien de laatste roddels, zo'n onderwerp in de groep te gooien. Evelien vraagt of ik een praatje wil houden over medische missers en het medisch tuchtcollege. Hoe komt ze erbij! Ik kijk wel uit om mezelf als schietschijf te profileren en bedank vriendelijk voor de eer.

Knopie Jopie gaat zich wederom autobevredigen op zijn onderwerp 'knoopjes leggen'.

Ik stel voor een verhaal te houden over de Staphylococcus aureus-bacterie. Bestrijden van infecties is nu eenmaal mijn stokpaardje. Van de ongeveer honderdduizend infecties die jaarlijks optreden bij behandeling in ziekenhuizen, worden er zo'n vijftienduizend veroorzaakt door deze verminkende bacterie, die zich bij voorkeur ophoudt in de neus. Eenderde van de bevolking is er permanent drager van. Vooral bij hart- en heupoperaties kan de infectie desastreuze schade aanrichten. In sommige gevallen is het niet meer mogelijk een kunstheup te herstellen en bij infectie na hartoperatie kan de bacterie een groot deel van het borstbeen wegvreten. Met een simpel antibioticazalfje, aangebracht in de neus, kunnen de beestjes om zeep worden geholpen. Daarmee kunnen jaarlijks meer dan honderd levens worden gered, en wereldwijd zelfs tienduizenden. Ik hoop dat collegae na mijn praatje beseffen dat deze preventieve aanpak grootschalig moet worden nagevolgd. De maten gaan akkoord met dit onderwerp.

Loes vraagt aandacht voor een verhaal over haar Dutch School-project. Zij wil van de gelegenheid gebruikmaken om haar netwerk uit te bouwen met chirurgen die in hun vrije tijd belangeloos hun diensten en kennis willen overdragen aan specialisten in derdewereldlanden. Haar pleidooi zal ongeveer twintig minuten in beslag nemen.

Loes, Ellen en Joop doen verslag namens de feestcommissie. Er komt zoals gewoonlijk een voorstelling van de eigen cabaretgroep en er is een karaokeset geregeld.

Na een halfuur vergaderen is er consensus over de aanpak van de dag. Eugenie is als projectleider het aanspreekpunt.

Het laatste agendapunt gaat over onze jongste maat Simone, die zich een week geleden ziek heeft gemeld. Volgens Frits zit ze niet lekker in haar vel en overweegt ze uit de maatschap te stappen, omdat de combinatie werk-gezin haar te veel wordt.

'Nou, dat is dan de zoveelste vrouwelijke chirurg die er na een dure opleiding de brui aan geeft,' reageert Joop.

Ik kan het niet nalaten om er mijn standaardgrap – betreffende een nieuwe carrière in een nagelstudio – aan toe te voegen. Het was mijn mond nog niet uit, of ik had er spijt van. De dames hapten onmiddellijk toe en hingen collectief in de gordijnen.

Frits stelt voor om Simone aan Joop te koppelen en merkt daarbij subtiel op dat ik daarvoor niet geschikt zou zijn, omdat ik nogal castrerend met vrouwen omga. Het zou toch zonde zijn wanneer zo'n hoogopgeleide vrouw zou afhaken, is zijn mening.

Om haar tot andere gedachten te brengen, gaat Joop met haar praten. Daarnaast verzoeken we Eugenie om bij haar een bloemstuk te laten bezorgen.

Na de vergadering komt Evelien naar me toe. 'Wat jammer dat je dat onderwerp over medische missers en het medisch tuchtcollege niet op die dag wilt bespreken. Daar kunnen we toch met z'n allen veel van leren?'

'Ik heb geen enkele behoefte om die shit openbaar te maken,' pareer ik geagiteerd.

'Wist jij trouwens dat je op internet met foto, naam en toenaam staat vermeld op de zwarte lijst van de actiegroep tegen medische fouten en nalatigheid?'

'Wat zeg je me nou?'

'Dat verhaal over dat zogenaamde vetknobbeltje van jouw patiënt staat er uitgebreid in. Ook een verhaal van een echtgenoot die woedend is omdat jij hem na een operatie niet gebeld had om te vertellen of de tumor kwaadaardig was of niet.'

'Dus nu word ik ook publiekelijk aan de schandpaal genageld?'

'Jij niet alleen, de site staat vol met aantijgingen tegen artsen. Moeten we daar niet wat mee?' oppert Evelien.

'Tegen dit soort ontwikkelingen kun je je toch niet wapenen,' breng ik quasiachteloos in.

'Nee, dat denk ik ook niet. Vrijheid van meningsuiting is heilig in dit land. Ik las in het *Medisch Contact* dat rechtszaken die artsen tegen deze lasterpraktijken aanspannen, geen gehoor vinden bij rechters, omdat ze van oordeel zijn dat artsen bestand moeten zijn tegen openlijke kritiek op hun functioneren.'

'Negeren, dat is de beste remedie,' zeg ik stoer. Maar het zit me niet lekker.

'Kom je volgende week op mijn promotie?' vraagt ze.

De bedoeling was dat ik om vier uur bij de promotie van Evelien in het Academiegebouw aanwezig zou zijn. Er zat echter een maagbloeding tussen.

De meeste collega's waren al afgetaaid richting Utrecht en hoewel ik geen dienst had, was ik toch de klos.

De patiënt, een nog jonge vent van drieëndertig jaar, kwam min of meer in shock op de spoedeisende hulp. Hij braakte bloed. En niet zo'n beetje ook. De gordijnen waarachter hij lag opgesteld, waren besmeurd en het bloed spoot zelfs tegen de muur en het plafond. Zijn bloeddruk daalde dramatisch en nadat de man een bloedtransfusie had gekregen, heb ik een gastroscopie uitgevoerd. Ik dacht nog even: een eitje, maar op de OK zat het behoorlijk tegen. De maagwand van deze meneer leek wel een vergiet. Ik sluit niet uit dat overmatig drankgebruik hiervan de oorzaak is.

Er zat een gat in zijn maag, waarschijnlijk ten gevolge van een flink ulcus. Bij nadere inspectie zag ik dat meerdere maagzweren de wand hadden geperforeerd. Via de gastroscoop kreeg ik de bloedingen niet gestelpt. Patiënt bleef, ook na het zetten van meerdere klipjes, bloeden. Het kwam overal vandaan. Met de coagulator schroeide ik zo veel mogelijk bloedingshaarden dicht, maar waarschijnlijk waren de aangetaste vaten te groot om te coaguleren.

Omdat Sarila met me zou meerijden naar het centrum van Utrecht, stond ik niet ontspannen aan deze vermoedelijke alcoholist te sleutelen. Gehaast en ongeduldig ging ik te werk. Om te voorkomen dat mijn godin een taxi zou nemen naar het Domplein, moest ik opschieten. Via een verpleegkundige op de OK vernam ik dat ze in de hal van het ziekenhuis op me zou wachten. Na veel gedoe lukte het de bloeding te stelpen, waarna ik het sluiten van de wond heb ik overgelaten aan de assistent.

In no time heb ik me ongewassen in mijn pak gehesen. Jezus, wat was ik opgefokt. Maar dit bleek onnodig, mijn schoonheid zat er nog en we zijn onmiddellijk met een rotvaart naar de Lange Nieuwstraat in Utrecht gereden. Toen we na veel parkeergezeik uiteindelijk de trappen van het Academiegebouw beklommen, werd ons door de pedel de toegang tot de promotiezaal ontzegd, omdat de ceremonie al in volle gang was.

Overmacht, heerlijk! Ik heb Sarila even voor mij alleen.

We nemen plaats op het terras van Orloff en ik voel me gespannen.

Een biertje voor mij en tomatensap voor de vrouw die haar toenadering naar mij mondjesmaat doseert. Het is tergend. Haar afstandelijkheid beveelt het tempo waarmee ik haar mag besluipen. Mijn lokroep, mijn gulzige handen, ingetoomd achter opgelegd geduld. Ik gehoorzaam aan haar maatvoering. Het doet pijn en bovendien word ik er onzeker van. Een gevoel dat ik niet ken.

In haar achteloze schoonheid vertelt ze honderduit. Een gezicht als een open bloem. Mijn gedachten worden begeerte. Ik hoor haar stem, de woorden ontgaan me. Incontinent van verlangen, van passie, van radeloosheid bijna. Overmand word ik.

'Hallo, zijn we er nog?' vraagt ze. 'Je bent zo stil.'

Ik verzin een smoes en moet me hernemen om haar verhaal te horen. Ze wil zich superspecialiseren in de vaatchirurgie. Ze heeft al gesprekken hierover gehad in Leiden. En daarna wil ze een lieve man en veel kinderen.

Lieverd, denk ik. Hier zit hij. Je man! Je hoeft niet meer te zoeken, je hoeft alleen maar te kiezen. Ben ik gek aan het worden?

Van de zomer wil ze fietsen langs de Bosporus. En binnenkort gaat ze met Loes naar India om chirurgen beter op te leiden in het plaatsen van kunststof aderen.

'Waarom doe je niet mee aan dat programma?' De hemel breekt open.

'Goed idee. Als jij gaat, ga ik ook.'

'Charmeur,' zegt ze. Dan kijkt ze op haar horloge. Als bij donderslag staat zij op.

'Kom op,' zegt ze, 'ze is klaar.'

'Klaar? Wie?'

'Evelien natuurlijk. Hora est. We gaan haar feliciteren. Weer zo'n kanjer die het glazen plafond aan scherven beukt.'

'Sarila,' zeg ik, 'mijn glazen plafond ben jij.'

'Grappig hoor. Doe niet zo raar. Jij kunt toch elke vrouw krijgen?' reageert ze speels.

Ze staat op. Ik wil haar omarmen, als man en vrouw met haar over het Domplein lopen. Het uitgillen van trots dat ze naast me loopt. Maar als ik heb afgerekend, heeft zij al een voorsprong op mij. Ik loop haar achterna. Hijgend. Ik moet en zal haar inhalen. Maar bij de garderobe wordt mijn lief in beslag genomen door de assistentengroep en raak ik haar kwijt.

De receptie is in volle gang en de rij voor de felicitatie is lang. Het gonst van bewondering over de briljante verdediging van Evelien. Ze heeft cum laude gekregen. Ik sta quasigeïnteresseerd te communiceren met vakgenoten uit het hele land, terwijl ik ondertussen mijn blik gevestigd hou op de bewegingen van mijn liefde, die een eind verderop het hoogste woord voert. Ze staat te springen van vreugde.

Eenmaal opgeschoven naar de promovendus tref ik een uitgelaten Evelien aan. Alles straalt aan haar. Ze heeft haar zoontje op de arm, die zijn beentjes om haar zwangere buik heeft geslagen. In zijn hand een heliumballon. 'Mijn mammie is top' staat erop. Als ik hem aanspreek, verbergt hij zijn toetje in de hals van zijn moeder.

'Briljant,' complimenteer ik, 'ongelooflijk knap van je. Ik ben trots op je. Je zet onze maatschap goed op de kaart. Tot zo, bij het diner,' voeg ik eraan toe.

'Diner?' vraagt Evelien.

'O sorry, ben ik niet uitgenodigd dan?' vraag ik onhandig.

'Nee, jongen, we gaan de kroeg in. Lokaal Negen, hier om de hoek. Een diner kunnen we ons niet meer veroorloven. Gewoon bitterballen en vlammetjes dus. Daar zul je het mee moeten doen,' schertst haar man.

Wat een armzalige toestand, zeg. Waar is de tijd gebleven dat promoties nog met grandeur gevierd werden?

Met lood in de schoenen begeef ik me naar de vijfde verdieping voor het vierde onderhoud met mijn personal coach. De man, een bejaarde ex-bestuurder van een consultancyconcern, wordt mij door Van Weteren min of meer door de strot geduwd. Die twee zijn vrinden en Karel zet hem bij conflicten regelmatig in om de-escalerend te interveniëren. Onlangs is door zijn tussenkomst een hoogoplopend conflict tussen het stafbestuur en de directie naar tevredenheid opgelost. Er was animositeit tussen specialistengroepen over de aanvraag van medische apparatuur, die volgens de snijders meestal in het voordeel uitpakt van de niet-snijders. Om te voorkomen dat maatschappen naast het paaltje piesen, wordt er bij de directie standaard driemaal meer aangevraagd dan financieel mogelijk is. De directie wees de aanvraag voor een apparaat voor robotchirurgie af en keurde de aanvraag van een tweetal nieuwe MRI-toestellen goed, zonder de argumenten goed te bespreken met de achterban. De belangenverschillen tussen directie en specialisten liepen zo hoog op dat het stafbestuur overwoog om het vertrouwen in de directie op te zeggen. De werksituatie tussen de specialisten werd er niet beter op en toen zelfs de patiëntenzorg er onder ging lijden, heeft onze baas zijn favoriete zielenknijper erbij gehaald.

Laat die Karel eens beginnen met het ontslaan van die peperdure consultants en interim-managers en zich houden aan zijn corebusiness, namelijk het faciliteren van dokters. Patiënten komen voor dokters en voor niemand anders. Niet de organisatie van het ziekenhuis, maar de behoefte van de patiënt zou moeten bepalen hoe de gezondheidszorg eruitziet.

Het baasje heeft het ternauwernood gered. Er komt een onderzoek dat moet leiden naar nieuwe procedures voor de aanvraag van investeringen. Een en ander moet niet gebaseerd zijn op glamour of persoonlijk belang, maar gerelateerd worden aan de speerpunten waarop het ziekenhuis zich regionaal wil profileren.

'Klopt mijn waarneming dat je het niet bepaald prettig vindt om met mij te praten?' begint mijn therapeut.

'Waaruit maakt u dat op?'

'Aan je houding. Laat ik het zo formuleren, jouw gesloten lichaamstaal nodigt niet uit tot een openhartig gesprek.' Begint die geitenharensok in streepjespak ook al ongevraagd te tutoyeren.

'Klopt, eerlijk gezegd zie ik er het nut niet zo van in. Geldverspilling, dat is het.'

'Zit het je dwars dat het je van hogerhand is opgelegd?'

Een schot in de roos. Om hem niet te nadrukkelijk tegen de haren in te strijken ga ik toch maar fatsoenlijk rechtop zitten.

'Zullen we beginnen?' vraagt de aan mij opgedrongen psychobabbelaar. 'Je laatste conflict, waar ging dat over?'

'Mijn laatste conflict? Ik heb helemaal geen conflict. Ja, er gebeurt wel eens wat, maar dat schaar ik liever onder het hoofdstuk meningsverschillen.'

'Daar heb ik andere informatie over.' Mijn coach staat geïrriteerd op en loopt naar het raam. Hij draait zich om en zoekt naar woorden. 'We hebben nu drie sessies gehad. Veel heeft dat niet opgeleverd. Ik loop tegen een muur op bij jou. Als je op deze manier de hakken in het zand blijft zetten, komen we geen stap verder. Dan is het inderdaad geldverkwisting wat we hier zitten te doen.' Hij komt weer tegenover me zitten, kijkt me doordringend aan en slaat met een groot gebaar zijn benen over elkaar.

'Waar ben je bang voor?' vraagt hij.

'Ik vertrouw het niet.' Het was eruit, voordat ik het in de gaten had.

De therapeut leunt nu naar voren, zijn handen met gestrekte vingers tegen elkaar geduwd. 'Dat is interessant. Laten we eens onderzoeken waar dat wantrouwen vandaan komt.'

'Weet ik veel. Dat zit in het beestje. Van kinds af aan al. Wantrouwen zou ik het trouwens niet willen noemen, ik ben eigenlijk altijd op mijn hoede. Dat is het meer.'

'Altijd op je hoede? Bij wie?' dringt de man aan.

Waar is hij op uit? Wil hij me op de knieën krijgen? Ik probeer houvast te vinden bij de overtuiging die mij mijn hele leven overeind heeft gehouden, maar het glipt me door de vingers. Ik voel mijn weerstand afbrokkelen. Kom op, Ewoud, waarom lucht je je hart niet? Waar ben je bang voor?

'Bij iedereen.' Ik denk aan mijn moeder. Haar commentaar op iedereen en de manier waarop ze overal wat achter zocht. Niemand was goed genoeg voor ons. Ze keek op de meesten van mijn vriendjes neer. Dan deed ze onaardig, dat voelden mijn vrinden wel. Zij bepaalde met wie ik mocht omgaan. Die gereserveerdheid naar andere milieus is me met de paplepel ingegoten.

'Wat heeft dat wantrouwen opgeleverd?'

'Ja jezus, wat heeft dit nou voor zin? Ik ben zoals ik ben.'

'Dat is te gemakkelijk. Een andere vraag dan. Waar komt dat wantrouwen vandaan?'

'Zal wel met mijn opvoeding te maken hebben. Dat is toch bij iedereen zo?' Dit lijkt me een open deur.

'Kom je uit een liefdevol gezin? Was er sprake van empathie en intimiteit?'

Liefdevol? Wat is liefdevol? En intimiteit, hou op zeg... breek me de bek niet open! Mammie die me 's avonds kwam onderstoppen. Haar strelende handen over mijn lijf, zogenaamd om me rustig te maken. Zij, die me kneedde naar haar ideaalbeeld. Ik was haar idool, haar product. Geen kant kon ik op. Ze heeft bezit van mij genomen. Ook van mijn gedachten. Ik ben haar eigendom geworden en het rare is dat ik het nog prettig vond ook. Ik wilde haar niet teleurstellen, nooit. Maar was het normaal, wat bij ons thuis gebeurde?

'Ik ben enig kind. Mijn moeder was dol op me. Ik was haar lust en haar leven. Daarnaast ben ik van adel. Zo ben ik ook opgevoed, passend bij onze status dus.' Waar wil die vent naartoe? Het lijkt godverdomme wel alsof ik bij een psychiater zit. Mijn jeugd gaat hem geen flikker aan.

'Hm... enig kind, zeg je.'

'Luister eens, waar wilt u eigenlijk naartoe? Ik dacht dat ik hier een aantal tips zou krijgen om mijn kwaliteiten als manager te bevorderen!'

'Ik wil naar je kern, naar je diepste zijn. Naar de spelonken van je ziel, want daar zit het vast.'

'Waaruit blijkt dat volgens u?'

'Je doet cynisch en afstandelijk.'

'Dat kan wel zijn, maar wat heeft het voor zin om allerlei zaken van vroeger naar boven te halen? Ik heb misschien een bijzondere jeugd gehad met een overprotectionistische moeder. Maar ja, gebeurd is gebeurd. Je verandert er niets mee. We leven in het nu.'

'Om de een of andere reden ben je geblokkeerd. Je moet niet te veel nadenken. Ik wil dat je verbinding maakt met je gevoel! Met jezélf, met je omgeving, met de natuur, met je vrienden. Dat wil ik.'

'Waarom zou ik?'

'Waarom zou ik? Om een goede manager te worden! Om de mensen met wie je omgaat te begrijpen!' Om zijn woorden kracht bij te zetten slaat de coach met zijn vuist op tafel. Hij ziet eruit alsof hij elk moment kan ontploffen.

Ik zet me schrap. 'Halleluja,' zeg ik ironisch, met mijn handen wapperend in de lucht. Die opgefokte vent wil mij iets ontnemen wat ik al die jaren zorgvuldig heb opgebouwd. Blijf van me af! Waarom zou ik mezelf blootgeven? Bovendien, wat héb ik in godsnaam bloot te geven? Ik ken mezelf niet eens.

'Halleluja? Niks halleluja! Je wuift alles weg. Zo gauw het dichtbij komt, klap jij dicht. Laat het eens toe! De wereld is niet vijandig, de wereld heeft het goed met je voor, man!' oreert de shrink.

Hij heeft gelijk, als mensen te dichtbij komen klap ik dicht. Vooral vrouwen, die neuk ik van me af. Ik weet niet hoe dat komt. Plotseling krijg ik een lachbui.

'Sorry, maar ik kreeg even het gevoel dat ik bij de Bhagwan zit, of is dit de "breekijzermethode" die u toepast?'

Mijn zenuwachtige lach, die ik niet kan beteugelen, wordt een slappe lach. Een lach die ik herken uit mijn kindertijd. Een lach die mij thuis tijdens het diner kon overvallen en bruut door mijn vader werd afgestraft. Ik hap naar adem, neem een slok thee en ga verzitten.

'Kom op, Ewoud, heel leuk allemaal, maar we gaan door. Niks breekijzermethode, als ik al een methode volg, dan is dat de methode van de transactionele analyse. Maar dat leg ik je nog wel eens uit. Je ouders, vertel daar eens wat over,' vraagt Baba nu op rustige toon.

'Gewoon, keurige mensen,' giechel ik nog een beetje na. Maar ik weet me met moeite te hernemen. 'Als u het zo graag weten wilt, ze waren erg demanding naar mij, maar ja, dat hoort erbij in ons milieu. Wij haten middelmatigheid. Mijn vader zag ik niet veel, die werkte altijd. Ik heb niets met die man, bovendien is hij op dit moment zo dement als een deur. Mijn moeder heeft me opgevoed. Daar had ze een dagtaak aan. Zij bepaalde wat ik moest doen, van 's ochtends vroeg tot 's avonds laat. In alles moest ik de beste zijn. Pianospelen, jagen, hockey. Al mijn bezigheden waren gericht op studie, op trainen en vooral op netjes praten.' De onvrede over mijn eenzame jeugd komt er plotseling in volzinnen uit. Ik voel me labiel. Het onderdrukken van mijn lachbui gaat plotseling over in verdriet.

'Netjes praten? Wat bedoel je daarmee?'

'Ik mocht geen verkeerde woorden zeggen. Veel woorden zijn verkeerd, die horen niet bij onze stand. Daar was ze meedogenloos in. Bijvoorbeeld als ik per ongeluk pantalon zei, of koelkast, colbert, of toilet, couvert, trottoir. Allemaal verkeerde woorden. Ze zei dan altijd dat mensen zoals wij, zulke woorden niet gebruiken.'

'Vind jij dat ook?'

'Eigenlijk wel, ik vind het tenenkrommend wanneer mensen verkeerde taal gebruiken. Tijdens mijn studententijd, in het corps, was ik voortdurend aan het opletten. Op een gegeven moment lette ik alleen nog maar op woorden. Of ze konden, of niet. Meisjes met verkeerde woorden, daar gruwde ik van.'

'Prettige bezigheid. Maar ja, wat heb je eraan?'

'De kaf van het koren scheiden, dat heb ik ervan geleerd.'

'Kijk je neer op mensen die niet van "jouw soort" zijn?' Met zijn wijsvingers maakt hij het gebaar van aanhalingstekentjes en aan de uitdrukking op zijn gezicht kan ik zien dat hij het allemaal onzin vindt.

'Nee, dat niet. Er zitten ook beschaafde mensen tussen. Maar ik hoef ze niet bij mij over de vloer.'

'Voel je je verheven boven anderen?'

'Ik ben anders, meer niet.'

'En dat straal je ook uit?'

'Ik denk het wel, eerlijk gezegd. Maar dat is onbewust. Het zit erin gebakken. Zoiets leer je niet af, denk ik.'

'Hoe denk je dat andere mensen jou zien?'

'Sommigen zullen me arrogant vinden of geaffecteerd, maar daar zit ik niet mee. Ik hoef niet met iedereen bevriend te zijn.'

'Ben je eenzaam?'

Wat een vragen! Ik weet niet eens wat ik voel. Of liever gezegd, ik ben altijd eenzaam geweest. Het went. Het enige wat ik nu wil is Sarila. Het wordt een obsessie. Maar ik weet niet hoe ik het met haar moet aanpakken. Misschien moet ik het uit mijn hoofd zetten. Sarila en mammie gaan toch nooit samen.

'Ja, nu wel,' ontglipt me.

'Even terug naar je moeder, want daar komt het vandaan. Denk je ook niet?'

'Mijn moeder hou ik er liever buiten.' Iedereen blijft van

mijn moeder af. Het gaat niemand wat aan hoe het was.

'Waarom bescherm je haar?'

Goede vraag. Waarom bescherm ik haar? Ik kan haar geen pijn doen. Alles wat ze deed, deed ze met de beste bedoelingen. Ik was haar bestaansrecht. We werden van elkaar afhankelijk. Zo leefden wij één leven, dat weliswaar door mij moest worden waargemaakt.

'Het was zoals het was. Ze heeft me gevormd zoals ik ben. Wat ik heb meegemaakt, kun je niet uitleggen aan mensen die ons milieu niet kennen.'

'Los van dat gedoe om je milieu, wat heb je als kind gemist? Ga eens terug naar dat jongetje van toen. Wat dacht dat kereltje als hij 's avonds in bed lag?'

Ik zie mezelf liggen in het mahoniehouten bed. Dat jongetje mocht niet denken. En als hij dat toch deed, nam zijn moeder hem de volgende dag zijn gedachten af. Dan moest hij opbiechten waaraan hij gedacht had. Dat werd onmiddellijk geïnterpreteerd in de door zijn moeder gewenste richting. Voor zijn mening, laat staan zijn gevoel, was geen ruimte. Eigenlijk heeft hij nooit de kans gehad een eigen identiteit te ontwikkelen. Mam, wat heb je me aangedaan? Waarom heb je me goddomme nooit losgelaten? Er komen boosheid en verontwaardiging in me op. Ik voel me verdrietig en begin de controle te verliezen.

'Ik zie dat deze vraag je emotioneert,' merkt mijn waarnemer op.

Er gaat een rilling door me heen. De beelden van vroeger dringen zich aan me op. Ik verlies de greep op mezelf.

'Nooit heb ik onbekommerd met vriendjes kunnen spelen. In mijn jeugd heb ik geen minuut voor mezelf gehad. Die druk, de hele dag. Het voldoen aan haar verwachtingspatroon. Mijn angst voor haar vernietigende oordeel, bijvoorbeeld wanneer ik eens een keertje een zeven behaalde in plaats van een acht. Ik ging erom liegen. Een keer heb ik op mijn rapport van een zeven een negen gemaakt. Het huis was te klein toen ze erachter kwam. Ik kreeg onmiddellijk bijles. Dagelijks deed ik examen, bij mijn moeder welteverstaan.' Mijn maag krimpt ineen. Ik vecht tegen de tranen. Kom op, Ewoud, bij de les blijven! Echte kerels huilen niet.

'Je huilt. Dat is goed. We komen bij je hart, bij de essentie.' Mijn coach staat op en knijpt me in mijn schouder. 'Laat het maar komen,' zegt hij, 'het gif, het verdriet moet eruit, goed zo.'

'Dit wil ik niet,' snik ik. Mijn fundamenten worden onder me vandaan geslagen. Mijn verdriet vliegt de lucht in.

'Emoties zijn niet bedreigend, ze horen bij het leven. Zij zijn juist het kompas waarop je je koers bepaalt,' zegt de consultant nu geruststellend.

Ik kijk hem aan.

Hij knikt bemoedigend. 'Wordt het niet eens tijd voor je eigen leven?'

'Ik weet het niet. Ik ben verliefd, maar weet me geen raad,' beken ik ten slotte.

'Dat lijkt me een goed begin. Laten we daar de volgende week op doorgaan,' besluit mijn coach.

Hoe ik thuis ben gekomen weet ik niet eens. Ik heb na de doorbraak nog een halfuur in die ruimte gezeten. Mijn coach, hij heet Vincent, bleef tegenover me zitten. Zwijgend. Hij reikte me tissues aan. Toen de tranen op waren, stond ik op.

'Gefeliciteerd,' zei Vincent, 'we gaan opnieuw beginnen. Het komt goed, jouw leven. Hoor je wat ik zeg? Jouw leven begint pas. Verander wat je niet kunt accepteren en accepteer wat je niet kunt veranderen. Ik wil je helpen te worden wie je werkelijk bent. Je zult zien hoe leuk het wordt.'

Ik bel Sarila.

'Wil je alsjeblieft even bij me komen,' vraag ik.

Sarila zegt dat ze komt. Waar moet ik beginnen?

Ze komt het pad op. Mijn lief, mijn bruid. Mijn mooiste vrouw, verlegen met haar schoonheid. Ik tril, in de deuropening.

'Verlos me,' zeg ik.

'Waarvan?' vraagt ze.

'Van mezelf,' huil ik.

'Kom maar,' zegt ze, 'vertel maar, ik heb alle tijd.'

En toen. Als woorden mij nu zeggen konden wat ik voelde. Maar er zijn geen woorden voor. Althans, ik ken ze niet.

Het was niet vleselijk. Niets van dat. Het was waarachtig. Waar-achtig. Het was waar. Ik heb mezelf losgelaten. Zij nam me mee naar schaamteloze eerlijkheid. Ik was niet bang, integendeel. Een klein jongetje werd ik. Het geluk stroomde binnen, via haar. Ik heb mezelf binnenstebuiten gekeerd. Voor het eerst in mijn leven was ik thuis.

7

Eugenie

Dat het zo snel raak zou zijn, had ik niet verwacht. In Bali vermoedde ik al dat het gelukt was. Ik werd niet ongesteld. Toch schrok ik wel een beetje toen na thuiskomst bleek dat de uitslag van de predictortest positief was. Nu kan ik niet meer terug, dacht ik. Het zit erin en over achtendertig weken komt er een kindje uit.

Ik voelde meteen dat ik zwanger was. Mijn borsten werden pijnlijk en er overviel me een extreme vermoeidheid. De massale celdeling die in mij plaatsvindt, vergt enorm veel energie van mijn lichaam. Zeker in mijn geval, nu er twee mensjes in mij tot wasdom komen, maar dat wist ik toen nog niet. De misselijkheid die mij 's ochtends overviel en de hele dag aanhield, was overweldigend en moeilijk te combineren met mijn werk. Ik zat meer op de wc dan achter mijn bureau. Mijn plichtsbesef sleurde me door de werkdag heen. Achter een scherm van zogenaamde betrokkenheid hield ik me staande. De eerste zes weken ben ik vier kilo afgevallen en ik voelde me ziek, zwak en labiel.

Dat braken baarde me zorgen omdat ik het foliumzuur en de multivitaminen, die vooral in de eerste weken van de zwangerschap nodig zijn voor een goede ontwikkeling van de hersentjes van het kind, er allemaal uit kotste. Gelukkig was ik twee maanden vóór de conceptie begonnen met slikken, zodat ik al een aardige spiegel had opgebouwd. Ik bedoel, een kindje met een open ruggetje is nou niet echt waar ik naar uitkijk.

Mijn huisarts stuurde me door naar de afdeling prenatale zorg van het UMC, waar echografisch een tweeling werd vastgesteld. Volgens de gynaecologe komt meerlingenzwangerschap bij vrouwen boven de vijfendertig tweemaal vaker voor dan bij vrouwen die voor hun vijfentwintigste zwanger worden. Ze vertelde me ook dat vrouwen die zwanger zijn van een tweeling vaak meer last hebben van misselijkheid en oververmoeidheid, omdat ze extra veel zwangerschapshormonen aanmaken.

Ik was verpletterd door het nieuws over de tweeling en kreeg ter plekke een enorme huilbui.

'Dit kan ik niet aan,' jankte ik, 'ik ben een alleenstaande moeder.'

De gynaecologe vertelde dat veel vrouwen in eerste instantie schrikken van zo'n bericht. Maar in de meeste gevallen gaat de paniek over in acceptatie en trots. Wanneer ik me langdurig onzeker en labiel zou voelen, kon ze me doorverwijzen naar een psycholoog en naar maatschappelijk werk.

Ze vertelde ook dat een tweelingzwangerschap sowieso een medische indicatie inhoudt en dat de controles en de baring in het ziekenhuis moeten plaatsvinden. Omdat aan mijn buik bijna niet te voelen is of beide kinderen voldoende groeien, krijg ik regelmatig een echo.

Nachten heb ik wakker gelegen. Paniek. Onzekerheid. Hoe moet het financieel? Kan ik het aan in mijn eentje? Zal ik een lieve moeder zijn? De eerste weken lag ik al om negen uur in mijn mandje, waar ik uren lag te malen over de consequenties en over de dingen die mis kunnen gaan. Ik heb mezelf van de buitenwereld afgesloten om de werkelijkheid tot me door te laten dringen en me te beraden op mijn toekomst. Het belang van mijn kinderen stond daarbij voorop. In het afwegingsproces werd ik heen en weer geslingerd tussen angst voor de toekomst enerzijds en grote dankbaarheid voor het feit dat mijn grootste wens in vervulling was gegaan, anderzijds. De onzekerheid bleef in die periode dominant. Hoezeer ik mezelf ook aanspoorde om positief te denken en hoe vaak ik ook blije peutertjes visualiseerde, telkens sloeg de twijfel toe. In plaats van gelukkig te zijn werd ik een depressieve labiele vrouw. In mijn stoutste dromen overwoog ik zelfs om een van de twee te elimineren. Maar die overweging heb ik snel uit mijn hoofd gehaald. Het idee dat ik een gezond kindje en misschien nog wel de mooiste, de leukste of de slimste van de twee, zou laten doodprikken, vervulde me met verachting voor mezelf. Ik heb mezelf toegesproken. 'Als je a zegt moet je ook b zeggen. Dit is je laatste kans. Dan maar met wat minder geld, als ze maar liefde krijgen.' Juist dat laatste, de liefde, daar begon ik ook al aan te twijfelen. Ik dacht aan mijn moeder, haar kille, afstandelijke karakter. Heb ik dat ook?

In wanhoop heb ik Klaartje gebeld. Mijn partner in crime. Als enige kent zij de ware toedracht achter de conceptie van mijn kinderen. Zonder veel te zeggen kroop ze in bed als een lepeltje tegen me aan. 'Je moet je angsten loslaten,' zei ze terwijl ze zich met haar hand om mijn buik stevig tegen me aan drukte. 'Morgen maken we een plan de campagne. Alles komt goed,' suste ze. Ik viel in een diepe slaap.

Inmiddels ben ik zestien weken. Bij twaalf weken hebben ze de nekplooimeting gedaan en alles was gelukkig goed. Op mijn leeftijd is dat best spannend, want het syndroom van Down komt bij vrouwen rond de veertig vaker voor. Over een maand kan ik het geslacht van mijn kinderen laten bepalen. Ze zijn twee-eiig, dus in het gunstigste geval krijg ik een jongetje en een meisje. Maar eigenlijk wil ik het nog niet weten. Het klinkt als een cliché, maar gezien mijn leeftijd, en zeker nu het er twee zijn, hoop ik vurig dat ze gezond zijn. Tweelingzwangerschappen brengen nu eenmaal meer risico's met zich mee.

Mijn toestand valt inmiddels niet meer te ontkennen. Het is de laatste twee weken ineens hard gegaan, mijn kleding kan ik niet meer aan. Gelukkig is de misselijkheid gaan liggen en ik merk aan mijn lichaam dat het zich heeft aangepast aan de hormonale overval. Ik ben minder labiel en krijg steeds meer vertrouwen in mezelf.

Soms vraag ik me af of je een alleenstaande moeder met twee kinderen een gezin kunt noemen. Er wordt bij single ouders vaak gesproken over onvolledige gezinnen, maar waarom zou een gezin pas volledig zijn wanneer het kind met een vader en moeder onder één dak opgroeit? Volgens mij wordt het in de toekomst doodnormaal dat alleenstaande vrouwen kiezen voor een kind. Deze trend is allang ingezet. Hoogopgeleide vrouwen willen primair carrière maken. Ze zijn economisch onafhankelijk en hebben behoefte aan autonomie. Uitzicht op een vaste relatie spreekt hen niet aan. Om hen heen struikelen huwelijken bij bosjes en resulteren in teleurgestelde singles die zich opnieuw aanbieden op de markt. Deze keer zijn ze meer op hun hoede en worden kieskeuriger. Het vraag-en-aanbodspel is uit balans geraakt. Mannen worden onzeker van het fenomeen 'vrouw met masculiene ambities' en de zelfstandige vrouw peinst er niet over om haar succes en zelfbeschikkingsrecht in te leveren voor een man die haar gaat claimen, of erger nog, van haar verwacht dat ze zijn overhemden strijkt. De dames kunnen het wel alleen aan en gaan op vakantie met vriendinnen die ook single zijn. Vrijheid blijheid, geen gedoe over taakverdeling, over vreemdgaan en polyamorie, of over andere huwelijksperikelen die castrerend werken. Ze willen hun eigen koers varen en niet hoeven schipperen met verwachtingspatronen en opgelegde beperkingen door de partner. Voor de seks zijn one-nightstands – vaak met gehuwde mannen – voldoende en als die niet voorhanden zijn, is er altijd nog de vibrator. Het voortplantingsorgaan moet wel gestimuleerd blijven, want: *use it, or lose it*. Eenmaal eind dertig, als het carrièrebedje is gespreid, besluiten de dames op zaadjacht te gaan. Het is nu of nooit. Via internet worden donoren gezocht, die hun zaad keurig thuis bij je komen afleveren. Kennelijk hebben mannen er ook behoefte aan om hun genenmateriaal te verspreiden.

Ewoud was de eerste aan wie ik het vertelde. Hij reageerde nogal koel en ook een beetje argwanend. Mijn verhaal over dat Australische slippertje stelde hem niet helemaal gerust, vandaar dat hij begon te dreigen met een DNA-test. Dat moet ik natuurlijk niet hebben. Daarom heb ik hem verteld van de tweeling, want gezien mijn omvang dacht hij natuurlijk dat ik verder was. Dan was die vakantieliefde natuurlijk een ongeloofwaardig verhaal geweest, ik bedoel, de jonkheer kan ook rekenen. Eigenlijk heb ik maar over twee weken gejokt. De werkelijke conceptie vond slechts twee weken eerder plaats dan de virtuele.

De reacties op mijn werk liepen nogal uiteen. Van oordelend misprijzen tot meelevend enthousiasme. Evelien was allerliefst. 'Dan zijn we ongeveer even ver,' zei ze, maar hoewel ze verder is, zie je er bij haar nog niets van. We hebben nog even gefilosofeerd of het inhuren van een gezamenlijke nanny zou opwegen tegen de kosten van de opvang, maar omdat zij in Vleuten woont lijkt dat toch niet handig. Ellen was ook heel behulpzaam. Ik kan van haar veel tweedehandsspullen overnemen. Zij heeft genoeg aan haar kroost en daarom heeft ze zich kortgeleden laten steriliseren. Joop reageerde bezorgd. 'Wat moet je met zo'n aussie,' zei hij. Ik sprak met hem af dat we na de oud-assistentendag een avond zouden bijkletsen.

Navraag naar de vader van mijn kind overrompelde me in eerste instantie. Ik begon wat onhandig te stuntelen met een vaag verhaal. Maar dat overkomt me niet meer. Inmiddels begint de leugen een nieuwe werkelijkheid te worden. Ik ben er zelf in gaan geloven. De vader is een vijfenveertigjarige gescheiden Australiër, die vader is van twee tieners. Hij bezit een schapenfarm in de buurt van Perth, aan de westkust van Australië. Een flinke stoere vent, down-to-earth en *well to do*. Soms verzin ik erbij dat hij eind augustus, als onze kinderen geboren zijn, een maandje op bezoek komt. Af en toe gaat de fantasie met me op de loop. Dan vertel ik bijvoorbeeld aan de meisjes op kantoor dat hij stapelverliefd is en niets liever wil dan met mij op de farm wonen. Ik zou daar een guesthouse kunnen beginnen voor de ecotoeristen die daar al backpackend rondtrekken. 'Waar je zin in hebt,' zeiden ze.

Dat verhaal over die verkeerde garnalen hou ik er standaard in. Het was een ongelukje. Een ongelukje waaraan ik niets kon doen, maar dat toch als een geschenk uit de hemel kwam. Het heeft zo moeten zijn, zeg ik dan. Als ze vragen of ik van plan ben om te emigreren, vertel ik dat mij dat niet zo'n aantrekkelijk idee lijkt. Als Neville – zo heet de biologische vader van mijn kinderen – van me houdt, dan komt hij maar hier wonen.

Zaterdag is de oud-assistentendag. Als projectleider heb ik alles tot in de kleinste details geregeld. Vandaag lunch ik met de moeder van Ewoud om het een en ander met haar door te praten. Daarna ontvang ik de leveranciers. Albert, de bezorgservice van Albert Heijn en Gall & Gall, brengt om vier uur de drank en spullen voor de lunch en het ontbijt. Voor de borrel rond het kampvuur heb ik veel stokbroden en Franse kaas besteld. Ook de stoelen, de statafels en de mobiele toiletten worden vandaag geleverd. Ik heb met Ewoud en de assistenten afgesproken dat ze morgen wat eerder aanwezig zijn om de stoelen in de orangerie op te stellen. Dat gesjouw is mij te zwaar geworden. Bovendien pies ik momenteel bij de minste geringste beweging in mijn broek. Die boefjes van mij zitten steeds tegen mijn blaas te schoppen. Vannacht voelde ik volgens mij voor het eerst leven. Een beetje gekriebel onder in mijn buik. Alsof er kleine luchtbelletjes langs een wand omhoogschuiven. Ik moest ervan huilen.

‘Dag lieverd.’ Ewouds moeder staat op het bordes en ontvangt me met open armen. Een wollen omslagdoek wordt met een flinke gouden broche bijeengehouden op haar schouder. Daaronder een magere verschijning in een lange broek, waarvan de pijpen in rubberen laarzen zijn gestoken.

‘Dag mevrouw Van Beuningen Lichtenvoorden,’ breng ik er in een volzin uit, terwijl ik met mijn weekendtas om de schouder hijgend de trap beklim.

‘Schat, zeg maar alleen mevrouw, dat is genoeg. En let niet op mijn kleding,’ zegt ze verontschuldigend. ‘Op dit landgoed kan het niet anders. Er is zoveel te doen buiten. Bovendien is het zo nat de laatste tijd. En dan die mollen overal. Vreselijk! De tuinman heeft wel twintig klemmen geplaatst, maar we krijgen ze niet weg. Ik vind het ook zo zielig voor die beestjes. Nu gaan we een apparaatje proberen dat trillingen en geluid voortbrengt, wat de diertjes niet prettig vinden. Nou, we zullen wel zien of het werkt. Weet je wat het is, Eugenie, het wordt me allemaal een beetje te veel hier. Maar kom eerst eens binnen, ik heb warme chocolademelk voor je gemaakt, met slagroom, want dat hoort erbij, vind je niet? En dan nog iets, noem me alsjeblieft Charlotte, want dat gemevrouw vind ik zo koud.’

Ik zet de tas onder aan de trap, die langs drie muren van

de imposante hal naar boven verdwijnt. Hertengeweien en familieportretten dringen zich aan me op. Er hangt een muffe geur. Een stoffige geur van velours gordijnen en Perzische tapijten die sinds jaren niet zijn uitgeklopt. In de keuken liggen twee krentenbollen met kaas op tafel.

'Charlotte, zullen we het draaiboek even doornemen?' stel ik voor.

'Ja, dat doen we zo... maar eerst even gezellig doen.' Charlotte knikt goedkeurend naar mijn buik en kijkt me nieuwsgierig aan. 'Komt hij?' vraagt ze ten slotte.

Komt hij? Wie bedoelt ze in godsnaam? Ik kijk haar verbaasd aan.

'Je verloofde natuurlijk. Ik heb het allemaal wel gehoord hoor, van Woudje. Australiër toch?'

'O, je bedoelt de vader van mijn kinderen.'

'Kinderen, hoor ik het goed? Wil je me zeggen dat het er meer zijn?'

'Ja Charlotte, twee vliegen in één klap,' zeg ik triomfantelijk en om mijn woorden kracht bij te zetten, laat ik mijn hand met een klap neerkomen op de eettafel.

'Mon Dieu, wat een opgave... kindje toch,' Charlotte aait me over mijn schouder, 'dan hoop ik helemaal voor je dat je man snel hier is.'

'Hij komt over drie maanden. Eerst moeten de lammeren groot genoeg zijn om te scheren. Hij heeft een kudde van twintigduizend, dus dat is enorm veel werk. Die moeten allemaal handmatig geschoren worden. Daar zijn ze maanden mee bezig. Zodra de woloogst binnen is, komt hij.'

'Toch wel op tijd voor de bevalling, hoop ik?'

'Laten we het hopen,' jok ik met een stalen gezicht.

'Ik snap er niets van,' reageert Charlotte hoofdschuddend, 'het gaat tegenwoordig allemaal zo anders. Eerst carrière, dan op hoge leeftijd kinderen krijgen en trouwen ho maar. Ik hoorde laatst dat vrouwen na hun vijfendertigste

50 procent minder kans hebben op zwangerschap. Wees maar blij dat het bij jou nog gelukt is. Meisje, je mag van geluk spreken. Moederschap is het mooiste wat er is. Daar zijn wij vrouwen voor gemaakt. Het is het beste wat me is overkomen. Een leven zonder mijn zoon zou voor mij zinloos zijn geweest.' Charlotte loopt naar het aanrecht en tuurt een ogenblik door het raam. 'Zo langzamerhand zou ik wel kleinkinderen willen. Het is zo stil hier op het landgoed. Een beetje leven in de brouwerij zou geen kwaad kunnen. Maar ja, volgens mij is Ewoud de eeuwige vrijgezel. Sinds Claire heeft hij zich nooit meer kunnen binden. Hij is ook zo kieskeurig,' mijmert ze.

'Claire? Nooit van gehoord,' merk ik verbaasd op.

'Een heel keurig meisje. Beeldschoon was ze, zelfs ík was op haar gesteld. Maar ze nam plotseling de benen, nota bene vlak voor het huwelijk. Ik heb dat nooit begrepen. Volgens mij is Ewoud dat trauma nooit te boven gekomen. Hij was idolaat van haar.'

'Zij kennelijk niet van hem,' ontglipt me.

'Dat lag niet aan Ewoud. Claire is een egocentrische vrouw. Het enige wat bij haar vooropstond, was haar carrière. Alles moest daarvoor wijken, zélfs Ewoud. Laten we eerlijk zijn, mijn zoon is toch een lot uit de loterij! Hij heeft succes in zijn werk, hij is sportief en innemend. Daadkrachtig, dat is hij. Dat ben je toch met me eens, Eugenie?'

'Dat vind ik moeilijk te beoordelen,' reageer ik vaag.

'Je werkt toch elke dag met hem? Dan zie je het toch dat hij een geboren leider is?'

'Voorlopig is Frits de baas,' pareer ik ontwijkend.

'Maar niet lang meer. Mind my words!' reageert Charlotte fanatiek. Haar puntige knieën stoot ze dwangmatig tegen elkaar, alsof ze salueert met haar benen.

'We zien wel. Er zijn meer kapers op de kust.'

Mijn gastvrouw trekt haar schouders op en begint resoluut de bordjes af te ruimen. Aan het aanrecht zoekt ze houvast met haar handen. Ik hoor een zucht en zie hoe ze zich vervolgens naar me omdraait. Onhandig staat ze daar.

'Weet je,' begint ze en vervolgens zegt ze met een afwijzend gebaar, 'ach, laat maar'. Ze zoekt naar woorden.

Ik loop naar haar toe. En passant neem ik wat schaaltjes mee.

'Als het je oplucht...' Voordat ik mijn zin kan afmaken komt ze tussenbeide.

'Ik zie mijn zoon niet zoveel meer de laatste tijd,' bekent ze op geagiteerde toon.

'Ik dacht dat jullie twee handen op één buik waren?' merk ik op.

'Waren! Je zegt het goed. Hij ontwijkt me momenteel en is kortaf aan de telefoon. Hij is al vier weken niet meer thuis geweest. Zit ik hier in mijn eentje! Met mijn man kan ik geen fatsoenlijk woord meer wisselen. Dacht je dat dat leuk is? Alles wat ik hier doe, doe ik voor Ewoud. Maar ik kan het niet meer aan. Vooral nu hij zo duidelijk voor zichzelf kiest. Ik ken mijn eigen zoon niet meer. Heel verdrietig allemaal. Dat ik dat nog allemaal moet meemaken op mijn leeftijd. Ik weet wel waar hij mee bezig is.' Charlotte trekt een schort aan en begint verwoed met de afwas.

Ik pak een vaatdoek. 'Wat bedoel je? Is er iets gebeurd?'

Mammie zwijgt, ze steekt haar handen in haar schort om te verbergen dat ze trillen.

'Ik ben stom geweest,' bekent ze nu.

'Hoezo?'

'Ik heb gezegd dat ze er bij mij niet in komt. Maar dat zei ik per ongeluk.'

'Waar hebt je het over?' vraag ik verbaasd.

'Over die Turkse dokter natuurlijk! Dat ben je toch met me eens, dat gaat nooit goed. Ik schaam me dood zeg. Bovendien, ik ben als de dood voor moslims.' Charlotte breekt en begint te huilen. Ze veegt haar tranen af aan een linnen servet.

'Je bedoelt Sarila?'

'Weet je wat hij tegen me zei?' De tranen lopen nu bij Charlotte over de wangen. 'Hij zei', Charlotte haalt diep adem, 'hij zei dat als hij moest kiezen tussen haar en mij, dat hij voor haar zou kiezen. Dat zei hij!'

Haar relaas komt er verontwaardigd uit. Het begint me duidelijk te worden. Haar zoon heeft de condities verbroken. Op dit moment gelden zijn normen. Eindelijk ontworstelt Ewoud zich aan het juk van zijn moeder. Beter laat dan nooit. Tegelijkertijd wist ik niet wat ik hoorde. Ewoud en Sarila is de laatste combinatie die ik voor mogelijk hield. Arme Sarila, ze is niet goed wijs. Persoonlijk komt het me eerlijk gezegd goed uit. Het leidt de aandacht een beetje af.

'Charlotte, luister,' zeg ik gedecideerd, 'Wanneer Ewoud zoiets zegt, dan meent hij het ook. Sarila is een moderne, goed opgeleide mooie vrouw. Ik weet zeker dat je haar graag mag. Mag ik je één raad geven? Als je hem niet kwijt wilt, ontvang ze dan beiden met open armen.'

Nadat ik de leveranciers heb geïnstrueerd en betaald, check ik de logeerkamers. Charlotte gaat een middagdutje doen. Daarna ga ik nog even het dorp in om met de Chinees te bespreken of de bestelling juist is opgenomen, en om bloemen te kopen voor op de sprekerstafel. Het is de bedoeling dat ik op Beukenhorst zal overnachten, maar ik verzin een smoes om toch naar huis te kunnen gaan. Het vooruitzicht om de hele avond met mammie aan de keukentafel te zitten spreekt me niet zo aan.

Ik heb heerlijk uitgeslapen en uitgebreid de krant gelezen. Daarna ben ik traag op gang gekomen, ik heb mijn nagels gedaan, mijn haren geföhnd en een maskertje genomen. Een troetelbodydagje. Heerlijk. Geniet er nog maar van, dacht ik, want over krap vier maanden is dit soort luxe passé.

Dan wordt mijn dagindeling door mijn kinderen bepaald. Dat wordt dag in dag uit voeden, boertjes laten en luiers verschonen. Ik hijs me in een zwangerschapsskinny met een halflang wollen vest en stap om kwart over drie in de auto.

Om halfvijf ben ik op het landgoed.

Het wetenschappelijke gedeelte van de dag is nog in volle gang. Door de spijltjesramen van de orangerie zie ik Loes achter de sprekerstafel staan. Achter haar zie ik foto's geprojecteerd van Aziatische landschappen, afgewisseld met foto's waarop Loes wordt geflankeerd door plaatselijke artsen. Over een jaar wil ze haar tijd volledig benutten voor haar passie in de derde wereld. Hopelijk weet ze haar vakgenoten te enthousiasmeren voor dit project. Bewonderenswaardig dat zij op haar leeftijd nog zo veel energie heeft. Ze is en blijft toch een beetje een non.

Hendrik, de tuinman, is er ook. Hij klapt de meegebrachte campingstoeltjes uit en plaatst ze in een kring. De vuurkorfjes vult hij met hout en aanmaakblokjes. Ik pak de glazen uit en ontkurk alvast een aantal flessen witte wijn voordat ik ze in de koelemmer met ijs zet. De Franse kaas en de stokbroden rangschik ik tussen de waxinelichtjes op de twee lange buitentafels. Als ik hiermee klaar ben, neem ik wat afstand om te beoordelen of de mise-en-scène me bevalt. Onder de gigantische beukenbomen waarvan de takken met jong blad als guirlandes naar beneden vallen, ziet het er sprookjesachtig uit. Toch mis ik iets. Het kan nog landelijker. Mijn oog valt op de hederahagen die weelderig langs oude boomstronken woekeren. Ik trek er meters van af en drapeer het groen tussen de foerage op de tafels. Schoonheid zit in kleine dingen, in aandacht, in compositie. De vuurkorfjes branden, het is perfect zo. Het feest kan beginnen.

Om halfzeven komt de groep uitgelaten naar buiten. De lage avondzon legt een warme oranje gloed over het gezelschap. Ik word gezoend en enkele geëmotioneerde oud-assistenten drukken zich stevig tegen me aan. Een van hen benadert me van achteren, slaat zijn handen om mijn buik en vraagt wie de gelukkige verwekker is van mijn kind. Sommige mensen zijn nogal vrijpostig.

Er ontstaat een run op de tafels en er wordt uitgelaten gekakeld en getoost. Het tafereel doet me denken aan een jeugdherberg tijdens een schoolreisje. Sarila staat speels te babbelen met een aantal collega's. Een van hen, Joep, geeft haar heupstootjes en slaat vervolgens zijn arm om haar heen. Zo te zien fluistert hij haar iets in haar oor. Sarila maakt zich met een vrouwelijke zwier los uit zijn greep en rent weg. Haar voile jurk en haar haardos wapperen als een wolk achter haar aan. Joep zou Joep niet zijn als hij niet de sprint zou inzetten. Een kinderlijk spel van boompje wisselen, verbergen achter struiken en gieren van het lachen speelt zich voor ons af. Natuurlijk moest het ervan komen dat het vrouwtje wordt overmeesterd door het alfamannetje. Hij grijpt haar beet, zij struikelt en hij valt boven op haar. Met zijn benen tegen haar flanken gedrukt, houdt hij zijn prooi in bedwang. De groep begint te applaudisseren en te joelen. Mijn blik valt op Ewoud. Hij draait zich resoluut om en loopt met grote stappen naar de orangerie. Achter een raam van het landhuis zie ik het silhouet van Charlotte achter de vitrage. Dit schouwspel zal haar vooroordeel wel versterken. Zielig voor Ewoud.

'Zo'n lekker stukje Turks fruit is zelfs mij de zonde nog wel waard. Jezus, wat een schoonheid. Daar zou ik wel een hanteerbare crisis voor willen riskeren,' hoor ik een van de oudere deelnemers mompelen.

'Als mijn vrouw me op zoiets zou betrappen, kan ik gelijk mijn biezen pakken,' bekent zijn gesprekspartner.

'Ach joh, zo'n vaart zal het heus niet lopen. Onze vrouwen kunnen wel blazen, maar als puntje bij paaltje komt kiezen ze toch eieren voor hun geld.'

Hij draait zich naar me om. 'Wat denk jij, Eugenie?'

'Geen idee, met dat bijltje heb ik nog nooit gehakt,' reageer ik.

'Maar je hebt toch ook een man?' Hij wijst knikkend naar mijn buik.

'Jawel, maar die woont op een ander continent. Liefde op afstand, dus.'

'Zo, zo, ingewikkeld hoor.'

Ik loop de orangerie binnen. De geluidsinstallatie speelt 'Sultans of Swing' van Dire Straits. De opzwepende muziek maakt me blij, ik krijg zin om te dansen. Joop staat op een trap en terwijl hij lampionnen bevestigt aan diagonaal gespannen staaldraden, wuift hij me handkusjes toe. Paul is met een aantal assistenten bezig met de opbouw van het podium en de karaokeset. Ewoud instrueert de Chinees bij de opstelling van het buffet.

Hij draait zijn rug naar me toe. Ik tik hem op de schouder.

'Moest je even afstand nemen?' vraag ik.

Ewoud verkleurt. 'Afstand nemen, waar heb je het over? Ik ben hier bezig de boel een beetje te organiseren.'

'Lieverd,' zeg ik, 'je hoeft je voor mij niet groot te houden. Charlotte heeft me alles over Sarila verteld.'

Ewoud kijkt me verbaasd aan en haalt even later zijn schouders op. 'Nu je het toch weet, Charlotte kan me wat. Ik doe wat ík wil.'

'Goed zo,' zeg ik, 'lekker puh en voor de rest kikker in je bil.'

Ewoud moet lachen en geeft me een zoen. Op dat moment loopt Sarila binnen. Bij het horen van de muziek maakt ze ronddraaiende heupbewegingen terwijl ze haar handen gespreid langs haar ogen strijkt. Het ziet er lief en tegelijkertijd sexy uit. Dan loopt ze op Ewoud af en slaat haar arm om zijn middel.

'Hmm, wat ruikt het hier lekker,' zegt ze met haar neus boven een van de warmhoudbakken.

Ewoud geeft me een knipoog.

Om negen uur begint het cabaret. De liedjes zijn geestig, soms zelfs een beetje grof. Het refrein van een van de liedjes waarin Ewoud stevig wordt aangepakt, vind ik ronduit schrijnend.

En onze jonkheer maar honen
over vrouwelijke allochtonen
het zaad komt uit zijn oren
hij wil ze allemaal be-boren
studenten knijpen in hun bil
dat is wat hij het liefste wil
want onze adellijke vrijgezel
die houdt wel van een rel

Joop zingt driftig mee, zijn leedvermaak druipt ervan af. Ewoud, duidelijk in verlegenheid gebracht, staat er een beetje schaapachtig bij te lachen. Koekje van eigen deeg, denk ik, maar ik heb wel met hem te doen.

Het feest komt goed op gang, er wordt keihard meegezongen en uitdagend gedanst. Spanningen en werkdruk lossen op in saamhorigheid en euforie. Het gevoel van één familie komt in me op. De sfeer is hartverwarmend. Buiten knettert een kampvuur. 'Dit zet meer zoden aan de dijk,' zeggen de assistenten trots. Het gezelschap ligt er op slaapzakken omheen. Maar op de een of andere manier voelt het alsof ik er niet bij hoor. Alsof de tijd van hoeren en sloeren voorbij is. Ik was toch altijd wel een party animal, maar momenteel vind ik het te vermoeiend om ad rem te doen en aantrekkelijk te zijn. Om halfelf maak ik aanstalten om naar huis te gaan. De groep protesteert, maar ik laat me niet verleiden. Mijn kindjes hebben rust nodig, en mama ook. Als ik mijn tas in de auto laad, komt Evelien aangerend en vraagt of ze met me mee mag rijden.

'Ben je ook zo moe?' vraagt ze.

'Afgepeigerd,' zeg ik, 'maar wel voldaan.'

We babbelen over de zwangerschap en over de dingen die we nog allemaal moeten regelen. Mijn krappe behuizing komt aan bod. Ik vertel haar dat ik onlangs bij de winkel 'Prinses op de Erwt' twee hangwiegjes heb aangeschaft. Die haak je aan je plafond en nemen weinig ruimte in. In mijn huiskamer heb ik op meerdere plaatsen haken bevestigd, zodat ik, wanneer ik met de ene baby bezig ben, de andere bij mij in de buurt kan aanhaken.

'Jij bent ook niet voor één gat te vangen hè? Wat een energie, zeg!'

'Ach, ik denk liever in oplossingen dan in problemen.'

'Vind je het niet moeilijk om het allemaal in je eentje te doen?'

'Dat doe ik al mijn hele leven. Ik ben niet anders gewend,' bagatelliseer ik om ervan af te zijn.

'Krijg je veel steun van je vriend?'

'Evelien, in alle eerlijkheid, dat met die vriend was een onbeduidend vakantieslippertje. Hij zag er goed uit, maar verder ken ik die vent nauwelijks. Dit moet je overigens wel bij je houden. Bovendien, ik hoef niet zo nodig een vent,' zeg ik vastbesloten.

'Heb ik het bij het verkeerde eind als ik vermoed dat die Australiër niet eens op de hoogte is van zijn komende nageslacht?'

Zo! Die is raak! Evelien kijkt dwars door me heen. Wat moet ik ermee? Moet ik voet bij stuk houden?

'Dat klopt, mevrouw,' beken ik onverwachts.

'Gek hè, maar dat gevoel had ik al. Ik weet niet waarom.'

'Hoezo?' vraag ik verbaasd.

'Het was allemaal zo vaag.'

'Ik heb toch geen informatieplicht over de verwekker van mijn kinderen? Het belangrijkste is dat ze gewenst zijn. Mijn tweeling wordt met open armen ontvangen.'

'Op zich vind ik dat moedig en stoer van je, maar ze zullen zonder vader opgroeien. En reken maar dat ze te zijner tijd op zoek gaan naar hun biologische vader. Heb je daarover nagedacht?'

'Natuurlijk heb ik daarover nagedacht, maar ja, het is zoals het is. Meer smaken zijn er niet. Kun jij je kinderen garanderen dat je altijd bij Mathijs blijft? Hoeveel huwelijken lopen niet op de klippen? Dat worden ook allemaal eenoudergezinnen. Zo bijzonder is dat tegenwoordig niet meer. En by the way, heb jij zoveel aan Mathijs dan?'

Evelien zucht. Ze friemelt met haar handen en wendt haar hoofd af naar de zijruit van de auto.

'Hoezo? Is er iets?' vraag ik door.

Evelien zwijgt.

'Het gaat mij misschien niet aan, maar volgens mij zit jij niet goed in je vel de laatste tijd. Klopt dat?' insinueer ik.

'Wat wil je, alles zit tegen,' zegt ze ten slotte.

'Hoe kun jij dat nou zeggen? Jij bent voor mij juist altijd iemand bij wie alles meezit. Je bent cum laude gepromoveerd – iets wat weinig mensen je nadoen – je staat aangeschreven als een uitstekend chirurg, je hebt een dijk van een inkomen, een zoon en als klap op de vuurpijl ook nog een leuke vent. Wat wil je nog meer?'

'Met Mathijs gaat het helemaal niet goed. Sinds zijn ontslag is hij niet meer te genieten. Ik heb het niet meer in de hand. Wat ik ook doe om de zaak een beetje op te vrolijken, hij blijft depressief en sluit zich af. Ook van mijn zwangerschap. Hij geniet er niet van. Dat vind ik nog het ergste. Daarom wilde ik vanavond ook naar huis, ik laat Thijs niet graag alleen met Gijsje. Daar heeft hij een hekel aan.'

'Dat is allemaal tijdelijk, Evelien. Zo gauw de economie weer een beetje aantrekt, heeft Mathijs weer een baan. Volgens mij zie je het allemaal te somber in. Ik bedoel, jullie hebben alles. Jullie hebben elkaar, jij een mooie baan en een prachtig huis. Count your blessings, zou ik zeggen.'

'Was het maar zo rooskleurig,' reageert Evelien met onvaste stem.

Ik kijk haar aan en zie dat ze huilt. 'Wat is er aan de hand?' vraag ik geschokt.

'Het huis is verkocht.'

'Daar hoef je toch niet om te huilen? Dat was toch de bedoeling?'

'De bedoeling was', hier stopt ze even, ze slikt wat weg en probeert zich te hernemen, 'de bedoeling was dat Thijs en ik een gelukkig gezinnetje zouden zijn in een prachtige woning in Vleuten. Maar onze droom is aan diggelen gevallen. Niet de Poortstraat, maar ons paleisje is verkocht,' snikt Evelien.

'Wat zeg je me nou?' Ik schrik zo van haar verhaal, dat ik per ongeluk een slingerbeweging aan het stuur maak, maar gelukkig weet ik ternauwernood de vangrail te vermijden. Auto's achter mij beginnen te knipperen met groot licht.

'Pas op,' gilt Evelien.

De schrik zit me nog in de benen. Ik mag wel oppassen, we zitten per slot van rekening met z'n vijven in de auto.

'Sorry,' hijg ik, 'maar vertel verder.'

'Wat tegen kan zitten, zit ook tegen. Het slechtst denkbare scenario is bij ons van toepassing. Het komt erop neer dat we praktisch bankroet zijn. Na het ontslag van Thijs trok de bank de stekker eruit. Keihard. Het was buigen of barsten. Beide huizen moesten in de verkoop. Om te voorkomen dat de bank ons huis in Vleuten op de veiling zou gooien, hebben we het onverwacht snel verkocht. Het is voor dertigduizend euro onder de koopprijs van de hand gegaan. Samen met onze studieschuld houden we na de verkoop van Vleuten een schuld van honderdduizend euro over. Daar komt de goodwillsom van driehonderdvijftigduizend euro nog bij, dus bij elkaar zitten we bijna voor een half miljoen in de schulden.'

'Mijn god, wat een ramp. Wat vreselijk voor je.' Ik leg mijn hand op haar dij en buig iets naar voren om haar blik te vangen. Gezwollen ogen en een afwerend gebaar met haar hand. Zo van: hou maar op, erger kan het niet worden.

'Let jij nou maar op de weg,' zegt ze geïrriteerd.

'Ik weet niet wat ik moet zeggen,' beken ik hoofdschuddend.

'Het belangrijkste is dat ík overeind blijf. We leven nog. Retourtje Poortstraat, daar komt het op neer.'

'Terug naar af dus. Ervaar je dat zo?'

'Ach, misschien heeft het ook wel voordelen.'

'In welke zin?'

'Weet ik veel. De eenvoud misschien. Ik denk dat ik wegens ruimtegebrek ook maar zo'n hangwiegje moet aanschaffen. Als dit meisje maar gezond ter wereld komt,' Evelien aait over haar buik.

'Goed zo.'

'Hoezo, goed zo?' vraagt ze.

'Dat je nog wel in staat bent om de betrekkelijkheid van de situatie in te zien. Er komt vast wel weer een tijd dat het beter gaat. Dat materiële is niet het allerbelangrijkste. Geluk zit in jezelf, niet in de dingen die je bezit. In ons geval letterlijk in onszelf,' herhaal ik en ik wijs daarbij op mijn buik.

Even later zet ik Evelien af voor de woning die ze over twee maanden moet verlaten. Als ik daarna thuiskom duik ik meteen het bed in. Zo zie je maar, elk huisje heeft z'n kruisje, denk ik. Morgen is het zondag. Wat een weldaad.

Mama heeft rust nodig. Vandaag heb ik alle oproepen op mijn mobiel genegeerd. Van mijn zus kreeg ik drie sms'en en een tamelijk opgefokt voicemailbericht. Ze laat me weten dat mijn moeder verdrietig is omdat ik zo weinig van me laat horen. Ze zoeken het maar uit allemaal. Ik heb de halve dag in mijn pyjama achter de pc gezeten.

Tot mijn grote geluk scoorde ik op Marktplaats een tweelingwandelwagen voor slechts tachtig euro, inclusief regenkap en boodschappenmand. Ook wist ik voor dertig euro de hand te leggen op een commode.

Daarna ben ik begonnen met het leegruimen van het rommelhok. Het resultaat was tien volle vuilniszakken onzintroep, die ik door de jaren heen ten onrechte heb bewaard. Volgend weekend begin ik met het sausen van de muren. Liever zou ik de wanden behangen met dat vrolijke Pip-behang, maar dat kan ik me financieel niet veroorloven.

Voldaan, maar met pijn in de onderrug, lag ik 's avonds met de laptop op schoot voor pampus op de bank. Ik moest het schema nog maken voor de visitatie van de afdeling die morgen plaatsvindt. Om tien uur begint die poppenkast. Zij beoordelen of de afdeling chirurgie de afgelopen vijf jaar voldoende heeft gepresteerd om de opleiding te continueren. De groep moet op examen. Ik moet er altijd om lachen, want dan staat de hele tent op scherp.

Om halftien check ik de vergaderkamer waar de commissie ontvangen wordt. Joop is er al, kennelijk met dezelfde intentie. Hij zit strak in het pak en draait wat doelloos rond. Er is hem als waarnemend opleider alles aan gelegen dat het vandaag soepel verloopt.

'Ik heb nog even hardgelopen,' zegt hij, terwijl hij de stoelen telt. Het komt er een beetje nerveus uit. Ik vul twee schalen met de volkorenkoeken die ik vanmorgen nog even bij het bakkertje op de Nieuwegracht heb gekocht.

'Attent van je,' zegt Joop, 'van mijn nieuwe vriendin, mevrouw Molenbeek?'

'Ja jongen, beter dan die kleffe cake, vind je niet? Gevuld met choco, noten en tropische vruchten.' Op de grote tafel zet ik een flinke bos tulpen. Het feest kan beginnen.

Om tien voor tien is de voltallige commissie aanwezig. Twee hoogleraren, een opleider uit een Tilburgse B-kliniek en een assistent in opleiding uit Amsterdam. Ze hebben een eigen secretaresse meegenomen om de gesprekken te notuleren. Over de voorzitter van de commissie, de hoogleraar uit Leiden, vertelt Joop dat hij de schrik is van chirurgisch Nederland.

'Die vent ontgaat niets, het is een walgelijke doorvrager, op een manier alsof je iets te verbergen hebt. Maar we laten ons niet intimideren door die aanmatigende kwal,' zegt Joop.

Het valt me op dat zelfs de assistenten zich erop gekleed hebben vandaag. Driedelig grijs en donkerblauw voert de boventoon, zelfs bij de dames. De schoenen zijn keurig gepoetst.

'Toitoi,' zeg ik als de maatschapsleden en de assistenten de vergaderkamer binnengaan.

Om tien over elf komen ze weer naar buiten.

'En, ging het goed?' informeer ik.

'Ach, spijkers op laag water zoeken. Onzin allemaal, mierenneukers, dat zijn het,' reageert Joop geagiteerd.

'De jaarverslagen zagen er toch prachtig uit? Daar hebben ze toch niets op aan te merken?'

Joop trekt zijn schouders op. 'Eugenie, breng jij de commissie even naar de vijfde? Ze liggen al bijna een kwartier achter op schema.'

'Klopt, Van Weteren belde al waar ze bleven.'

Zo ging het de hele dag. De commissie heeft de organisatie van de afdeling binnenstebuiten gekeerd. Alle disciplines kwamen aan bod. Ze spraken met de verpleging, met OK- en polipersoneel, met anesthesiologen, met een vertegenwoordiger van de huisartsen uit de regio, met de voorzitter van de medische staf, kortom: met iedereen die met de maatschap samenwerkt. De assistent van de commissie trok zich met de voltallige assistentengroep terug in een spreekkamer om met hen vrijuit over de kwaliteit van de opleiding te kunnen praten. Dit gesprek liep ruim een halfuur uit. Ik weet niet of dat een goed teken is. Met rode konen kwamen ze naar buiten.

In de tussentijd kregen de overige commissieleden een rondleiding langs alle faciliteiten waar de chirurgen gebruik van maken, tot aan de bibliotheek toe. Zelfs archieven en statussen werden steekproefsgewijs onder de loep genomen. Onderwijl draaide de toko gewoon door. Ewoud moest halsoverkop naar de OK om een gemene vleeswond onder narcose te hechten. Een boer was door zijn stier tegen het hek gekwakt, of eigenlijk was hij erop vastgespietst. Later hoorde ik dat zijn familie hem heel voorzichtig met een vorkheftruck van de puntige spijlen heeft moeten ophijsen. Vreselijk, zulke verhalen.

Om vijf uur verlaat ik het 'zeikenhuus'. Zo wordt ons huis in de wandelgangen genoemd. De vergadering over de bevindingen en aanbevelingen van de commissie was nog in volle gang.

'Kom je vanavond even bijbeppen? Ik heb wijn en hapjes,' mail ik naar Joop. Ik ben zo nieuwsgierig naar de uitkomst.

Om halftien belt hij aan.

'Het viel mee,' zegt Joop, 'alleen jammer dat die assistenten hebben zitten lekken over het werktijdenbesluit. Dat nam de commissie zwaar op.'

'Wie zou dat gezegd hebben?' vraag ik nieuwsgierig.

'Weet ik veel. Maar zorgelijker vond ik de opmerking dat

ze de sfeer binnen de maatschap als ronduit negatief beoordeelden. Het was geen eenheid, zeiden ze. Daar hebben ze natuurlijk gelijk in, maar ja, wat wil je? Natuurlijk krijg je conflicten als de helft van de club bestaat uit oude knarren die hun hakken in het zand zetten.'

'Dat geldt toch niet voor Frits?'

'Eugenie, jij weet niet alles. Als ik, als waarnemend opleider, die man het afgelopen jaar niet uit de wind had gefietst, was het hier giga in de soep gelopen. Totaal geen overzicht, hij heeft zijn charisma al lang verloren en verliest zich in onbelangrijke details. Bovendien, op de OK is het een ramp. Moet je de anesthesiologen over hem horen, die verzinnen allemaal smoezen om maar niet met hem aan tafel te hoeven.'

'Maar, hoe is het afgelopen? Zijn jullie geslaagd voor de Cito-toets?'

'De slotconclusie van de commissie is dat ze aan het Concilium zal adviseren om de opleiding met vijf jaar te verlengen, godzijdank. We moeten wel een aantal verbeteringen doorvoeren. Daarover zullen we binnen een jaar moeten rapporteren. Een en ander zal in het rapport verder worden uitgewerkt.'

'Mooi toch? Gefeliciteerd.'

'Er zit nog een addertje onder het gras. Als Frits over twee jaar vertrekt, wordt de nieuwe opleider opnieuw gevisiteerd. Dus dat betekent dat de concurrentieslag is begonnen.'

'Dat kan nog leuk worden,' reageer ik smalend.

'Laat hij zijn borsten maar nat maken,' merkt Joop strijdvaardig op. Ik weet donders goed wie hij bedoelt. Joop komt naast me zitten op de bank en kijkt op zijn horloge. 'Lieverd, ik moet gaan, ik ben kapot en morgen heb ik een overvolle OK. We gaan snel een keertje écht bijbeppen, om in jouw termen te spreken.' Hij buigt zich voorover en geeft me een kusje op mijn buik. 'Pas je goed op jullie?' zegt hij bezorgd.

Vandaag is Hannah met spoed opgenomen. Foute boel, volgens Frits. Ze heeft een ileus. De uitzaaiingen drukken de darm dicht en verstoppen daardoor de boel. Frits heeft haar voorgesteld een AP aan te leggen, maar ze zei dat ze zo'n poepzakje niet wil. 'Aan mijn lijf geen polonaise meer. Ik ben er klaar mee, het wordt tijd voor iets anders,' had ze gezegd.

'Ga jij alsjeblieft even met haar praten,' verzocht Frits. 'Ze is dol op jou en ik ben bang dat ze het bijltje erbij neer wil leggen.'

Met lood in mijn schoenen loop ik naar binnen. Hoewel ik een week geleden nog bij haar in de hospice in Zeist op bezoek ben geweest, schrik ik van haar. Een magere – uitgemergeld is een beter woord – verschijning, met een holle heuppartij die zich aftekent onder het laken. Het laken deint op en neer door haar snelle oppervlakkige ademhaling. Wat ik voornamelijk zie, zijn haar droge mond en haar juk- en kaakbeenderen, die onder een dunne huid geprononceerd aanwezig zijn. Ik zie oogkassen. En diep in die oogkassen zie ik het leven. Daaraan herken ik Hannah.

Op het moment dat ze me ziet, steekt ze haar handen uitnodigend naar me uit. Ze klikt met haar tong en wil wat zeggen. Ik hoor de droogte in haar mond. Hannah doet moeite om overeind te komen en zo te zien gaat dat gepaard met veel pijn. Terwijl ze zich probeert af te zetten tegen het matras, steken haar sleutelbeenderen als klerenhangertjes naar voren. Het grijpt me aan. Ik zou alles voor haar willen doen. Kon ik haar lijden maar voor één dag, desnoods voor één uur van haar overnemen. Machteloos.

'Blijf maar lekker liggen, ik blijf maar even. Dit is veel te vermoeiend voor je,' verontschuldig ik onhandig.

Hannah wijst op mijn buik en steekt een duim op.

'Goed gedaan liefje,' zegt ze, 'ik ben trots op je. Zo mooi... een zwangere vrouw. Je straalt kracht... je straalt het leven uit. Bij jou begint het. Wat ben ik jaloers op je.'

Ik zoen haar benige gelaat.

'Ik weet niet wat ik zeggen moet,' beken ik onhandig.

'Maar je begrijpt het toch wel hè?' rochelt Hannah.

Ik weet wat ze bedoelt en knik. Er komen tranen op. Bij Hannah niet. Bij haar zie ik vastberadenheid. Strijdlust is wat ik aflees aan haar gezicht.

'Huil maar, meisje, het maakt me niet uit. Ik heb de laatste tijd zo veel huilende vrienden aan mijn bed gehad. Je raakt eraan gewend. Kijk, het punt is, zíj zijn nog niet zover als ik. Zij vieren het leven en zijn springlevend, ze vertoeven als het ware aan de overkant. Ik kan niet meer meedoen omdat ik voor het grootste deel al vertrokken ben. Laatst zei een van mijn beste vrienden dat hij het zich nog niet kan veroorloven om mij te verliezen. Grappig hè? Weet je wat het is? Iedereen danst om me heen, het is ze gegund, maar in de tussentijd heb ik geen lotgenoten met wie ik mijn ervaringen kan delen. Het begint zo vermoeiend te worden om al die lieverds te troosten.'

Hannah praat heel rustig. Ik ben nerveus en kan geen woord uitbrengen. Ik ben ook bang om het verkeerde te zeggen. Extreem op mijn hoede ben ik, en intens verdrietig. Waarom mag dit prachtige mens niet langer leven? Zij is echt te mooi, te bijzonder om dood te gaan.

'Voel je al leven?' hijgt ze nu. Ze is zichtbaar in ademnood.

'Wil je het voelen?' antwoord ik dankbaar, blij dat de aandacht even naar wat anders gaat. Ik druk haar knokige hand op mijn buik. 'Even wachten... geduld, het komt echt,' zeg ik.

'Ja, ik voel het,' jokt ze, want ík voel niks.

Hannah zakt terug in de kussens. Ik maak aanstalten om weg te gaan.

'Ga maar lekker slapen, ik loop vanmiddag nog wel even bij je binnen,' opper ik.

Hannah trekt aan mijn mouw. ‘Ik moet je wat vertellen, schat, maar ik lig niet goed. Kun jij even wat verpleegsters regelen die me wat hogerop zetten? Dan rochel ik ook minder en heb ik meer adem.’

Ik loop de gang op en vraag om hulp. Samen met een verpleegkundige zet ik haar voorzichtig hogerop. Hannah haalt diep adem, het komt uit haar tenen.

‘Jij moet me helpen, schat, want ik wil een manifest achterlaten. Hier...’ Hannah overhandigt me een dictafoon. ‘Dit moet je opnemen, ook voor die tweede dokter, die SCEN-arts, die moet beoordelen of mijn euthanasie wel door de beugel kan. Mijn wilsbeschikking komt er misschien niet – zoals men van mij op toneel gewend is – in prachtige volzinnen uit, maar ik zou willen dat je de komende twee dagen naar me luistert. Dit is mijn laatste opdracht: mijn kijk op de dood. Misschien hebben scenarioschrijvers er nog wat aan. Want écht afscheid nemen is toch iets anders dan het te spelen.’

‘Hannah, ik weet niet...’ Ik zoek naar woorden. ‘Of ik dit kan’ had ik willen zeggen, maar Hannah snoert me de mond door mij met haar wijsvinger op de lippen het zwijgen op te leggen. Ik doe alles wat zij wil, druk de recordknop in en luister. Ze kijkt niet naar mij, maar naar de muur, alsof daar haar publiek is. Hannah schraapt haar keel en begint.

‘In het laatste jaar van mijn leven leefde ik van ervaring naar ervaring. Heb ik het proces naar de dood nodig om mezelf te leren kennen? vroeg ik me af. Ik bestudeerde mezelf, een project was ik geworden, met mezelf als onderzoeksterrein. Alsof het een toneelrol betrof waarin ik me moest verdiepen, maar het lukte me niet die rol in mijn kop te krijgen.

Hoe ga je ermee om, Hannah, met het feit dat je onderworpen bent aan een aftakeling die haar eigen vorm en tempo bepaalt? De kanker had mijn leven overgenomen en sleurde mij met zich mee. Zelfs nadat ik een van de meest dierbare stukken van mijn lichaam had prijsgegeven, viel er met de sluipmoordenaar niet te onderhandelen. Buiten mij om werd de bandbreedte van mijn bestaan bepaald. Ik had er niets meer over te zeggen. Mijn leven was niet meer van mij. Maar waarom moest dit proces, naast alles wat ik al verloren had, ook nog vergezeld gaan met ongemak en pijn? Had ik niet genoeg ingeleverd? Was mijn hang naar het leven onvoldoende op de proef gesteld? Moest ik beter mijn best doen?

Als een leeuwin heb ik gevochten. Woedend was ik als uitslagen tegenvielen en mij steeds meer functies werden ontnomen. Iets vanzelfsprekends, zoals mijn smaak bijvoorbeeld. Hoe bewust zijn de levenden van het genot van smaak? Het glaasje wijn 's avonds als je afgepeigerd thuiskomt.

Ik had niets meer in te brengen. Wat ik ook probeerde om mijn nieuwe situatie te beïnvloeden – van woede en verzet tegen het verval, tot het aanpassen aan mijn gereduceerde leven – in niets werd ik beloond. De kanker bleef de baas, hij grossiert in aftakelen. Elke dag komt hij iets van je stelen.

In het begin dacht ik dat het allemaal een grap was. Een wake-up call. Dat ik het mezelf allemaal inbeeldde. Het zou zo'n vaart niet lopen.

Maar de ogen van de dokters spraken andere taal. Hun woorden vertelden weliswaar over hoop, maar hun schouders spraken de waarheid. Leer mij de taal van de non-verbale communicatie kennen.

Toen de waarheid binnenkwam en vervolgens bodem vond in een moeras van ongeloof, nam de hoop het van de waarheid over. Zo zitten mensen kennelijk in elkaar. Zonder hoop valt niet te leven. Ik begon te letten op de prettige dingen die met mijn ziekte verweven waren. Bijvoorbeeld de luie ochtenden waartoe ik was veroordeeld. De lieve zorg van vrienden om me heen. Tijd voor kranten, voor boeken en voor feelgoodmovies. Dat ging een tijdje goed. Maar toen alle dagen lui werden, van 's ochtends vroeg tot 's avonds laat, ging ik me vervelen. De angst kwam in me op en ik ging piekeren. Ik werd zieker en zieker. De kanker kwam met grote stappen mijn leven binnen en richtte een verwoesting aan in veel lichaamsfuncties. Ik kon niet meer eten, verloor vijfentwintig kilo en op het laatst konden mijn botten mij niet meer dragen. Op het randje van wilskracht en hoop restte mij uiteindelijk nog maar één besef. Loslaten. Dat besef kwam schoorvoetend, pas nadat alle strohalmen tussen mijn vingers wegglipten. Want als er één van het leven hield, was ík het wel. Toen kwam het moment dat ik besefte dat er tegen de dood niet te strijden valt. De dood is iets wat je overkomt. Er is geen ontkomen aan. Het is een avontuur, een avontuur waartoe ik ben veroordeeld. Al dat zogenaamde vechten is zinloos. Je hebt niet eens een tegenstander, want de dood vertegenwoordigt het *niets* en tegen niets kun je niet vechten.

Ik heb besloten geen zelfmedelijden te hebben. Het proces van doodgaan is een kunst, a hell of a job, het hoort bij het leven, maar ik heb er niet voor doorgeleerd. Het is voor mij de eerste keer en ook de laatste. Je kunt er niet in oefenen, je moet het je laten overkomen. Inmiddels ben ik eraan toe en heb ik geen faalangst meer. Kom maar, dood, ik zal je omarmen. Je hebt me op de knieën gekregen. Je bent mijn bondgenoot geworden.

Als de dood nabij is, sta je anders in het leven. Mensen, vrienden, geliefden, ontmoet je pas écht als het moment van afscheid nemen onafwendbaar is. Dan komen over en weer verborgen gevoelens boven. Bekentenissen, woorden van spijt en van bewondering. Er wordt gebiecht en afgerekend met de "lijken" in de kast. Dat doet zowel de stervende als de dierbare die achterblijft. Er wordt op een andere manier naar je geluisterd. Je laatste woorden worden op een weegschaaltje gelegd. Aan belangstelling geen gebrek.

Mijn dood is een omgekeerde werkelijkheid. Werkelijk is nú, is wat we nú beleven. Het omgekeerde is niet werkelijk. Dat heeft met de werkelijkheid niets meer te maken.'

Haar laatste woorden komen er met moeite uit. Hannah is uitgeput en ik wil haar tegen haar werklust beschermen. Haar hoofd zakt zijwaarts in het kussen. Ze sluit haar ogen, godzijdank.

Ik zoen haar en fluister dat ik aan het eind van de middag weer even langskom.

'Doen hoor,' mompelt ze, maar dan trekt ze me weer naar zich toe, 'ik ben nog niet klaar, wacht even, nog één ding. Voor ik het vergeet, alsjeblieft... dan ga ik slapen. Daarna moet je terugkomen.'

'Oké Hannah, heel even nog.'

'Ken je deze vraag? Hoe wil je herinnerd worden? Daar heb ik over nagedacht. Ik zou willen dat mensen mij lief, mooi, sterk, genereus, of nog liever altruïstisch vinden. Dat ze zeggen dat ik ertoe deed. Dat ik een integer mens was.

Maar later dacht ik: wat heb ik eraan om mij dat af te vragen? Want het klopt toch niet. Het beeld dat ik van mezelf heb, hoeft nog niet in de buurt te komen van wat mensen werkelijk van me vinden. Ik kan alleen maar zeggen dat ik naar eer en geweten geprobeerd heb mezelf te ontwikkelen, mijn kansen te pakken en anderen kansen te geven. Dat ik van het leven hield. Ik heb het niet alleen geleefd, ik heb het leven verslonden en hopelijk is dat niet ten koste gegaan van anderen. Misschien dat mijn laatste woorden moeten zijn dat ik intens geleefd heb.'

Hannah stopt. Ik wacht af.

'Dit was het, schatje. Nu ga ik slapen,' zegt ze vermoeid.

Hannahs ogen vallen dicht. Ik leg haar koude handen onder het laken en sluip de kamer uit. Hannah kondigt haar dood zonder vermomming aan. Ze kijkt haar lot recht in de ogen. Omdat ik weet dat ze ernaar verlangt, ben ik niet verdrietig.

Om drie uur ben ik op het kantoortje van personeelszaken. We bespreken hoe de regelingen rond mijn zwangerschap in de CAO zijn vastgelegd. Ik krijg van zes weken vóór de bevalling tot zes weken na de bevalling zwangerschapsverlof. Het feit dat ik een tweeling krijg, verandert aan de regeling niets, ik krijg geen extra bonuspunten. Wanneer het op een bepaald moment medisch onverantwoord zou zijn om te werken, val ik onder de ziektewet. Daarnaast blijkt dat ik voor beide kinderen recht heb op ouderschapsverlof. In mijn geval – omdat ik achtendertig uur werk – heb ik gedurende een jaar voor elk kind recht op twintig uur per week ouderschapverlof. Ik zou dus, wanneer ik daarvoor zou kiezen, de eerste twee jaar van mijn moederschap halftime kunnen werken, met het vooruitzicht op behoud van mijn baan. Totdat de kinderen acht jaar zijn, is het ook mogelijk mijn verlof over meerdere jaren te spreiden. Uiteraard zijn die ouderschapsverlofuren onbetaald. Dankzij de verkoop van mijn voormalige appartementje, heb ik gelukkig nog een leuk spaarpotje van zestigduizend euro. Daar kan ik een eind mee komen. De kosten van de crèche van het ziekenhuis zijn voor mij voor het grootste deel aftrekbaar en voor het tweede kind geldt een korting van 50 procent. Tel uit je winst. Zo zie je maar, komt tijd komt raad. Opgelucht verlaat ik het kantoortje. Opgelicht misschien wel, want ik voel me zo licht als een veertje.

Als ik terug ben op de afdeling blijkt Hannah naar mij gevraagd te hebben. Ik steek mijn kop bij haar om de deur en zeg dat ik na vijven, als ik klaar ben met mijn werk, bij haar binnenloop. Er is nog zoveel te doen. Ik moet de agenda's van de specialisten bijwerken en alle statussen klaarleggen voor morgen. Als ik mijn computer afsluit, komt Frits binnen.

'Ik zie het al,' zeg ik, 'het is helemaal mis met je. Grijpt het je zo aan?'

Frits slikt, en zijn onderkin begint te trillen. 'Ze wil dood.'

'Vind je dat gek?' vraag ik.

'Nee, gek vind ik het niet, maar wel verdrietig. Toen de ziekte terugkwam, was euthanasie het eerste onderwerp dat ze ter sprake bracht. Ik heb beloofd haar te helpen zodra ze erom zou vragen. Dat is dus nu.' Frits kijkt me hulpeloos aan. De grote aristocratische man lijkt ineens geschrompeld.

'Wanneer?' vraag ik.

'Ze wil het overmorgen. Maar ik heb haar voorgesteld om het in het weekend te doen. Dat geeft ons allemaal wat tijd om eraan te wennen. Bovendien is het dan rustig op de afdeling en loopt er niet zo veel verpleging rond. De meesten kunnen er niet goed tegen, sterker, er zijn er zelfs die er fel op tegen zijn. Dus dat moeten we maar vermijden. Samen met de hoofdverpleegkundige en het team dat bij Hannah betrokken is, zijn we tot de conclusie gekomen dat zaterdag de beste dag is.'

'Heb je al een SCEN-arts geregeld?'

'Nee, nog niet, dat doe ik vanavond. Hannah heeft er moeite mee dat een tweede arts moet oordelen of euthanasie in haar geval geoorloofd is. Maar ja, zo is het nu eenmaal in de wet geregeld. Om aan alle zorgvuldigheidseisen te voldoen zal ik hem toch consulteren. Ik verwacht geen problemen. Je hoeft geen dokter te zijn om te zien dat haar verzoek om euthanasie gegrond is. Ze heeft zo veel pijn en haar toestand is volkomen uitzichtloos. Als je een voorbeeld van zinloos lijden wilt zien, dan zie je het bij Hannah. Er is aan alle voorschriften voldaan. Vertel mij hoe het werkt, het is niet de eerste keer dat ik met dit bijltje hak. Alles is keurig in de status vastgelegd.'

'Ik heb haar wilsbeschikking op de band staan. Misschien is dat handig om die tweede arts te overtuigen.'

'Dat lijkt me niet nodig. Zij heeft de formulieren van de Nederlandse Vereniging voor een Vrijwillig Levenseinde ingevuld en keurig ondertekend. Dat is voldoende. Geen SCEN-arts die hier bezwaar tegen zal maken. Haar levenseinde is nabij. Als we niet actief ingrijpen, is ze over enkele weken ook dood. Maar dat wordt dan een dood die gepaard gaat met ondraaglijke pijn, want ze weigert in alle standen medisch ingrijpen, ook wanneer het verlichting brengt. Ze wil geen AP, en zelfs een neussonde om het maagsap af te laten lopen wijst ze af. Maar haar buik begint op te zwellen. Ik heb haar aangeboden om via een gastroscopie een directe opening in haar maagwand naar buiten te maken, zodat het vocht kan afvloeien. Daar denkt ze nu over na. "Als ik dan samen met jou op de valreep nog een glaasje wijn kan drinken, is het te overwegen," zei ze.'

'Frits, volgens mij moet jij dit niet doen,' breng ik voorzichtig in.

'Ze staat erop,' zegt Frits, 'en bovendien, ik heb het haar beloofd. Ik laat haar niet in de steek nu het moeilijk wordt.'

Hannah zit rechtop in bed. Ze heeft een infuus, een katheter en een neussonde. Die sonde heeft ze toch verkozen boven de gastrostomie. Ze heeft groot gelijk.

'Ik zou zo graag een wijntje willen, maar ja, dat krijg ik niet meer weggewerkt. Kut hè?' begint ze. 'Heb je al met Frits gepraat?' Ik knik.

'Komt goed,' zeg ik, 'maak je geen zorgen. Er gebeurt wat jij wilt.'

'Dat dacht je. Volgens Frits moeten we het tot het weekend uitstellen omdat een aantal verpleegkundigen het niet zou aankunnen. Wat een flauwekul zeg! Om deze godvrezende zorgverleners te ontzien moet ik twee dagen langer deze ondraaglijke ellende trotseren. Ik vraag me af, wie is er eigenlijk in charge over mijn dood? Gaat het om hen, of gaat het om mij?'

'Het gaat om jou natuurlijk. Maar gun de mensen hier wat tijd om zich met jouw keuze te kunnen verzoenen. Zij moeten ermee door. We moeten de condities scheppen dat het in alle rust en met de beste aandacht voor jou voltooid kan worden.'

'Voltooid... wat zeg je dat mooi. Zo kun je het ook zien. Mijn leven wordt voltooid. Wat is er nou mooier dan dat?'

'Wat ben je toch een gek wijf,' flap ik eruit.

'Hier,' zegt Hannah en ze overhandigt me de dictafoon. Ik houd hem voor haar mond, want voor haar is het te vermoeiend om hem omhoog te houden.

'Ja mevrouw, spreekt u maar,' zeg ik met een knipoog.

'Eigenlijk leefde ik drie levens. Als er één mens is die het leven in de krochten van de emoties heeft gekend, ben ik het wel. Ik geef het toe, ik ben gulzig geweest, maar ik ben niet achteloos met mijn leven omgegaan. Ik heb het serieus genomen. Zo neem ik het verlies ervan ook serieus.

Zoals ik nu ben, past niet bij mij. Ik ben niet meer dan een fractie van mezelf. Het is voor mij onmogelijk om nog een beetje mezelf te zijn. Hoe smal kan het leven worden?

Ik hou er niet van om me te laten verrassen, daarom wil ik mijn dood zelf in de hand hebben. Voor de duidelijkheid, depressief ben ik niet, ik ben volledig toerekeningsvatbaar, ik wil alleen dood. Sterven is een normaal fysiologisch gebeuren, ik heb alleen een duwtje nodig. Het is eigenlijk niets bijzonders.

Ik ben op het dak van het leven beland. Voordat de kanker mij nog verder uitmergelt, mag de dood mij bij de keel grijpen. Een verdere lijdensweg wil ik mijzelf besparen. Van lijden zie ik het nut niet in, het heeft geen enkele waarde, althans, ík kan er de waarde niet van inzien.

In de hospice waar ik te gast was, hebben ze me willen

weerhouden om deze stap te nemen. Ze probeerden me te overtuigen met verkooppraatjes over palliatieve sedatie en over langzaam en waardig versterven. Er zouden pijnloze, meer natuurlijke oplossingen zijn. Ze noemden het zelfs verglijden, verglijden in de dood. De werkelijkheid is dat hun stervenden zwaar onder de morfine worden gebracht en soms tien dagen snakken naar adem. Ze liggen ernstig door en rochelen als een stervend paard. En uiteindelijk, wanneer het lichaam is uitgedroogd en doorgerot, bezwijken ze uitgeput aan een longontsteking. Er mag niet worden ingegrepen in de schepping Gods. Brr, dat zijn opvattingen waarvan ik gruw. Zoiets vind ik nou onmenselijk. Ik moet er niet aan denken hier een week of langer buiten bewustzijn te liggen. Een groot decorumverlies. Mij niet gezien. Ik ga het anders doen. Ik heb Frits gevraagd om mij snel te laten sterven, meteen zodra hij me in slaap heeft gemaakt.'

Hannah begint zich nu op te winden. Ik knijp in haar arm.

'Rustig maar,' zeg ik.

Dan neemt ze even pauze en zoekt een nieuw plekje in haar kussen. Ze heeft pijn. Ze kijkt me verkrampt aan en vraagt of ik haar tong met een wattenstokje wil bevochtigen. Ik strijk langs haar uitgedroogde lippen, er zitten witte blaasjes op.

'Zal ik er wat vaseline op doen?' vraag ik.

'Graag, lieverd,' zegt ze hijgend.

'En zullen we daarna maar weer even stoppen?'

'Hoeft niet, schat, ik ben bijna klaar.' Hannah hervat haar betoog.

'Mijn sterven heb ik me in vele gedaanten voorgesteld.

Zoals deze: de kust vervaagt, het land raakt uit zicht, ik val in de zee, die zich voor mij opent en zich weer sluit.

Maar soms, als ik angstig ben, komt mijn sterven in andere gedaanten, dan valt de aarde uiteen in zwartgeblakerde landschappen, die openscheuren. Ik val in een kloof en het landschap sluit zich.

Zoals in die eerste droom, zo moet het gaan. In die droom heb ik geleerd hoe ik moet sterven. Ik voelde mezelf gaan en zwom weg uit het leven. Vederlicht was ik, het was niet eng.

Kon ik maar begrijpen hoe het is om niet te bestaan. Kon ik jullie maar vertellen hoe het is om dood te zijn.

Dag lieve vrienden, santé op het leven.'

Hannah zucht. Volgens mij is ze klaar.

'Ben je klaar?' vraag ik. Ze knikt. 'Prachtig,' zeg ik en ik leg mijn hoofd op haar laken. Ze kroelt met haar heksenhandjes door mijn haren.

'Dankjewel,' zegt ze.

Ik kan niet slapen. Het verhaal van Hannah speelt door mijn hoofd. Niet eerder ben ik op zo'n indringende manier betrokken geweest bij iemand die zo bewust afscheid neemt van het leven. Terwijl in mij twee levens ontstaan, besluit mijn liefste vriendin – een vrouw van wie ik meer hou dan van mijn eigen moeder – ertussenuit te knijpen.

Mijn kinderen, die vanaf de conceptie hun bestaansrecht afdwingen door van mij te nemen wat voor hun ontwikkeling nodig is, zijn het bewijs van levensdrift. In alle stadia, van embryonaal tot volgroeid foetaal, zullen zij 'het leven waarmaken', als het moet zelfs ten koste van elkaar. Het recht van de sterkste kent egocentrische principes. Zo wordt de biologische drift naar leven, naar overleven, vormgegeven.

Nu is Hannah kennelijk zover dat haar zucht naar het leven heeft plaatsgemaakt voor een verlangen naar de dood. Het is een lange weg geweest. Het is aan ons, de nabestaanden, om haar hierin te begeleiden. Haar vast te houden op het moment dat ze ons en het leven verlaat.

Ik zie dat als mijn taak. Wat zal ik haar missen. Mijn raadgever, mijn moeder. Ze vroeg me of ik erbij wil zijn, of ik haar op de drempel een duwtje wil geven naar het eeuwige daglicht. Toen ze mijn twijfel en mijn tranen zag, vertelde ze dat ik er ook moest zijn om Frits te ondersteunen. 'Je hoeft niet bang te zijn, als je beseft dat er gebeurt waarnaar ik verlang,' zei ze, 'het is het laatste wat je voor mij kunt doen. Be my guest.'

'I'll be there,' antwoordde ik.

Sms'je van Joop. 'Lekkere chili con carne gemaakt, met verse sla. Doen! Kidsvoer, maar ook goed voor jullie. X Joop.' Aandoenlijk zoals hij me tegenwoordig aanspreekt, hij heeft het standaard over 'jullie'.

'Doen we,' sms ik terug.

'Tjonge, wat zie je eruit,' zegt Joop wanneer ik binnenkom, 'hier, ga lekker zitten.' Hij wijst op de bank.

'Is het zo erg?' vraag ik als ik een beetje wijdbeens naar de bank waggel.

Mijn buik begint al flinke vorm aan te nemen. Ik ben ruim vijf maanden, maar een buitenstaander zou zomaar geloven dat ik de zeven maanden gepasseerd ben. Ik moet er nog drie. En dan te weten dat de kindjes vooral de laatste maand behoorlijk in gewicht toenemen. Waar gaat dit naartoe? Blijft er nog iets over van mijn buikwand? Maar ja, wat zou dat eigenlijk? Als alleenstaande moeder met twee kinderen kan ik het mannenfront maar beter uit mijn kop zetten. Kerels willen strakke buiken en strakke tunnels. Beide heb ik te zijner tijd niet meer te bieden, tenzij een keizersnede mijn liefdeskanaal ontziet, maar daar geef ik niet de voorkeur aan.

'Moeilijk?' vraagt Joop.

Zijn vraag brengt me meteen bij Hannah. Ik had behoefte aan een avondje ongecompliceerd chillen, maar de gedachte aan haar dood smijt me terug in het verdriet.

'Het moeilijke is niet dat ze dood wil, daar heb ik alle begrip voor. Ze heeft recht op haar dood. Maar haar te moeten missen, dat lijkt me zo erg. Ik ken haar pas anderhalf jaar, het voelt als een eeuwigheid.'

'Kan Frits het aan?'

'Natuurlijk kan Frits het aan. Waarom vraag je dat?'

'Nou ja, we weten toch allemaal dat zij meer voor hem betekent dan een doorsneepatiënt... en eh... bovendien...' Joop zwijgt plotseling en het is alsof hij zijn laatste woorden inslikt.

'Wat, en bovendien?' Het komt er geagiteerd bij me uit.

'Nou ja... eh... zijn vrouw, Judith belde. Ze maakt zich zorgen om Frits. Of ons ook het een en ander is opgevallen de laatste tijd, dat vroeg ze.'

'En wat heb je daarop gezegd?'

'Ik heb me een beetje op de vlakte gehouden. Ja, wat moet ik anders?' Joop kijkt me hulpeloos aan.

'Maar wat vind je er werkelijk van?'

'Wat jij niet weet, dit moet je overigens voor je houden, is dat Frits onlangs een onderhoud heeft gehad met Van Weteren. Volgens Judith kwam Karel met een riante afvloeiingsregeling. Plus een voorstel om er eens een maandje tussenuit te gaan.'

'Wat zeg je me nou?'

'Judith vertelde ook nog dat Frits, naast zijn slapeloosheid en zijn behoefte aan afzondering, dwangneigingen ontwikkelt. Hij telt de treden van de trap, de oneven treden mijdt hij. Raar hè?'

'Denk je dat het met Hannah te maken heeft?'

'Nee, dat geloof ik niet. Er is onlangs door de anesthesiologie over hem geklaagd. Dat is ook in het rapport van de visitatiecommissie verwoord. De operaties duren veel te lang, er zijn te veel bloedingen. Hij krijgt de patiënten simpelweg niet goed droog. Dat komt ook door zijn tremor, die hij probeert te verbloemen. Laatst vroeg hij mij om assistentie, het viel me toen op dat hij met zijn onderarm tegen de tafel leunde om zijn hand meer stabiliteit te geven. In die rare houding zat hij wat te wroeten in de wond. Het zag er niet uit, wat hij deed.'

'En?' vraag ik naar het vervolg hierop.

'Wat, én?'

'Ga je met hem praten?'

'Dat ligt allemaal zo gevoelig. Dan denkt hij natuurlijk dat wij hem pootje willen lichten. Bovendien, op het hanengevecht met Ewoud zit ik ook niet te wachten. Het is gewoon nog te vroeg daarvoor.'

'Op z'n beloop laten dus?'

'Laat Van Weteren het maar opknappen. Volgende week heb ik een afspraak met hem, ik ben benieuwd waar hij mee komt.'

'Ik heb zo met Frits te doen. Vreselijk voor hem, deze deceptie.'

'Ga even onderuit liggen, dan breng ik jullie een lekker bordje chili con carne. Ik heb er niet te veel pepertjes in gedaan, want dat is niet goed voor de jongens,' zegt Joop. Hij springt op en verdwijnt in de keuken. Jongens? Zei hij jongens?

'Lief van je, het is onwijs lekker. Ik had honger.' Gulzig eet ik het bord leeg. De hik komt opzetten. Ik schaam me dood.

'Je eet voor drie, goed zo,' merkt Joop voldaan op.

Even later heeft hij theegezet. De haard knettert, de kaarsjes zijn aan, ik voel me ontspannen. We praten over zijn gezin. De kinderen doen nog steeds afstandelijk en Margot behandelt hem als een crimineel. Zijn relatie met Romijn is wel wat verbeterd, maar de laatste tijd zit hij weer enorm te dromen. Volgens Joop leeft hij in een andere wereld.

'Maar hoe is het met jou?' informeert Joop.

'Best goed, naar omstandigheden. Ik moet nog veel doen.'

'Zoals?'

'De kinderkamer sausen, om maar iets te noemen. De

commode schilderen. Dat soort dingen.'

'Dat sausen doe ik. Ik zou niet willen dat je op zo'n trapleer gaat staan en met die chemische verftroep in de weer bent. Dat spul is niet goed voor jullie. Wat dacht je van zondag? Margot gaat met de kinderen naar haar ouders, ik heb alle tijd.'

'Dit meen je niet!'

'Waarom blijf je niet slapen?' vraagt Joop ineens.

'Met die dikke buik zeker?'

'Die zit me niet in de weg, lieverd. Maar even serieus, waarom niet? Toch niet vanwege die aussie die nooit komt opdagen?'

'Hoe weet jij dat nou?'

'Gewoon, intuïtie, zoiets.'

'We zien wel,' merk ik vaag op. Maar mijn lijf hunkert naar Joop. Zo erg, dat ik er duizelig van word. Ik sla mijn armen om zijn middel. Hij komt achter me zitten, legt zijn gespreide benen langs mijn lichaam en begint mijn achterhoofd te masseren. Dat doet hij stevig en zorgvuldig. Zijn lichaam is een bank waarin ik mag wegzwijmelen. Ik moet er bijna van kwijlen. Eerlijk gezegd doe ik dat ook.

Het komt erop neer dat ik gebleven ben. Als een moeder heeft Joop zich over mij ontfermd. Ik was op mijn gemak. Het was meer dan liefde, meer dan genegenheid, meer dan vriendschap. In de kleinste details was het volmaakt.

Hij is heel voorzichtig een klein stukje in me geweest.

'Even de jongens een kusje geven,' zei hij.

'We gaan niet moeilijk doen hoor,' roept Joop de volgende ochtend als hij mij op bed met geperst sinaasappelsap verrast.

'Nee,' zeg ik, 'soms moet je de hemel gewoon over je heen laten komen.'

Morgen gaat het gebeuren. De SCEN-arts is vandaag geweest en heeft geconstateerd dat aan alle zorgvuldigheidseisen is voldaan. Frits is vanavond bij Hannah om de hele procedure van a tot z nog eens met haar door te spreken.

Om tien uur gaat mijn telefoon.

'Kun je slapen?' vraagt Frits.

'Dat kan ik beter aan jou vragen,' reageer ik.

'Neem maar een pilletje,' adviseert Frits.

'Ik denk er niet aan. Dan worden mijn kindjes veel te suf.'

'O ja, natuurlijk. Dat vergat ik even.'

'Ging het goed?'

'Ze was rustig. Ze weet het zeker, dat is het belangrijkste. We hebben mooi afscheid genomen. Vanaf nu zie ik het als mijn taak om het technisch goed uit te voeren. Dat ben ik aan haar verplicht. Ik heb haar een Dormicum gegeven. Neem er zelf ook een, zei ze. Dat ga ik ook maar doen, denk ik. Morgen elf uur dus.'

'Ik weet het.' Frits hangt op. Hij heeft duidelijk behoefte om het kort te houden. Ik heb bewust niet doorgevraagd naar zijn gemoedstoestand. Daar wordt hij alleen maar onzeker van. Na afloop lijkt me dat een beter moment. Met een gezwollen strot stap ik mijn bed in. Welterusten, lieve Hannah, denk ik. Hoe ga jij nu slapen?

Zaterdagmorgen halfelf. Het is rustig op de afdeling. Geen gesleep met bedden op de gang. Boven de kamerdeur van Hannah staat het lampje op rood. De koffiekamer is gereed, er staat koffie en er zijn koeken en broodjes. Frits is nog niet op de afdeling. Volgens de hoofdverpleegkundige Carla is hij de geneesmiddelen halen bij de ziekenhuisapotheek.

'Geneesmiddelen?' vraag ik. 'Noem je dat zo?' Wat valt er nog te genezen? denk ik.

'Nou ja, de euthanatica, bedoel ik natuurlijk.'

'Wat zijn dat eigenlijk voor middelen?' vraag ik nieuwsgierig.

'Dezelfde middelen die je gebruikt bij het onder narcose brengen, alleen in geval van euthanasie wordt er uiteraard niet beademd. De barbituraatoplossing maakt de patiënt bewusteloos en stopt de ademhalingsreflex. De curare verslapt vervolgens de spieren, dus ook de ademhalingsspieren.'

'Stikt ze dan?'

'Nee, ze merkt er niks van. We maken haar eerst in slaap met Dormicum, dan maken we haar bewusteloos en pas daarna krijgt ze de spierverslapper. Als het tweede infuus voluit gaat, is het meestal na een minuut of drie, vier gebeurd. De hersenen kunnen maar drie minuten zonder zuurstof.'

'Ik ben blij dat je dit vertelt, want ik was in alle consternatie gewoon vergeten te vragen wat me te wachten stond. Is er al familie binnen?'

'Alleen die regisseur van de toneelgroep en twee acteurs. Je kent ze wel van de televisie. Een van de acteurs heeft vannacht op haar verzoek bij haar geslapen. Heel lief. Zo meteen komt er nog een vriendin.'

'Zal ik dan maar?' vraag ik onzeker.

'Wacht maar even op Frits. Dat lijkt me beter. O ja, nog iets, Hannah gaf me vanmorgen haar make-upzakje. Ze vroeg of jij haar daarna wilt opmaken. Om die lijkkleur een beetje op te vrolijken, voegde ze eraan toe.'

'Typisch Hannah om zoiets te zeggen.'

Dan komt de vriendin aanlopen. Ze heeft rode vlekken op haar gezicht en in haar hals. Ze vraagt waar ze moet zijn.

'Ik ben zo zenuwachtig,' bekent ze, 'ik heb zoiets nog nooit meegemaakt. Ik doe het voor Hannah en ik hoop dat ik het aankan allemaal.'

'Als u daar onzeker over bent, moet u dat misschien heroverwegen,' adviseert Carla. 'Hannah heeft steun nodig.

Aan gejank heeft ze niets. We moeten het haar makkelijk maken. Daarom zijn we erbij. Wilt u misschien voor de zekerheid iets kalmerends?'

'Graag. U hebt gelijk, ik zal me vermannen.'

De vrouw slikt de pil met water weg. Na vijf minuten staat ze op.

'Ik ga maar vast, het gaat wel lukken, geloof ik.'

Om vijf voor elf komt Frits de gang op. Hij maakt een geconcentreerde indruk.

'Ga je mee?' vraagt hij. In zijn hand heeft hij een bakje met twee zakjes. Daarmee gaat het gebeuren. Ik sla een arm om zijn middel. Even voel ik een trilling door hem heen gaan.

'Sterkte,' zeg ik. Ik zei niet 'je kunt het', of 'hou je taai', of zoiets.

'Jij ook,' antwoordt Frits.

'Fijn dat jullie er zijn,' zegt Hannah. Ze ligt er ogenschijnlijk ontspannen bij. Ik weet niet of dit gespeeld is omdat ze het ons gemakkelijk wil maken. Op het moment dat Frits en ik binnenkomen, zie ik hoe de aanwezigen verstijven. De engel des doods is gearriveerd. Ik hoor iemand kuchen. De lucht van schone lakens komt op me af. In de hoek staat een enorme bos paarse tulpen. Hannah ziet dat ik ernaar kijk.

'Van Johannes, hij weet dat ik van paarse tulpen hou.' Ze knikt naar de man die aan haar rechterkant zit en haar hand vasthoudt.

'Mijn verlosser,' zegt Hannah tegen haar vrienden en wijst naar Frits.

Frits loopt naar haar toe en geeft haar een zoen. Gedecideerd. Een korte, vluchtige, eigenlijk een nietszeggende 'in-de-lucht-zoen'.

'Jouw beschermengel,' zegt Frits.

Dan ben ik aan de beurt. Ik geef Hannah een kus op haar voorhoofd en hou een klein moment mijn hand tegen haar wang. Ze legt haar hand op de mijne en kijkt me bemoedigend aan. Vervolgens geven Frits en ik de aanwezigen een hand. Ze kijken Frits onderzoekend aan. Wat gaat er in u om? zie ik ze denken. De twee acteurs maken plaats voor Frits aan de linkerzijde van Hannahs bed.

Daar hangt Frits de twee zakjes aan de infuusstandaard en trekt vervolgens een spuit op, die hij daarna klaarlegt in het kartonnen bakje. Hij draait zich om naar Hannah.

'Hannah, gisteren hebben we alles doorgesproken. Ben je er klaar voor?'

'Ja vriend, het is goed. Ik ben er klaar voor,' hoor ik haar zeggen. Ze glimlacht erbij.

'Ben je er zeker van dat je dit wilt?' vraagt Frits vervolgens.

'Ja,' is haar antwoord. Kort maar krachtig.

We kijken Hannah aan. Dat gaat vanzelf.

'Wil je dan nu van alle aanwezigen afscheid nemen?'

'Is goed,' zegt ze. Ze huilt niet.

Eén voor één komen we naar voren. We buigen ons over haar heen. Ik hoor woorden als vaarwel, dank je voor alles, je bent onvergetelijk, dag lieve vriendin, dag trotse sterke vrouw. Ook ik buig me voorover.

'Dag gek wijf, dag lieve moeder,' zeg ik.

'Word jij dat maar,' zegt ze, 'een lieve moeder', en ze knijpt een beetje beverig in mijn wang.

Mijn tranen vallen bij haar in de hals.

Nu buigt Frits zich over haar heen en geeft haar een zoen. Anders dan de eerste. Een tedere zoen op haar voorhoofd.

'Ik vond het fijn dat ik je dokter heb mogen zijn, ook al heb ik je niet kunnen genezen.'

'Je was een vriend, een fantastische dokter, dank voor alles wat je voor me gedaan hebt. Vooral voor de begeleiding, al is het uiteindelijk naar mijn einde. Maak me nu maar in slaap. Het is goed zo.'

Frits spuit het slaapmiddel in het infuus. We zitten aan haar bed en houden haar vast. De mannen hebben bezit genomen van haar handen, ik omklem haar heupen. De vriendin staat rechtop achter het voeteneind en heeft haar voeten vast. Het is doodstil. Hannah kijkt ons één voor één aan. Ze zegt niets meer. Alles is gezegd, er is genoeg gepraat. Het duurt even, maar dan wordt haar blik wazig. De ogen zijn nog halfopen, maar je ziet dat ze niet meer waarneemt. Frits zegt dat ze slaapt en ons niet meer kan horen. Nu pas wordt er gesnikt.

'Ik ga haar zo de medicijnen toedienen waaraan ze zal overlijden. Dat gaat vrij snel. Als u daar niet bij wilt zijn, kunt u nu gaan. Er is koffie in het dagverblijf.'

Niemand gaat weg. Frits sluit het infuus aan en zet het volledig open. We zien de druppels des doods in een straaltje bij Hannah naar binnen lopen. Haar ogen zijn nu gesloten, maar ze ademt nog. Dan sluit Frits het tweede zakje aan en zet het infuus voluit. We kijken naar haar borst. Leeft ze nog? Ze stopt met ademen. De minuten lijken voorbij te kruipen. Na drie à vier minuten stopt haar hart met kloppen en verandert haar roze kleur in letterlijk 'lijkbleek'. Frits luistert nog eens met de stethoscoop en constateert de dood.

'Ze is overleden,' zegt Frits met een zucht.

Hannah is niet meer.

Stilte.

8

Joop

Vanochtend heb ik om kwart over acht, meteen na het ochtendrapport, een afspraak met Van Weteren. Ik ben benieuwd waar hij mee komt. Frits is nu drie weken 'op vakantie', hoewel er in de wandelgangen sprake is van een opgelegd non-actief. Zo non-actief is hij overigens niet, want ik begrijp van Loes dat hij momenteel in het kader van haar ontwikkelingsproject is ingeschakeld voor de cursus bypasstechnieken in Makassar. Zijn vrouw Judith is mee. Heerlijk voor die oudjes om er samen even uit te zijn. Misschien dat het helpt om een en ander te relativeren. Ik had met haar te doen, laatst aan de telefoon. Tjonge jonge, wat was ze furieus. Als een leeuwin kwam ze voor hem op. Dat zie je vaak bij traditionele doktersvrouwtjes. Die dragen hun man op handen en identificeren zich met zijn succes als ware het een duoprestatie.

Volgens Judith is de achterbakse houding van de maatschap de oorzaak van Frits' burn-out. 'Het hakt erin bij Frits, zijn wereld stort in. Heeft hij zich hiervoor al die jaren ingezet? Om als oud vuil te worden afgedankt? Stank voor dank krijgt hij en nu gaat een ander er met zijn levenswerk vandoor. Het was toch zíjn prestatie dat ze de opleiding hadden binnengehaald? Jullie hadden hem meer moeten waarderen voor zijn inbreng, en zeker jíj, Joop! Frits heeft je altijd op handen gedragen. Van jou hadden we het helemaal niet verwacht dat je zo disloyaal zou zijn. Je moet je schamen.'

Ik liet haar maar uitrazen. Wat moest ik anders?

'Je zult het misschien al gehoord hebben, maar Frits houdt er over een jaar mee op.' Karel valt, zoals we van hem gewend zijn, meteen met de deur in huis. De boodschap is me niet onwelgevallig, maar ik zie iets aan zijn houding wat me niet bevalt. Hij zit erbij alsof hij zich opmaakt om 'de klap' uit te delen.

'Dus hij kan binnenkort een moestuin aanleggen. Arme Frits, merk ik cynisch op.' Ik leun achterover en ben op mijn hoede. Waar wil hij naartoe?

Van Weteren schenkt koffie in en schuift de suikerpot met een vaart naar me toe. Aan zijn norse oogopslag zie ik dat hij op scherp staat.

'Ja, of boodschappen doen bij Appie Happie,' reageert hij hoofdschuddend. 'Luister Joop, er is een tijd van komen en er is een tijd van gaan. Voor Frits is die tijd nu echt in zicht, of hij er zin in heeft of niet. Het was behoedzaam manoeuvreren om hem tot dit inzicht te brengen. Er is fors onderhandeld. Ik heb hem een riante afvloeiingsregeling aangeboden en na veel gebakkelei heeft hij zich uiteindelijk verzoend met mijn voorstel. Hij mag overigens in zijn handen knijpen, want ik ben niet van plan om in de toekomst nog eens zo diep in de buidel te tasten.'

'Een prettige oprotpremie dus.'

'Nou ja, tot zijn vijfenzestigste zuiveren wij voor de volle 100 procent zijn maatschapsinkomen aan en ook zijn pensioengat nemen wij voor onze rekening. Gekker kunnen we het niet maken.'

'Er was je kennelijk veel aan gelegen om tot dit resultaat te komen,' breng ik in.

'Kijk, ik ben het een beetje zat allemaal. Het rapport van

de visitatiecommissie zit me niet lekker. Vooral de kritiek van de assistenten. Een aantal voelt zich geïntimideerd. Zij komen te weinig aan de bak op de OK en ze klagen over het werktijdenbesluit. Daar wordt behoorlijk de hand mee gelicht, ze werken standaard meer dan vijftig uur. Er komen ook te veel klachten binnen van patiënten. Er is absoluut gebrek aan cohesie in jullie groep. Jullie zijn geen eenheid. Iedereen klooit maar wat aan en berijdt eigen stokpaardjes. Er is geen enkele controle op elkaars gedrag. Het zelfreinigend vermogen ontbreekt.'

'Zo, dat zijn forse aantijgingen, zeg.'

'Het is de realiteit. Ik ben al een jaar bezig om jullie een beetje op één lijn te krijgen, maar zo weerbarstig als jullie zijn, is hier in huis geen enkele maatschap.'

'Volgens mij zit je nu schromelijk te overdrijven, kom op zeg. Ik geef toe dat veel zaken beter kunnen, maar ik heb me erbij neergelegd dat veel veranderingen pas kunnen worden doorgevoerd als de bejaardensoos met pensioen gaat.'

'Dat kan wel zijn, maar dat duurt me allemaal te lang. Ik heb mijn oor binnenshuis te luisteren gelegd bij de Centrale Opleidingscommissie en zij zijn van mening, schrik niet, dat de opvolger van Frits bij voorkeur van buiten moet worden aangetrokken. Het wordt tijd voor een frisse wind in de tent.'

'Pardon? Wat krijgen we nou zeg! Het kan toch niet wáár zijn dat collega's van andere disciplines...'

Karel laat me niet uitpraten. 'Bespaar me jouw bespiegelingen, om het maar even klip-en-klaar te stellen, er komt een open sollicitatie.'

'Heb je de maatschap geconsulteerd?'

'Dat heb ik inderdaad gedaan en het blijkt dat er zowel voor jou als voor Ewoud weinig tot geen draagvlak bestaat om jullie kandidatuur als opleider te steunen. Dat wil niet zeggen dat jullie niet kunnen meesolliciteren, maar ik geef jullie weinig kans.'

'Kun je mij uitleggen waar dat wantrouwen op gebaseerd is?'

'Ewoud ligt slecht in de assistentengroep en heeft zich wetenschappelijk onvoldoende geprofileerd. Hij is bot, niet iemand die bruggen bouwt en draagvlak creëert, het tegendeel zou ik bijna zeggen. Over jou wordt gezegd dat het wetenschappelijk wel klopt, maar dat je niet beschikt over de leiderschapskwaliteiten die nodig zijn om de maatschap op korte termijn uit het slop te trekken. Je bent een pleaser. Je sust. Je bent geneigd de kool en de geit te sparen, terwijl er sturing nodig is.'

'Waar haal je die wijsheid vandaan?'

'Ik leg mijn oor wel eens hier en daar te luisteren. Het klinkt misschien hard wat ik zeg, maar ja, met pappen en nathouden komen we geen stap verder. Het spijt me dit te moeten zeggen, maar zo wordt er ook binnen de maatschap over jou gedacht.'

Ik geloof mijn oren niet. Over de concurrentie met Ewoud heb ik me nooit zorgen gemaakt. Maar dat ik nu door mijn eigen groep pootje word gelicht, is het laatste waarmee ik rekening had gehouden.

'Verbaast het je?' vraagt de baas, met een ondertoon van leedvermaak.

'Hou toch op, man... verbaast het je! Hoe kun je dat vragen? Het is een stoot onder de gordel. Het is ronduit stuitend en volkomen onterecht. Het verzet kwam zeker van de dames?'

'Ik ga hier geen man en paard noemen.'

'Vrouw en paard, zul je bedoelen!'

Van Weteren gaat verzitten in de stoel en kijkt met een duidelijk gebaar op zijn horloge. Zijn manier om aan te geven dat het gesprek wat hem betreft beëindigd kan worden.

'Er zijn via de maatschap wel wat signalen gekomen van kandidaten die hoog op het verlanglijstje staan,' bekent hij. Intussen sorteert hij de papieren op de vergadertafel.

'Zoals?'

'De naam van Marianne van Nieuwenhuizen uit Groningen wordt regelmatig genoemd. Ze schijnt een kanjer te zijn. Wetenschappelijk een dijk van een curriculum. Ze heeft daar een belangrijke bijdrage geleverd aan de ontwikkeling van het cursorisch onderwijsprogramma voor assistenten. Zo iemand kunnen we hier wel gebruiken. Bovendien is ze karakterologisch een bescheiden en tegelijkertijd innemende persoonlijkheid.'

'Marianne? Maar die zit toch als waarnemend opleider gebeiteld in het hoge noorden? Ik nam altijd aan dat ze hoogleraar wilde worden. Wat moet ze hier in de provincie?'

'Hier, nu zeg je het zelf. Een bigshot. Ze schijnt er wel oren naar te hebben.'

'Hoe weet je dat?'

'Ach, in het kader van vooruitzien heb ik me zo links en rechts een beetje georiënteerd. Zo hoor je nog eens wat.'

'Heb je haar gesproken?'

Karel zit wat te draaien op zijn stoel. 'Ja, maar het was puur aftastend, van beide kanten. Een prettig gesprek, meer niet. Ambitieuze tante.'

'Ik hoor het al, het wordt een dameskransje op c5. Je wordt bedankt.'

'Ja jongen, dat zijn de ontwikkelingen nu eenmaal. Geneeskunde is een vrouwenvak geworden. Daar moet je maar aan wennen.'

'En tussentijds, hoe had je het gedacht? Kan ik zeker de tent draaiende houden?'

'Frits zal zich inderdaad tot zijn opvolging meer in de luwte opstellen. Hij wil het laatste jaar voornamelijk gebruiken om het cursorisch onderwijs en het skillslab goed op orde te krijgen. Er zal tot zijn opvolging rond is, meer op jouw schouders terechtkomen.'

'De boodschap is duidelijk,' zeg ik met een brok in mijn keel, 'je wordt bedankt.' Ik maak aanstalten om te vertrekken.

'Ach jongen, laat het allemaal een beetje op je inwerken. Je kunt het ook van de positieve kant bekijken. Zo leuk is het niet om baasje te zijn.' Van Weteren begeleidt me naar de deur en geeft me een amicaal bedoeld schouderklopje. De Raspoetin.

Met lood in de schoenen ga ik op weg naar de poli. Wat me nog het meest stoort, is het gezichtsverlies dat me te wachten staat. Niet alleen intern, maar ook thuis. Ik hou de informatie nog maar even bij me.

Vroeg op en tien kilometer gelopen. De fysieke inspanning houdt me op de been en geeft me energie. De verslaving aan de endorfines zit er weer goed in. Ik train momenteel vier keer in de week voor de Heuvelrugloop, die in mei georganiseerd wordt. Eenentwintig kilometer, de halve dus. Het bosrijke parcours door Nationaal Park Utrechtse Heuvelrug staat bekend als zwaar. Na mijn loopje begin ik altijd fit aan de dag.

Ik zit op mijn kamer de functioneringsgesprekken met de assistenten voor te bereiden. Er wordt geklopt.

'Heb je even?' Het is Evelien.

'Voor jou altijd, meid.'

'Heb je het gehoord?'

'Ja, rot voor je.'

'Zeg dat wel. Dat mij dat nu overkomt. Als er één consciëntieus met patiënten omgaat, ben ik het wel, al zeg ik het zelf.'

Waar heeft Evelien het over? Ik dacht dat ze de verhuizing naar haar oude huis bedoelde.

'Wacht even, heb je het niet over het retourtje naar jullie oude adres?'

'Nee joh, daar kom ik niet voor. Hoewel ik daar ook niet vrolijk van word. Nee, het gaat over iets heel anders. Ik ben helemaal van slag.'

'Ga eerst eens even rustig zitten.' Evelien neemt plaats in

de stoel tegenover me. Haar handen gekruist over haar zwangere buik. Het speelt door mijn hoofd dat haar zwangerschapsverlof binnenkort door ons moet worden opgevangen. Samen met het vertrek van onze jongste maat Simone en het verlof van Frits zijn we weer grootscheeps de klos.

'Ik weet niet wat ik ermee aan moet. Er is een klacht tegen mij ingediend door een patiënt. Ze verwijt me nalatigheid. Elke leek die haar verhaal hoort, zou denken dat ik bij haar de plank helemaal heb misgeslagen.'

'Vertel,' zeg ik rustig.

'Een jonge vrouw. Een juriste ook nog, nou dan weet je het wel. Ze kwam vaak op de poli wegens een vermeende knobbel in de borst. Ze was panisch voor kanker. Alle mammografieën wezen uit dat er niets aan de hand was. Ook bij zorgvuldig lichamelijk onderzoek voelde ik geen tumor. Na in totaal zes mammografieën en geruststellende echografieën die, gedurende de drie jaar dat ze bij me op de poli kwam, telkens negatief waren, heb ik haar geadviseerd maar eens een jaartje niets te doen.'

'Lijkt me te verdedigen. Mammografieën geven tenslotte ook stralingsbelasting.'

'Precies, om die reden natuurlijk. Dat heb ik haar allemaal uitgelegd. Ik heb ook gezegd dat je met te veel stralen zelfs kanker kunt induceren.'

'En toen?'

'Na een jaar kwam ze terug. Helemaal mis. Positieve klieren, noem maar op.'

'Jezus. De rest kan ik wel raden.'

'Ze is onmiddellijk overgestapt naar een ander ziekenhuis. Ik kreeg vreselijke brieven van haar, waarin ze schrijft dat ze al die tijd een knobbel heeft gevoeld. Die brieven waren geprint op postpapier van haar advocatenbureau en kregen steeds meer een juridisch karakter.'

'Heb je nog met haar gesproken?'

'Ik heb mijn medeleven betoond, geprobeerd met haar in

contact te komen, maar ze wil me niet meer zien. En nu dus die klacht. Ze dreigt met het medisch tuchtcollege. Vreselijk.'

'Evelien, heel vervelend voor je. Maar ik denk dat je medisch-technisch volgens het protocol gehandeld hebt. Misschien is het een troost voor je dat de meeste artsen tijdens hun carrière met een klacht geconfronteerd worden. Bijna geen medicus komt er tot zijn pensioen zonder kleerscheuren van af. Ik zou bijna zeggen, join the club.'

'Ik ben er kapot van. Dat uitgerekend háár dit moet overkomen. Misschien is ze wel paragnostisch. Heeft ze het gewoon van tevoren aangevoeld dat haar dit zou overkomen.'

'Bespreek de kwestie met de psycholoog van het ziekenhuis en met de afdeling patiëntenservice. Zij zijn erin getraind om bij klachten te bemiddelen. Daarnaast kun je advies vragen bij de juridische afdeling. Je moet in ieder geval niet meer reageren op haar brieven. Heb je alle onderzoeken goed gedocumenteerd?'

'Gelukkig wel.'

'Als je erop terugkijkt, weet je dan zeker dat je de afgelopen jaren niets over het hoofd hebt gezien?'

'Ik heb alle protocollen stap voor stap uitgevoerd. Ook mijn promotor heeft ernaar gekeken. Hij zegt dat mij niets te verwijten valt.'

'Mammatumoren kunnen ook zomaar uit het niets opduiken. Botte pech dus.'

'Zeg dat. Nou ja, ik dacht: laat ik even bij je binnenlopen voordat je dit verhaal via de tamtam te horen krijgt. Maar nu moet ik gaan. Mammapoli, leuk hè?'

Ik had met Evelien te doen. Zo zie je maar, dokter-zijn is niet alleen maar rozengeur en maneschijn. Voor de een ben je een held, door een ander word je verguisd.

Tegen vieren loop ik even bij Eugenie binnen om enkele statussen op te halen voor de multidisciplinaire teambespreking. Ze is nu ruim zes maanden, maar ze ziet eruit als een à-terme-zwangere. Haar bloeddruk schijnt aan de hoge kant te zijn. Ik ben er niet gerust op. Door haar gezwollen enkels en een zwangerschapsmasker maakt ze een kwetsbare indruk. Toch buffelt ze maar door. Ze wil proberen tot zes weken voor de bevalling te blijven werken. Volgens mij is dat onverantwoord. Vanavond kook ik voor haar, zoutloos.

Nadat ze haar jas heeft opgehangen, loopt Eugenie met haar handen in de onderrug, naar de huiskamer. Alsof ze zichzelf naar voren duwt.

'Beentjes omhoog,' zeg ik, wijzend op de bank, haar favoriete wegkruipplekje. Ze heeft bloemen meegenomen en waggelt de keuken in.

'Eerst even in een vaasje doen,' zegt ze met een zucht.

'Je bent moe hè?'

'Valt wel mee. Let maar niet op mij. Ik zit niet heel goed in mijn vel vandaag, maar dat gaat wel weer over.'

'Wordt het te zwaar?'

'Dat is het niet.' Eugenie snijdt de stelen af en draait vervolgens zoekend om haar as. Ik overhandig haar een vaas. Ze maakt een kort, wijdvallend boeket. Intussen zwijgt ze en wendt haar gezicht af. Iets zit haar niet lekker.

'Wat is het dan wel?' informeer ik en ik sla een arm om haar schouders.

'Ik mis haar zo. Het hakt erin, dat had ik niet verwacht,' snikt ze.

'Meisje toch,' reageer ik, 'rot voor je.'

Even later zitten we relaxed in de zithoek. Het is vreemd, maar ik voel me altijd op mijn gemak als ze er is. Ze ziet er niet uit momenteel, maar dat deert me niet.

'Hannah heeft me twintigduizend euro nagelaten, voor mijn kindjes.' Eugenie haalt diep adem. 'Haar zus kwam het me persoonlijk overhandigen. Ik zei nog dat ik het niet kon aannemen, maar het was allemaal testamentair vastgelegd. Zó lief. Het komt me natuurlijk goed uit.'

'Ongelooflijk, wat een lieve vrouw. Als ik jou was, zou ik het maar in dankbaarheid aanvaarden.' Eugenie knikt instemmend. 'Vertel eens over de begrafenis, want daar heb ik nog niets over gehoord. Was het mooi?'

'Natuurlijk was het mooi. Wat wil je met zo'n artistiek gezelschap. Ze leefde met erudiete mensen. Mensen die intens van haar hielden. Haar begrafenis was onconventioneel. Het was spectaculair. Precies wat ze verdiend heeft. Het was theater ten top. Auteurs met de mooiste metaforen over de dood. En natuurlijk veel drank en muziek. "Jesus loves you" stond met viltstift geschreven op haar kist. Heel cynisch natuurlijk. Maar ook: "De huiver voorbij", refererend aan haar toneelstuk over de dood.'

'Klinkt allemaal heel authentiek,' beaam ik.

'Dat was het ook, heel eigen. Het paste bij haar. Alles klopte die dag, daar had ze vooraf de regie in genomen. Ze wilde alleen maar blauwe bloemen, want die deden haar denken aan de zee en aan de lucht. Acteurs van de toneelgroep droegen haar kist de Melkweg in. Er werden stukken voorgelezen uit haar stuk *Intredende huiver* en ook stukken uit het manifest dat ze in mijn aanwezigheid had ingesproken. Daarna Zorgvlied, dat onherroepelijke moment dat haar kist naar beneden ging, verscheurde me.'

'Het is voorbij, lieverd, Hannah heeft eindelijk rust.'

'Ja, dat is wat mensen zeggen als iemand dood is, maar ik slaap er niet van.'

'Zet het een beetje van je af.'

'Kon ik dat maar. Ik moet steeds denken aan haar woede. Haar strijd om haar gewenste dood voor elkaar te krijgen. Het feit dat ze afhankelijk was van de SCEN-arts. Dat de mening van een tweede beoordelaar de doorslag moest geven voor háár dood, daar was ze pissig over. Wat ze daarover allemaal zei, daar lig ik 's nachts wakker van.'

'Wat zei ze dan?'

'Het was eigenlijk meer brullen wat ze deed. "Mag ik dan, terwijl ik toch over twee, drie weken de pijp uit ga, niet eens meer zelfstandig over mijn eigen dood beschikken? Als ik de kracht had, dan sprong ik voor de trein. Ik ben te ziek om zelfmoord te plegen. Laat iedereen het bekijken met zijn visie en zijn oordeel over het vraagstuk of ik wel of niet op een menswaardige manier mag sterven. Ik ben toch verdomme van mezelf! Sorry, liefje, dat ik me zo laat gaan." Dát soort dingen zei ze. Vreselijk. Ik was het zo met haar eens.'

Eugenie is om halftien vertrokken. Ze wilde vroeg naar bed. De affaire over de opvolging van Frits heb ik maar niet aan de orde gesteld. Dat komt wel, een andere keer.

De vatenpoli loopt uit. Eerlijk gezegd zijn het niet de leukste mensen die hier regelmatig op bezoek komen. De meesten zijn 'op leeftijd', hebben over het algemeen een fors overgewicht en trekken zich weinig aan van de adviezen voor hun levensstijl. Hoewel ze weten dat ze hun levensverwachting ernstig bekorten, blijven ze tegen wil en dank tegen de klippen op zuipen en roken als een ketter. Diëten, ho maar. Ze doen er alles aan om hun ziekte chronisch te houden. Het is onbegonnen werk. Hun vaten slibben dicht, het cholesterol blijft veel te hoog, net als hun bloeddruk. Lopende bermbommen zijn het. Althans, de groep die nog kán lopen. Want als de arteriën grotendeels zijn afgesloten, kunnen ze lopen wel vergeten. En de dokter maar dotteren en stents plaatsen, tot hij een ons weegt. En als dat niet meer werkt, dan moet er gebypasst worden. Tot ook dat weer dichtslibt. Wat dat allemaal kost! Je zeult ze jaren met je mee, die stakkers.

Ik word om halfvijf gepiept door Eugenie. Als zij piept, is het meestal urgent, dus ik bel het nummer.

'Sorry dat ik je stoor, maar volgens mij moet je even reageren op een telefoontje van de directeur van de school van Romijn. Er is iets aan de hand, geloof ik. Hij wil je met spoed spreken.'

'Ja jezus, het is stervensdruk hier. Kan dat niet aan het eind van de middag? Zeg maar dat ik op de OK sta.'

'Wat je wilt, maar zal ik anders proberen een afspraak te maken om een uur of zes? Ik wil me er niet mee bemoeien, maar hij klinkt tamelijk opgewonden.'

'Maak er maar zeven uur van, bij mij thuis. Dat is voor hem toch aan de overkant.'

'Joop!' Bernard, de schooldirecteur, steekt zijn hand naar me uit en kijkt bij binnenkomst om zich heen. 'Tsja, hier is Romijn ook niet zo gelukkig mee,' merkt hij met een weids handgebaar op.

'Wat bedoel je?'

'Nou, de scheiding natuurlijk. Ouders verkijken zich erop hoe dat erin hakt bij hun kroost. De kinderen worden somber of boos. Soms regelrecht onhandelbaar of juist apathisch. Ze hebben nergens meer zin in. Het komt ook voor dat ze uit revanche het bijltje erbij neerleggen. Wat wij allemaal meemaken. En de ouders maar van ons verwachten dat we die kinderen weer in het gareel krijgen.'

'Ga zitten,' zeg ik, 'koffie?'

'Doe mij maar een wijntje, rood graag. Het was me het dagje wel.' Bernard laat zich zakken in de leunstoel.

'Daar worden jullie ook fors voor betaald,' roep ik vanuit de keuken, 'maar wat maakt je bezoek aan mij zo urgent?'

Ik schenk quasigastvrij de wijn in, maar voel me gespannen.

'Dit belooft niet veel goeds,' voorspel ik. Het liefst wil ik het onheilsbericht nog even uitstellen. Ik heb genoeg aan mijn hoofd. Aan de fronsende wenkbrauwen van Bernard kan ik aflezen dat er niet aan te ontkomen valt.

'Nee, zeker niet,' beaamt Bernard.

'Wat heeft mijn zoon uitgespookt?' begin ik toch maar en zet me schrap.

'Het heeft even geduurd eer wij erachter kwamen hoe de vork in de steel zit. Maar de videoregistratie in de toiletruimte heeft uitsluitsel gegeven. Jouw zoon Romijn dealt in drugs. Sterker nog, het blijkt dat hij een vijftal scholieren met enige regelmaat voorziet van cannabis. Dit is wel het laatste wat wij ons op dit particuliere instituut kunnen veroorloven. Ouders betalen ons een vermogen in de veronderstelling dat hun kinderen in goede handen zijn. Wij nemen dit zéér hoog op en overwegen aangifte te doen bij de politie.'

Ik ben even helemaal van mijn stuk. Aangifte doen bij de politie, zijn ze nou helemaal gek geworden?

'Overdrijf je nu niet een beetje?'

'Nee, we overdrijven niet. Dealen in drugs is strafbaar, het is een illegale activiteit. Zelfs het bezit van drugs onder de achttien is strafbaar. Wij hebben op school de policy dat strafbare feiten, bijvoorbeeld zoals diefstal, gemeld worden bij de politie. Leerlingen zijn daarvan op de hoogte. Dít vergrijp vind ik veel ernstiger. Het bewijsmateriaal is in onze handen en ook scholieren hebben getuigenissen afgegeven waaruit blijkt dat Romijn hierin een hoofdrol speelt.'

De moed zakt me in de schoenen. Wat valt me dit rauw op mijn dak. Romijn, mijn zoon, van wie ik dacht dat hij weer op het goede spoor zat. Hoe kan ik het zo mis hebben?

'Kun je wat explicieter zijn? Wat was de aanleiding voor dit onderzoek?' informeer ik.

'Een aantal ouders heeft om een gesprek met de directie verzocht. Het viel hun op dat hun zonen zo sloom en afwezig zijn de laatste tijd. Er is geen land meer met ze te bezeilen. Ze komen hun bed niet uit en verwaarlozen het huiswerk. Twee van de vijf zitten bij Romijn in de klas. Twee andere jongens zitten pas in de vierde en een van hen, Melchior, zit in de examenklas.'

'Vreselijk zeg. Dat is toch die leuke knul die zijn vader heeft verloren en later dokter wil worden?'

'Klopt. En het erge is, ze worden allemaal geschorst. Vooral voor Melchior is dat een ramp. Hij moet binnenkort eindexamen doen. Het was altijd een ambitieuze jongen. Nu begrijpen we waarom hij er de laatste tijd zo met de pet naar gooit. Hij haalt de ene onvoldoende na de andere. Zijn moeder vertrouwde het zaakje niet en heeft een aantal ouders gealarmeerd. Toen is het balletje gaan rollen. Ze is er ongelooflijk fel op dat we de zaak tot op de bodem uitzoeken. De naam van Romijn zoemde al snel rond. Tijdens het mentorenoverleg hebben we besloten om de videobanden bij de toiletgroep te analyseren. Tot onze grote schrik bleek dat Romijn afgelopen vrijdag, op verschillende momenten van de dag, tot driemaal toe is geregistreerd terwijl hij het spul overhandigde. Er was duidelijk sprake van een transactie, omdat goed zichtbaar was dat de zakjes werden ingeleverd tegen geld.'

'Denk je dat Romijn een handeltje is begonnen?'

'Daar ziet het naar uit. Maar Romijn is natuurlijk ook gebruiker. En je weet net zo goed als ik dat kinderen die langer gebruiken, hun verslaving niet zo makkelijk opgeven. Wij gaan nu een drugskit aanschaffen. Op verzoek van de ouders kunnen we scholieren die verdacht worden van gebruik, op elk gewenst moment testen. Wij streven naar een drugsvrije school.'

'Dat lijkt me een goed uitgangspunt.'

'Nu kom ik op het punt waarom ik hier ben. De meerderheid van het docententeam is ervan overtuigd dat er voor Romijn op onze school geen plaats meer is. Hij is een sterke persoonlijkheid met veel charisma in de groep. Ze lopen allemaal achter hem aan, hij heeft een slechte invloed op zijn omgeving.'

'Dit meen je niet!'

'Ik meen dit wel.'

'Je wilt een voorbeeld stellen.'

'Zo is het, management by fear, zal ik maar zeggen.'

'Zo is het,' herhaal ik hoofdschuddend. Er komt woede in me op en een gevoel van onmacht. 'Wat is dit voor een spierballentaal? Mijn zoon wordt er door jullie uit gedonderd? Omdat jullie eliteclubje het te moeilijk vindt om met problemen om te gaan en zo nodig een daad wil stellen! Om jullie inkomstenbron veilig te stellen, zul je bedoelen, want daar gaat het om natuurlijk.'

'Er zijn inderdaad ouders die hebben gedreigd hun kinderen van school te halen als hier niet fors wordt ingegrepen. Wij willen en kunnen ons dat niet permitteren. De naam van onze school staat op het spel. Joop, ik begrijp dat dit je allemaal rauw op je dak valt, maar ik zal het je nog sterker vertellen. Het docententeam vindt daarnaast dat we Romijn moeten aangeven bij de politie. Dan moet justitie maar zien of ze wat met hem aankunnen.'

'Nou breekt me de klomp, zeg. Doe niet zo belachelijk man. Ben jij wel goed bij je hoofd? En dan nog iets, weet Romijn hiervan?'

'Er is vanmiddag een gesprek geweest, tenminste een poging tot een gesprek, maar de strekking ervan beviel hem kennelijk niet, meneer nam de benen.'

'En jullie lieten hem gaan?'

'Hadden we hem moeten vastbinden of zo? We hebben je meteen gebeld, maar je wordt zo goed afgeschermd door je secretaresse.'

'Waar is hij nu? Man, je maakt me doodsbang, wáár is Romijn?' Ik bel zijn mobiel. Mijn handen trillen. Voicemail. Ik spreek in dat hij meteen naar de Nieuwegracht moet komen.

'Volgens mij zit hij bij Romy. Ik geloof dat haar ouders op vakantie zijn. Ook zoiets, die kinderen worden de hele dag maar aan hun lot overgelaten. Die zwerven op straat, of lopen in dure merkkleding te blowen op Hoog Catharijne.'

'Blowt Romy ook?'

'Dat kan ik niet bewijzen. Ik ben er niet bij, bij wat die kinderen na schooltijd doen,' antwoordt Bernard met een beschuldigende ondertoon.

Ik herinner me de hasjlucht toen ik de tieners onverwacht overviel in mijn huis.

'Bovendien die overdreven kalverliefde van die twee. Ze staan in de pauze alsmaar te zoenen in de fietsenstalling.'

'Is dat ook al strafbaar?'

'Dat niet. Maar het leidt wel af van het schoolwerk.'

'Heb jij het adres van dat meisje?'

'Ze woont in Zeist. Ik zal je het zo geven.'

'Bernard, ik kan me voorstellen dat het nodig is om paal en perk te stellen aan het gedrag van Romijn. Ook voor zijn eigen bestwil. Maar ik vraag me af of het verstandig is om mijn zoon van school te sturen. Ik raad je ten sterkste af zoiets te doen. Dan hebben we écht de poppen aan het dansen. Ik kan je nu al vertellen dat ik tot het uiterste ga voor mijn zoon. Verzin iets anders. Schors hem een tijd, voor mijn part. Is Margot al op de hoogte?'

'Nee, ik wilde eerst met jou overleggen, zeker in de situatie waarin jullie zitten.'

'Nou, dan ga ik maar op pad om mijn zoon te zoeken,' zeg ik gefrustreerd.

Bernard staat op. Bij de voordeur draait hij zich om.

'Overmorgen hebben we teamoverleg. Ik zal mijn best doen om ze te overtuigen tot een kindvriendelijker besluit. Een van de docenten opperde de mogelijkheid voor een soloprogramma. Ver weg van onze scholieren. Ik geef je één raad, laat hem maar eens goed zweten.'

Als Bernard weg is googel ik snel op internet naar het trefwoord drugsdealer. Ik word er niet vrolijk van.

Ik bel aan op de Hortensialaan nummer veertien. Romy doet open.

'Hij is naar u. U klonk zo boos. Hij is zich rot geschrokken,' zegt het popje.

Onderweg speur ik de ventweg af. Geen spoor van mijn zoon. Ik scheur terug naar het Kampongterrein en pak mijn fiets. Thuisgekomen zit meneer op de bank in de kamer. Hoe heeft hij dat zo snel voor elkaar gekregen?

Hij staat meteen op. 'Ze overdrijven, pap, het stelt niks voor allemaal. Hooguit genoeg voor één jointje. Ze doen net alsof ik een drugsrunner ben.' Als een gebeten hond staat hij voor me. In zijn haar zitten wel honderd kleine vlechtjes, waarvan er een aantal voor zijn ogen hangen.

'Romijn, ik hoop dat je beseft dat je strafbaar bent. Het verkopen, afleveren, verstrekken of vervoeren van drugs, in de zin van "roesopwekkende genotmiddelen", als je begrijpt wat je pappie bedoelt, is in Nederland volgens de Opiumwet verboden. Op overtreding staat een gevangenisstraf van ten hoogste acht jaar. Tel uit je winst, zou ik zeggen.'

'Jij zuipt toch ook alcohol, dat is ook een drug.'

'Gaan we zo beginnen?'

'Er gebeuren ergere dingen.'

'Zoals?' vraag ik.

'Nou, jullie scheiding bijvoorbeeld.'

'Romijn, één ding, we gaan hier geen jij-bakken vertonen. Daar heb ik geen zin in. Die scheiding heeft hier niets mee te maken. Bovendien zijn we niet gescheiden, we zijn uit elkaar, dat is iets anders.'

'Toen is het wel begonnen.'

'Wát is toen begonnen?' vraag ik geïrriteerd.

'Toen ben ik gaan blowen, af en toe. Ik voelde me kut. Alles was kut.'

'Dat geloof ik, maar laten we even bij het probleem blijven, Romijn. De schoolleiding wil aangifte doen. Als ze dat echt doen, hang je. Dan word je overgeplaatst naar zo'n instituut voor jeugdzorg. Dat lijkt me niet zo aantrekkelijk.'

'Pap, het is heel simpel, zo erg is het niet wat ik gedaan heb. Ze wilden zelf! Die watjes zijn zelf te schijterig om eraan te komen. Bovendien krijg ik korting én goed spul. Niet versneden met troep, en zo.'

'Zo te horen weet je er veel van en ben je al aardig in de scene ingeburgerd. Hoeveel gebruik je eigenlijk?'

'Alleen in het weekend.'

'En ik moet dat geloven?'

'Dan geloof je het niet. Het heeft toch geen zin wat ik zeg.'

'Nou, laat je tas dan maar eens zien.'

'Pap, alsjeblieft, doe niet zo pathetisch.'

'Nee, ik méén het. Kom hier met die tas.' Ik sta nu voor hem en wijs autoritair met mijn wijsvinger naar mijn voeten. 'Hier! met die tas,' zeg ik nogmaals.

Romijn schopt zijn tas in de hoek van de kamer. Hij brengt me bijna tot razernij, ik moet alle beheersing bijzetten om hem niet een enorme opdonder te verkopen. Ik loop naar zijn rugtas en smijt de inhoud met een smak op de eettafel. Ik inspecteer de binnenkant en open de ritsen. Er komt een plastic zakje tevoorschijn met daarin een plak ter grootte van een reep chocola. Ik zwaai ermee in de lucht, loop naar de open haard en grijp naar een aanmaakblokje. Met een aansteker steek ik de boel in de fik. De geur ervan is onmiskenbaar cannabis.

'Je moest eens weten wat dat kost,' merkt Romijn getergd op. Hij zit onderuitgezakt, zijn spijkerbroek onder zijn heupen, met daarboven de boord van zijn Björn Borgondergoed. Ik dacht dat hij zo'n hekel aan merkkleding had, maar dit kan dan kennelijk weer wél.

'Ja jongen, als je haar maar goed zit,' merk ik geïrriteerd op.

'Ik weet niet waar dat op slaat. Maar ik geef toe dat ik met mijn haar wel een statement maak,' mompelt Romijn.

'Maar wat nu?' voegt hij eraan toe.

'Je wordt van school getrapt, jongen, en ik geef ze groot gelijk,' lieg ik.

'Duh, en dan?'

'Vakkenvullen, zou ik zeggen.'

'Zal ík eens wat zeggen?' roept Romijn nu. 'Ik wil helemaal niet meer naar die klotekakschool. Het is funest voor mijn creativiteit.'

'Zo, heeft meneer nog kapsones ook?' Ik sta op het punt om hem uit huis te zetten. 'De kunstenaar voelt zich niet meer thuis bij die rijkeluiskindertjes?'

'Dat heb je goed gezien. Nouveaux-riches-shit, dat is het.'

'En Romy dan?'

'Romy is heel anders, maar jij neemt niet de moeite haar te leren kennen.'

'Romijn, ik ben doodmoe. Morgen praten we verder.'

'Weet mama het al?'

'Ik bel mama morgen, die blijft erin, vrees ik.'

'Vertel jij het aan mama?' vraagt hij nu, met een wanhopige blik in zijn ogen.

'Alsof dat het grootste probleem is,' antwoord ik. 'Laten we het samen doen. Dat lijkt me verstandiger.'

'Dat durf ik niet. Kan ik hier blijven slapen vannacht?'

'Als je je gedraagt. En dan nog iets, jij gaat morgen je excuses aanbieden aan school, jongen!'

'Pap, mag ik bij jou wonen? Mama is zo opgefokt de laatste tijd.'

Ik bel Margot en vertel dat Romijn vanavond bij mij slaapt. Ze snapt er niets van. Na wat geagiteerd heen-en-weergedoe weet ik haar uiteindelijk te overtuigen dat het voor Romijn belangrijk is dat ze morgen met me praat. 'Hij heeft toch niet wat stoms gedaan, hè?' vroeg ze nog. Ze is morgen om acht uur, nadat de kinderen hebben gegeten, hier. Dat wordt dan sinds onze separatie de eerste keer dat we een avond samen doorbrengen.

Met grote stappen komt Margot binnen en ploft neer in de stoel. Ze is zenuwachtig en zoekt iets in haar tas.

'Heb je een asbak voor me?' vraagt ze. Intussen steekt ze een sigaret op.

'Jij? Een asbak? Wat krijgen we nou?' reageer ik geschokt.

'Ach ja, je moet toch wat om jezelf rustig te maken,' zegt ze achteloos.

Ik schud mijn hoofd en loop de keuken in voor een of ander bakje.

'Dank je,' zegt ze, als ik het zonder iets te zeggen voor haar neerzet. Ze zit rechtop en kijkt keurend rond. Aan alles zie ik dat ze gespannen is.

'Ziet er netjes uit bij je. Zo te zien heb je mij niet nodig. Dat had ik eerder moeten weten, dan had ik al die jaren niet zo in mijn eentje hoeven sloven.'

Het is duidelijk, de messen zijn geslepen, dit kan nog leuk worden.

'Margot, zullen we het niet over ons hebben? Ik heb je namelijk niet voor niets verzocht om met me te praten. Er is iets aan de hand wat ons allebei aangaat.'

'Laat me raden. Je hebt een ander! Je wilt de scheiding doorzetten. Meneer trekt de stekker eruit. Is dat het?' Ze kijkt van me af en paft de rook met een stoot naar buiten.

'Het gaat niet over ons, laat staan over een ander. Dat is het laatste waar ik momenteel mee bezig ben,' merk ik op.

Maar Margot luistert niet naar wat ik zeg. Haar woede en frustratie staan als een muur tussen ons in.

'Je gaat trouwen met zo'n onweerstaanbare stoephoer uit het ziekenhuis. Of word je soms vader?'

'Onze zoon Romijn zit in de problemen. Hij maakt er een zootje van en wordt waarschijnlijk van school getrapt.'

Margot schraapt haar keel. 'En waarom wordt onze zoon van school getrapt?' vraagt ze nu met onvaste stem.

'Drugs, hij gebruikt ze niet alleen, hij dealt erin. De schoolleiding heeft hem betrapt op het verstrekken van die shit.' De boodschap gaat als een schok door haar heen.

'Zie je wel, ik vond hem al zo vaag de laatste tijd.' Margot dooft de sigarettenpeuk met veel zenuwachtig gedraai in het dessertbakje. 'Het kan er nog wel bij,' mokt ze.

'Waarbij?'

'Kijk, Joop, ik heb die jongen niet meer in de hand. Hij gaat z'n eigen gang, ik heb in elk geval niets meer over hem te vertellen.'

'Hij is nog een puber, ik was ook niet zo'n lieverdje op die leeftijd.'

'O, gaan we nu op de toer van "we zijn zelf ook jong geweest"? Weet je wat het is, hij spoort gewoon niet. Nou, daar zit je dan mooi mee, met zo'n knul,' reageert ze met een beschuldigende ondertoon.

'Je? We, zul je bedoelen.'

'Het is jouw schuld. Sinds de scheiding is hij niet meer te genieten.'

'Ik hoor juist dat jíj niet meer te genieten bent. Hij voelt zich voor een knul van zeventien veel te verantwoordelijk voor jou. Hij komt hier uithuilen. Hier kan hij zichzelf zijn.'

'Weet je wat hij bij jou doet? Neuken! Het kereltje heeft zijn pikje ontdekt. Wat schattig allemaal. Precies zijn vader.'

Margot stelt me wel erg op de proef. Het is spitsroeden lopen. Ik kan twee dingen doen. Terugmeppen of incasseren. Ik kies, dankzij de cursus 'met verbaal geweld omgaan', voor het laatste, althans voorlopig. Ze moet het niet te bont maken.

'Lijkt het je niet verstandiger om dit gesprek op het probleem te richten, in plaats van op elkaar?'

Weer zijn mijn woorden voor dovemansoren bestemd.

'Je staat er mooi op bij je vrienden.'

'Zullen we onze vrienden en buren er maar even buiten

houden? Alsjeblieft zeg, zo komen we geen stap verder.'

'Ik schaam me dood, wat zullen mijn vriendinnen er wel van denken. En je collega's?'

'Ook bij artsengezinnen gebeuren soms rare dingen. Die worden heus niet uitgezonderd van de dingen des levens.'

'Ach ja, elk huisje heeft zijn kruisje.' Het komt er cynisch uit.

'Zoiets ja.' Er volgt een stilte. Margot kijkt met een chagrijnige blik om zich heen.

'Is het een idee dat ik Romijn een tijdje onder mijn hoede neem?'

Mijn vrouw, want dat is ze nog steeds, kijkt me verbaasd aan. Ze schuift wat heen en weer in de stoel. Ik zie aan haar dat mijn opmerking in goede aarde valt. Waarom heb ik dit niet eerder bedacht?

'Ik zat erop te wachten. Ja, dat lijkt me voorlopig een goede oplossing. Laat hij morgen maar zijn spullen pakken.' Dat laatste emotioneert haar.

'Je hebt het er moeilijk mee hè?'

Margot veegt een traan weg, maar houdt zich groot. Ik sta op en loop naar de keuken, onderweg geef ik haar impulsief een aai over de bol.

'Wijntje?' vraag ik.

'Ik kan maar beter gaan,' fluistert ze met een schorre stem. Ze staat op.

'Jammer,' zeg ik, 'wordt het niet eens tijd om de strijdbijl te begraven? Zeker nu?'

'Misschien wel,' reageert ze, 'maar niet vanavond. Ik ben zo uit mijn doen.'

Ze loopt de gang in en hannest wat ongemakkelijk bij de kapstok. Ik help haar in haar jas en doe de voordeur voor haar open. Met gebogen hoofd loopt ze weg, dan draait ze zich om... ze loopt naar me toe... en... geeft me een kus.

'Sorry,' zegt ze, 'een volgende keer zal ik aardiger zijn.

Jij kunt er eigenlijk ook niets aan doen.'

Ik weet niet wat me overkomt.

Slapen, ho maar, het brein draait op volle toeren.

Het is vandaag ongelooflijk druk op de afdeling. De zaalarts heeft zich ziek gemeld, juist nu er veel bewerkelijke patiënten liggen die extra supervisie nodig hebben. Bovendien heeft Van Weteren een extra vergadering voor het stafbestuur ingelast om de budgetafspraken voor het volgend jaar te bespreken. Ik zit op mijn kamer om de voorstellen van de ziektekostenverzekeraars te bestuderen, zodat ik goed beslagen ten ijs kom. Daarbij moet ik me erg concentreren, iets wat mij op dit moment moeilijk afgaat. De cijfers, die consequenties hebben voor onze productieafspraken en daarmee voor ons inkomen, geven me een hoop hoofdbrekens. Nu ik Frits vervang, komen deze extra managementtaken op mij neer.

Er wordt op de deur geklopt. Ewoud steekt zijn hoofd om de deur.

'Je komt zéér ongelegen, jongen.'

Ewoud springt toch naar voren en steekt van wal. 'Eventjes maar. Het is toch godverdomme godgeklaagd, zeg! Heb je het gehoord? Stelletje idioten.'

'Heb je Van Weteren gesproken?' informeer ik.

'Wat een over het paard getilde arrogante klootzak, zeg. Als ik dat gesprek moet samenvatten, dan komt het erop neer dat ik de zak heb gekregen. En jij ook begrijp ik.'

'Ja maatje, meneer de directeur graaft zijn eigen vaargeul. Dit noem ik nog eens een staaltje van bypassen. Het wordt een dameskrans hier op de afdeling.'

'Hij komt er nog wel achter. Als die wijven eenmaal aan de top zitten, zijn ze erger dan wij. Dan komen de hanengevechten pas écht los. Hou ze in de gaten, ook die Marianne, een wolf in schaapskleren, dat is ze.'

'Trek jij je terug?' vraag ik.

'Dat is precies wat Karel voor ogen heeft. Over my dead body dus,' reageert Ewoud strijdvaardig.

'Volgens mij zit hij te bluffen. Ik moet nog zien dat de maatschap geporteerd is van zijn gemanipuleer. We moeten maar eens polsen hoe het met de gemoederen gesteld is. Ik geloof niets van zijn verhaal. Maar ja, er zit wel één voordeel aan,' stel ik.

'Voordeel?'

'Nu hoeven we elkaar in elk geval niet meer de tent uit te vechten.' Ik sta op, pak mijn paperassen bij elkaar en sla Ewoud in het voorbijgaan gemoedelijk op zijn schouder. 'We hebben het er nog over, ik moet gaan, even de centjes veiligstellen voor onze meisjes. Zullen we van de week een hapje eten samen?'

Ik zit al drie kwartier achter in de hoek bij grand café Zussen te wachten op Ewoud, die maar niet komt opdagen. Zijn gsm staat op de voicemail. Ik sms: 'Ben ik nou gek, of is het een misverstand? We hebben toch om acht uur bij Zussen afgesproken?' Geen reactie.

Een lieftallige studente, met een zwarte sloof om haar slanke middel, neemt de bestelling op.

Ik bestel witlofsoep met blauwe kaas en stokbrood en vraag om een glaasje witte chardonnay. Wat is het toch een verademing dat er in horecagelegenheden niet meer gerookt mag worden. Om de tijd te doden neem ik van de leestafel de *Elsevier* ter hand. Mijn oog valt op een artikel over de torenhoge inkomens van medisch specialisten en over de nijpende financiële situatie van een aantal ziekenhuizen. 'Gezondheidszorg in Nederland failliet?' staat erboven. Interessant, ik ga er maar eens relaxed voor zitten.

Plotseling staat Ewoud met veel kabaal voor me.

'Sorry jongen, maar het liep allemaal een beetje uit.'

'Kan gebeuren, maatje. Maar wat liep allemaal een beetje uit?' vraag ik nieuwsgierig. Ewoud ziet er wat verwilderd uit. Zijn lok staat rechtovereind.

'Nou... eh... privé,' mompelt hij.

'Joh, ik weet niet of je het in de gaten hebt', ik wijs op zijn trui, 'je hebt je trui binnenstebuiten aan. Ik wil niet veel insinueren, maar ik denk dat ik wel begrijp waar jij vanavond je prioriteit hebt gelegd.'

'Ik was in slaap gevallen.'

'En gij geleuft dat?'

De serveerster komt met de soep aan. Ewoud werpt een snelle blik op de kaart en bestelt een tournedos met frites en daarbij een biertje. Hij steekt een sigaar op. Ik wijs op de rookvrij-sticker aan de wand.

'O ja, dat was ik even vergeten. Die klotebemoeienis.'

'Laten we het maar meteen over de business hebben. Wat doen we met die damesoverval?' open ik.

'Joop, ik moet je wat anders vertellen...'

'Je gaat me toch niet vertellen dat je de benen neemt, hè?'

'Ik zit in een moeilijk pakket,' verzucht Ewoud.

Ik denk: dat zitten we allemaal, maar ik hou me in.

'Vertel,' moedig ik aan.

'Ik heb wat met Sarila. Sterker, ik wil met haar trouwen.'

Eerlijk gezegd had ik er al lang over gehoord van Eugenie, maar ik doe alsof het me verbaast.

'Prachtig toch? Ze is een fantastische vrouw. Een lot uit de loterij. Gefeliciteerd, zou ik zeggen. Mijn zegen heb je,' meen ik uit de grond van mijn hart. Zijn voormalige allochtonenhaat breng ik maar even niet ter sprake.

'Het ligt allemaal heel gecompliceerd. Ze wil het uitmaken. Ik ben er kapot van.' Ewoud grijpt onhandig naar zijn bier en het glas klettert op de grond. Ook dat nog.

'Laat mij maar even,' sus ik. Bij de bediening verzoek ik om een dweiltje en een nieuw glas bier. Nadat de boel is opgeruimd, vervolgt Ewoud zijn verhaal.

'Onze ouders denken daar heel anders over.'

'Je bedoelt dat ze dwarsliggen?'

Ewoud knikt.

'Sorry, Ewoud, maar je bent toch geen drieënveertig geworden om je ook maar iets aan te trekken van je ouders?' merk ik verontwaardigd op. Ik denk aan Romijn, die is pas zeventien en laat zich door niets of niemand de les voorschrijven.

'Mijn moeder is helemaal ingestort, maar dat had ik wel verwacht. Ik vind het reuzezielig voor haar, maar ik ben niet van plan om me daardoor te laten intimideren. Het grootste probleem is de vader van Sarila. En dan die broer van haar, die begint echt te dreigen.'

'Waarmee?'

'Nou ja, je kent het wel. De eer van de familie is aan de orde. Hij zou passende maatregelen nemen, dan weet je wel hoe laat het is. Sarila is doodsbang.'

'Dan ga je toch naar de politie?'

'De politie komt pas in actie als het te laat is. Vanavond kwam ze wat spullen bij me halen. Het was zo emotioneel allemaal. Nu begrijp je waarom ik zo laat ben.'

'Had mij dan afgezegd, jongen!'

'Ze is maar even geweest. Het afscheid was hartverscheurend. Ik moest het kwijt en dacht: waarom niet aan Joop?'

'Jongen, wat een vreselijk verhaal. Wat nu?'

'Ze duikt onder.'

'Is dat niet wat overdreven?'

'Heb jij wel eens van eerwraak gehoord?'

Ik knik.

'Nou dan!'

'Waar is ze naartoe?'

'Ze gaat naar Loes. Daar is ze veilig. Bovendien gaat ze binnenkort drie weken met haar naar India. "Misschien blijf ik daar wel," zei ze.'

'Ga mee, man!'

'Dat overweeg ik inderdaad.'

De rest van de avond passeren vele strategieën de revue. Zelfs emigratie naar Australië komt aan de orde. Ewoud oppert voor de grap nog de mogelijkheid om de vriend van Eugenie te helpen met schapen scheren. Hij stoot me daarbij uitdagend aan. De afdelingsperikelen zijn niet meer aan de orde. Ik heb met hem te doen.

Als ik in bed lig, denk ik: het kan raar lopen in een mensenleven. De wonderen zijn de wereld nog niet uit.

Ik heb net visite gelopen als mijn pieper gaat. Spoed op de spoedeisende hulp. Het is een patiënt van mij. Roel Gerritsen, het prototype van een couchpotato. Zevenenvijftig jaar, honderdacht kilo en sinds een jaar of zeven diabetes. Patiënt houdt zich niet goed aan zijn suikervrije dieet, heeft hypertensie, een te hoog cholesterol en rookt als een ketter. Hij weet net zo goed als ik dat hij met zijn levensstijl de aandoening behoorlijk in de hand werkt. Zelfs de confrontatie met een medepatiënt bij wie ik vanwege dezelfde aandoening het rechterbeen vanaf de knie heb moeten amputeren, heeft er bij Roel niet toe geleid zijn verslavingen aan te pakken. De helft van de patiënten die een beenamputatie ondergaan, is diabeet. Bij Roel begin ik niet meer over leefregels.

Tot nu toe heb ik zijn rechterbeen weten te behouden door bij hem, nadat hij tweemaal gedotterd was, een ingewikkelde bypass aan te leggen vanaf zijn lies naar zijn onderbeen.

Op de SEH klaagt Roel over een acuut ontstaan koud en gevoelloos onderbeen. Hij heeft een wond aan zijn voet en verrekt van de pijn.

Ik vrees het ergste en begin aan het onderzoek. Bij navraag blijkt dat Roel op eigen houtje met de noodzakelijke antistolling is gestopt. Het been is bleek en koud, ik voel geen pulsaties in de slagaderen. Ik laat een echografie van de vaten maken en doe voor de zekerheid een doppler-onderzoek. Een angiografie lijkt me gezien de uitslag van de testen overbodig. Alles zit potdicht.

Patiënt kijkt me angstig aan. Het zweet staat op zijn voorhoofd. 'Niet best hè?' mompelt hij.

Zijn vrouw zit aan zijn bed en masseert zijn rechtervoet. Alsof het been daarmee te redden valt.

'Dit belooft niet veel goeds, nee,' beaam ik. Wat moet ik hiermee? Niets doen betekent in elk geval dat het been afsterft. Amputatie is dan de enige optie die overblijft.

'Dokter, alstublieft, u moet iets doen. Red het been van mijn man!' smeekt zijn vrouw.

'Ik zou niets liever willen, maar ik ben er niet zo zeker van of het been van uw man nog te redden is. Het is niet mogelijk om voor de derde keer een bypass aan te leggen. Ik kan met spoed opereren om te kijken of ik de omleiding weer open kan krijgen. Maar de kans dat dat lukt, is niet groot. Het is een grote ingreep, die uren in beslag neemt.'

'En als het niet lukt, wat dan?' kermt Roel.

'Dat hoef ik jou niet uit te leggen Roel. Je weet heel goed wat dat betekent.'

'Dan zaag je het been eraf?'

'Nou ja, zagen. Er komt inderdaad wel een zaag bij te pas. Maar laten we daar even niet van uitgaan. Ben je nuchter?'

De vrouw zit nu te huilen.

'Vanmorgen alleen wat thee gedronken, ik kan geen hap door mijn keel krijgen. Het doet zo'n pijn.'

Ik bel de anesthesioloog om de patiënt voor te bereiden op de OK. Erg gelegen komt het niet. Ik barst van het werk, maar word door nalatigheid van de patiënt zelf weer uren opgezadeld met een operatie waarvan ik me afvraag of die kans van slagen heeft. Als patiënten het vertikken om gezonder te leven, moeten ze dit soort operaties eigenlijk maar zelf betalen. Waarom moet de gemeenschap daarvoor opdraaien?

'Ik zal mijn uiterste best doen om je been te sparen, jongen. Maar als ik de omleiding niet meer aan de praat krijg, blijft er niet veel anders over dan amputeren. Mocht dat nodig zijn, dan probeer ik natuurlijk wel zo laag mogelijk te amputeren.'

'Zo laag mogelijk? Wat bedoelt u?' vraagt zijn vrouw.

'Dat betekent dat we zoveel mogelijk van het been proberen te behouden. Als u me nu even toestaat, dan kan ik me voorbereiden op de OK.' Ik knijp Roel in zijn schouder en wens het echtpaar sterkte.

Roel grijpt mijn pols beet. 'Je laat me niet in de steek hè?'

'Ik zal mijn best doen,' beloof ik.

De operatie zit ongelooflijk tegen. De omleiding is ontstoken en zit verkleefd met de spierlaag. Ik ben ruim twee uur bezig om het vat hier en daar los te prepareren. Het vat zit op meerdere plaatsen dicht, er is sprake van een complete afsluiting. Ook de afvoerende vaten functioneren onvoldoende. Het is een hopeloze zaak.

'Joh, hou toch op met dat gepriegel, hier is toch geen beginnen aan,' zegt Paul, de assistent.

'Het is godzijdank mijn vak niet, maar ik zou het cirkelzaagje er maar bij halen,' merkt de anesthesioloog fijntjes op.

'Ik geloof dat jullie gelijk hebben. Waar zou jij amputeren?' vraag ik aan Paul.

'Bij de knie, een knie-exarticulatie lijkt me de beste oplossing. Ga je lager, dan sta je over een week weer voor die vent aan tafel.'

We staan bij elkaar al een uur of vier te opereren als José, de omloop, komt vertellen dat ik de hoogleraar heelkunde van het UMC moet bellen.

'Zeg maar dat ik nog een uurtje bezig ben,' antwoord ik.

Paul en ik hebben inmiddels de spieren en de huid

losgeprepareerd om daarmee onder het gehalveerde kniegewricht een mooie huidflap te kunnen maken. Even later komt José terug. Ze staat een beetje wit weggetrokken achter het hoofdeind van de patiënt.

'Je moet toch aan de telefoon komen,' zegt ze resoluut.

'Ik sta steriel, dat zie je toch?'

'Er is iets ergs met uw vrouw, geloof ik.'

Een steekvlam gaat door me heen. Iets ergs met mijn vrouw? Ze heeft toch niet iets geks gedaan? Ik sta te trillen op mijn benen, draai vervolgens mijn rug naar de OK-verpleegkundige en vraag haar of ze mijn schort losmaakt.

'Kun je het verder alleen af?' vraag ik aan Paul, 'Anders moet je Ewoud even bellen.'

'Ga jij nu maar, deze flap lukt me wel.'

Ik loop naar de telefoon.

Professor Heymans schraapt zijn keel. 'Ik bel je liever over wetenschappelijke aangelegenheden, maar jongen, ik heb geen goed nieuws te melden. Het is foute boel. Je vrouw is van het paard gevallen. Ze is niet in levensgevaar, maar er is van alles gebroken.'

'Ook dat nog.'

'Hoezo, ook dat nog?'

'Laat maar. Wat heeft ze?'

'Een aantal nare letsels. Voor zover we nu overzien, heeft ze een stevige hersenschudding, een gebroken rechterarm en, schrik niet, een instabiel bekkenfractuur. Bovendien heeft ze bloed in haar buik. Collega De Jong is aan het opereren. Ik hoorde zojuist dat ze een proeflaparotomie hebben gedaan. De milt is verwijderd en ze zijn nu bezig de bekkenfractuur te reponeren. De plaat in de arm zit er al in.'

Mijn god, wat een ramp. Hebben we niet al genoeg aan ons hoofd? Hoe moet dat allemaal? Zoiets kan Margot er momenteel echt niet bij hebben. Dat wordt dan een fixateur externe natuurlijk. Vreselijk, daar is ze maanden mee bezig.

'Ik kom er meteen aan,' meld ik met een brok in mijn keel.

Ik douch me niet en hijs me zo snel mogelijk in de kleren. In de haast vergeet ik mijn colbert, waar de fietssleutel in zit. Ik ren als een bezetene terug het ziekenhuis in en loop in de gang bijna Eugenie omver.

'Jezus, wat is er met jou aan de hand?' vraagt ze.

Al rennend draai ik mezelf om. 'Margot heeft een ongeluk gehad. Zeg voor morgen mijn poli maar af. Ik weet niet wat er op me afkomt allemaal. Ze ligt nu op de OK van het UMC.'

Nadat ik mijn colbert heb gepakt, sprint ik weer naar buiten. De auto staat nog bij het Kampongterrein. Het heeft geen zin om die op te halen, want Kampong is vlak bij het UMC-terrein. Dat levert geen tijdwinst op. De kinderen! denk ik. Die weten nog van niks! Bij de fietsenstalling bel ik eerst de ouders van Margot. Ze reageren geschokt en vertrekken zo vanuit Den Haag naar Bunnik om de kinderen op te vangen. Ze zijn ten einde raad en willen het naadje van de kous weten. Waar en hoe het gebeurd is en wat Margot precies heeft, maar ik heb nauwelijks informatie. Ik stel ze gerust en spring zo snel mogelijk op de fiets.

Het is druk op de weg. Ik negeer zo veel mogelijk stoplichten en slalom langs onoplettende fietsers, dwars door de stad, richting de Uithof. Het kost me al met al toch nog een halfuur.

Professor Heymans wacht me op. Hij schenkt thee voor me in en vertelt dat hij zojuist de OK heeft gebeld. De dienstdoende chirurg is aan het sluiten. Margot wordt over tien minuten naar de intensive care gereden.

Heymans overhandigt me een telefoonnummer dat de getuige van het ongeluk bij het ambulancepersoneel had achtergelaten. Ik bel een mobiel nummer.

'Chris van Hoeven.' Ik hoor een vermoeide, wat oudere stem.

'Goedenavond, mijn naam is Joop Loudon, de man van de vrouw die vanmiddag in uw aanwezigheid van haar paard viel. Ik kreeg uw...'

'Ik ben blij dat u belt. Hoe is het met uw vrouw?' spreekt de man gehaast.

'Ze is buiten levensgevaar, maar ze heeft een aantal heel vervelende letsels, die haar maanden immobiel zullen maken. Waar is het precies gebeurd?'

'O, het was vreselijk. Ik liep met mijn Rhodesian Ridgeback heerlijk te wandelen in de bossen van Zeist, vlak achter restaurant 't Jagershuys. Nu is mijn hond, hij heet Balou, tamelijk dominant. Dat zijn de meeste RR-honden, kent u ze?'

'Geen idee,' merk ik op.

'Nou, RR-dogs zijn werkelijk prachtige dieren, ze zijn alert, speels, en zeker Balou, want die is eigenlijk nog een p...'

'Als u het niet erg vindt, ik ben natuurlijk meer geïnteresseerd in het ongeval, kunt u zich daar alstublieft even toe beperken. Ik bedoel, mijn vrouw...'

'O ja, natuurlijk, ja sorry hoor, maar ik ben er nog helemaal overstuur van. Zo'n mooie vrouw. Zoals ze daar lag. Ik dacht dat ze haar nek gebroken had. Ze vloog door de lucht en kwam met een klap neer. Gelukkig ademde ze nog, maar ze was compleet bewusteloos. Ik stond te trillen op mijn benen. En het paard ging er ook nog vandoor, met Balou erachteraan. Maar ja, toen ben ik met uw vrouw begonnen, want ze lag er zo raar bij. Ik heb haar in de stabiele zijligging gelegd en gecontroleerd of de luchtwegen vrij waren en toen...'

'Bent u medisch onderlegd of zo?'

'Nou ja, medisch onderlegd, misschien wel, ja. Ik heb een EHBO-cursus gedaan, maar ik twijfelde of ik haar moest verleggen. Ze had een zwakke pols, dat was wel duidelijk. Ik heb onmiddellijk 112 gebeld en toen duurde het toch zeker nog een kwartier eer ze er waren. Ik had geen deken of niks, uw vrouw lag daar maar en ik bleef tegen haar praten. Het was doodeng allemaal.'

'Geweldig dat u zo adequaat gehandeld hebt. Dank u wel daarvoor. Mag ik u morgen terugbellen om te vertellen hoe het met mijn vrouw gaat? Ik moet nu naar de intensive care. Een vraag nog. Hoe is het eigenlijk gebeurd?'

'Balou en ik kruisten het zandpad waarop uw vrouw in vol galop kwam aanzetten. Mijn hond bleef pal staan en begon te blaffen en te springen. Ik denk dat het paard erg schrok, want het begon te steigeren en uw vrouw werd gewoonweg gelanceerd. Ze kwam met een smak op de grond terecht.'

'Mag ik u nogmaals danken voor uw hulp. U hoort morgen meer van mij.'

Als ik ophang, vertel ik de toedracht van het gebeurde aan Heymans.

'Dat klotepaard,' voegde ik eraan toe.

Margot slaapt nog. Wat ik zie, is precies wat ik verwacht had. Haar rechterarm zit in het gips. Ik til het laken op en zie de fixateur externe, een installatie die door de huid in beide bekkenkammen is geschroefd om deze de komende twee maanden via een stevige stang voor het lichaam langs bij elkaar te houden. Daaronder zie ik het verband dat de wond verbergt van de miltoperatie. Haar pols is redelijk stabiel. Meisje toch, denk ik, wat is dit erg voor je. Wat zul jij het nog moeilijk krijgen. Bij alles wat je doet, zul je hulp nodig hebben. Bij plassen, bij douchen, bij in en uit bed gaan, noem maar op. Dat ding moet acht weken zitten en pas daarna kan er heel voorzichtig met de revalidatie begonnen worden. Ze is maanden volledig afhankelijk van zorg van buitenaf. Niks voor Margot. Leg haar dat maar eens uit.

Voor mij betekent dit natuurlijk retourtje Bunnik.

Romijn kwam meteen vanuit Utrecht op de brommer naar Bunnik. Onderweg heeft hij pizza's gehaald. De kinderen waren ten einde raad. Vooral Roosje was compleet overstuur. Ze wilde naar mama. De ouders van Margot namen haar mee naar het ziekenhuis. Ik heb de andere twee beloofd dat we morgenvroeg op bezoek gaan, te veel drukte is op dit moment niet goed voor Margot. Sarah begon braaf de keuken op te ruimen en Romijn smeet de pizzadozen tussen de kranten op tafel.

'Hoe is mam eronder?' vraagt Sarah, als we aan tafel gaan.

'Heel verdrietig en boos. Ze kan zich niets van het ongeluk herinneren. Ze is nog behoorlijk suf en ligt er hulpeloos bij. Bovendien heeft ze veel hoofdpijn. Ik denk dat het allemaal nog niet tot haar is doorgedrongen. Haar revalidatie gaat lang duren.'

'Wat nu?' vraagt Romijn, met een grote hap pizza in zijn mond.

'Niet met volle mond praten, aso,' zegt Saar bestraffend.

'Bemoei je er niet mee, je bent mijn moeder niet, Bep!' Romijn geeft Sarah een flinke por in haar zij. 'Hou je kop toch met je platte tieten,' voegt hij eraan toe.

'Kijk, zó doet hij dus de laatste tijd. Vet vervelend. Nu zie je het zelf, pap!'

'Jongens, hou op met dat gelazer. We hebben wel iets anders aan ons hoofd op dit moment.'

'Ik vroeg, wat nú!' herhaalt Romijn, nog steeds met volle mond.

'Nu komt paps weer een tijdje bij jullie wonen,' zeg ik.

'Tof van je,' reageert Romijn smakkend.

'We zullen er met z'n allen de schouders onder moeten zetten. Mama is de komende drie maanden volkomen afhankelijk van ons. Er zal thuishulp geregeld moeten worden en vrijwilligers die haar helpen als ik in het ziekenhuis ben en jullie op school zitten. Ik zal zo op internet laten zien hoe die stellage die ze heeft eruitziet, dan hebben jullie een idee hoe ongemakkelijk dat is. Vergeet niet dat haar rechterarm ook nog in het gips zit. Ze kan niets zelf.'

'Daar zal ze niet vrolijk van worden,' merkt Romijn op.

'Wees blij dat ze nog leeft. Ze had haar nek wel kunnen breken,' zegt Saar.

'Natuurlijk ben ik blij dat ze nog leeft. Muts!'

We zijn per toerbeurt veel bij Margot. Ik heb op haar ingepraat en almaar herhaald dat acceptatie de enige manier is om ermee om te gaan. In het begin was ze ronduit depressief. Ze had veel pijn en de afhankelijkheid van anderen maakte haar opstandig. Na een dag of tien kwam er een kentering. Ze besefte dat ze zich inderdaad beter kon neerleggen bij de situatie en liet het ongemak wat meer over zich heen komen. Romijn heeft haar favoriete muziek gedownload op haar mp3-speler en Saar bakt regelmatig gezonde volkorentaartjes voor haar. Ze geniet van de positieve aandacht en ik krijg zelfs het gevoel dat ze opbloeit als ik binnenkom. Het feit dat het thuis allemaal zo goed loopt, maakt grote indruk op haar. Volgens mij is ze me wel dankbaar, hoewel ze dat nog niet met zo veel woorden heeft gezegd.

Met een medepatiënt die naast haar ligt is ze dikke maatjes geworden. Ze delen boeken, tijdschriften en lief en leed met elkaar. Zo zie je maar, het kan ook goed uitpakken op zo'n patiëntenkamer. 'Pas maar op,' zei de collega van het UMC, 'zo meteen wil ze hier niet meer weg. Dat zie je wel vaker bij patiënten die langer liggen. Die zijn gehospitaliseerd voor je er erg in hebt.'

Sms'je van Eugenie. 'Heb je vanavond even tijd?' Ik bel haar nummer.

'Lieve schat, ik kan nu niet weg. Ik heb Sarah beloofd te helpen met haar proefwerk wiskunde en ik moet Roos nog ophalen bij een vriendinnetje. Waarom kom je morgen niet even hier?'

'Je bedoelt in Bunnik?'

'Waarom niet?' vraag ik.

'Margot ziet me aankomen, zeg.'

'Margot ligt in het ziekenhuis, maar los daarvan, ze maakt heus geen bezwaar tegen jouw bezoek.'

'Het punt is, Joop... morgen word ik zelf opgenomen.' Het is even stil. Ik moet de boodschap op me laten inwerken.

'Wat zeg je me nou?'

'Ja vreselijk, ik maak me zo ongerust,' snikt Eugenie.

'Wat is er aan de hand?'

'Mijn bloeddruk blijft aan de hoge kant. Vanochtend was ik op controle bij mijn gynaecologe en zij constateerde een lichte groeiachterstand bij beide kindjes. Het zat haar niet lekker en toen de laboratoriumuitslag ook nog uitwees dat er een verhoogde eiwittenconcentratie in de urine zit, heeft ze met de perinatale afdeling van het UMC overlegd. Die wilden mij onmiddellijk zien. Daar ben ik vanmiddag geweest en zij vinden dat ik moet worden opgenomen. Morgen om tien uur.'

'Meisje, wat moet, dat moet. Zijn ze bang voor een pre-eclampsie?'

'Een wat?' vraagt Eugenie.

'Een zwangerschapsvergiftiging.'

'Inderdaad, de symptomen wijzen wel in die richting.'

'Wat zijn die symptomen?' informeer ik.

'Gezwollen handen en voeten, tintelende vingers, en ik zie ook allemaal sterretjes. Vooral 's avonds wanneer ik moe ben. Maar het meest ongerust ben ik over die groeiachterstand. Ik bedoel, ze zijn al met z'n tweetjes, dus zo groot zijn ze sowieso niet.'

Jezus, denk ik, als dat maar de goede kant op gaat. Ik bedoel, hoge bloeddruk, groeiachterstand, eiwit in de urine, dat belooft niet veel goeds. Het is maar goed dat ze wordt opgenomen.

'Lieverd, je bent daar in goede handen. Wees blij dat ze er op tijd bij zijn. Geef je eraan over, zou ik zeggen. Wat ik er nog van weet is dat vrouwen boven de vijfendertig een grotere kans hebben om zoiets te ontwikkelen.'

'Ik weet het, en meerlingzwangerschap werkt het ook nog in de hand. Ik word dus van twee kanten bedreigd.'

'Je moet rust hebben. Dat is het belangrijkste, en je bloeddruk moet omlaag.'

'Daar slik ik al een tijdje medicijnen voor. Ik heb me heus wel goed gedragen, hoor. Ik slik visolie, ik eet al een tijdje praktisch zoutloos en ik ga de laatste tijd vroeg naar bed.'

'Maar je hebt wel lang doorgewerkt.' Daar heb ik direct spijt van. Wat heeft zij eraan om een schuldgevoel aangepraat te krijgen?

'Ik vind mijn baan gewoon leuk. Het ging toch goed?'

'Dat is ook zo. Weet je wat, ik breng je morgen naar het ziekenhuis. Heb je je spullen al gepakt?'

'Joop, wat lief van je, maar dat kan toch zomaar niet?'

'Ik had voor morgen een studiedag ingepland, dat werk doe ik later thuis wel.'

'Ik ben helemaal perplex.'

'Ach meisje, ik vang gewoon twee vliegen in één klap. Ik breng jou in goede handen en daarna ga ik naar Margot.'

Eugenie begint te janken. 'Ik ga mijn spullen pakken. Moet ik al babykleertjes meenemen, denk je?'

'Nee schat, daarvoor lijkt het me nog te vroeg. Alles is erop gericht om de jongens nog een aantal weken bij mama te laten. Pak alleen jouw spulletjes in. Wanneer je later meer nodig hebt, haal ik het wel voor je op in je appartement.'

'Dank je, Joop, als ik jou niet had.'

'Ga vanavond maar lekker op de bank liggen. Rust is voor jou het belangrijkste. Ik ben om halftien bij je.'

Toen ik ophing, was ik er niet gerust op.

Ik ben nu drie weken thuis. Ondanks de hectiek met al die ziekenhuisbezoeken en het draaiend houden van het huishouden gaat het eigenlijk heel goed. Romijn heeft eieren voor zijn geld gekozen. Of liever gezegd van mijn geld. Hij beseft dat dit zijn laatste kans is en volgt nu het soloprogramma dat speciaal voor hem is georganiseerd. Het heeft wat voeten in de aarde gehad, maar een gezamenlijke ouderavond over het drugsvoorval heeft bij het docententeam de doorslag gegeven om hem deze kans te gunnen. Hij werkt hard en haalt zelfs goede cijfers. De riante individuele begeleiding lijkt goed uit te pakken. Maar duimen dat dit zo blijft. Als hij zijn best blijft doen, kan hij zich volgend jaar inschrijven aan de filmacademie. Die worst hou ik hem maar steeds voor.

Toen ik van de week wat later thuis was, had Romijn zelfs het gras gemaaid. Ik geloofde mijn ogen niet.

Ik heb kookbeurten ingesteld. Saar op maandag, Romijn op dinsdag, Roos op woensdag en ik op donderdag. Dit is echt lachen. Roosje maakt standaard met ham en kaas gevulde bladerdeegkussentjes, met als groente een bak rucolasla. Romijn is helemaal van de lasagne en Sarah slooft zich werkelijk enorm uit met ingewikkelde ovengerechten en zelfgemaakte appelbeignets toe.

Vrijdags gaan we na het gezamenlijke ziekenhuisbezoek uit eten. Meestal een daghap in de stad. De kinderen geven de voorkeur aan de Vriendschap, waar ze tegen een scherpe prijs biefstuk met patat serveren. In het weekend doe ik uitgebreid boodschappen en de werkster komt wat vaker. Het is wel buffelen geblazen, maar het is ontroerend om te zien hoe de kinderen meewerken. Ik heb zelfs de indruk dat ze enorm opleven. Stiekem hoop ik dat mijn bemoeienis daarin een flink aandeel heeft. Maar misschien is dat wishful thinking en ligt het aan het prachtige weer. Ons erf ligt overdag volop in de zon. Daar wordt iedereen vrolijk van. We eten veel buiten, ik loop wat te klooien in de tuin, die er inmiddels weer prachtig bij ligt. Volgens mij is Romijn momenteel echt clean. Hij is veel gezelliger en trekt graag met mij op. Gisteren zijn we gezamenlijk, tot het donker werd, de terrassen met de hogedrukspuit te lijf gegaan.

Het is misschien raar, maar ik voel me fantastisch sinds ik weer in Bunnik ben. Heerlijk, die reuring om me heen. Niets is me te veel. Ik heb alle rancunes overboord gegooid en kan alles aan. We zijn weer een eenheid geworden. Er gaat niets boven familie, boven gehecht zijn, boven de lange geschiedenis die we hebben. Nu Margot nog.

Overmorgen komt ze thuis. Iedereen slooft zich uit om haar thuiskomst in een gastvrij daglicht te plaatsen. Saar heeft de bloembakken gevuld met nieuwe lavendelstruikjes en Roosje gaat brownies bakken. Het huis is spic en span en bij de openslaande deuren naar de tuin hebben we een bed voor Margot geplaatst. We zijn er klaar voor.

Het was janken geblazen toen de ambulance arriveerde. De kinderen hadden slingers en ballonnen aan de bomen langs de oprijlaan bevestigd. Ook buren stonden te juichen toen de brancard naar buiten werd gereden. Roosje had een kartonnen bord op de voordeur geplakt. ‘Welkom thuis, mam’ stond erop.

Als de kinderen eindelijk op bed liggen, ga ik bij haar zitten. Zij in het bed voor de openslaande deuren, ik op een stoel ernaast. Het is een zwoele avond. We ruiken de lavendel die Saar heeft gepoot.

Margot moet plassen. Ik plaats de steek onder haar billen. Dichterbij kun je niet komen.

'Het lukt niet met jou erbij,' zegt ze.

Ik loop naar de keuken en ontkurk een mooie fles wijn.

Even later til ik haar bekken voorzichtig op en neem de po onder haar vandaan.

'Wat een opluchting,' merkt Margot gelukzalig op.

Ik gooi de urine in de wc en kom terug met de glazen.

'Wijntje?'

Margot huilt. We proosten.

'Waarop?' vraagt ze.

'Op jou,' zeg ik.

'Of op ons?' snottert Margot.

'Ook een idee,' reageer ik.

Ze kijkt me aan en glimlacht. Brok in mijn keel.

'Ik ben je dankbaar, zo lief hoe jij me hebt opgevangen,' bekent mijn vrouw.

'Het spreekt vanzelf.'

'Ik heb jullie werk nu van dichtbij meegemaakt. Nu begrijp ik alles beter,' zegt ze.

'En, kunnen dokters door de beugel?'

'Meer dan dat. Dokters zijn net mensen.'

Inhoud

1	Evelien	5
2	Ewoud	39
3	Eugenie	84
4	Joop	123
5	Evelien	167
6	Ewoud	209
7	Eugenie	249
8	Joop	293